漫娱图书
名 家 经 典 系 列

鬼医桃夭,善恶如谜。金铃过处,片甲不留。

——《百妖谱》

目录

壹	枫生	007
贰	虺鱼	029
叁	镇水	053
肆	绛君	075
伍	咸鼠	109
陆	佛眼	139
柒	玄狌	161
捌	婴源	185
玖	人渠	215
拾	狭怪	239

百妖谱
壹·枫生

楔子

下雨了。

◦ 1 ◦

有什么能比在寒冬北风中烤肉更幸福？

没有！

红亮的炭火上，切割均匀的鹿肉在特制的铜网上滋油，诱人垂涎三尺的香气自室内漫到室外，覆盖到的每一寸地方都生出钩子，任何人都无从抵挡，连人带魂乖乖被勾过来。

窗外的桃夭便是"任何人"之一，柳公子之二，磨牙加滚滚并列第三。

面前乃司府偏厅，门匾上题"萼雪"二字，家什比别处更稀少简单，除了桌椅书案文房四宝，便只余墙上的一幅霜雪梅花图。再看对面窗户，开得比别处都大，正对一片含苞欲放的红梅林。若再仔细瞧，此屋之内大小摆设都以梅为主题，花瓶杯盏，皆白底画红梅，连墨砚都刻成五瓣梅花状，墙角半人高的花瓶里也插着新鲜梅枝。如果没有摆在窗前的烤炉，没有烤炉上该死的香气四溢的鹿肉，这间偏厅可说是个为赏梅而设的雅地了，不用多久帝都便到落雪之时，待到那时，于这样一处自有韵味的地方，执热酒，赏红梅，诗词歌赋信手拈来，也是人生之大乐趣了。

可惜，好房好景全被那两个男人破坏殆尽！

司狂澜应该极少有这么闲的时候，且他也真不怕冷，已是暖去寒来之日，依旧着一件白底银纹的薄衫，只得领口一圈白狐毛稍见暖意，头发也懒得束，随意绑在身后，所有注意力都集中在他指间的盐巴上。

没错，他一手捏盐，一手揽袖，正十分专注地往鹿肉上撒盐，十分讲究，不肯多一分，也不肯少一分。

旁边的司静渊急得像没吃饱的猴子，捏着筷子迫不及待要去夹肉，还连说："多撒些盐，入味！"

"把筷子缩回去。"司狂澜看也不看他，"烤肉一忌火候欠佳，二忌调味粗鲁，你这一筷下去，便是暴殄天物。"

司静渊白眼翻上天："几块烤肉罢了……几时变得如此"高不可攀"了？从前苗管家给我们烤鹿肉吃时，哪有你这么多讲究！"

"烤肉与做人一般，能做到一等的好，为何要止步二等的好？"司狂澜拍拍手，拿起铜夹将炉上的鹿肉挨个又翻了一遍，"再等十个数。"

不行了！哪能再等十个数，一个数都等不了！太香了！香死个人！

躲起来吃独食的人注定得不到尊重，连敲门都不必，桃夭直接冲进去，两眼放光明知故问："哎呀哎呀，大少爷二少爷在这儿干吗呢？噢哟，在烤肉呢？！在烤鹿肉呢！！"

"咦，今日你们不是休息吗？"司静渊打量这一群突然驾临的不速之客，"桃丫头，今早你不是说要去逛市集？"

"市集哪有鹿肉香。"桃夭擦了擦口水，目光死都不肯离开那一炉烤肉。

"哪有人逛市集不带钱的！"柳公子冷哼，戳着桃夭的后脑勺道，"你买东西我付账，天下有这么好的事？！"

"善哉善哉，谨记你是吃素的狐狸呀！"磨牙抱紧对肉香蠢蠢欲动的滚滚，又对司静渊解释道，"他俩今天在市集上吵架了，桃夭说柳公子抠门儿将来注定娶不到老婆，柳公子说桃夭还不如卖菜的小红好看，就算把全京城的好看衣裳都穿身上也嫁不出去。"

柳公子打了他的光头一下："有谁让你复述一遍了吗？"

"你爱娶谁娶谁，娶公主当驸马吧我祝你幸福！那个，我看肉已经熟了吧？"桃夭根本不关心身后的人在说什么，眼珠子都快掉到鹿肉堆里。

司狂澜也不看她,只取了手边两只白瓷碟子,各夹了一块肉在里头,一个递给司静渊,一个递给桃夭:"好了。"

桃夭简直受宠若惊,以她对司狂澜的了解,这个少年老成性格阴晴不定喜欢给人立规矩的二少爷,怎么可能亲手烤肉还亲手把肉递到她手里!如果不是也递给司静渊一块,她简直要怀疑鹿肉里可能下了奇怪的东西,比如能让她情不自禁沿着马场跑十圈或者变成肉肠嘴一天不能说话的药,反正在司狂澜眼里,她从来就不是个合格听话的杂役,每天罚十遍都是该的。不过话又说回来,他对他那个不争气的哥哥也不是下不去手,上次冲霄塔事件给他惹下麻烦,他嘴里说要罚他们,可到现在也没个动静,莫非是要靠这鹿肉憋个大招?

但,桃夭的脑子再快也快不过那张嘴,什么大招什么惩罚,就算这块鹿肉下了鹤顶红,她也心甘情愿吞下去——太!好!吃!了!

到底是什么神仙才能烤出这么神仙的烤肉啊!口腹的满足简直让桃夭幸福得要晕过去,外脆里嫩饱满多汁鲜美人味之类的词根本不足以形容这块烤肉的美好,原来司狂澜说的"能做到一等的好为何要止步二等的好"不是空口白话端架子,他真的是一个烤肉都要极尽完美的严格男人。从前也不是没吃过烤肉,却无一块能与今日这块相比,真不知是长得好看的人做出来的菜也好吃,还是这家伙在烤肉里加了她不知道的秘方,反正,她的魂彻底被勾走了,如果可以,她愿意在司府喂一辈子马,不给工钱都行,只要司狂澜天天给她烤肉吃!

"你要不要来一块?"司狂澜看了看柳公子,"司家并不太拿得出手的大厨。"

本来就差伸手要了,毕竟这香味实在难以抵挡,可后面那句话及时抓住了柳公子的自尊,他将脸一转,摆出无限嫌弃的姿态:"这种平平无奇的食物,我没有兴趣。还有,我从来不是拿不出手的大厨,不过是曲高和寡,尔等俗人无福消受罢了。"

"哦,好。"司狂澜一笑,将鹿肉放进自己嘴里,细嚼慢咽,又微皱眉,"竟老了一分。"

要求太高了!

不等他把肉咽下去,桃夭已经不要尊严地把碟子举到他面前,碟子后面是她完全绽开的笑脸:"二少爷,我觉得我还能吃!"

司狂澜嘴角微扬:"今日鹿肉分量颇多,倒是少不了你一份。"

桃夭喜出望外,点头如啄米:"这一炉都给我吧!"

"自己取筷子。"司狂澜又给自己夹了一块。

桃夭赶紧从旁边拿了筷子,火速下手夹肉。

然而，在即将碰到肉的一刹那，她的筷子被另一双筷子准确地打开了。

司狂澜微笑不减，手里的筷子突然构成了不可突破的防线。

呵呵，就知道这厮没那么"贤良淑德"。

桃夭皱眉，换了个角度，落筷的速度比方才快了一倍。

没用，又被打开。

她顿时气急，以更快的速度更刁钻的角度朝烤肉发起攻击，只可惜每次司狂澜都比她快一拍，仿佛早就看透她的筷子要往哪里去，反正十几个回合下来，她连烤肉的边都没挨到。

司家老少三个男人，虽然在找媳妇这件事上不怎么样，拳脚功夫倒不是寻常人可比的，要从司狂澜手里抢肉吃，以桃夭的三脚猫本事，恐怕饿死都不能成功。

她气得把筷子一扔。

"怎么，不想吃啦？"司狂澜故意又放了一块肉到嘴里，嚼得满面春风。

桃夭没骨气地咽了咽口水，转身冲柳公子一甩头："给我上！大不了给你记上！"

磨牙叹气："离吃我又近一步……就为一块烤肉……"

谁知柳公子断然拒绝："纵然你记上，这遭我也不帮你！"

"为啥！！"桃夭气到跳脚，这房间里能与司狂澜在武力值上一较高下的，唯有柳公子了，可恨这条臭蛇居然还不肯站她这边！

"我何等身份，为一块烤肉与人动粗，传出去焉有脸面！"柳公子坚定地摇头，"再说这等粗鄙食物，我闭上眼也能做出来，你何至于此。"

"你烤出来的玩意儿是人吃的？"桃夭抬头与柳公子对视，眼里蹿出火来，"你帮是不帮？！"

"不！"柳公子昂首，"绝不！"

"你……"桃夭攥紧拳头，面露杀气，"别怪我不客气。"

看来是真动怒了，房间里突然剑拔弩张。

○ 2 ○

"哎呀，澜澜你也是，小丫头嘴馋，何必如此为难她。"司静渊一边吃肉一边劝，吃太急还被烫了嘴，看上去就气人。

司狂澜不为所动："且看她如何不客气。"

桃夭回头，神色骤冷，如见仇敌。

磨牙见势不妙，忙扯了扯她的袖子："莫要乱来啊！不能因为一块烤肉血流成河啊！"

"闪开！"桃夭一把甩开他的手，突然一屁股坐在地上，跟一个乡野泼妇一般，举手拍腿，大哭大喊，"无良雇主苛待杂役，连饭都不给吃饱啊！太平盛世竟有此等惨事，天怒人怨，可歌可泣啊！！"

司静渊吓得嘴里的肉都掉了出来。

司狂澜面不改色，饶有兴致看她表演。

磨牙尴尬地挪到她身后，小声道："可歌可泣不是用在这里的……"

"我就用！"桃夭干号不止，"想我在司府兢兢业业任劳任怨，竟连一口饱饭都吃不上！长得像人却不干人事啊！老天爷啊，我命苦啊！"

柳公子想捂脸装不认识她，只要她还活着，桃都的脸面是很难保住了。

场面正尴尬时，苗管家端了一盘新鲜鹿肉进房来："怕你们不够吃，再给你们拿些来，这次的鹿肉很不错……呀，桃丫头你这是干啥？大冷天怎坐地上了？"

"苗管家！！"桃夭仿佛见了亲爹，一把抱住苗管家大腿，一手指着司狂澜，"他虐待杂役！烤好了肉不给我吃！还把我筷子打飞了！"

"筷子是你自己扔的。"司狂澜淡淡道。

苗管家哭笑不得："你们这群孩子呀……桃丫头，你先起来，地上凉，仔细冻病了。"

"不！！！"桃夭越发无赖，仿若受了天大委屈的青蛙，使劲踢腿，"苗管家你不给我做主我不起来！吃不上肉我不起来！司狂澜不道歉我不起来！"

"咳，你这丫头，怎的越说越不像话，对二少爷可不能如此无礼。"苗管家的身子被桃夭晃得左右摇摆，好不容易才稳住手里的肉，又转头对司狂澜道，"二少爷，你素来知道这丫头的性子，又何苦逗她玩耍，今日多的是鹿肉，天气又寒，你们老实坐下来吃一顿不好？"

"就是嘛，我都说了澜澜老半天了，他就是这么小气。"司静渊边点头边吃肉，来不及咽下去便跑过来从苗管家手里接过盘子，喜滋滋跑回去，"来来来，接着烤接着烤。"

桃夭气得从地上跳起来，冲司静渊大吼："把肉吐出来！就你最能吃！"

"冲我发啥脾气？"司静渊无辜道，"又不是我不让你吃！"

"你们一伙儿的！"桃夭脱口而出，"蛇鼠一窝！"

柳公子狠狠剜了她一眼，警告她注意措辞。

苗管家直摇头，在司府这么多年，什么场面没见过，偏就没见过抢肉吃的闹剧。也不知从何时起，司府里稳如泰山的气氛渐渐起了变化，连司狂澜这般的人物都开始拿下人逗趣儿了，这个不起眼的丫头呀，怕是上天送来的大礼，或者魔障吧……

"一个问题，一块肉。"司狂澜开了金口，指了指烤炉，"司家的东西，可没有白吃的。"

桃夭一愣："问题？"

"我问，你答，不可隐瞒，不可胡编。"司狂澜走到桃夭面前，两人一步之遥。

他身量太高，离得近了更是只能仰视。

桃夭踮起脚也不到他肩膀，费力仰头："你知道你在跟谁说话吗？"

"我司府的喂马杂役。"司狂澜俯视她，"或者等你自己回答。"

桃夭一皱眉头，哈，明白了，原来一场鸿门宴，好心烤肉给她吃是假，打探她身份是真。

"我司府不怕你江洋大盗，不怕你妖魔鬼怪，只忌讳一点，"司狂澜略一低头，直视桃夭眼睛，"不说实话。"

啧啧，真真好看的眼睛！连带着投出的目光也特别明亮，犀利而不阴损，满满的剑不出鞘也可杀人的锐气，四目相接下，桃夭只觉得被他盯得心虚，又没干啥见不得人的事，怎的平白又矮了一截似的。其实说实话也无妨，来了司府也有段日子，平心而论，司府上下待他们不坏，她也知晓眼前这几个非市井小民，个个都是有大眼界的人，倒不必担心他们知道自己身份后将她当疯子撵出去，但即便她说了，他们也未必相信，何况，就算他们信了又如何，又帮不了她什么忙。

"不诚不足以为友。"苗管家总算看出了司狂澜的目的，对桃夭笑道，"你们来司府这么久，桩桩件件的事，我们并非眼瞎。不怕你们惹麻烦，怕的是你们将来若有难处，我们都不知从何帮起。好歹是一屋吃过饭的情谊，我们绝无恶意。"

柳公子凑到桃夭身边，小声道："还是大叔会说话，听得心里舒坦。"

"真说呀？"桃夭将柳公子扯到一边，背对众人蹲下来。

"咱们不是正常人，他们也不是呀。吃了他家这么久的粮食，连句实话都不说，确实不厚道。"

"可我也没白吃啊，我喂的马肥肥壮壮！"

"你怎的突然蠢起来了！你来帝都是干啥的？不就是为了找百妖谱！你在桃都称霸一方，人界呢？人生地不熟，怎么找？搭上司家就不同了，他们若肯帮忙，你成功的概率至少多一倍吧？司府解是非，说不好能解你这个大是非哪！"

"咦……你今天总算说了句人话！"

"你以为我乐意提醒你？还不是怕被你连累！百妖谱找不回来，那个人拿你算账不说，你以为我能平安无事？说不定就把我煮成蛇羹了！谁不知我与你关系亲近！唉，还不如不认识你呢。"

"呵呵，你跟我关系亲近还不是为了吃小和尚！呸！"

后头的人都听不清他俩在说什么，只看见这两个家伙鬼鬼祟祟蹲在离他们最远的地方吱吱吱，时不时你拍我脑袋一下，我给你一拳，天晓得在打什么鬼主意。

片刻，桃夭起身，一本正经走回到司狂澜面前："问！"

"来者何人？"司狂澜打量着他的小杂役。

桃夭吸了口气，微笑："本名桃夭，自桃都而来，行医，治妖不治人。"

◦ 3 ◦

房间里静默了好一阵子。

司静渊跟苗管家面面相觑，显然在他们有限的人生里，从没有出现过"桃都"这个词语。

"桃都？"司狂澜挑眉，"普天之下皆未听过这样一处地方。"

"若这地方并不在'普天之下'呢？"桃夭清了清嗓子，"下面的话我只说一遍，听不听，信不信，随你们。"

司狂澜做了个请的手势，司静渊赶紧找个凳子坐好，心里还挺遗憾手边没一盘瓜子儿什么的。

"桃夭……"磨牙扯住她的袖子，面露忧色，"你真要说？"

"吃了人家的饭，给句实话也是应该。"桃夭弹了弹他的光头，"我有分寸。"

磨牙连念几声佛号，犹豫着松开了手。

"人界之上有神界，神界又分天界与昆仑两派，共守天地人间安稳，桃都与之三足鼎立，且独立三界之外，只管天下妖怪，不问他事。至于桃都在何方，说了你也找不到，反正不在你们知晓的任何一个地方。"桃夭又指着自己，"本人不才，妖怪们皆称一声桃都鬼医，人有百病，妖亦不能幸免，我干的，便是那妙手回春的差事。所以，以后对我客气点！"

"没了？"司狂澜看着她，眼中并无诧异之色。

"如此核心的秘密都告诉你们了！"桃夭白他一眼，"还想知道啥？能吃肉了吗？"

司静渊转了转眼珠，从凳子上站起来，围着桃夭转了好几个圈儿，难以置信道："你果真是个大夫？"

"不像吗？"桃夭哼了一声。

"你是专给妖怪治病的大夫？"

"你若成了妖怪，我也治你。"

"好不得了呀！我就知道你不是凡品！"司静渊居然高兴得拍起手来，对司狂澜道，"澜澜，咱们这是捡到宝了吧？"

苗管家也连声感叹，直说不可思议。

司狂澜没作声，将桃夭与柳公子磨牙逐个扫视一遍后方道："你们来自桃都，也是妖？"

桃夭看看柳公子，又看看磨牙，嬉皮笑脸地凑到司狂澜面前，突然做出个张牙舞爪的样子："二少爷怕了呀？"

"你纵是最凶的妖，也无甚可怕。"司狂澜根本不屑躲开她。

桃夭讨个没趣，哼了一声："知道司家的小阎王见多识广，胆量过人，你若跟那些没见识的凡夫俗子一般惊恐，那才是辱没家声。"

"与见识胆量无关。"司狂澜很难得对她露出一个真诚的笑脸，"连一块烤肉都抢不到的妖，我实在寻不到惧怕的理由。"

柳公子跟磨牙忍不住哧哧笑出来，仿佛自己跟她不是一伙的。

司狂澜这个人啊……长得那么好，嘴怎么就那么坏，明明跟个哑巴似的不爱说话，可每一开口都是钢针扎心，且你还找不到理由反驳……

所有人都以为桃夭又要爆发一次，柳公子甚至提醒苗管家注意保护好你家二少爷，桃夭有可能气到要剃光他的头发……谁知她偏没有，不但不生气，还一本正经地背起手，仰头对司狂澜道："我们虽自桃都而来，但未必都是妖怪，你视我们为妖也可，人也可，但最要紧的是，对我们这般身份的人物，有劳你今后多一分尊重与仰视。得我们在你府中落脚，这天大的荣光是旁人想都不敢想的。"

"天大的荣光倒不值一提，天大的饭量我是承认的。"司狂澜微一俯身，凑到桃夭跟前，"天上地下，神仙妖魔，于我心中并无差别，我司家后人，不看门楣，只论是非。"

桃夭微微一怔，他语气平和，却有千钧之力，容不得你同他嬉皮笑脸。

他保持着这个距离，继续道："故而我司府大门之内，杂役就是杂役，若想被

壹 · 枫生

供奉起来当神仙，出门不送。"

说罢，他嘴角一扬："你给的答案，我姑且收下，若有半分隐瞒，那几位便另谋高就去吧。"

"是个狠人……"柳公子摸着下巴，"很难见到能把我们桃夭大人的气焰压下去的年轻人哪。"

"善哉善哉，我以为只有那个人可以。"磨牙脸上居然一片赞叹之色，"司家少爷可成大器也。"

幸好桃夭没听见，否则在烤架上的肉便要换个品种了。

她眼见着完全不给她面子完全不知道如果她愿意可以让他以不同样式死一百次的司狂澜转过身去，将烤肉的铜夹扔给司静渊："剩下的生肉你们自己来，我还有事处理。"

然后，他眼里便再无任何人的存在，径直走出了偏厅。

直到他的背影消失，桃夭才恍若大梦初醒，挠挠头，碰了碰柳公子："刚刚我是不是吵架吵输了？"

"都没机会吵你就输了……"柳公子同情道，拍拍她的肩，小声道，"如此也好，他们连妖怪都不怕，咱们反落得自在。"

桃夭突然发出"啊"一声号叫，并狠狠往地上跺了好几脚，伶牙俐齿的自己居然不战而败，还输给一个"哑巴"，真是怄到连饭都不想吃。等等，他就这么走了，剩下的肉谁来烤？

"好了好了，你们这些孩子也该闹够了。"苗管家摇头，又对司静渊道，"不够吃的话厨房还有，你们自己玩儿吧，我还有一堆账目要核算。"

"苗管家！"桃夭突然叫住他，正经道，"你也不怕吗？若我们真是妖怪。"

苗管家停住脚步，沉默片刻，转身："世间最可惧的并非妖怪。你是妖怪也好不是也罢，但凡你一日是司府的人，便横竖都是我老苗的桃丫头。"他顿了顿，忽然抬手摸摸桃夭的脑袋，笑，"放心，有好吃好玩的，都留给你。"

桃夭没作声，就觉得放在自己脑袋上的手有种奇妙的热量，那是她在自己过往的生命中几乎快要遗忘的温度……

"哟，好冷。"苗管家打开房门，寒风灌入，倒吸一口凉气，搓着手一溜小跑地消失了。苗管家这个人哪，总是有本事让人彻底忽略他其实是个很出众的男人，不论拳脚功夫还是智慧与心性，真正庸碌平凡的管家先生，怕是不能牵制司家两个活阎王。这个男人把自己收拾得太合宜了，让你与他的相处无论如何都是舒适的。

应该感谢他的，没有他当初的慧眼识珠，他们根本不会与司家有交集，而目前看来，人界之中应该也没有地方比司家更适合收留他们。如今把底细也说了大半，今后相处起来多半更有意思了。背靠大树好乘凉，有吃有喝最高兴，桃夭此刻打定主意，只要她不想走，谁也别想把她撵出司府大门，就这么办！

不过，本以为少了司狂澜，这顿烤肉应该吃得很开心，可事实就完全相反。

烟熏火燎中，磨牙和滚滚早夺门而出，柳公子跟司静渊在烤炉前差点打起来。

"都说了不能在这时候放盐巴！"

"还管盐巴？让你刷油啊你聋了啊！你是大厨还是我是？"

"油多了会滴到火里，那么大的火你吃个屁的肉！"

"现在连个屁都没有了！"

桃夭坐在浓烟里，生无可恋地看着柳公子递给她的碟子。

"吃吧，我烤肉手艺也不差的。"

"你哪里来的自信告诉我这是肉不是炭？"

"只是外头稍微焦了一点……"

"那你吃，一块不许剩！"

"我今天吃素。"

"张嘴！"

"不要……"

"给我站住！"

两人围着火炉追打起来，只留下司静渊紧锁眉头，夹起一块焦到没眼看的鹿肉嘀咕："澜澜不也这样烤的吗……"却没留神空中飞来一片漆黑的肉块，砸在了他脸上。

"往哪儿砸呢！！"

两个人的互殴变成了三个人的，清幽多年的偏厅，迎来了它自修建之日起最不成体统的一刻。

○ 4 ○

司府的梅林不过盛开一半，府内已是暗香浮动，撩人心魄。

难得今日阳光甚好，吃过午饭无所事事的桃夭斜躺在梅林中的长条石凳上闻花香晒太阳。梅林另一头，苗管家举了个浇花用的陶壶，细心浇灌眼前的一棵梅树。

桃夭半睁开眼睛，大声对那头道："苗管家，前天才下过雨，你就不怕给它涝死吗？"

苗管家拎着陶壶走到她身旁，笑着拿手指弹了弹陶壶："这可不是水，是我精心调配的花肥，这梅林里总有几棵长势不够，需要额外照应。"

桃夭坐起来，伸个懒腰："您老人家对几棵树都这么细心呢。"

"草木也有情。梅林是当年老爷与夫人亲手种下，这里的梅树年纪可比两位少爷都大呢。"苗管家放下陶壶，与桃夭一边坐下，颇有感触地望向前方隐隐可见的屋舍，"他们还特意将那偏厅朝梅林这一方的窗户扩大，寒雪梅开之时，暖酒谈天，吟诗作画，真真一对神仙眷侣。"阳光花影落在他眼里，把遥远的记忆渲染得分外美好，"那偏厅的'萼雪'二字，是老爷亲笔所题，取自'醉里见明月，醒时梅满砌。人间佳色众，只歌萼间雪'。"

"哦……"这样的诗句是桃夭连听都没听过的，实在没法接，只打着呵欠道，"看来少爷的爹娘很喜欢梅花？！不过我还是更喜欢牡丹花。"

苗管家好奇道："牡丹花？为何？我以为你会更喜欢桃花，哈哈。"

"牡丹花富贵呀！你看我要是跟人猜骰子比输赢，怎么也不能带一枝梅花吧，梅花梅花，没得花没得花呀！"桃夭一本正经道。

苗管家大笑："你这丫头，哪来这么些歪门邪说！梅花，君子也，霜雪盛放，坚韧傲然，怎到了你嘴里就成了这般模样。"

桃夭吐了吐舌头，摇头晃脑道："反正我不喜欢。"

"你不喜欢，那更要教你与这些君子多培养感情。"苗管家半开玩笑道，"今后再派你一个差事，每日来梅林挑拣落地的花瓣，只拣那完好无缺的，仔细装在布囊里。"

"啊？"桃夭嚓嘴，"苗管家，我今天没招惹你吧？"

"梅花瓣是二少爷每个冬季都要的东西，他得空时喜用梅花瓣酿一种叫'如解意'的糖汁，清淡甘美，还有滋养清燥的功效。"苗管家笑看桃夭，"二少爷的差事，你也不做？"

"好喝吗？"桃夭舔舔嘴，旋即又想起什么，"可我记得之前冲霄塔外，我带孰湖进塔时，分明听到他对那位铃星大人说自己不喜甜食。"

"耳朵还真灵，连身后的闲聊也听得一清二楚。"苗管家笑道，"倒说不上不喜欢，只是不喜欢别人做的罢了，总得给铃星大人一分面子不是。你也知二少爷脾性，孤高得很，世间能被他看进眼中的物事，大至一个人，小至一份甜食，何其少。"

"也是，连烤肉都要做到'一等的好'的家伙哪能瞧得上别人做的东西……"桃夭撇撇嘴，烤肉大会的遭遇还历历在目，"如解意……听起来还不错的样子，但他定是舍不得给我喝的。"自那日之后，除了每天能在饭桌上碰个头，她跟司狂澜连照面都不打，就算偶尔在府中遇上了，也是他视而不见，她翻个白眼，各走各路。

"照二少爷的规矩，他每年都会送一瓶给收集花瓣的仆役，以示慰劳。"苗管家拍胸口保证，"今年你做了这差事，怎的也不会不给你。你知道二少爷是个讲规矩的人。"

桃夭转转眼珠，心头盘算着这生意倒是做得，实在好奇那什么"如解意"是个什么滋味，话说回来，这世上还有什么事是司狂澜做不好的？以及……还有什么事是司静渊搞不砸的……

前些天他又被他的澜澜关禁闭了，因为自作主张从不知道哪个媒婆手里拿了一摞姑娘们的小像与生辰八字回来，硬要他从里头选几个"合眼缘"的，气得司狂澜罚他在禁闭期里把他带回的所有生辰八字每张抄一万遍，派专人清点，不够数不给饭。结果又得劳她偷偷给这个不争气的白捡回来的"大哥"送鸡腿。在给司狂澜找老婆这件事上，司静渊真的是有执念……可惜当弟弟的永远不领情，这对长得并不相似的孪生兄弟，真是她来人界之后遇到的最有意思的人类了。能做到在知晓她底细后仍旧无动于衷，仍旧坚定地把她当杂役使唤的事，也就只能发生在司府的大门里了。

桃夭考虑片刻，点点头："行，今年的花瓣交给我。"

话音刚落，风过花瓣落，其间还夹杂着他人的叫喊——

"拦住她！快快快！"

"怎的不见了？"

"明明往这边来的！"

循声望去，几个平日里负责应门的家丁慌慌忙忙朝梅林这边追来，素来井然有序的司府极少有这般混乱的时候。

苗管家快步迎上去，一见苗管家，家丁们仿佛见了救星，一窝蜂拥过来。

"何事如此惊慌？"苗管家沉着道。

"回苗管家……方才……方才有人急急敲门……"家丁之一气喘吁吁答道，"我开门……门口是个……是个素未谋面的小姑娘……她口口声声说要见咱家两位少爷……我问她可曾递交过名帖，她问名帖是啥……问她姓名她又不说……我们自是不能放她入内……谁知她竟跟我们动起了手，还趁乱跑进府内……我们追她而

壹·枫生

来……谁知却没了她踪迹……我们罪该万死……求苗管家责罚。"

所有家丁"扑通"一声跪下。

闻言,跟在苗管家身后的桃夭顿时来了精神,她来司府也有段时日,有胆量青天白日地擅闯清梦河司府的人,这可是头一个。在司府久了,多少也知道了这里的规矩,如同寻她桃夭治病得烧纸禀告一样,这江湖中人若有解不开的是非必须劳烦司家出手的,也得先遣人往司府递上名帖,上头不但要列明事主身份,还要一字不假将那"是非"之来龙去脉说个清楚,待司家少爷审阅之后,同意出面的话,便在那名帖之上落下时间地点,事主只需按时赴约面见即可。若不屑出手,便将名帖原物奉还,往来规矩倒很简单,只是那寥寥数字的时间地点,带来的却是长达一生的麻烦与危险,甚至腥风血雨。"活阎王"这看似威风的名号,听起来比当起来容易很多。

桃夭还知道,司府在门禁上并没有下狠手,司府中的仆役本就不多,平日里放在前后门看顾的家丁也就那两三个。她曾好奇地问过苗管家,想这人界里的大户人家,哪个不是门禁森严,家丁守卫内外三层,司府就不怕有仇人潜入,就算仇人慑于司府威名不敢乱来,进了贼也不好吧。可苗管家却笑言担心这些还不如多担心担心怎样将二少爷的马匹养得更好,帝都之内,他们司家的名号,便是人不敢近贼不敢来的灵符了,何况以她对司狂澜的了解,纵然有不怕死的闯进来作乱,又有谁是他料理不了的?再说,无须重兵防守本也是司狂澜的意思,他生性不爱热闹,最见不得成堆的人在眼前来去,他的原话是——我若不点头,谁能在司家来去自如,且宽心。而事实也如他所预料的那般,司府许多年来都平安无事,无偷无抢,清净到没几个普通人敢靠近。

可惜这份"清净"在今天被打破了,打破它的还是个小姑娘?!

"都起来。"苗管家命令道。直到家丁们都起来,他才发现他们个个鼻青脸肿,看来不速之客的拳头还挺硬。这些家丁的本事虽远不及他跟两位少爷,但对付一个小姑娘绰绰有余,如今却狼狈至此,苗管家不禁皱眉道,"是个小姑娘?"

家丁们忙点头。

"确定人是往这边来了?"

"确定,我们追到这里时还见她在西回廊上飞奔,您知道西回廊只通往梅林,我们离她并不远,谁知转眼间回廊上便没了她的踪迹,您没见着有人往梅林这边来?"

桃夭忍不住道:"我今天一中午都在梅林躺着,除了苗管家跟你们,再没瞧见其他人。"

家丁们面面相觑，越发觉得不可思议。

"怎的会凭空消失？"

"莫不是来了个妖精？"

"这世上哪来的妖精！也许是江湖上会变戏法的妮子！"

"好了，都莫要乱猜了，或许只是个不懂事的小丫头。"苗管家制止了他们的猜测，"你们再多喊些人来，在府中彻底搜查一遍，任何角落都不可放过。"

"是！"众人领命而去。

○ 5 ○

寒风又起，气温比方才更低了些许。

苗管家立于梅林前，四下环顾，却未见异常，不禁皱眉道："他们几个的眼力素来不差，既这么说，人必是往这头来了……"

桃夭也摆出个登高望远的姿势，左右看了半晌，所见之处无半个人影，不禁埋怨："要我说呀，人家皇宫大，可人也多呀，进个苍蝇也能立马拍死。你们司府也大，人却小猫两三只，真要闯进个不怕死的，你们光抓人便如大海捞针，我瞧着都累。"

"你这丫头，不说帮忙，还讲这等闲话。"苗管家瞪她一眼，"来者既是个小姑娘，想也掀不起多大的风浪，许是仰慕少爷的哪家小姐犯了痴，弄出这等闹剧。"

"不以貌取人不是你们江湖老油条们最常告诫他人的一条么。"桃夭跳到他面前，指着自己，"可别看不起小姑娘哟。"

苗管家被自己的口水呛到，咳了好几下才道："你不过是看起来像个'小姑娘'，是吧？"

"苗管家，我一直以为你是不会随便说人家是老妖怪的好人。"

"我没说你是老妖怪啊。"

"你心里已经这么想了！！"

"我没有，不过是照你之前所交代的身家底细推测了一番。"

"推测跟想有啥区别？"

桃夭气哼哼地走开，对着一棵梅树说："你看，你们在这里这么多年，都不曾被人骂过老妖怪，对吧？"一边说还一边气鼓鼓地拿脚在地上乱划。

"好好，我们司府的桃丫头永远是个讨人喜欢的小姑娘。"苗管家哭笑不得，又将四周探看一番，确实没有闯入者的踪迹，又对桃夭嘱咐道，"我去别处看看，你也回去找上柳公子跟磨牙一起巡视,莫再耍小孩脾气。"

"等一下。"桃夭叫住他,仍是气鼓鼓的样子,"你们的梅林里只种梅树吗?"

苗管家愣了愣,心说这丫头今天怕是吃坏了肚子,怎的尽说些没头没脑的话。

"既是梅林,自然只种梅树,不然何以称之为梅林。"他耐心回答。

"不见得吧。"桃夭朝身旁的梅树努努嘴,视线落到树根处,"那这是啥?"

苗管家顺着她的目光瞧去,那枝条拳曲的梅树下,却不知何时多了一株矮矮的小树,不足二尺,纤细稀疏的树枝上只顶着零星几片暗红色的叶子,从叶片形状来看,似是一棵枫树。苗管家虽对花草树木了解不多,但也知世间常见的枫树大多笔直高大,离地数丈树冠横开几十尺的亦不罕见,而如此矮小不起眼、稍不留神便从视线里漏掉的品种,确实从未见过。

他走近细瞧,满脸疑惑:"是谁如此恶作剧,在梅林之中种枫树?"他又思索一番,不太肯定地自言自语,"方才来梅林时未见有此物啊……敢坏司家规矩,在老爷夫人留下的梅林里胡来?"

"啊?不是你们自己种的呀?"桃夭瞪大眼睛,"那就怪了,难不成还能自己从土里冒出来?"

苗管家摇头:"不可能是司府里的人干的,这梅林等同于老爷与夫人的遗物,意义非同小可,这么些年众人皆悉心照顾,谁敢在此地乱种东西。"

"哦……"桃夭蹲下来,双手撑在下巴上,盯着这棵来历不明的家伙,一本正经道,"也是,就算你们要种,也不会种一棵这么丑的枫树。"说着她伸出手指去戳了戳那小枫树的叶片,突然忍不住笑出声来,"不光丑,还脱发……就剩这么两三片叶子。"

普天之下,大概只有桃夭有本事把一棵树都气到跳脚吧——如果这棵树听得懂的话。

而今天司府里头最大的奇闻,是这棵树不但听懂了,还还嘴了。

"你才丑!你最丑!"

细脆的声音饱含怒意炸开在桃夭身边,可前后左右并不见说话的人。

在场的若非见多识广胆大心细的苗管家,怕是立刻就要吓死过去。

他只是紧皱起眉头,连退一步都没有,只看了看桃夭:"你被骂了?"

"是啊,胆子可真大。"桃夭做出生气的样子,还作势要揪掉那枫树的叶子,"反正也快秃顶了,索性帮你一把。"

"住手!"

地上的枫树呼一下消失在一团旋风般的白雾里,眼见着要逃,却始终只能在梅树下横冲直撞，脱不得身。

"桃丫头……"苗管家盯着地面上之前被桃夭用脚划出来的痕迹，"方才你并非在发脾气吧？"

"我有那么小气吗？"桃夭翻了个白眼，抬起一只脚笑，"这些小东西顽皮得很，得不动声色地将它们关起来才好。"

苗管家眼中浮出几分赞叹之色："随便几脚便能捉住这样的玩意儿，桃丫头你果真是我们司府捡到的宝。"

"与其口头称赞，不如多给我买些好吃好玩的。"桃夭盯着那团想跑跑不了的白气，看热闹般道，"继续跑，我看你还有多少力气。"

恐怕它是真没多少力气了，来回折腾了没多久，速度越来越慢，最终白雾渐散，只有个身量娇小的姑娘跪地不起，一只手捂着心口，一只手撑住地，脸色煞白。

苗管家定定神，对桃夭道："想来是她没错了，能将我们司府家丁打得鼻青脸肿的，不可能是寻常的'小姑娘'。"他顿了顿，"她……是妖怪？"

桃夭点头，又瞟他一眼："您老完全不害怕？"

"多年来随两位少爷走南闯北，奇闻轶事并不少见。"苗管家诚实得很，"我只是好奇她的目的。"

"你……你是何人？"大约是缓过气来，那姑娘勉强爬起来指着桃夭，"速速将我放出，否则必不饶你。"

桃夭这才看清了来者全貌，瘦得一口气就能吹走，比她还要矮半个头，深目高鼻小口，面目轮廓倒还看得过去，只是皮肤像成天于烈日下劳作的村妇，又黑又粗糙，以世人素以"肤白胜雪"来形容美人的习惯，这丫头怕是此生与美人无缘；加上那一身土褐色的粗布衣裳，衬得她更加灰头土脸，仿佛在地下埋了三千年刚被人挖出来。

"我是谁？！"桃夭故意抬手挠鼻子，腕上金铃闪闪发亮。

这姑娘怒气不减："我不知你是谁！我千辛万苦来这里也不是为了见你！"

桃夭耷拉下眼皮，指着自己："你真不知我是谁？"

"我为何要知道你是谁？"姑娘抬手狠狠砸向围困她的无形屏障，可无论花上多大力气都无法突破，"放我出去！我要见司家少爷！"

幸好司静渊不在，不然一定会揪着她问为啥不认识你呀你不是说你在妖怪里十分出名吗你不是在吹牛吧，云云。

桃夭掩住嘴巴，小声对苗管家道："太年轻了，没见过世面。"

"好的，知道。"苗管家心照不宣，绝不多问一句。

也不算是为了面子的谎话，天下妖怪千千万，有年纪的没年纪的，善良的凶恶的，聪明的缺心眼的，确实不是每个都认识她，但完全连听都没听说过金铃过处片甲不留的桃夭大夫的，数量也不会太多，没吃过猪肉也得见过猪跑不是，好歹都是归桃都管辖的家伙，有眼不识泰山的，要么是太年轻，要么是生活环境狭小闭塞不知外头世界多精彩的，她猜这笨丫头大概是两者都占齐了。

"口口声声要寻司家少爷……"桃夭碰了碰苗管家，坏笑，"该不是看上他们来抢亲的吧？你方才不也说许是哪家小姐对你家少爷起了痴心吗？可见这事不是第一次发生了吧？"

"什么时候了，你还调皮胡说！"苗管家无奈叹气，"以前纵有姑娘倾心少爷，也是人，不是妖啊。"

"你们俩胡说八道什么！"那姑娘砸"墙"砸得累了，暂停歇息，耳朵却没闲着，愤愤然盯着他们，"谁抢亲？谁倾心？你们这儿到底是不是号称'阎王断生死，司府解是非'的清梦河司府？"

桃夭苗管家面面相觑，双双点头："是啊。"

"那为何不许我进门？"她气得鼻尖都皱起来，"还要用妖术将我困在此处！"

"你一个妖怪，对妖术有什么偏见吗？"桃夭简直要笑掉大牙，"不过我那可是独门独派的封妖绝技，你八辈子都学不来的本事。"

"你教我我也不学！"姑娘嘴巴硬得很，处在劣势依然毫不低头，"我要见司家少爷！我有事相求！"

苗管家不禁头痛道："这个……姑娘啊，咱们这儿是要讲规矩的，你若有是非要我们出面解决，得先递上名帖，写明你的出身来历与是非的来龙去脉，我家少爷看过之后才能决定见你不见。"

姑娘愣了愣，面上的愤怒被焦急取而代之："没人同我讲过啊，而且我也不识字，不会写什么名帖。"说着说着便红了眼圈，越发自责起来："怪我……都怪我没听清楚，我以为见到司家少爷亲口告诉他就行了……可我出来这么久了，若是见不到该怎么办？"

虽然少了几分美人难过时的楚楚可怜，但这般瘦小的，本尊都快秃了头的小妖怪，在寒风中孤立无援的样子，看了让人也怪不忍心的。

"这如何是好……"苗管家看了看桃夭，"按规矩是要打二十大板撵出去的。"

桃夭眼珠一转，小声道："要不破个例？"

"这……你确定她只是个无甚害处的小妖怪？"

"害处还是有的，那几个家丁不就被打了么……"

"正经点！！"

"正经点说，若她有大本事，早就把你家少爷抱走了，还需像个傻子一样戳在这里跟你我发脾气？"

"也是……"

6

司狂澜放下手中的名帖，端起茶杯饮了一口，自言自语道："沈枫？"

摊开的名帖上墨迹未干，只得歪歪扭扭四个字——沈枫，妖也。

司家的规矩之一，名帖必由事主亲自书写。

"没念过书？"司狂澜看了苗管家一眼。

苗管家忙道："据事主自己说，不识字。"

桃夭赶紧凑上来，仿佛受了天大的罪："二少爷，你是不知道我手把手教她写这四个字，花了两个时辰啊！没见过悟性这么差的。"

"悟性差倒未必，先生太差倒是铁一般的事实。"司狂澜淡淡道，又问苗管家，"梅林可还安好？"

桃夭的笑脸僵在那儿，邀功变成破功，司狂澜刻薄她的本事永远天下第一。

苗管家忍住笑："梅林一切安好，亏得桃丫头及时识破那小妖的障眼法，并施术制服，才未造成任何损失。"

还是苗管家好，司府里唯一的温暖，桃夭向他投去感动的一瞥。

"让她进来吧。"司狂澜看了看门外。

这么爽快？来见司狂澜之前，桃夭还跟苗管家商量过等下一定要把那笨蛋妖怪描述到旷古绝今的凄惨，才有打动司狂澜的可能。

桃夭赶紧跑出去，把那在门外忐忑已久的妖怪领进厅堂。

司狂澜只看了她一眼，笑笑："名帖上只有姓名出身，是非呢？"

"快说吧，二少爷问你哪。"见妖怪傻站着，苗管家赶紧提醒。

自称沈枫的她，将司狂澜来回打量了好几次，不太相信地问："你真是司家少爷？"

"不像？"司狂澜拾起他永远都看不厌的兵书，似笑非笑。

壹·枫生

"我以为能被称为活阎王的人，必是凶神恶煞膀大腰圆的。"沈枫直言，"可你看起来连强壮都说不上。"

桃夭真是替这个笨妖怪捏了一把汗，你说正事啊，你可知眼前这男人心眼儿有多小么，还敢直说他"不够强壮"……

司狂澜的视线在书页上移动："我以为能被称为妖怪的存在，必能腾云驾雾穿山劈海，想不到却被我家一个喂马的杂役降伏了。"

看吧看吧，立刻反击了是不是！这位少爷真是半分不肯让人。

"是我技不如人，她虽是杂役，但人很好。"她压根听不出这是对她的反唇相讥，每个字都说得极认真，"我自沐州回龙村而来，村人皆靠一条锦鳞河过活，可恨去年大旱一场，锦鳞河水近乎枯竭，我欲将附近白雀河水引入，谁知那白雀河中的妖物非但不许我引水，还放言要让锦鳞河枯竭得更快。我与他理论，他不听，我与他动手，反被他打得遍体鳞伤。所以我来找你们。"

就知道这种等级的小妖怪所困扰的"是非"，不可能是什么天地变色的大事，只是她也太没用了，打不过她桃夭不丢人，连一条小河里的不知名的妖怪也斗不过，就委实丢人了。

但换个角度来看，愿意为村民的生计奔波费心的妖怪，不应该被唾弃。

"沈枫姑娘，你回去吧。"司狂澜放下兵书，将名帖合上交给苗管家。

所有人都愣了一下，苗管家端着名帖，有些不忍心交给沈枫。

"你不肯帮我？"这回沈枫倒是聪明了，也急了，"我只是希望你们帮我制服白雀河那只妖怪，不论是跟他讲道理还是打到他肯讲道理，我只有这一个目的。其余的事不需旁人帮手，我自己都能做到。这点小事莫非你都不肯出手？"

桃夭也想知道司狂澜拒绝的理由，她以为他会点头，又不是多麻烦的请求。莫非这家伙内心里还是对妖怪有忌讳，不想过多沾染？

"沐州已开始落雪了吧？"司狂澜仿佛自言自语。

沈枫点点头。

"那里太冷了，冬季还是要留在暖和的地方。"司狂澜又饮一口茶，"且近期我不得闲，打算写一本如何烹制烤肉的书，抱歉帮不了你。"

这是什么见了鬼的理由！！

可桃夭明白，不论拒绝的理由多么荒谬，只要司狂澜摇头，便没有人能让他点头。

"苗管家，送客吧。"他略略打了个呵欠，视线再不肯离开他的兵书。

"可是……再没有谁能帮我了！"沈枫突然跪下来，"我若不能打败那妖怪，锦鳞河水不久后便会彻底枯竭,会死人的!"

"开凿河道,引水灌溉,乃当地官府分内之事,我以为你还是尽快返回另想他法吧。"司狂澜不为所动,根本不肯多看她半眼。

"司少爷!"

她想冲上去,却被苗管家一个箭步隔在司狂澜的身外。

"沈姑娘,回吧。"苗管家将名帖放到她手里,"我家少爷决定的事,没法改。"

见状,桃夭上前拽住她的胳膊:"苗管家说得没错,我们家少爷就是头驴,倔呀。且你不是答应我,只要见到少爷,无论他愿不愿出手,你接受任何结果,不吵不闹。"

"我……可他……"沈枫急红了脸,想找司狂澜说理,又得顾念着桃夭的提醒,一时间左右为难,进退不得。

"走吧,我送你出去。"桃夭扯着她朝门口去,"吵闹是最无用的,纵然你吊死在他面前,他也顶多是喊人埋了你罢了。"

司狂澜一字不差都听到,嘴角微扬,没作声。

苗管家跟出来,倒是很过意不去的样子,小心翼翼跟沈枫说:"你且不要着急,凡事皆有解决之法。天色也晚了,要不你在府中歇一夜再走?"

沈枫紧抿着嘴唇,委屈得一句话都不想说。

"行了,把她交给我吧,杂役不就是料理这些小事儿么。"桃夭朝苗管家扮了个鬼脸,旋即自门廊里探出头去,抬首望了望已见暮色的天空,突然狡黠一笑,问,"苗管家,你说今天会下雨吗?"

"啊?"苗管家看看天,"今日晴朗,怕是很难。"

尾

苗管家说错了,今天真的下雨了,大暴雨。

且最奇特的是,这场突如其来的暴雨,只下在司府。

府内众人连晚饭都顾不上吃,纷纷拿着一切可以接水的东西,摆满屋舍里漏雨的地方,再忙不迭将屋内地面的积水用扫帚扫出去。

然后所有人都看到那个白天硬闯进府中的小姑娘,倔强地站在司狂澜所在的饭厅外,一言不发地站着,这么大的雨水都不能冲刷她脸上的固执与委屈。

被临时从漏雨严重的小黑屋里放出来的司静渊,从桃夭添油加醋的描述里知悉下午发生的一切后,已经唠叨了司狂澜快一个时辰,还说二少爷不去大少爷可以去

壹·枫生

呀，小事一桩何必为难人家小姑娘，就算是个妖怪，也是小姑娘不是。

柳公子也忍不住嘀咕要不是司狂澜不近人情，他晒在厨房后院的菜干也不至于被淋成菜糊糊，心痛。

沈枫也放出话来，若司家少爷不肯施以援手，这场雨永不停止。

所有的指责与嘀咕都不在司狂澜在意的范围，他似乎也不在意这场雨再继续下去司府必成汪洋大海，只管举着筷子，自顾自地用晚饭，偶尔开一下口，也是抨击柳公子的哪道菜无比失败而已。

桃夭今晚也十分规矩，吃饭喝汤，逗弄滚滚，只字不提孤立雨中的沈枫，偶尔又不知想到了什么，偷偷地笑出来。

身边的磨牙忧心忡忡地看看她，又看看外头的瓢泼大雨，好几次试图跟她说些什么，都被桃夭用各种素菜塞住了嘴吧。

司狂澜放下碗筷，擦擦嘴，这才转头看定桃夭："你教唆的？"

"我哪敢。"桃夭连忙否认，旋即笑道，"不过是同她聊了聊她的出身罢了。"

"何物？"司狂澜笑问。

桃夭望向窗外那个孤单的身影，眼中若有所思，片刻后方开口："百……不是，古籍曰，枫树上年岁者，得天地造化，其下必有枫生，皆人形，分男女，成形七年后可行走，见人则化矮树，称枫生木，取之投火，可祈雨。"

磨牙无端端叹了口气。

"枫生？"司狂澜想了想，"倒不曾听闻。你既说取之投火可祈雨，可窗外那位明明好端端地站着，还拿我司府安危威胁我。"

桃夭起身走到窗前，外头的沈枫仍不动如石像，唯眼中有光，说不清是焦躁还是期待。

"就枫生这种妖怪来说，她年岁已经很大了，这样一场雨，何需烧了自己。"她背对众人，"不过，越长得像人，死期越近。"

所有人，包括司狂澜都微微皱了眉头。

雨声越发响亮，天地间仿佛只得这一个声音，屋檐之下，雨水结成帘，将孤注一掷的妖怪与一群同她毫无瓜葛的人，鲜明地隔离开来。

百妖谱
贰·翟鱼

楔子

它庆幸自己仍是一只妖怪，世上怕没有谁再跟它一样，做人也很快乐，做妖也很快乐。

◦ 1 ◦

天渐亮，雨未停。

司府上下手忙脚乱一夜，锅碗瓢盆无处不在，场面一度十分壮观。

饭厅里，司静渊的呼噜声跟外头的雨声一唱一和，他可能是头长得还不错的猪吧，能吃能睡，从椅子上滑到地上也没阻挠他本能地抱住椅子腿继续睡。

桃夭抱了一杯热茶，无事人一般坐在窗前赏雨，旁边的柳公子边嗑瓜子边打呵欠，自己吃一颗，滚滚吃一颗，不给剥壳不行，要挨狐狸挠。只有苗管家跟磨牙面上有焦急不安的神色，时不时走到门外看看，又一言难尽地回来。

焦点仍然在稳如泰山的司狂澜身上，有时真要怀疑他才是个妖怪，石头变的那种，否则无法解释怎么能有人可以纹丝不动地坐好几个时辰，除了翻书的手指跟移动的视线之外，哪里都是静止的，这等资质玩一二三木头人铁定是不会输的。

桃夭偷偷回头看他，翻个白眼，又转回头去。

一直是这样，你看他，他不看你，你问他，他不答你，离你那么近，但他就是在另一个谁都不能闯入的世界。

苗管家已经不知道第几次从门口跑进来，掸着衣裳上的雨水，看了看司狂澜，觉得在他身上还是看不到任何可期待的改变，叹口气，转走到桃夭身边，小声说："桃丫头啊，我怎么觉得……沈姑娘变色了？"

柳公子从口中吐出瓜子壳，故意大声道："都下了大几个时辰的雨了，年纪又那么大，不变色才怪。"

"啊？沈姑娘会有生命危险？"苗管家紧张起来。

"沈枫变成什么颜色了？"桃夭的声音比柳公子还大。

"白了好多！"苗管家忙道，"跟失血过多的人很是相似。"

"白了呀，白了没事。起码还能再撑几个时辰，待她变成炭一样黑的时候，你再进来通知你家少爷给她收尸吧。"桃夭尽量把每个字都说得清晰无比，确保顺利送达司狂澜耳中。

苗管家皱眉，将桃夭扯到一旁："还是不要等二少爷了，他什么性子你我都清楚。你既是管辖妖怪的地方来的，难道还阻止不了外头那个小妖怪？眼看她白白送命，还是不行吧。"

桃夭摇头："我只管治病，她现在没病呀。再说了你看她费了那么大力气来求助，想来也是抱了必死的决心，我何苦坏了她的心意。"

"澜澜啊漏水啦！你不去帮忙我去好了！呼……鸡腿好吃……"司静渊的梦话顺着他嘴边的口水掉出来。

见状，苗管家头痛地跑过去，轻轻拍了拍司静渊："大少爷，莫在地上睡了，醒醒。"

此时，司狂澜手中的兵书终是翻到了最后一页，他略略闭了会眼睛，再睁开时，说："让她进来，雨就不必下了。"

"雨停了吗？"司静渊不知听成了什么，睡眼惺忪地从地上跳起来，擦着口水道，"让谁进来？"

这便是意外了，司家二少爷的决定历来比铁石还硬，几时有过更改，苗管家愣了片刻，又笑着摇摇头，决定是铁石，人心却未必，司家的小阎王终究还是个绰号罢了。

桃夭嘻嘻笑出来，蹦跳着出了房门。

柳公子哼了一声，嘀咕："装腔作势。"

"善哉善哉，有转机了。"磨牙大大松了口气，扭头对柳公子道，"你输了，十个素馅儿包子。"

"这还没点头呢,怎么就是我输了。"柳公子不耐烦道。

"阿弥陀佛,二少爷不会见死不救的。"

"你才认识他多久!"

"反正……十个素馅儿包子。"

桃夭不知几时出现在他俩背后,黑着脸道:"连这个都赌,你俩有没有人性?"

"我本来就不是人,闲着也是闲着……等等,你凭什么责骂我们?你是最没有资格的好吗!"

"就凭我曾经辛苦赚钱喂养你们这两个没用的东西!"

"呸!我们还不是穷得天天吃青菜豆腐!"

"阿弥陀佛,雨停了!"磨牙一句话,总算让那两人住了嘴。

淅淅沥沥的声音果真消失,天边渐渐亮起的白光干干净净地落进屋里。

落汤鸡一样的沈枫重新站到了司狂澜面前,面色确实苍白之极,身体微微有些哆嗦。

"不要这条命,也要我们去你家乡救一条河?"司狂澜似笑非笑看她。

她咬着嘴唇,用力点头:"我要救人,他们的性命比什么都要紧。"

"沐州,回龙村,锦鳞河,白雀河,对吗?"他又问。

沈枫更用力点头:"你们这是同意了?"

"当然啦!"桃夭抢先回答,"你看我们二少爷,你说的话他一个字都没记错,可见他对你的请求一开始就很上心呢。"

司狂澜不作声,举杯饮茶。

"那……那为何还要我以雨相逼?"沈枫不解,又有点委屈。

桃夭哧哧笑:"大雨容易让人清醒,尤其对那些自以为是顽固不化的脑子特别有用。"

"我不是很明白……"

"不用你明白,反正现在你的事,司府上下必全力以赴,对吧,二少爷?"桃夭扭头朝司狂澜粲然一笑。

司狂澜以微笑回她:"那么,这回就由你我二人亲赴沐州,解这妖怪的是非。其余人留守司府,这场大雨委实过分,府中需打扫修补之处必多,你们务必尽力。"

嗯?你我二人?桃夭琢磨了好一会儿也没回过神,解是非这种工作,你带上你家静静不就足够的么,为啥是她?她老早计划好了他们两兄弟去沐州之后她的神仙日子，马匹什么的随便喂喂就好，不用天天看见司狂澜那张阎王脸，还不用给司静渊那个作死鬼送鸡腿，有时间还能跟着苗管家去市集采买货物蹭吃蹭喝……这么美好的未来怎么说破灭就破灭了？

听说沐州现在已经很冷了，她不想去啊！！

"我也去啊！"司静渊指着桃夭，"就带她去，万一有个啥意外，你们连个帮手都没有。"

司狂澜淡淡道："天明后，你继续闭门思过。我回来前，要看到你抄的姑娘们的八字一字不少放我面前，莫再让小厮替你写了，否则，你下个月都出不来。"

"我到底是不是你亲哥哥……"司静渊垂头丧气，"我做的一切不都是为你好吗！"

司狂澜都懒得看他，只管对苗管家吩咐："我不在时，一切交你打理，若有人不循规蹈矩，不分尊卑，家法处置。"

苗管家拱手："是，二少爷放心。"

"等等！我可以不去吗？"桃夭着急地跳出来，"二少爷你英明神武，区区一个河里的小妖怪，你就是跺一下脚也把它吓死了！"

司狂澜起身，走到她面前，微微低头："你不可以不去。跟从家主，侍奉左右，这本该是你的分内事，不对吗？"说罢，也不管她还想分辨，他嘴角一扬，径直往门外走去，只留下一句："都休息去吧。"

"喂喂！我不同意这样的安排！！"桃夭要追他，被柳公子拽住。

"你这是做啥？"柳公子瞟她一眼，又往司狂澜消失的方向看看，努努嘴，"天天垂涎你家二少爷的绝世风姿，这大好机会在眼前，你又鬼哭狼嚎的？"

"我不垂涎了行不行？"桃夭哭丧个脸，"我现在好怕跟他单独出远门，他会用一百种方法杀掉我。"

"阿弥陀佛，谁杀掉谁还不一定吧？"磨牙双手合十，"看在上次二少爷在孰湖这件事上也帮了忙，说不定因此得罪了什么狌狂司，这回你亲自陪他去沐州，也算还了人情啊。"

桃夭撇撇嘴："那里那么冷……而且，万一他又不给我吃肉怎么办！我又打不过他！"

"那就吃素呀，吃素很好的！"

"我不！柳公子，你跟我去！"

"我不！我要留在司府研究烤肉，而且我要冬眠。"

"你们到底是不是跟我一伙儿的！"

"我烤好鹿肉等你回来吃,怎么不是一伙儿的?"

"我会天天替你念经祈福,我们永远是一家人!"

"……"

○ 2 ○

司府里耐力最好的两匹马,轻松拉着马车出了城门,快速往沐州而去。

马车内,司狂澜闭目养神,若不是还有呼吸,真是可以烧几炷香拜拜呢。

桃夭与沈枫各坐一方,沈枫时不时撩开帘子往外探看,焦急的样子恨不得下一刻便到了沐州。

"好啦,要好几天才能到沐州呢,别老撩帘子,冷风全灌进来了!"桃夭忍不住提醒总不能安稳下来的沈枫,"这已经是司府里最能跑的马了,你且坐好等待就是。"

说了她几次,好歹肯收敛了,只是安静不了多久,她又忍不住扭头朝帘子望,却被桃夭警告的目光瞪回来。

"我……"离沐州越近,她越紧张,当时勇闯司府的彪悍劲头似乎被寒风吹尽了,露出底下惴惴不安的本来样子,"你们……真能替我解决掉白雀河的妖怪?"

桃夭瞟了司狂澜一眼,笑道:"怎的,还是对我们二少爷并不强壮的身子缺乏信心?"

司狂澜充耳不闻,连眼皮子都不动一下。

"毕竟我同它斗了那么久都不能伤它分毫,且留给我的时间也不多了,如若这次仍不能成事,我怕再无转机。"她眉目纠结,底气不足,又看了看他们,"你们终究乃血肉之躯,我……"

"你自小便住那回龙村?"司狂澜忽然打断她。

沈枫愣了愣,点头。

"不对。"司狂澜睁开眼,笑,"应问你是否自幼便'长'在回龙村。"

桃夭撇撇嘴,没吱声。这个人呐,任何话自他嘴里出来,看似寻常,其实都挂着不以为然的嘲讽,好在沈枫不够伶俐敏感,不然这一路上怕要气得吃不下饭呢。

"回龙村是长不出我的,我只记得自己生在一棵巨冠枫树下,前有幽泉,后有青山,地中有彩石,莹莹斑斓。"她努力回忆,看样子应该许久不曾有人问过她这个问题。

"枫生不是随便一棵枫树下就有的,需得天地造化,灵山秀水,你当是你家地里的菜么，说长就长。"桃夭从包袱里摸出一包酥糖，扔一颗到嘴里，又递给沈枫一颗，"被抓去的吧。"

沈枫一愣，酥糖从她指间漏下去，又被她手忙脚乱捡起来往嘴里塞。

"脏了还吃？！"桃夭一把抢过来扔出窗外，好笑地看着她，"你很喜欢吃糖吗？"

她迟疑着摇摇头："很久没人请我吃东西了……"

"不是喜欢吃糖，只是怕请你吃糖的人不高兴。"桃夭忽然伸手摸了摸她的头，逗孩子似的笑出来，"难怪那么容易被抓住。"

司狂澜看看她俩，又闭上眼睛。

"听不懂可以问我呀，我很乐意给二少爷解惑的。"桃夭扭头看他，赌一百个肉包子他肯定不知枫生的底细，更不知她方才一口一个"被抓去"是何意，哼，纵他博览群书才高八斗，也有欲知而不知的尴尬。

可是，司狂澜并不打算给她卖弄的机会，只道："酥糖之类食物，食用过量对身体无益，你已无过人之姿，若再肥胖一圈，更是不堪。"

为啥他总能在任何时候任何场合任何话题里找到攻击自己的点呢？以及根本不用疾言厉色，轻描淡写一句话就足以让她炸裂到想用药毒死他？

若非考虑到沈枫心心念念盼着司狂澜去解她的是非，她拼了这条命也要跟司狂澜江湖决斗一场，不把他从马车里踢出去在地上滚动摩擦十八圈，难解心头恨。

可真决斗的话，滚出去的那个应该是她吧……唉。

"嘻嘻，我不怕胖呢，毕竟又不当二少奶奶。"桃夭硬是把所有愤怒压缩成没心没肺的笑容，"再说，人间美好，我还不想跟那些倒霉姑娘一样，英年早逝。"

不就嘲讽吗，谁不会。

"却不知当初是谁终日挂在墙头偷窥。"司狂澜嘴角微扬。

"我那不是为了丁三四才……"桃夭急得脸红，又见沈枫一脸茫然，这才收了继续反驳的心，也没心情吃糖了，愤愤把酥糖收起来，暗骂，"呸，老狗记得千年事……"

司狂澜一字不漏听见，微笑："我自小便记性出众，过目不忘，与年纪无关。"

桃夭故意挖了挖耳朵，当没听见，看定沈枫："方才我没说错吧？"

沈枫又愣了愣，半晌才反应过来，低下头，手指局促地揉搓着。

"是被抓住了……可我很高兴。"

3

麻袋被解开，光线自缝隙里钻进来，令人眼花。

少年稚气的脸在光影之间晃动，眼睛很亮，像泉水里被冲刷浸泡了许多年的石子儿，圆润细腻，光彩但不夺目，无端端让看见的家伙觉得，拥有这样一双眼睛的人，必没有一颗犀利凶狠的心。

"阿爹，你走了一个月，就带了这个回来？"

声音也好听，脆生生的，让它想起听了好多年的泉水的声音，不，比那个还好听。

"傻娃娃，这可是多少人梦寐以求、求而不得的好东西呀！"

麻袋被小心翼翼抽离，它终于完全暴露在暖黄的灯光下，因为头上贴着一道符，所以它动不了，也不能说，只能眼睁睁看着这对父子趴在桌子上，撑着下巴与自己四目相对。

房间里摆满了奇奇怪怪的东西，除了一摞摞都搁出灰来的黄纸，案台上还胡乱放着一圈绕得乱七八糟的红线，红线上缀着脏兮兮的铜铃铛，香炉怕是几百年没有倒过了，香灰积成了一座小山，三根烧得长短不一的香歪歪斜斜地插在那里，面前供的也不是哪个神仙的塑像，只是一个普通的木牌，里头嵌了一张红纸，纸上粗笔重墨写了一个"神"字。

它老早听说过，对妖怪最不友好的便是世间的术士们，他们钻研奇术，走遍名山大川，寻找一切可以帮助他们得道成仙斩妖除魔的工具，奇花异草，怪兽灵禽，甚至包括妖怪，一旦被捉住，几乎都没有好结局，要么变成丹药，要么变成任其驱使的傀儡法器。

所以，算自己运气不好？明明已藏得那么好，还是被这个胡子拉碴的中年男人找到。它听幽泉附近长居或者路过的妖怪们不止一次说起，能不离开幽泉就别离开，外头啊，人多，人多的地方危险就多，没点本事的小妖怪一不小心就会被捉去当下酒菜，反正啊，人类可凶了。

问题是，它的哥哥们觉得自己不属于"没本事"的小妖怪，它们常常在幽泉附近的山道里捉弄路过的人类，尤其看见穿得光鲜靓丽的路人，便要故意引来一场雨，将人家淋成狼狈不堪的落汤鸡，自己躲在暗处乐不可支。回来后还要跟它吹嘘，说人类哪有传说中的那么凶恶厉害，不过是连一场雨都躲不开的动物而已。那时它还小，只得了一半人形，脚还不是脚，牢牢生在土里，最大的消遣只能是听几个哥哥们眉飞色舞地跟自己讲述它们今天又怎么戏弄了几个倒霉鬼，或者伸开自己的双手，看看有没有飞鸟或者蝴蝶愿意留在它手上跳个舞唱个歌，有时候几片落叶掉下来它也能玩半天，蹲下来在地上摆成各种形状。

其实不太记得是什么时候，它的哥哥们再没有回来。

只记得头一天它们还兴高采烈地说山路上来了一群人，鲜衣怒马，很是热闹，待它们想想要怎么捉弄这群人，看是下雨还是扮鬼，反正它们最喜欢看人类惊慌失措的样子。

然后就没有了然后，直到它可以离开泥土，以近似于人的模样到处行走时，哥哥们也没有回来，问过许多路过的妖怪，都说没见过。遇到有修养又热心的妖怪，除了对不能帮助她表示抱歉之外，还无一例外地劝它千万不要为了寻找哥哥们的下落离开幽泉，留在这里才能获得最大的安全，人，特别危险。

它其实没怎么想过离开幽泉，因为不认识路，胆子也小，最关键的是体力也很差，稍微多走几步，脚下便同踩了棉花似的，得休息许久才能恢复过来。如此自顾不暇的状态，一直持续了好多个春去秋来才好转。

可如今回想，还不如虚弱如从前呢。若是从前，它断没有走过石滩的脚力，也就不会发现从陡坡上跌落下来伤了腿的男人，更不会把能止血止痛的草药扔给他，若以上都没有发生，它现在还好端端地在幽泉左侧第三棵大枫树下打瞌睡混日子。

那些妖怪们说得不错，人真的好危险，它以为此生都不会再遇到那个男人，可仅仅几天后，它就遇到了，还被捉了，一张突然贴到它脑门上的黄纸，然后便是铺天盖地下来的大麻袋。

反正它从未想过自己会以这样一种方式离开幽泉，它其实远远就看见了那个男人，虽不知他如何找来了这里，也不知他来干吗，但它知道，一定不能让这个人发现自己！但是，它明明记得自己变回了一棵枫树，四周花草又那么多，长得跟它差不多的小矮树随处可见，怎的还是被那个人一击即中……

现在觉得头好晕，麻袋里空气不怎么好，一路上还特别颠簸。

那么，现在这个地方究竟是哪里？

少年上下左右打量了它许久，却有些失望："阿爹啊，这算啥好东西呀，不就是一棵很矮很小的枫树吗？"

"你知道个屁。"中年男人拍一下少年的脑袋，"让阿爹给你开开眼。"

少年摸着脑袋，撇撇嘴站到一旁，且看他爹如何给他开眼。

此刻躺在桌上的就是一株高不过尺的小树，树根树身树枝都齐全，枝丫间还挂着淡红的枫叶，树顶上贴着一道黄纸做的符。

男人转身从神案上取了一截红线过来，小心地将小树圈在其中，又捏诀对着红线念了几句咒语，随后扭头对儿子一笑："小子，看清楚了。"

话音未落，他唰一下揭走了树上的符纸。

父子二人都屏住了呼吸，等待石破天惊的一刻。

呱……呱……

屋外池塘里的青蛙叫了好几轮。

少年眨巴眨巴眼睛："阿爹……好像……还是一棵树呀？！"

男人揉揉眼睛，又戳了戳躺在桌上一动不动的小树，终于确定了那还是一棵树。

"这……"男人皱起眉头，又用力戳了戳它，"喂喂！睡着啦？！"

一动不动，再戳，还是不动，继续戳，就是不动。

少年看向父亲的目光终于透露出不信任与失望，还有一丝"我老早就知道会这样"的意思。似乎当爹的也不是第一回干这种乌龙事了。

男人挠头，又用力咳嗽几声掩饰自己的尴尬，什么都可以丢，但怎能在儿子面前丢了面子……他皱眉，眼珠一转，突然从腰间摸出一个火折子，在小树前晃了晃，点燃，凑近它："再跟我装死，就烧掉你的手脚！"

呀，火！！那是它见过的最可怕的东西了！它亲眼见过幽泉里的几次火灾，天上一个炸雷下来，便有树木或者别的东西遭殃，最惨的是一条大蛇，在火焰里活活成了一堆焦炭。

"不要烧我！"小树一声尖叫，白雾顿起，再看红线之内，只蹲着个瑟瑟发抖的小娃娃，身量不过尺余，赤身露体，深褐色的头发又长又乱，皮肤十分粗糙，看不出性别，瘦瘦小小的一只。

少年张大了嘴，从震惊到惊喜，猛地抓住父亲的胳膊："阿爹你真的捉到妖怪了呀！"

男人灭了火折子，扬扬自得道："那是当然！你爷爷的爷爷的爷爷可是名震天下的……"

"好啦好啦，知道爷爷的爷爷的爷爷是很厉害的大天师，你说过几百次了。"少年赶紧打断父亲的"想当年"，所有注意力都放在眼前的小人身上，"这到底是啥呀？怎的从一棵树变作了小娃娃？"说着忍不住拿手指去碰它的脑袋，它吓得往后一缩，身子碰到红线，又是哎呀一声，像被针扎到似的往前一蹿，揉着后背委委屈屈地瘪起嘴。

原来一条红线就能困住它，人类真的很凶恶啊。

"这妖怪叫枫生，得了天地造化生在枫树之下，长成之后便能化人形，遇到危险时又能化回枫树的模样。"男人兴奋地说，"这可是难得的稀罕物，你爷爷都不曾有缘一见哪。"

"稀罕在哪里？"少年不解，"这跟书上画的那些了不得的妖怪也不像嘛，胆子还这么小。"

"取枫生木入火，可得雨。"男人刮了一下儿子的鼻子，"你也知道光求雨这一个本事，天下有多少术士真能做到，大多不过欺瞒世人的障眼法罢了。"

少年听了，看着红线中的小东西，到底年纪小，眼中藏不住情绪，当即不忍心起来："阿爹，你是说，你要将它烧死？"

"这只枫生年岁虽不足，但少说能取十块枫生木。"男人没有留意到儿子的变化，兀自盘算起来，"哪怕十场雨，也足够堵上那帮王八蛋们的嘴。"

少年垂头，眉目间瞬时没了之前的惊喜。

它不是很明白父子俩的对话，但就这么在他们面前发抖也是尴尬，总得做点什么吧。它稍微朝红线那头挪了挪，小声问："你的伤好了吗？"

男人一愣，少年也一愣。

"阿爹你受伤了？"

"啊……是的，去寻这妖怪时不小心从陡坡上滑下去伤了脚。"男人有些尴尬，旋即却得意起来，"你是不知道，多得这妖怪扔了治伤的翡姜草给我，我之后才有机会循着翡姜草的味道寻到这妖怪。你爹的嗅觉多厉害你是知道的，翡姜草的味道又十分独特，所以哪怕它只是摸了一下，哪怕过上几个月，我也能循着味道确定它的位置。算因祸得福呢！"

哦，原来自己是这样被发现的……早知当初就不管他了，唉。

少年皱眉："它见你受伤，给你送药，你却要烧死它？"

男人眨了眨眼，搓手，欲言又止了许久才说："妖怪的命，不就该这样？"

不知被哪个字戳中了，少年突然转身挡在桌子前："阿爹，我不同意。"

"不同意啥？"

"不同意你杀掉它。"

"它只是一只妖怪。"

"它帮过你。"

"帮过我它也还是一只妖怪。"

"你不对！"

"你才不对！小小年纪啥都不会，就学会跟你爹顶嘴？"

"讨厌你！阿娘就不会这样！"

"讨厌就滚，滚去睡觉！"

它看得好奇怪，之前还那么开心的两个人，怎的突然说生气就生气了，大的那个不管它了，自己蹲到一旁的小桌前喝起酒来；小的那个也不管它了，气哼哼地冲进里屋再不出来。

它坐在桌子上，困于一圈红线之中，莫名其妙地旁观了一对父子吵架，然后，居然还是有倦意，它打了个呵欠，躺下蜷缩起来。

○ 4 ○

"你是不是傻呀……这样都还能睡。"

耳边是少年又急又无奈的嗔怪，隐约还有阵阵水声。

它从熟睡中艰难醒来，揉揉眼睛，才发现自己被兜在粗糙的布料里，紧靠着一个温暖的胸膛。

天已经亮了，可这里又是哪里？

它转动着脑袋，前面是不知尽头的路，左边是一条蜿蜒的河，右边是奇形怪状的山，上边……是一个年轻的下巴。

"你可算醒了。"少年停住疾行的脚步，略略喘气地低头看它，"都说妖怪既丑又凶恶，哪里是你这个样子。"

它分不出来这是夸奖还是贬低，打了个呵欠，又吸吸鼻子，说："我一直都是这个样子，但可能还会长大的。"

少年哭笑不得："就你这个德行，有没有命等到长大那会儿，天知道。"

"我尽力吧。"它又打个呵欠，奇怪，在他怀里是不觉得害怕的，即便说的是生死天命这般的话，也没什么了不得的。

"我只能送你到这里了。"少年小心翼翼地把它从怀里捧出来，放到河畔平滑的石头上，"回头阿爹发现我将你偷出来放掉，可能会打死我吧……我得赶紧回去了，运气好的话还能路过胡大娘的摊子，买上两个烤饼吃了，挨揍时才好顶得住。"

他应该跑了很久很远吧，脸上挂满了汗水，到现在呼吸都还没有平复下来。

"那你还是把我带回去吧，不然你爹打死了你，我觉得我也不好受。"它老实地看着他。

少年哈哈笑出来,弹了一下它的脑门:"你真是傻吗?他是我亲爹,怎么可能真的打死我,顶多挨几下板子,让他出出气也就罢了。"

它捂着微疼的脑门,心说人类怎么一会儿一个样子,捉妖怪的也是他们,放妖怪的也是他们,原来人跟人是不一样的吗?

"你快走吧,趁现在还早,没人发现你。"少年起身,四下看看,在视线移动到离河水最近的一块大青石上时,稍微变了变脸色,"呀,也不是完全没人啊……"

足可容纳三人的大石上,坐了一个头戴斗笠身披蓑衣的渔翁,手执钓竿,不动如山。

它也看见了,觉得十分奇怪:"那也是你们人类吗?身上长毛的人?"

少年笑道:"那不是毛,是蓑衣,用蓑草编织成的衣裳,穿上可以挡雨防风。那渔翁也不是人,只是一块天生像渔翁的大石头。"

"那既不是人,也需遮风挡雨?既是石头,手里握的竿子又是什么?"

"那斗笠跟蓑衣都是阿娘给石头渔翁做的,鱼竿也是她放的。"少年看着渔翁,笑道,"阿娘是个很有趣的人,她总说万物有灵,这块生得像人的石头说不定也有自己的灵魂,总这么孤零零地在河边也是无聊,索性送它钓竿打发时间。有时阿娘路过,手里正好有吃食的话,还会放一些在它面前,真把它当个人看似的,多年来一直如此。旁人大约要笑我阿娘痴傻,可我记得阿娘说过,能长时间坚持做同一件事的人,都是很了不得的。在我心里,阿娘就是最了不得的。"

"钓鱼……"它盯着那石头渔翁,觉得分外有趣,幽泉里从没有人钓鱼,不论飞禽走兽还是大小妖怪,想吃鱼的话直接去水里捉,又快又省事。

说话间,天已大亮,少年摸摸它的头:"不跟你讲了,我要回去了,以后你自己小心,别又被捉住了。"说罢,他转身便走。

它见他离自己越来越远,怎么想都不对,匆匆从石头上跳下来,蹦蹦跳跳追上去,一把扯住了他的裤腿。

他诧异地停住,低头:"你这是干啥?都给你自由了,还不走?"

"我不知道怎么回去。"它突然委屈起来,干脆一屁股坐在地上,居然还吧嗒吧嗒掉起眼泪来,"我还很饿。"

他无奈地蹲下来:"你饿了?可是你要吃什么呢?"

"什么都吃,只是不吃石头。"它抽抽噎噎地看着自己瘪掉的肚子。

"可是这附近没有能吃的……"

话音未落,身后却突然传来一阵暴喝:"你个臭小子!啥都没学会,倒是学声偷东西了！我看你还想跑多远！"

少年吓一大跳，它也吓得不行，顺着他的裤子猫一样爬到他胸前，一头扎进他怀里，因为太紧张没调整好姿势，只能头朝下脚朝外，还不停蹬腿。

男人冲到少年面前，面色愤怒得恨不得捡块石头砸死他。

少年环抱双臂将它护住，飞快朝后退了一步，坚决道："阿爹你纵是打死我，我也要放它走！"

男人微微一愣，面色仍是不肯缓和："你再说一次！！"

"说十次百次都如此！"少年倔强成了一块石头，"阿娘说过，以怨报德非君子。它帮过你，你就是不能害它！"

寂静的河畔，少年的声音特别响亮，还因为一瞬间的坚决与沉着，竟冲破了他的年纪，此刻的他不再是个男孩，而是个男人。

河水淙淙，石头渔翁的钓竿垂于水面，纹丝不动，只有经过的风，撩动每个人的衣衫与发丝，或许也安定了两颗要一决生死的心。

男人抬头，深深吸了一大口气，又仿佛是要将所有的责备一口气释放出来。反复好几次，他才低下头，看着不屈不挠的儿子，叹气："回家吧。"

少年一怔，不太相信。

"愣着干啥，回家！吃饭！"男人一瞪眼，伸手拧了拧儿子的耳朵，"耳朵没有腿好使是吧？说话听不见，逃跑倒是快得很。"

少年犹疑："阿爹……你不烧死它了？"

"家里有柴，我烧它干啥！"男人嫌弃地盯着他的心口，"赶紧把它倒过来呀，头朝下露个屁股在外头成何体统！妖怪不要脸的吗？"

"哦！"少年赶紧把怀里的它拉出来，头朝上好好地揣回怀里。

它差点憋死，小脸通红，跟小奶狗一样哈气。

男人看它一眼，摇头，转身，对着空气说："费尽心思一场空。"又狠狠跺了几脚，咬牙切齿："活该你一辈子不能出人头地，活该！"

看着父亲的背影，少年松了口气，低头对它说："阿爹跺脚我就放心了，每次他这样我就知道自己不会挨罚。"

"能回去了吗？他不烧死我啦？"它不是很确定地问。

他笑："他真决定要烧死你的话，你以为我的力气能大过我阿爹？他就是这样啦，总是装出凶狠的样子，最后却总是凶狠不起来。"

它一知半解地点点头："那就是说，我以后都不用害怕了？"

"你确定要跟我回去吗？"他戳了戳它的脑袋，"那可是人类的地方，不光我们家里，四周都是人类，你不怕？"

"不点火烧我我就不怕。"它想了想，又小心地问，"若我知道了如何回去，也是可以随时离开的，对吗？"

"那是自然。"他笑出来，"不过你真的会长大吗？若一直这个样子，我还是怕你没命走完回家的路。"

它想了许久，不是很有底气地说："应该会的吧，毕竟我的哥哥们都长得很高大了。"

"你有哥哥？"

"嗯。可它们都离开我了，不知道去了哪里，也一直没有回来。"

"不会被捉住了吧？"

"我哥哥们很强壮的，不像我。"

"别的术师跟我爹也不像，所以……算啦，不说了，回家。"

"好。真的不烧我了？"

"……"

那会儿它并不是很明白，甚至都没有仔细思考过，为何做出留下来的决定这么容易，这么自然而然，它一直惧怕人类，也不希望自己的一生跟任何人类有交集，明明应该转身就跑头也不回，偏偏却没有。

过了许多年，它还是没答案，只记得在刚刚亮起来的天幕下，一个少年把自己揣在怀里，仿佛那是他世上最珍贵的、要以命相护的东西，然后气喘吁吁地跑了很远的路。

◦ 5 ◦

沈老爹就没那么可爱了，只要它敢冒出来吓唬人、苍蝇拍、纸扇，书本，只要他手里拿着什么，都能往它头上招呼，一点都没好脸色。不好好吃饭会挨骂，天冷不加衣服也会挨骂，偷偷出去玩也会挨骂，连带沈明善也不能幸免，每次骂他都是"光长个子不长心，一点当哥哥的样子都没有，整天带着妹妹胡闹"，这一骂呀，就是好几年。

应该有三年了吧？三年时间，明善已经长到十六岁了，是个就快跟沈老爹一般高的真正的少年郎了，砍柴挑水比自己爹还利索，洗衣服补衣服也是一把好手，唯一不变的是他黑亮的眼睛，以及对妹妹始终如初的耐心与疼爱。

贰·冠鱼

是的，它又有哥哥了，还是个普通的人类。

从河畔被抱回来之后，沈老爹确实再没提过要烧死它的话，虽然总是一脸不高兴，但不妨碍他一边骂自己养了个不成器的儿子一边笨拙地拿针线给它这个妖怪缝衣裳，边缝还边唠叨就算是妖怪也不能成天光着屁股。然后它就有了生命中第一件衣裳，感觉就是把一个布口袋挖出四个洞，中间再拿腰带一扎就完事，虽然在幽泉时它一年四季赤身露体也不觉得多难受，但衣服这种东西，穿上去还挺舒服，尤其天冷刮风时，身子就像包裹在一副温暖的铠甲里，连内心都很安稳。

人类的食物也很好吃，不吃饭它饿不死，但吃起东西来会有幸福感，虽然沈家没有饕餮盛宴，多数时候不过粗茶淡饭，顶多过年过节时，沈老爹会带回几块肥瘦正好的肉，在厨房里想方设法做出最好的味道，然后一家三口围在饭桌前狼吞虎咽，沈老爹总把肉尽可能多地往他们俩的碗里夹，自己笑嘻嘻地抱着他的酒葫芦大口豪饮，也只有这个时候的沈老爹是最高兴的，不骂人，只喊他们多吃点多吃点。

可能跟天天吃人类的食物有关，如今的它也不是当年那个可以被随便揣进怀里带走的小妖怪了，它长个子了，模样也变了，从去年开始，它就不需要再被藏起来过日子，因为不论从哪个角度看，它都是个两三岁的人类小姑娘，除了肤色比普通孩子深一点点，力气比他们大一点之外，没有一点妖怪的样子。沈老爹对外宣称的是他在外头捡的一个孤儿，看着可怜，只好带回来养着，村民们谁都没有起疑。这兵荒马乱的年月，外头多的是没爹妈的孩子，没孩子的爹妈，再说沈老爹这个人，除了爱吹牛，偶尔还神神道道之外，其实是个乐于助人的汉子，会捡个孤儿回来也不奇怪。总之，它从此有了光明正大留在沈家的身份，还得了名字，明善给起的，说它既然是枫生，就单名一个枫字好了，沈枫。一开始它不是很喜欢这名字，但一听沈老爹说沈春花更好听，它立刻同意了自己就叫沈枫。

回龙村里的村民一共就百来号人，相处融洽，大家对它这个沈家的养女也很友善，它每天做的最多的事，要么是跟着明善去山里拾柴，要么是去村口不远处的锦鳞河洗衣捉鱼。冬天锦鳞河会结冰，它最喜欢的游戏就是坐在穿了麻绳的木板上，明善拖着它在冰面上飞跑，每次它都开心得不得了。夏天也好玩，河边会开出各种颜色的野花，夜里还能看到会发亮的虫子，每到最热的那几天，明善都会在河边坐很久，不说话，只把野花采了来，编成好看的花环，然后放进河水里。那几天沈老爹的兴致也不会很高，喝酒也比平常多，喝多了人就不见了，第二天天亮才醉醺醺地回来。

那年夏天，它坐在明善身旁，问他这么好看的花环为啥扔水里去。

明善说，阿娘以前最爱编花环戴头上，所以每年她的忌日，他都会送花环给她。

"放到河水里她就能收到了？"它好奇地问。

明善笑笑："阿娘是火化的，骨灰撒在了锦鳞河里，这些都是她自己的意思，她说天下的江河湖海其实一脉相连，所以以后不论我跟阿爹走到哪里，只要天地仍在，江河不枯，她就一直在我们身边。"他顿了顿，自嘲地笑笑，"这话骗小孩子可以，可我已经长大了，我知道她已经永远不在了。"

一边笑一边难过，肯定更难过……它默默去采了一堆野花过来，学着他的样子编花环，却总也编不好。他见它笨手笨脚的样子，笑问："你这是做什么？"

"我也给我的哥哥们送花环。"它有点伤心，"其实我还是有些想念它们，虽然它们不给我做衣服，也不带我玩。不知道它们是不是被烧死了……"

他不知要如何回答，只能安慰说也许它们也遇到了跟阿爹一样的人呢，说不定现在正好好地生活在某个地方。

它点点头，瘪着嘴继续编花环。

"阿娘说过，世间每个生灵的际遇都不一样，不怨不怒，随遇而安才能过得好。"明善躺下来，枕着自己的手臂，"天上有多少星辰，地上便有多少不同的命运。你看阿爹，他一生最大的理想就是做一个很厉害的术士，通天彻地降妖除魔，以前他每年都要去京城参加术士之间的比试大会，从来没有赢过，阿娘总劝他不必介意，输赢不过浮云，抵不过一家三口平安喜乐，热茶热饭。可阿爹总说不能丢了祖上的脸，依然醉心于研究术法，屡战屡败也不肯放弃。"他轻轻叹了口气，"那年阿娘病重，阿爹又去了京城，她坚持了很久也没见到他最后一面，他早回来一天就好了。"

它终于编好了一个很丑的花环，放到了河水里。

"不过现在好多了，你看阿爹越来越像个普通的村夫，连衣服都做得越来越好，也很少再听他提起我爷爷的爷爷的爷爷了。"他笑看漫天星辰，"最有意思的是一个曾经想降妖除魔的人，最后却将一只妖怪当女儿养。"

它回来坐到他身旁，说："幽泉的妖怪们，从不会因为怕谁不高兴便约束自己的行为。当初他只是怕你不高兴，才留下了我。这个我还是明白的，也是我从你们身上学到的道理。"

明善扭头看它，轻轻摇头："阿爹不是怕我不高兴，是怕阿娘不高兴。阿娘在世时，不但对人和善，对其他生灵也一样，她总说来一趟世间不容易，只要不是奸恶之徒，能放就放吧，或许让对方活着，比夺其性命更有用。"

它沉默了许久，说："若你阿娘还在世，做出来的衣裳肯定比你爹做的好看许多。"

明善"扑哧"一声笑出来："这你便错了，阿娘最不擅长的便是做衣裳，连补

贰·鲑鱼

个衣裳都补得乱七八糟。"

它低头看了看自己身上的花布衣裳,不知该庆幸还是遗憾,也跟着笑出来:"真的好难看呀!哈哈哈!"

几个小小的光点从野花丛里飞起来,大概是被笑声打扰了美梦,忽高忽低地转着圈抗议。

锦鳞河的河水在夏天时特别温柔,水声轻轻,星河倒映,好到可以当任何人的一场美梦。

其实沈老爹早就跟它说了回到幽泉的路线,它却不想走,说回去了就又得过光屁股的日子,吃不到东西也饿不死的感觉并不好,留在回龙村里,有爹又有哥哥,村民们也很好,最重要的是,它活成了一个人,也是在这个时候,它渐渐理解了那些天生没有人形但无论如何都要修炼成人的妖怪同类。

有时候,它也跟着明善去村外购置生活物品,每当经过当年逃命时的河畔时,它跟明善都会大声跟依然在河边钓鱼的石头渔翁打招呼。若他们刚巧买了食物,也会悄悄放一些在这位"渔翁"身旁,这么多年了,也不知他钓了多少鱼,够不够他吃。

明善说,这条河叫白雀河,原本跟锦鳞河是同一条河的分支,只是后来不知为何生了界限,两条河之间好像再不相通。比起锦鳞河,白雀河的风光便要逊色许多,河岸两边只有石头,总是单调寂寞的样子,大家即便要散步玩耍,也都是往锦鳞河去,能长期光顾白雀河的,大概也只有石头渔翁了。

用恬淡快乐四个字,足以形容它的生活,随着时间的推移,它会的本事越来越多,除了家务事,它还偷偷在干旱的季节里给回龙村下一场不大不小的雨,虽活得像人,可它作为枫生的天赋永远都在,每当它看到村民们在雨水中谢天谢地的高兴样子,它就庆幸自己仍是一只妖怪。世上怕没有谁再跟它一样,做人也很快乐,做妖也很快乐。

它很满意,就这样生活下去吧,做沈老爹的女儿,做沈明善的妹妹,做回龙村里那个叫沈枫的小姑娘。

○ 6 ○

"可你现在一点都不像个快乐的大姑娘。"桃夭掀开布帘,几片雪花顺势飘进来,冷得她缩起脖子,赶忙将布帘放下来。

这只妖怪完全没有它回忆中的自己那么爽快可爱,花了好几天才断断续续讲完了之前的生活经历,有时候一个场景沈枫似乎要想很久才能拼凑完整,跟世上许多记性不好的老人一样,好几次桃夭都要听睡着了,这些家长里短毫无波澜的往事,对她来说真的很无聊。

"快乐不起来啊,白雀河的妖怪非要同我作对。"沈枫愁眉不展,"没有水,大家就活不下去了。"

桃夭打量她:"你一直在回龙村下雨?"

她犹豫片刻,点头:"锦鳞河一旦枯竭,大家就没救了。"

永远闭目养神的司狂澜忽然开口:"如你所说,白雀河离你们村子也算不得远,为何不直接去那里取水?"

"也算不得特别近,总归是不太方便。"她摇头,"何况那河里的妖怪太凶恶,蛮不讲理,寻常人靠近怕有危险。故而除了引水至锦鳞河,别无他法。"

"哦。"司狂澜笑笑,也不再多问。

这时,马车速度渐缓,随着马儿一声嘶鸣,外头传来驾车小厮的声音:"禀二少爷,回龙村到了。"

桃夭顿时来了精神,飞快自车中跳出去。

才落了地,她就想跳回去,沐州真的太冷了,这回龙村又在沐州北面,四周无遮无拦,仅仅几座远山根本挡不住肆虐的风雪,放眼看去,一地雪白,掩在枯枝之下的小路仿佛几百年没有人走过,不仔细看都看不出那是一条路。

沈枫脚一沾地便急不可耐地指着那条路的尽头:"穿过回龙村,再往北一里地便是白雀河,我们快去吧。"

"大老远来了,不请我们去你家喝口热茶再走?"司狂澜下了车,理了理微皱的衣衫,手里握了一把白色长剑,剑鞘上没有任何花纹装饰,平滑如玉,只在剑柄中央刻了一个"司"字,也不做任何填色,低调得不细看都发现不了。不光剑身雪白,连剑穗都是色如皓雪,清冷逼人。

出门时桃夭就注意到他的剑了,这以前从未见他舞刀弄剑,她心想也不是去什么了不得的地方,还需要带武器?

沈枫一愣,想了想说:"也好,天气这么冷,先去家中坐坐。"

司狂澜让小厮原地等候,两人在沈枫的带领下,深一脚浅一脚地走上那条蜿蜒小路。

不多时,前方隐约有人影靠近,却是个老樵夫,裹在厚实的冬衣里,看不清面目,老远便同沈枫打招呼:"丫头回来啦?你爹念叨你好久了!"

沈枫冲他挥挥手:"这就回家,牛大爷你走路小心些,雪天路滑。"

贰 · 鳌鱼

"好咧！"老头与他们擦身而过，慢悠悠地往另一头走去。

又走一会儿，几个孩童在雪地里打雪仗，笑声不断，再往前，村舍可见，此时正是午间，好几户人家炊烟袅袅，日子看起来也不像她说的那么水深火热。

沿途又跟好几个村里人打过招呼，她终于停在一处房舍前，推开竹栅栏，说："到了。"

普通的乡村民舍，收拾得倒是很整齐。

进了屋，她赶紧招呼桃夭跟司狂澜落座，两人还没坐下，厨房里便钻出一个四五十岁的男人，面相端正，举止略见粗鲁，握着一把菜刀就出来，油腻腻的袖子卷在手肘处，说话声音也大："死丫头跑哪儿去了？现在才回来！"

话音未落，自里屋快速走出一个十五六岁的少年，身子瘦而不弱，容貌清秀干净，一双眼眸黑亮如宝石，见了沈枫便嗔怪道："你跑到哪儿去了？不是说出去玩一下就回来吗？我跟阿爹很担心你的！"

她跑过去握住少年的手，抱歉道："我去找了两个朋友，他们听说了白雀河河妖的事，便同我一道回来，看看有什么可以帮忙的。"

"这样啊，那多谢二位费心了。"少年朝桃夭他们一拱手，"不知二位如何称呼？"

"这位是桃姑娘，这位是司少爷。"她赶紧介绍。

闻言，中年男人的脸色也变好看了，大声说："这是来了贵客啊，你们赶紧给人沏茶呀，我锅里正做菜，就在这儿吃午饭！"说罢又钻进了厨房。

很快，少年端了两杯冒着热气的茶放到他们面前，说："乡下地方，没有什么好招待的，二位莫要见怪。"

"您便是沈枫的哥哥，明善少爷？"桃夭冲他一笑，"我们来得不巧，打扰了你们的午膳。"

少年连连摆手："桃姑娘言重了，你们肯大驾光临，是我们莫大荣幸。喊我明善便是，少爷二字当不起。"

司狂澜端起茶杯，放到鼻子下嗅了嗅，又放回桌上，笑问："看起来村里人对面临的断水危机并不如你妹子那般着急。"

桃夭接话道："对呀，大家都很安居乐业的样子嘛。"

明善面露尴尬，只道："再艰难，日子也要过的。只是大家不愿将心中焦急展露人前而已。小枫应当同你们讲过了，锦鳞河日渐枯竭，已支撑不了多少时日，全村老少，田地庄稼，都靠此河供养。如今我们怎可能安居乐业。"

司狂澜微微点头："倒也有理，并非人人都稍有情绪便大哭大闹不顾脸面。"说罢又似笑非笑向桃夭投去一瞥。

又来又来又来！这个人活着就是为了嘲讽他人吗？算了算了今天不跟这种一辈子讨不到老婆凭实力单身的家伙计较，桃夭哼了一声，扭过头去当作没听见。

明善小心翼翼问道："不知二位有何良策？"

桃夭皱了皱眉头，手放到腰间的布囊上，认真道："这人会生病，妖怪也会生病，其实河流山川也会生病，生病不怕，只要肯老实看大夫，不刻意隐瞒病情，基本能活。"

"河流山川也会生病？"明善不解，急忙问道，"当真如此的话，又当如何解救？"

"吃药呗，还能如何。"桃夭耸耸肩，"但我说过，前提是不刻意隐瞒病情。"

"在下也是这个意思。"司狂澜笑看着明善跟沈枫。

明善与沈枫面面相觑，明善又道："并无隐瞒，锦鳞河素来水位正常，近年来却无故枯竭，如今水位不及从前一半，天降雨水也不足以缓解，唯有将白雀河水引入，方是唯一良策。怎料白雀河中有河妖，死守河水不允任何引水之举，小枫气盛，与其殴斗过几回，却并非其对手。如今就是这么个'病情'，二位还想知道什么？"

司狂澜起身，握剑在手，目光饶有兴致地四下环顾，仿佛这屋子里有什么特别有意思的东西吸引了他。

没有人知道他在看什么，连桃夭都奇怪于他的举动。

突然，他目光如刀，手中长剑骤然出鞘，因为速度极快，众人只看到空中仿佛横出了一条凌厉霸道的赤龙，以势如破竹之态往屋顶狂啸而去，再看，剑仍在他手中，剑身非精钢玄铁，倒像是一块万年不化的寒冰，莹白之下又透着一泓鲜赤的血气，光华犀利，通身的气派竟不似人间之物，更如它的主人一般，自带傲视众生的气势与实力。而那只腾空而起的"赤龙"，不过是他随意挥出的一道剑气而已。

桃夭只觉眼前一花，头上好端端的屋顶突然没了踪影，只留几根孤零零的木桩竖在那里，却又不见木板碎块落下。

又一道剑气朝屋角而去，好端端的一座房舍眨眼间毁了一半，桌椅板凳各种摆设突然东倒西歪，并结满蛛网，完整的墙面也变成残垣断壁。

"我还想知道，如此破败的房间，几位如何住得下去。"司狂澜执剑浅笑。

桃夭盯着他，眼中没有半分诧异，倒有几分短暂的刮目相看的意思。

这家伙，喜欢嘲讽他人也就罢了，最讨厌的是，你连骂他一句只会耍嘴皮子算什么本事的机会也没有，因为他真还有别的本事……

明善与沈枫瞠目结舌，竟做不出任何反应。

"吃饭啦！"端着盘子从厨房里走出来的男人，还没来得及说下一句，便在剑

贰 · 鼋鱼

气之下化成一缕轻烟，转眼无迹可寻。

"沈老爹！！"沈枫惊叫一声，本能地扑过去抓扯，却狼狈地跌倒在对方消失的地方。

司狂澜冷望着呆若木鸡的沈明善，嘴角轻扬："时如白驹催人老，却不知沈明善公子是哪里习来了驻颜之术，时至今日依然是青葱少年郎。"

"我……我……"沈明善越发慌张，连个囫囵话都说不出来。

司狂澜又进两步，长剑寒气迫人，剑尖指其咽喉："有这等好事，何不说出来造福大众。"

"我我……不不……别……"沈明善满脸恐惧，边退边拼命摇摆双手。

桃夭没有任何举动，脸上挂着看好戏的神情，定了心要看看司家二少爷的本事。

被此情此景吓坏了的，只有沈枫，她甚至没有时间去思考为何形势突然急转直下，被视为救星的人，怎的转眼间便将刀剑指向她最要紧的人。

"司少爷！！"她急急爬起来，却又不敢贸然靠近，慌张得眼泪都要掉下来，"您这是要做什么？我们并未开罪你啊！"

许是眼前长剑光芒太盛，连带着将司狂澜总是无风无浪的眼里都映出了杀气。

"不要！求求你了司少爷！他是我哥哥，我唯一的亲人！"沈枫"扑通"一声跪下，哭着哀求，"我错了！我不要白雀河的水了，只求你高抬贵手！"

司狂澜目不斜视，闲闲一句："迟了。"

话音未落，一剑穿心，下手无半分犹豫，那沈明善顿如烟散。

"明善哥哥！"

沈枫的声音已不是呼喊，而是凄厉的尖叫，震得桃夭耳朵都疼起来。

"我杀了你！"

树枝状的青黑脉络自沈枫脸上暴突而起，她血红了一双眼，连双手都骤变成骇人的爪，尖锐如刀，整个人不管不顾地朝背对她的司狂澜扑过去。

司狂澜纹丝不动，连回头都不屑，直到身后"咚"一声闷响，方才面不改色转身，看着面朝下躺在地上的沈枫，摇摇头。

"二少爷倒真是稳如泰山啊。"桃夭拍拍手，一点残存的药粉从她指尖落下去。

司狂澜环顾四周："你若再慢一步，她连个全尸都留不下。"

桃夭皱眉："你当真会对她下杀手？"

"先起杀心的，自然也要承担被杀的风险。"司狂澜并未将长剑回鞘，走到屋子正中，又凝神向四周挥出几道剑气，只见这屋子残存的部分皆在剑气之下分崩离析，根本就没有什么沈家，有的只是一片废墟。

寒风呼啸，残屋之外仍是村舍重叠、炊烟袅袅的景象，连玩耍的村童也还在旁若无人地嬉笑打闹。

见状，司狂澜径直走到废墟之外的空地上，突然插剑入地，力道不轻，眨眼间长剑刺入地下一尺不止。

许是错觉，桃夭只觉脚下一颤，一股说不清的力量自某处扩散而出，要将整个回龙村都抬起来似的。

几乎同时，原本明亮的天空骤然阴暗，却不是真正变了天，而是四周景物连带脚下土地都破碎扭结起来，竟成了一头通身漆黑又有着血盆大口的怪物，像极了一条膨胀变异的黑鱼，以遮天蔽日之势朝他们冲过来。

"好大一只妖怪！！"桃夭惊叹，"得多大的锅才能炖得下！"

说话间，她的手已经放在布囊上。

但又慢一步，在她有所行动前，司狂澜已出手将她拨到自己身后，以他一人之力，在怪物血盆大口大开时，一跃而起，手起剑落，竟生生将此庞然大物一分为二。

飞沙走石混乱之中，桃夭只见了一个无畏无惧的人影，仿若与他手中长剑融为一体，成了世间最亮最锋利的光，令你不得不相信，再深的黑暗也无法将之吞没。

霜刀血剑挽狂澜……原来他的名字与人也并非名不符实。

不过刹那的走神，天色又亮了回去，再看四周，哪还剩下什么炊烟袅袅的好景象，不过一片跟"沈家"差不多模样的残迹，多年无人的萧条，在寒冬里被放大成明显的死气沉沉，压得人喘不过气。

倒是那怪物烟消云散的地方，落了个跟癞蛤蟆差不多大的小玩意儿，身子漆黑圆胖，像一条被涂黑且在生气的河豚。说是鱼儿吧，肚子下又生了两条人腿似的肢体，慌慌张张地往锦鳞河的方向逃了，速度非常快。

"鼋鱼……"桃夭面色骤变，再无半分平日里的嬉笑不屑，当即便要朝那小玩意儿追去。

司狂澜一把拽住她："意欲何为？"

"当然是追上去宰了它啊！你拉住我干什么？"桃夭大约是第一次在司狂澜面前露出了真正的怒气，"松手！"

"你这副脸孔，倒不像是我家的小杂役了。"司狂澜不松手，"这可不是对付敌人的好状态。"

"松手！"单论力气，桃夭挣脱不了，再纠缠下去，怕是不能对他客气了。

贰·冠鱼

"那是什么？讲清楚便放你走。"司狂澜任她怎样，就是不松开半分。

"冠鱼！生于尸海之地，似鱼而有人足，知人心，擅幻术。"桃夭飞快念完，"现在能放手了吗？"

司狂澜还是不放手："听来倒也不是大恶之物，何至于如此不要命的模样？"

"再不松手，便休要怪我！"桃夭那双总是笑成月牙的眼睛，突然装满天下所有的寒气，多看一眼都要冻死你。

司狂澜松开了手。

桃夭一言不发，飞奔而去。

风雪之中传来一阵阵清脆的声音——

丁零零，丁零零。

尾

唰一声响，长剑回鞘，司狂澜的视线从桃夭消失的方向回到昏迷不醒的沈枫身上，最后定格在眼前破败荒芜的废墟之间。

桃夭跑得太快，不然他也许会跟她讲，出发来沐州的前一晚，苗管家曾拿了一本厚厚的簿子来回他。

"二少爷，你记得不错。沐州回龙村早在二十年前便毁于一场疫病，全村上下无人幸免，村民尸体堆积如山，火烧三日未停，骨灰残躯皆抛入锦鳞河中。此后再无人烟，早成废墟。"

"知道了。"

"还是要去？"

"既应了那妖怪，自然要去。"

"万事小心。"

"好。"

"带上血剑如何？"

"也好。"

此刻，风雪越发肆虐，司狂澜自言自语道："冠鱼……有意思。"

说罢，他将沈枫抱到勉强可避风雪的地方之后，便大步往锦鳞河而去。

那丫头与平常大为不同，他也想看看她的戏呢。

百妖谱
叁·镇水

楔子

过去是别人的过去，她自己留着就好。

◦ 1 ◦

　　三两雪花悠悠而下的冬天，适合温酒赏梅，说尽天下浪漫事；而天低云暗呵气成冰，漫天乱雪中只剩将人吞没的狂浪时，最匹配的事，唯有取敌性命。

　　桃夭不过在锦鳞河畔站立片刻，已是满头的雪白，连眉毛都不能幸免，再不动一动，整个人怕都要成一座雪雕了。

　　这种天气，光动嘴皮子可不行。

　　但偏偏就有两个家伙，一个不下河，一个不上岸，吵架。

　　"我听到你的金铃之音了，你想杀我！"结冰的河面上，那小而圆胖的鼍鱼站在一道隐隐的裂缝前，仰望着河岸上的桃夭，害怕是很害怕的，但多少还有那么一点垂死挣扎的勇气。

　　"既知我来历，还不老老实实上岸来认错受死！"桃夭怒道，视线又偷偷往脚下瞟了瞟，其间她想过好几次跳到河面上，但……万一冰裂了，不就掉水里了吗，这个天气落下去，半条命先就没有了，何况她还不识水性。

好在那趸鱼暂时没有看穿她的犹豫,哆哆嗦嗦地回她:"为何要我受死?!"

更可恨了,死到临头还不知自己犯了怎样的罪过。

"妖术惑人,伤及无辜,你不该死谁该死!"桃夭边骂边思索药囊里的哪一款药适合使用,但好像目前带来的致命药都只适合近距离使用,虽然如果她愿意,能将整条锦鳞河变成毒液,但河中其他生灵又何其无辜,路过的雀鸟小兽若饮了河水,也无生机,用这般手段实在不妥,何况若被"那个人"知道,自己不也是一条"伤及无辜"的大罪……好气,堂堂桃夭居然被一条河难住了。

"我哪里伤及无辜!"趸鱼不服,"我不但没有伤人,还帮人!"

"你这条鱼的脸皮怎的比你的肚皮还厚!"桃夭怒道,"沈枫不就被你祸害得命不久矣!我用脚趾头想想都知道,你这妖孽定是自锦鳞河中而生,锦鳞河水不枯,你方有命在,所以你妖言迷惑沈枫,利用她枫生的身份帮你保住河水保住性命!"

"你情我愿,哪里算得上祸害!"趸鱼依然不服,甚至还跺了跺脚,"那蠢丫头替我保住河水是没错,但我也没有白白受她这份恩惠,要'复活'整个回龙村,尤其要还给她一整个沈家,你以为我就不损耗身子吗?二十年哪!我跟她各取所需,公平交易,纵然你是桃都那个'片甲不留'的桃夭,如此强词夺理,也是可笑!"

这一番大不敬加不怕死的反驳,听得桃夭怒火上头,连脸都气得快跟眉毛一样白了。

"各取所需公平交易?"桃夭也跺脚,"她拼死保住的是你的性命,你给她的是什么?不过是终究要破灭的假希望!你竟能厚颜无耻地将两者相提并论!"

"假希望好过没希望。"趸鱼怕是豁出去了,"你不是她,焉知她没有乐在其中!这些年若非有我,她早就枯死了。"

假希望……是的,镜花水月,海市蜃楼,都是近在眼前又永不可得的假希望,假虽是假,但人间繁华阖家美满的幸福假象总能勾住绝望的灵魂,她"乐在其中",不过是因为她还从未领略过"以为得到一切,却眨眼灰飞烟灭"的破灭。

桃夭没有说话,牙齿却咯咯作响,冷倒不觉得了,就是不断升级的愤怒,终于冲破了极限。

寒冰在前又如何,不识水性又如何,桃夭要杀的妖怪,怎么都不能活!

她纵身一跃,落到河面上的最后一个念头是今天还没来得及吃午饭,体重说不定会轻不少,那么……河面也许不会裂,至少在她干掉那个妖怪之前不要裂,不要裂!

见她豁出命地跳下来,趸鱼慌了手脚,逃是逃不过了,腿太短,能暂避到冰面下的洞又被这场该死的风雪封住了，都说桃夭的桃夭杀妖不眨眼，虽然它到此刻依然认定自己罪不至死，但既惹来了这个女魔头，横竖都要交出一条命，要不……同归于尽吧，它深吸了一口气，身体更加鼓胀起来。

虽然愤怒，但桃夭依然拿出了当初为保护一碗鱼粥跳到树上的本事，像一只没有重量的兔子在冰面上轻捷地跳跃，直奔河中间的目标而去。

算它识相吧，也不跑了，那就好好待在原地受死吧，不过临死前还把自己弄得像个快要涨破的球，是被那口怨气憋的吧，呵呵，真是个丑陋的妖怪。

眼见鼍鱼就在一丈开外的地方，就在桃夭最后一跃的同时，鼍鱼居然也高高跃起，准确说是弹起来的，且全身突然被一股自它嘴里吐出的黑气包裹，只见一对变得红彤彤的小眼睛在黑气里闪出怨毒且孤注一掷的光，然后便整个从半空中狠狠落向地面。

只听"咔嚓咔嚓"几声脆响，动静太大，世界仿佛裂了。

桃夭落地，脚下一空……

○ 2 ○

糟了，落水。

桃夭下意识地吸气，却发觉吸进来的不是水，而是……沙子。

等等，那个死胖鱼不是跳起来把河面的冰都砸破了吗，那沙子是什么？

她用力晃了晃脑袋，才发现自己躺在一片炽热的硬地上，也不知这块地缺了多久的水，龟裂得快成一张蜘蛛网了。

天上是太阳吧，又不是很像，因为那么那么红，红得邪气，但又特别亮，投下来的每束光都想把你烧死似的。

桃夭坐起来，觉得撑在地上的手掌都被灼得发疼。

这不该是锦鳞河下的世界，她起身，眼睛被头顶的光线刺得发疼，好一阵子才勉强适应，环顾四周，除了已完全龟裂的土地，远处似有一座城郭，灰黑色的，在诡异的光线下散发着不友好的气息。

除了那里，四周别无他物，只有无穷无尽的荒芜，根本看不到边界，虽然有风，但毫无凉意，在半空中打着旋儿，将干燥的沙石卷得到处都是。

怕是中了鼍鱼的必杀技了，天晓得那妖孽在临死前憋了一个什么大招，桃夭调匀了呼吸，强迫自己镇定，连最初的怒气也不得不收敛起来，虽然很不想承认，但这次是自己大意疏忽，也冲动了。

这是罡鱼最擅长的幻境，一定是。

可是柳公子不在，像他那种连黄泉亡者之地都能来去自如的大蛇妖，最擅长的就是突破各种试图困住他的壁垒，幻境应该也不在话下。再不济，心地澄明的磨牙来念念经也行啊，说不定就境由心转寻得破解之法，哎呀还是算了，上次温山海事件他也搞得挺狼狈，这种情况他还是不出现最好。那……如果司狂澜在的话，他那把看起来平平无奇的剑，好像也蛮厉害的样子，三两下就破了沈家的幻象。可是他也不在啊……在也未必会管她，一个连烤肉都不让她吃好的死男人。

桃夭用力甩了甩脑袋，这才多久，怎的就被晒糊涂了一样，脑子里都乱七八糟在想些什么。

幻境最大的力量，不过是让当局者迷，不得出路。

但总不能一直待在原地，她想了想，决定往城郭而去。

只是，光靠走路真的很累啊，主要是热，且干，每寸肌肤都在迅速脱水一样，人不吃饭能活好几天，没水喝那真是会速死……但放眼四周，连一株野草都没有，荒地之上除了她，没有任何别的生命迹象，食物跟水，只能是想象。

地面不但烫脚，还凹凸不平，她深一脚浅一脚地前进，好几次差点崴到脚，有那么一次，整个左脚不小心卡进了地上的裂缝里，拔出来时，脚踝上居然卡着一截白森森的掌骨。

桃夭皱眉，用力一跺脚，白骨散落开去，刚好一阵狂风袭来，飞沙走石，几根无主白骨更是轻如草芥，被卷裹着去了不知哪个地方。

而狂风委实讨厌，稍不留神便迷了双眼，桃夭捂住眼睛蹲下身子，好一阵子才等到四下平静，这才放开手，眨巴眨巴几乎要流泪的眼睛，又呸呸呸几口吐出灌到嘴里的尘土。

想不到胖鱼还有两把刷子，幻境体验十分真实呢。

她哼了一声，又下意识地朝刚刚陷住她左脚的裂缝里看去，顿觉有异，她干脆趴到裂缝前，整个脸几乎贴到裂缝上，旋即，倒抽一口凉气——裂缝之下并非泥土，而是一片被赤红岩浆包裹的流状物体，用一种极缓慢的速度流动，数不清的白骨遗骸在其中翻滚沉没，看似温度很高，实则冷入骨髓，跟地面上的温度天差地别，一眼看去，竟很难判断这条"河"离地面有多远，一瞬间很近，骤然又很远，根本判断不出它有多深多宽多长，只知看得越久，爬到背脊上的一股寒气便越嚣张，越令人难受。

叁·镇水

桃夭猛抬起头，闪到一旁，实在不愿再往缝隙里多看一眼，素来不在任何诡异情况下失态的她，额头居然冒出了一层细密的冷汗。

她微微喘着气，扯起袖口赶紧擦掉汗珠，又本能地四下看看，确定的确没有他人在场之后，才稍微定下心来。刚刚自己那模样，断不能被第二人看见，否则桃都的桃夭就真的尊严全无了。

一骨碌爬起来，她深吸口气，忍住愈发严重的灼热与干渴，加快速度往那城郭而去。

可是，离城郭越近，脚下便越不对劲。

疼，越来越疼。

桃夭停下来，往脚下一看，原本只是凹凸不平的地面上，不知从几时开始，渐渐冒出了锐利的石针般的玩意儿，起初还比较短，一脚踩上去未必有太大感觉，顶多以为被石子儿硌了脚，不曾想越跑越疼，若是哪个皮粗肉厚反应又迟钝的，再没头没脑跑下去，脚底板被扎穿是早晚的事。

此刻，她小心翼翼地将两只脚摆放在石针之间的空隙里，又观察了一下前路，那城郭已在眼前，甚至已经能依稀看到那扇紧闭的城门，只是通往那里的路实在是越来越不好走，越往前，石针越长，分布也越密集，再不留神的话，怕被扎穿的可不是脚底板这么轻巧了。

这般情形委实少见，话说什么见鬼的土地能长出这般的石针来？！桃夭虽然躁怒，却不敢乱发脾气，现下也只能稳住身子，从石针之中找出能走的路来，一点点往城郭靠近。

身体里像有一把火越烧越旺，可背脊上又始终爬着一股寒气，冷热皆在折磨人，好几次桃夭都差点踩错了路，虚惊之中，终于走到了城门前。

两扇漆黑高耸的黑木大门严丝合缝，上面雕满看不出门道的花纹，说是花纹，又像乱涂的符咒，不知这城门在此地矗立了多久，只见它之上的每道纹路里都是风沙的痕迹，没有任何光泽，即便拿最亮的光源去照它，也照不亮，就似深不见底。

城门顶上还刻了字，不知是刻太浅，还是被经常扑面而来的沙土盖得太严实，只依稀能辨出最后一个字——狱。

狱？！

莫非这城郭竟是一座监牢？

桃夭舔了舔发干的嘴唇，心想这四周的异状倒也合了这个"狱"字，若不是为防止囚犯外逃，何需大门紧闭，何需密密麻麻的石针，虽知此地是幻境，但幻境亦由现实而生，世间必有一处地方，与此地半斤八两，再看这四周恶劣之极的天气与环境，确实不是为寻常人准备的居处。

好你个死胖鱼，居然怨毒至此，把我往这样的人间地狱里送！

桃夭一边骂它不得好死，一边横下心来，总算是有惊无险地走到了城门前。

真的好高好大的两扇门，想望到顶，桃夭的脖子都仰疼了。

不过，门后似乎有动静，听起来颇为喧哗，仿佛背后藏了一个市集。

她走上去，双手放在城门上，正打算将耳朵贴上去，却发觉手下感觉不对，看起来实实在在的城门，一碰到她的手，便荡漾出水波般的纹路，撑在上头也跟撑在若有若无的水流里似的，连城门颜色都变了，从黑不见底变成了一片清亮，是真的清水，因为能透过它能看到门后的一切。

真的像个市集，只是所有的房舍都是令人不安的赤红色，又透着隐隐的黑气，造型也与外头寻常建筑不同，每处都是四四方方，并且没有窗户，乍眼看去，仿佛一个个被泼过血的巨大箱子，压抑地叠加在一起，光是看一眼都憋屈得厉害，若是住在这样的"屋子"里，早晚得失心疯。

一条同样赤红色的路将房舍一分为二，地面凹凸不平，有人在走，有人在跑，有人死了般躺在一侧，每个人身上都裹着乌云般的黑布，每走一步都散出黑气，整个人被遮得严严实实，根本看不清脸，连性别年纪都看不出来。

城郭里其实很"热闹"，除了自顾自行动的，还有打架的，被打的人死死趴在地上，怀里不知紧紧抱着什么，身旁那十几个人完全不留情，拳脚如雨点而下，有人手里甚至有刀，若不是被打者还有一点点身手及时避开，那刀刃早就砍进他的身体了。

"救我……救我！！"

被逼到走投无路的人，终于爆发出带着哭腔的声音。

咦，居然是个姑娘的声音。

可是哭喊呼救有什么用呢，那些人分明就是要取她的性命。

眼见她好不容易从人缝中逃出来，拼尽最后的力气跑到了城门前，拼命砸着门，大叫："开门！开门！我要出去！我撑不住了！"

黑布遮住了她的脸，但不妨碍桃夭感受到对方的绝望与恐惧。

真是倒霉哪，一个女娃娃居然被一群人围殴，得多大仇怨才有此遭遇。

"救我！求求你了！无论是谁，救救我！"

姑娘哭声更甚，着实令人不忍，再看她身后，那拨穷凶极恶的人已然追到面前。

唰！

叁·镇水

恶狠狠的刀锋劈过来，一门之隔的桃夭都下意识地缩了脑袋后退两步。

分明觉得自己额前的发丝都被杀气掀起，奇怪了，这城门对她而言，仅仅只是个虚无的摆设吗？不过幻境嘛，什么怪事都可能。

她又上前一步，此刻门后的姑娘已被踢倒在地，那些身形皆比她高大的对手根本没有怜香惜玉的意识，下手反而比之前更狠。她还在反抗，但相比于攻击，这反抗即可忽略不计了。

从头到尾她都死死护住抱在怀里的东西，到底是什么呢，真让人好奇。

万一她要是真被打死了，岂非永远都不知道答案了。纵然是个幻境，她也管不住自己的好奇心。

这么一想，桃夭突然动了心念，就在里头的姑娘被一拳打到地上，背靠着大门无退路可逃时，她突然屏住呼吸，将全身力气灌注于右手，嗨一声大吼，像个武林高手似的，一拳击在门上，却不料用力过猛，连带着自己的大半个身子也跟着冲出去，居然轻轻松松地穿过了城门，以下半身在门外上半身在门内的姿态，出现在门后所有人的面前。

但哪里顾得上多看，她一把拽住姑娘的手，说："跟我走！"

然后心里祈祷这扇门仍能保持她来时一样的"脾气"，不然回去时万一变实了，她不就被卡住了吗……这种事故想想都无比丢人呢。

还好，没丢人，她顺利地缩回了身子，同时也顺利将姑娘拖了出来。

想来是日子过得太差，虽看不见姑娘的身形，也能断定她真是相当瘦弱，拖她出来几乎没用什么力气。

她们全身而退的同时，几把刀同时砍了过来，却只听得乒乓几声，砍到的只是坚硬厚实的木门。

愤怒的咆哮随之响起，里头的人对这扇门无计可施。

桃夭松了口气，站起身，对面前这个匍匐在地瑟瑟发抖的姑娘说："没事了，他们出不来。"

"谢谢……谢谢……"姑娘使劲磕头，"谢谢神仙救我！"

"我不是神仙，只是过路人。"桃夭伸手去扶她，"还能起来吧。"

"谢谢神仙救我！"她怕是惊吓过度，只会说这一句，身子还是抖，扶她也不起来。

"唉，行吧行吧，我是神仙。"桃夭无奈，"你到底是什么人，为何会被追杀？这里又是什么地方？"

"不能到这里来！永远不能来！"她哆嗦着，越发语无伦次，"要活着，活着才能出去！一定要活着！"

这孩子，被吓成什么模样了……也是可怜。

"你会活着的，我不是把你带出来了吗。"桃夭摸摸她的脑袋，又调侃道，"裹着这么厚的衣裳，不热吗？"

"我出来了吗……出来了吗？"她突然开始低低地啜泣，然后缓缓站起来，低头看着脚下，看了许久，突然不顾一切地朝前奔去。

"喂！你等等！"桃夭被她突然爆出的力量给撞了个跟跄，这孩子真是疯了，看不见前头的路全是石针吗！

她真的是看不见，或者根本就不在乎了，奔跑出去的每一步，都该是扎心的疼痛，地上的石针毫不留情地扎穿了她破破烂烂的鞋底。

可她就跟感觉不到疼痛一样，还是拼了命往远离城郭的方向跑。

地上都是血迹。

"疯了疯了！"桃夭看着都觉得疼，也顾不得那么多，赶紧追上去，一边加快速度一边还得小心别被扎到脚，委实辛苦。到了最后，实在忍不住，拼尽力气施展出自己唯一擅长的本事，蜻蜓点水般在石针中跳跃，终于追上了狂奔的姑娘，在她的脚废掉之前，一把抓住她的手高高跃起，以飞翔之态离开了石针所及的范围。

可是真的好累，是个妖怪都知道，桃都的桃夭虽然厉害，但只是厉害在用药，论起拳脚功夫，实在见不得人，这跳来跃去的"轻功"也就算她的绝招了，还是当年在桃都时经常跟柳公子打闹玩笑抢食物时练成的。对她而言，会这一招也就够了，打架是不必的，真要取她性命的，动手之前多半就没命了；遇到不至于下死手的，打不过就跑呗，会逃比能打重要，再说还有柳公子在呢。

不过就算是轻功也好花力气，尤其她现在还这么虚弱，又热又渴，嗓子眼里都要冒出火来，加上还要带一个傻丫头……

桃夭一屁股坐在地上，气喘如牛，看着身旁的姑娘道："你……还真是……不怕疼呢……眼睛瞎了吗……"

"我要逃走，不能再在那里！"姑娘跪在地上，怀里依然紧紧抱着她视如珍宝的东西，又开始反复说同样的话，"要活着才能走！活着！"

"你活着呢。"桃夭盯着她，"那些人要抢你怀里的东西？"

姑娘抱得更紧，点点头。

"是什么？"桃夭凑近了些，"金银珠宝？"

姑娘摇摇头。

叁·镇水

"能给我看看吗？"桃夭又凑近了些，嬉皮笑脸道，"我不会抢的。"

姑娘迟疑了片刻，终于慢吞吞地把手松开了些，然后小心翼翼从怀里拿出一个脏兮兮的白瓷瓶子，残缺的瓶口塞着发黑的木塞。

第一反应是，瓶子里装的是起死回生的仙丹……可要真是仙丹这般的宝物，又怎好意思拿这么个破烂瓶子装起来。

桃夭想把瓶子拿过来，又担心乱碰的话会让这疯癫癫的姑娘又干出蠢事，只好眼观手勿动，好奇道："里头是啥？好吃的？"

姑娘还是摇头，好一会儿才说："是……水……今年的……雨水。"

"水？"桃夭到底是绷不住了，一把将瓶子夺过来，先晃了晃，确实是水的动静，又拔开木塞嗅了嗅，确实是水的味道，还是不怎么干净的水，透着一股子说不出的腐味。

这算什么好东西？需要以死相护？一瓶臭水而已……

姑娘猛地弹起来，直接来抢："还我！"

桃夭往后一躲："你先告诉我这究竟是什么水！说清楚了我便还你。"

"是雨水！活命的雨水！"姑娘急了，"没有它就活不下去！你还我！"

"还是没说明白。"桃夭撇撇嘴，"莫非你们那儿的人就靠喝这臭水过活，还要为这个打得头破血流？"

姑娘由急而怒，像头小老虎一样扑过来跟桃夭扭打在一起。

咦，救命恩人这么快就不算数了？

桃夭觉得这人真有意思，为了一瓶雨水可以被人殴打，也能为了一瓶水去打人……

论身手，桃夭还是比她强那么一点。

"行了，别再打了，再打我可恼了！"桃夭甩开她几次，她仍不罢休。

"你这丫头真不懂事，好歹是你救命恩人，怎能往死里打我！"又闪开一次之后，桃夭将瓶子扔给她，"拿去拿去，不跟你闹了。"

瓷瓶在半空中划了一道弧线，姑娘见了，急忙伸手去接，瓷瓶稳稳落在手中的同时，一阵狂风袭来，将遮住她面庞的布料猛然掀起，露出一张脏兮兮干巴巴的脸。

以桃夭的履历，再凶再丑的妖物也见过，不曾见她胆怯半分，唯独此刻这张脸孔，吓得她连退几步，居然失了平衡跌坐在地，脸色大变，连嘴唇都失了血色，止不住地颤抖："你……你是……你是……"

她真正想说的，是——你怎么是我？！

那张脸虽然脏，虽然瘦，但眉眼是没走样的，这差点被打死的疯姑娘，为了一瓶雨水能跟人拼命的傻子，为何生得与她一模一样？！

桃夭的呼吸跟心跳都在这时暂停，为何突然这般害怕……根本无法控制的恐惧。她可是天不怕地不怕的桃夭啊！

时间不知过去了多久，耳畔只有风声肆虐，桃夭的目光根本无法再集中，眼中只有一个抱着瓷瓶满心欢喜的女子，在她怀中的不是一瓶水，而是赌自己能活下去的唯一筹码。

"你到底是谁？"桃夭想不到自己居然也会有这么一天，跟当初无数败于她脚下的妖怪一样惊慌。

风声里没有回答，只有一个声音反复在说："活下去……一定活下去。"

"你是谁！！！"桃夭突然头痛欲裂，不止头，心肝脾肺肾都在疼，身体仿佛要被撕裂了一般。

脚下传来异常的震颤，比地震还厉害，巨大的裂纹四下奔窜，再无安全之所，她只觉身子一轻，心脏也跟着朝下一坠，便整个人落进了足以吞没她的裂缝之中。

好冷啊！

她一定是掉进了来时看到的那条地下河里，看似比岩浆还赤红耀眼，实则比万年寒冰还要寒冷。

虽然肩膀以上依然露在外头，但汹涌而来的死亡之感已经紧紧攫住她的灵魂，紧跟而来的，是无法逃脱的窒息感。

"河水"之中，有无数骸骨经过，它们睁着空洞的眼，没有感情没有惊恐地流向远处，仿佛早就见惯了这般场面，无比镇定地表示"别担心，很快你就跟我们一样了"……

不不，不该是这样，这只是幻境，幻境是不可能将她置于死地的！

她拼上最后一点力气，闭上眼跟自己说，桃夭你镇定一点，都是夐鱼的诡计，没有河水，没有白骨，你还是你，睁开眼，一切都将回归原位！

深呼吸，睁眼。

一切都没有改变……

桃夭眼看着自己一点点往"河水"里沉没，肩膀，脖子，只能拼命抬头才能呼吸。脚下仿若有千斤重，不知是哪里来的看不见的怪物，拖着她的脚要同归于尽。

意识越来越模糊，眼前流过的白骨跟红到发亮的河水纠结成颜色奇怪的线条，在她面前乱成一团。

叁 · 镇水

可是，那又是什么？

远远的是来了一艘船吗，可船身怎么跟黑色的石头似的，这么重不会沉吗？

好奇怪啊，什么都看不清了，唯独这艘船一清二楚。

它来得又稳又快，没有任何东西能阻挡它似的。

可她还是往下沉，河水终究没过了她的头顶，能露出水面的，只有她的一只手。

如果命不该绝，那么最后一刻，会有人握住她的手吗……

还真有。

久违的温度从一个掌心里传递过来，从一点到一线，生生将她从濒死的模糊里叫醒了。

乱成一团的线条好像突然被抻平整了，在头顶聚成一片微微荡漾的清水，没有刺眼的红，也没有数不清的白骨，就是一片干净的水。

水面之上，有人自船上探出半个身子，伸出手牢牢拽住了她。

这个人好面熟啊，一定在哪里见过的，银白色的衣裳穿在他身上可真好看，跟天上的仙人似的，连头发丝儿都在发光呢。

她愣愣地看着头上那个人，感受着他手中的力量，只要这个人出现了，那是不是代表着她不用被淹死了？

好像是的，而且这个答案越来越肯定。

她下意识地将对方的手拽得更紧，嘴角还情不自禁露出了微笑。

肯定要笑啊，安全了不是吗。

耳边哗啦啦一阵响，她觉得自己好像是飞起来了，从没有这么轻盈过，在短暂的漂浮之后，终于落进一个坚实而安稳的怀里……

风雪未减的锦鳞河上，寂静已久的河面被突如其来的爆裂声击破，飞溅开来的冰块噼里啪啦地四散而落，银白衣裳的男人横抱着昏迷的姑娘，自水中一跃而出，稳稳落在了河岸上。

距他们不远的地方，立着一个戴斗笠披蓑衣的人，准确说应该不是人，因为他并不是一个实体，只是个半透明的虚影。

轻轻放下桃夭，司狂澜探了探她的鼻息，吁了口气，又看看浑身湿透的自己，低声说："真是不省心啊。"

虚影仍站在原地，一言不发地看着他们。

司狂澜也不看它，只对着空气说了声："多谢。她捡回了一条命。"

虚影又停了片刻，便忽一下没了踪迹。

司狂澜起身从一旁捡起自己的披风,将人事不省的桃夭裹住,又回头朝锦鳞河中瞟了一眼,未被击破的冰面上,除了躺着他出水时造成的碎冰,还有一大片零零碎碎的乌黑斑点,仔细看像是什么生物被炸开后留下的残迹,还散发着一阵阵烧焦般的恶臭。

他厌恶地皱了皱眉,抱起桃夭离开。

◦ 3 ◦

唔,好舒服,这个温度刚刚好,让人想起春暖花开的时节。

可是身子好像不太对,有点动不了的感觉,是头晕吗,怎么觉得世界转来转去的。

桃夭费力地睁开眼,首先映入眼帘的是在夜空下摇曳的树影,从这个角度看上去,天气似乎变好了,雪停了,薄透的云层后隐隐挂着半弯清秀的月亮。

可是,她并没有躺在地上的感觉啊,那为什么视线会是这种角度?

还有,随着意识的清醒,怎觉得背上的温度有点高过了头呢?

她扭头一看,吓得叫出来,怎的下头有一堆烧得正旺的篝火!!

等等,她终于知道为什么自己动不了了,是哪个王八蛋把她整个人绑在一根离地数尺的粗大树桩上不说,还真跟烤肉一样时不时转动架在石槽里的树桩一侧,让她不停滚动受热更均匀。

"司狂澜!!"她嘶吼出来,"你还想不想活命了!"

坐在另一堆篝火前的司狂澜看也不看她,只用掌力又将树桩推了一圈。

"哎呀不行了不行了,头晕!我要吐了!"桃夭大喊。

"衣服都干了?"司狂澜终于把视线投向她。

"岂止衣服干了!我都要熟了!"桃夭愤怒地扭动身体。

司狂澜点点头,取了地上一块尖锐的小石头,随手朝树桩上的绳索一掷,同时又一掌挥出。

只听桃夭一声尖叫,绳索断开的瞬间,地上的篝火竟也在一股掌风之下霎时熄灭。可怜桃夭重重跌在一堆黑漆漆热乎乎的残灰里,身上的湿衣裳倒是干了,再爬起来时,却成了个惹人捧腹的黑脸猫。

"你疯啦!"她恼怒地拍着身子,"我又不是你家的鹿肉!"

"男女授受不亲。总不好剥了你的衣裳烘干。"司狂澜一本正经道,"此地正好左右有大石,且天生凹槽,用来做支架再好不过。好在你还不算太丰腴,不然我还

叁·镇水

真想不到更好的法子来帮你。这大冷的天，不尽快去了湿气，你怕是要丢半条命不止。"

能把如此奇葩过分的行为解释成"我明明是在帮你遇到这事是你三生有幸不跪谢我就是你不对"的，除了司狂澜不做他人想。

桃夭真是气得不行，两步走到他面前："司狂澜，你若看我不顺眼，大可以将我撵出司府。犯不着变着法子折磨我！"

"我何时折磨过你？"司狂澜拨弄着面前的篝火。

"你……哪有把人当烤肉转啊转的！"桃夭跺脚道。

司狂澜一笑："我对火候这种事，素来掌控极好。"

"你……"桃夭被他若无其事的回答哽到想吐血，反驳吧，没找到更好的词儿，揍他吧，打不过，堂堂一个桃都鬼医，千万妖怪闻风丧胆的人物，居然被个人世间的小少爷欺负得无还手之力，这是什么道理！

不行，这口气得出！

桃夭神色一变，突然凶神恶煞跳到司狂澜身边，随即不管三七二十一便拿自己那一身脏衣裳多角度全方位使劲往他身上蹭，他不是白衣裳吗，不是总一尘不染吗，呵呵呵。

司狂澜不躲不闪，由得她胡闹撒气，直到她自己闹得没力气了，坐在一旁喘个不停时，才低头看看自己糟了大劫的衣裳，笑笑："这是你老家对待救命恩人的态度？"

"你算哪门子的救命恩人！"桃夭脱口而出，但瞬间又觉得自己似乎真是说错了话。方才只顾着跟他计较烤肉的事，之前那段心有余悸的经历倒像是被她刻意遗忘了似的。

篝火噼里啪啦地溅着火星，也刺激着桃夭短暂失去的记忆。

岩浆般诡异的冻河，漂流而过的白骨，还有那座只见一个"狱"字的城郭，最可怕的……是为了一瓶水连命都不要的姑娘，那个与她有着相同脸孔的姑娘。

她愣在那里，火光在她突然放空的眸子里跳跃。

当时的恐惧居然还在，藏在心底最深的地方，哪怕只想起当时的一个片段，心脏都扭结得发疼。

见她突然变了神情，司狂澜忽然问道："你会死吗？"

桃夭回过神来，心不在焉道："你说啥？"

"你会死吗？"司狂澜又重复一遍。

桃夭一愣,以她的性子本该是骂回去才对,可不知为何,她居然沉默了半晌,然后认真地说:"会。"

司狂澜又笑:"既非不死之躯,那我这救命恩人的位置是坐定了。"

桃夭瞪了他片刻,有些不情愿地支吾道:"方才……锦鳞河里……究竟是怎的一回事?"

"我到河畔时,你已无踪迹。"司狂澜不急不缓道,"结冰的河面只余一个孔洞,我目测宽度,倒是能容下你的身子。洞口边上还遗落着一堆碎肉似的东西,十分难闻。"

桃夭咬牙切齿道:"没想到那死胖鱼甚是歹毒,求饶不成,居然自个儿把自个儿炸了,要与我同归于尽。虽说可恨,倒也算条汉子了。呸,一条鱼算什么汉子。"

司狂澜见她气鼓鼓的模样,笑笑,却抬手拿手指戳了戳她的脸蛋:"此刻看来,你这鼓胀起来的黑脸倒跟那条鱼怪没两样了。"

"别戳我的脸!男女授受不亲!"桃夭只顾生气,不耐烦地打开他的手。

"不是自诩为天下妖物都要惧你三分的人物么,却被一条鱼暗算了?"司狂澜收回手,怕是连他自己也没意识到为何会自然而然做出这般细微亲昵的小动作,大概是看她的脸太好笑了吧……

桃夭没有反驳,反而有些丧气,说:"怪我大意了,也是没想到这条胖鱼如此刚烈,用性命来拖我下水。"她顿了顿,又道:"趸鱼制造的幻境,逼真程度与对他人的影响力取决于它们的年岁修为,这条趸鱼修为算低的,否则自身性命也不会受制于锦鳞河。但万没料到它一旦发了疯赌上一条命,将自己的身体膨胀到极致后炸开,这致命一击的妖力所造的幻境,竟如此非同小可。"

"连你也会被困住?"司狂澜往篝火里添了几根干树枝,"你在水中毫无知觉的样子,颇像一条红色的死鱼。"

恐怕此生都不能从司狂澜嘴里听到一句好话了,她不相信自己在落水后只是一条死鱼,想那一身红衣在水里荡漾的样子,怎么都该是一朵悠然坠落的红花啊!不过这些都不是重点,重点是她确实中了趸鱼的恶毒圈套,陷入一段无法摆脱的噩梦,若不是司狂澜寻来,她的结局应该是在现实与幻境中窒息。难怪说趸鱼的幻术天下无双,她明明身在冰凉河水,却在幻境之中丝毫不察,甚至还觉炎热不堪,它最终的目的,就是让她在不知不觉中丢掉性命。一如冬天醉倒雪地的人,在一切与寒冷无关的梦境里,死于非命。

可是有一点不对啊,她突然坐直身子瞪住司狂澜:"你一下水就找到我了?不对,那时鲎鱼妖力未散，我也未能冲破幻境，你一介凡人，按理说是不可能看见我的，彼时你我虽近在咫尺，却身在两个世界。你究竟是……"

"有个家伙，与我同行。"司狂澜打了个呵欠，"是他说，若不带他同行，怕是找不回已失之人。"

桃夭瞪大眼睛，诧异道："竟有第三人帮手？"

"也不知那算不算是人……"

篝火越烧越旺，噼里啪啦响个不停，在这样的寒天里，怕是唯一能让人安心的声音。

○ 4 ○

天已微明，白雀河畔风声如泣，一天之中最寒冷的，当是此刻。

戴斗笠披蓑衣的家伙，仍安坐于石上，那钓竿所及之处是不结冰的，至于有没有鱼倒不重要，反正，他从来也不是为了鱼。

桃夭围着那石头钓翁来来回回转了好几圈，又使劲嗅了嗅他身上的味道，方才啧啧道："果真是一只镇水呢，身上这万年不变的陈味儿……"

司狂澜站在离青石三步开外的地方，打量着石头钓翁，并不言语。

"你一定不知何为镇水。"桃夭瞟了司狂澜一眼，"天界犯轻罪者，罚入人间为镇妖，保方寸平安，刑期不满不可移，不可言，思己过。"

"镇妖？"司狂澜笑笑，"倒是头回听说。"

"镇妖只是个总称。"桃夭撇撇嘴，"会被罚到人间当镇妖的，几乎都是天界的神鸟灵兽或者没什么品级的小仙吏之类，罚来守河的便是镇水，罚去守山的便是镇山，运气再差些的，便去镇墓了。平日里你们在山水之地若见了什么不知来历的石兽铁牛啥的，十之八九都是天界来服刑的倒霉鬼。镇妖们形态不一，但无论它们以何种形态存在，都是不可自行移动，也不能讲话的。你看，这样生活成千上万年，还不如一刀宰了痛快。"

司狂澜却笑着摇摇头："未必如你所想，我看这镇水的日子倒是过得十分悠闲自在，有阳光月色，有山河四季，无须与人争斗竞逐，只留岁月安稳，多少人羡慕不来。"

桃夭白他一眼："差些忘了你跟它们一脉相承，看兵书可以几个时辰纹丝不动，那以后你干脆改名叫镇宅算了。"

扑哧，一声轻笑自虚空而来。

"谁？！"

桃夭警觉地回头，却见那从头到尾对他们的到来都毫无回应的石钓翁竟伸了个懒腰，旋即另一个与他一模一样的虚影自他身躯分离出来，轻飘飘地落到他们面前。

"本无意相见，但既是桃夭大人，于礼也当出来道个谢。"虚影言毕，果真双膝落地，对桃夭行了个大礼。

突如其来的一跪，反倒叫桃夭不好意思起来："无须如此大礼。我该谢你才是。"

虚影仍是踏踏实实跪拜完毕，又道了一声多谢，方才起身，认真道："我已表了谢意，若桃夭大人要谢我，无须行此大礼，应承我一件事便可。"

"啊？"桃夭刚对他存下的好感转眼就没，叩头谢恩这种事原来还得轮着来呢？问题是她谢他是应该，他谢她又为何？

她又上下打量对方几眼："先说说你为何谢我？难道我们不是这一刻才刚见面吗？"

虚影看着身旁那条日夜相对的白雀河，缓缓道："锦鳞河水日渐枯竭，乃我所为。枫生欲引水解困，伤她皮肉的也是我。镇水力量有限，真身无法离开白雀河。"他停住，语气突然冷凉决绝起来，"若要䰾鱼伏法，靠一己之力实难施展。今日若非桃夭大人出手，那妖孽不知还要生祸到几时。许人虚假之像，骗那枫生小妖消耗性命为它求雨蓄水，着实该杀。"

听罢，桃夭不发一言。

若这样的话……一切便好解释了。

恰好一阵风过，瞬间吹散心头疑问。

桃夭虽然对"出手"两字有点尴尬，但想想也不算无功受禄，若非她将䰾鱼逼上绝境，这妖孽也未必会死得如此彻底。

"那只䰾鱼年岁不大吧。"桃夭忽然问。

"二十年前，回龙村全村因疫病亡故之后，所有尸体都被烧成灰，撒入锦鳞河中，翌年，河中便生出了这只妖孽。"虚影叹气，"枫生从未有离开回龙村的意思，不论此地是村落还是废墟，我常见她独自行走于河畔，口中念念有词，有时哭有时笑，有时将自己扮成明善的样子，自己摸摸自己的头。那些日子，她不是在白雀河回忆明善抱着她逃命的过往，便是在锦鳞河前的野草丛中昏睡。我以为时间总能治好她，却未料到被䰾鱼乘虚而入，那妖孽应是早就看中了她，亦知她心结所在，小小一场幻术便让她死心塌地，甘愿耗尽性命为它保住本就开始枯竭的锦鳞河。我看在眼里，

叁·镇水

却做不了什么,眼见枫生一日弱过一日,我只得横下心来,哪怕又犯天条,也要尽力让锦鳞河枯竭得更快,只要河水一枯,鼍鱼根基不稳,必亡,唯有如此方能阻止枫生继续送死。"

司狂澜闻言,不禁面露赞许之色:"如此说来,那鼍鱼也是十分厉害了,诞生区区数年便有造幻境惑人心的本领,连我们这些外人都差点以假乱真。"

"哪有那么厉害!"桃夭白他一眼,"不用想也知这只鼍鱼顶多给枫生一个人造出个活生生的回龙村,为了能让我们俩也看见,它可下了血本的,得耗费多大元气才能同时影响到我们,做戏不做足,怎能骗我们替它对付白雀河的'河妖'。论起妖怪,你就是个外行人。这就叫厉害的话,你让真正的大妖怪们脸往哪儿搁!"

"可它真的差点要了你的命呢,桃夭大人。"司狂澜一笑。

"你……"哪壶不开提哪壶,桃夭臊红了一张脸,恨不得扎进地缝里。

见状,虚影忙贴心说道:"桃夭大人无须恼怒,鼍鱼虽小,害处却大,不论神仙凡人,皆防不胜防,中计也不丢人。"说着,他又往司狂澜那边看了看,"我眼见着你被鼍鱼最后的招数困住,见得救不得,幸而有这位公子紧跟在后,如此天寒地冻之时,入水救你未有半分犹豫。桃夭大人若真要谢救命之恩,还是谢这位公子吧。我不过是替他在水中指了路,算不得头号功臣。"

入水救你未有半分犹豫……桃夭瞥了司狂澜一眼,那家伙仍是一脸波澜不惊,你谢我不谢都无所谓的淡然,仿佛他捞上来的真就是条快死的鱼那么不值一提。

"还不是怕我淹死了没人替他喂马干活儿……"桃夭嘀咕一句。

司狂澜定是听见了,嘴角微扬,不置可否。

忽然,虚影又跪下了:"桃夭大人,我此生不曾有求于人,但求你治好枫生,那丫头执念太重,不放下过往,便永无未来。"

桃夭沉默片刻,想将他扶起来,却始终没有伸出手。

"她损耗太过,来日无多。"

说起这件事,桃夭终于又找回了桃都鬼医的尊严与平静。

"你总有法子。"虚影不肯放弃,"论医术,桃都鬼医天下无双。不是要长生,哪怕再多十年二十年,甚至几个月,只要她能心结全开,剩下的日子不论长短,都是值得。"

桃夭想了想,又打量他一番:"可你能给我什么呢?你既然知道我是桃夭,也该知道我的规矩。有价值做我的药的,才有被我救的价值。你区区一只镇水,想去附近看看,甚至开口说个话,都得靠元神出窍,除了利用仅有的力量勉强操纵河水丰枯，别的能力几乎没有，真身还是个大石头，毫无药用价值。"

真是越说越丧气啊，连虚影自己都难过起来，好像她说得也没错。

"为何是枫生呢？"桃夭突然问，"你在这里的时日不算短了，见过的各种有故事的人类与妖怪也不是少数，为何只有她让你以命相护？"

虚影抬头，良久才道："她是明善的妹妹，就是她的女儿。"

桃夭恍然大悟，原来根源还是在那个只存在于回忆中的女人，明善的娘亲。

若非她早已不在人世，桃夭是很有兴趣见她一见的，毕竟愿意给一块石头戴斗笠穿蓑衣，顾念着它孤单无聊，还送鱼竿给它解闷的人，不会很多。

同时，为一件蓑衣一支鱼竿便顾念多年，不惜再犯天条枯竭河流也要除妖救人的石头，也不会很多。

"此事若被天界知晓，你怕是要在这里再多待上一万年不止。"桃夭撇撇嘴，又对司狂澜道，"天都快亮了，该走了。"

"等等……桃夭大人！"虚影慌了，飘过来拦住她的去路。

"你又拦不住我。"桃夭干脆从他的身躯里穿了过去，然后回头冲他吐舌头，"告辞！"

"桃夭大人！！"

白雀河对岸的天空，撕开了一条缝，露出了淡淡的金色的光。

风还是很大，四周依然寒冷，但今天的天气，应该比昨天好很多。

尾

回程的马车里，桃夭捏着她的药囊长吁短叹，时不时捶胸顿足。

"给了又后悔，与输钱不认账有何两样。"司狂澜翻着他的兵书，头也不抬道。

真是要服气的，这厮怎么到哪里都要带着他永远都看不完的兵书！

"你知道那颗药我费了多大力气多长时间才制成的吗！"桃夭跺脚，心疼得想打滚，"就那么……就那么白白给了那只毫无利用价值的小妖怪！"

"我亲眼见你抬起她的手与你击掌，还明明白白说以后你就是我的药，虽然没大用处，万一哪天要拿你做求雨的药，你也认了吧。"

司狂澜翻书的样子其实非常优雅好看，但他就不能只翻书不说话吗，一说话就万般讨人嫌。

桃夭哼了一声："总不能坏了我的规矩，你可知要我出手相救的条件，便是做

叁·镇水

我的药。"

"不知。"司狂澜又翻一页,"毕竟你只是我司府杂役,我只在意你有无尽心喂马做好杂务,不在意你要谁做你的药。"

桃夭觉得自己在身份上又被践踏了,气呼呼道:"你想做我的药也没这资格。"

"谢了,我无此雅兴。"

一切尘埃落定时,司狂澜又变回他本来的样子,桃夭尽管生气,却也忍不住多看他几眼,始终留在她脑海的,是自锦鳞河中逃出时,虽然人事不省,但她仍旧记得的温度,对的,温度,无论是握住她的手,还是被她依靠的胸膛,都是温暖之极的。

然而,不过一日之隔,那个"毫不犹豫"跳进冰冷河水里将她捞出来的人,把她绑在树桩上烤衣服的人,会自然然抬手戳她脸蛋的人,似乎随着日出消失了……

温度?温度是什么……

罢了,这才是他啊,司府二少爷,帝都小阎王。

但她还是很心疼那颗药啊,给别的大妖怪不知能换来多大的好处!偏就给了那只没用的枫生。

最尴尬的,是那蠢丫头一开始还不肯吃,还要挣扎着去找迋鱼。

桃夭给了她一记十分响亮的耳光。

"有人为了能让你活,甘愿再被囚万年。而你为了一场假希望,拼命找死。"桃夭冷冷看着被打蒙的她,"回龙村的人早就死光了,包括你的沈老爹跟明善哥哥,你让一万条迋鱼替你造幻境,他们还是死得连渣都不剩。你抓住不放的东西,其实从来就没被抓住过。"

她愣住,眼泪夺眶而出,双手狠狠捶向自己的脑袋,哭喊:"我要他们回来!我就是要他们回来!没有他们在身边,我不知道要怎么办,每一天都是一个人,每一天都好难过!"

"得了吧。"桃夭不为所动,居高临下俯视她,"在遇到他们之前,你何尝不是一个人过得好好的。"

她的抽噎突然凝住,红肿的眼睛望向桃夭。

"只得不失,天下哪有这样的好事。"桃夭蹲下来,直视她的眼睛,"明善抱着跑了那么远的路才救下的妖怪,原来只是个废物,沈家的饭真是浪费了。"

她愣了许久,垂下头,双手紧紧捏住自己的衣裳,眼泪一滴一滴落上去:"我只是太想念他们。"

"那也得活下去才能实现你的想念。"桃夭依然冷漠,伸出手去,红色的药丸在掌心散着幽幽的光泽,"吃还是不吃,自己挑。待我起身,你便好好等死吧。"

对付这个心思简单的小妖怪,着实不需费什么力气。

"我还能再遇到他们吗……"

她吞下药丸前,说的最后一句话。

遇不到了,桃夭在心里说,可即便不是他们,也还会有别人的,只要活着。

司狂澜全程做一名旁观者,直到看见枫生沉睡过去,身体缩成一棵矮小的枫树。

"埋了?"他问。

"埋了。"她答。

然后它被带到白雀河畔,埋在了离镇水不远的地方。

"也许十年后她会醒,也许要一百年,睡好了觉,情绪可能就不那么坏了,模样也会好看一些。"她对着空气说。

明亮的阳光里,虚影慢慢自青石上走下来,站在枫树前,对她深深作了一揖。

她侧目看他一眼,嘴唇动了动,本想再问他点什么,最终还是放弃了。

背过身去挥挥手,告辞不用送了,最好也不再见了,毕竟这地方对她来说真是个耻辱……

以后,河边有石又有树,景色多少没那么孤寂了吧。

但那颗药,真的好值钱。唉……

马车跑得又快又稳,桃夭斜靠在车厢里,刻意背着司狂澜而坐,心里盘算着还有多久才能回到帝都,回到有吃有喝的司府。

"你想问而未问的,可是那镇水因何罪行被罚来人间,对沈家娘子又是否真的只有简单的感恩之心?"司狂澜的声音自身后而来。

桃夭一动不动,隔了许久才说:"问不问都无碍大局了。也许他们在很早前便有因缘,天下石头那么多,她为何偏就对那一块心生喜爱?镇水于白雀河千万年,或许为的就是等某人再度经过,哪怕只看一眼,也可了结心头牵念。"她耸耸肩,"所以谁知道呢。过去是别人的过去,他自己留着就好。"

司狂澜笑笑,话锋一转:"那么,困住你的幻境,你也不说来听听?"

桃夭的呼吸暂停了一下。

困住你的幻境,你不说来听听?

困住你的……

桃夭,你有没有过一段特别艰难的日子?

好一会儿,她才回过神来,仍是不看他,反而将身子侧得更厉害。

叁·镇水

"不过是些无聊的群魔乱舞罢了,小小一只鼋鱼能造出多高明的幻境。"

"哦……"司狂澜点点头,继续翻书。

他并不打算跟她说,在他抱着她冲出锦鳞河时,意识模糊的她将他抱得很紧,嘴里反复说的是——救我!

说得不错,过去是别人的过去,她自己留着就好。

司狂澜的视线从兵书上跳过,不着痕迹地落在那个其实算瘦削的背影上。

突然觉得,还是那个跟他抢烤肉的丫头比较有意思。

临近正午,阳光更灿烂,沐州的雪,怕是该化了。

百妖谱
肆·绛君

楔子

一杯祝你觅良人，二杯祝你子绕膝，三杯祝你常欢喜。

○ 1 ○

灶火在司府的厨房里烧得正旺，柳公子揭开蒸屉的盖子，看了看里头那一堆奇形怪状的可能叫包子的食物，又拿一根筷子逐一往包子上戳了戳，露出满意且陶醉的笑容。

一旁的磨牙踮起脚往蒸屉里瞅了一眼，很为难地问："你的包子怕是刚自相残杀过？"连趴在他肩头的滚滚都露出嫌弃的神色。

"去去去！"柳公子砰一声盖上盖子，"都跟你的光头一样圆不溜秋的有何趣味？我柳大厨经手的食物，美味跟创新同等重要。"

"那你也不能把包子做成四方的啊！"

"谁规定包子一定要是圆的！好吃不就行了！"

"可也不好吃啊……"

"把你包起来一定好吃。"

"我只是诚实说出我的感受，你每次都如此浮躁。"

"滚滚滚滚……喂我不是叫你这只蠢狐狸，立刻马上从我脑袋上滚下去！"

身后的日常闹剧完全吸引不了桃夭的注意，她抱着暖手炉坐在厨房的门槛上，无聊地望着从屋檐上淅沥而落的雨水。

自沐州归来已好些日子了，帝都也终于进入一年中最冷的时节，只是今冬尚未落雪，倒是连下了好几场不大不小的雨，苗管家说今年天气与往年不同，都这个时候了还只见雨不见雪，往年此刻，地间积雪随随便便都有几寸厚了，只不过虽无雪，却更冷。

"事出反常必有妖。"那天苗管家曾笑眯眯地问她，"桃丫头，你说是不是？"

"影响风霜雨雪天地节气，那只枫生可没这么大本事。"桃夭盯着他那张开开心心的脸，"你挺高兴的嘛。"

"刚刚收回一大笔欠账，是挺高兴，哈哈。"他晃了晃手里的账本，正要走，又回头对她道，"现在我更确定你没有骗我们任何一个人，你确实是一位大夫。"

桃夭挑眉："平白无故的，说这话为何？"

"二少爷说，你拿最贵的药给了最没用的妖怪。"苗管家朝她眨眨眼，"你只是看起来很胡闹。"

"夸我？"

"我总是夸你的。"

"既如此，你刚说你收回一大笔欠账，那是不是代表今年过年给我的红包可以比枕头还大？"

"我也想啊。可二少爷发了话，要拿你的新年红包来抵扣被你毁掉的衣裳。所以……"

"他要不要脸的！不就是弄脏了一丢丢而已？洗洗不就好了！再说他那件破衣裳哪值那么多钱！"

"不便宜……可能真要枕头那么大个红包才能买到同等的料子。"

"……这样吧苗管家，回头你把他的衣帽鞋袜价钱都写给我，我以后挑便宜点的出气。"

"哈哈哈，你这丫头怎的突然就不聪明了，最省钱的法子难道不是你好好同二少爷相处么，不生气就不用出气了嘛。"苗管家戳了戳她的脑袋，大笑着离去。

问题是他能给她"好好相处"的机会吗？当然不能！

桃夭吐出一口气，颓丧地垂下头，这几天的心情跟天气没两样，清清冷冷懒洋洋的，冬天实在不是个容易开心的季节，连带着睡眠与饭量都受影响，自沐州归来后便总是如此了，好些个夜里总毫无征兆地醒来，并非新换的枕头不舒服，也非噩梦作祟，只觉刹那间脑中心中空茫一片，身无靠，魂无依，而已。怕是那日在冰河里冻了身子惹下病根，再坏些，便是呛水时吞了毙鱼散在水里的血肉秽物以致肠胃不适，可笑可笑，能医不自医到底是遇上了。

反观那司狂澜，仿佛根本没同她去过沐州，归来后照例深居简出，就算在饭桌上也对在沐州的经历只字不提，除了与苗管家商讨正事，不与他人多说半句，往常还能在门庭走廊与之偶遇，而这些天除非特意去妄园爬墙偷看，否则便连他的衣角都瞅不见。苗管家说年底总是大事小事堆积，二少爷少不得比平日里忙碌，这不，前几天二少爷大少爷一道出了门去，去哪儿自然是不会同他们这些杂役交代，还是终于抄够了姑娘们八字喜获出狱的司静渊透露了一点，这趟是去洛阳办点小事，临出门前还欢天喜地跟她讲回来给她带好玩儿的。虽然她实在想问他们去洛阳干啥，但一看到司狂澜那一身可与严冬寒气较高下的孤高漠然，便速速收了那份好奇心，只将两匹好马的缰绳塞到他们手里，故作老实状说道："少爷们保重，一根头发丝儿都别掉，大家可盼着你们好手好脚回来发过年红包呢。"司狂澜斜睨她一眼，翻身上马，只对司静渊说声"走了"，一个字都没留给她。然后她在司静渊的"你好好待在家里别捣乱啊"的大嗓门里，目送兄弟俩远去。

真是去办点小事吗？小事需要司家两个小阎王一同出马？该不会是那什么狴犴司的人来找麻烦了？对了，这么些时日了也没顾上打听这狴犴司到底有何背景，司狂澜说他还在这鬼地方当过官？怎的莫名觉得吃亏呢，自己把桃都的底细都跟他们交代清楚了，那他们的底细呢？若此番不是被找麻烦，他们偏又去洛阳，去见谁呢？那个岳门主？该不是他女儿又被妖怪坑了？等等，司静渊是不是说过那位岳大小姐的八字够硬，配司狂澜正合适这种话？论家世品貌，好像真能配得上——咩咩咩！身后马圈里传来响亮的声音，打散了她满脑子的问号，她做个鬼脸，想这些干啥，跟她有啥关系，又回头对那匹马瞪眼，骂它好好一匹马非得学羊叫真不正经！马儿不生气，叫得更欢快更响亮，她哼一声，拂袖而去，心下有点恼，又不知恼个什么，大概还是那匹学羊叫的马特别讨厌吧。

"吃不吃？"形状诡异的包子递到她面前，柳公子顺势坐到她身旁，"天气真坏呢。"

"拿走拿走，你几时才能做出人吃的东西。"她嫌弃地推开。

"哎呀哎呀，某位少爷一走，某人就食不下咽睡不安寝了，本来就不漂亮的脸，还拉得跟马脸一样长，我的包子都比你好看。"柳公子把自己的作品塞进嘴里，故意拖长声音道，"啧啧，女孩儿大了，留不住啦……"

"啪"一声响，桃夭一巴掌拍他嘴上，整个包子全进了嘴，差点噎死他。

"肤浅！"她看都懒得看他一眼。

"事实罢了。"柳公子拍着心口好不容易把包子全咽下去，"从沐州回来后你就不太妥当，大家这么熟，你心思有什么动荡，我岂会感觉不到。"他突然伸手把桃夭的脸转过来，一本正经道："沐州之行，真的只是不费吹灰之力解决了一条孽鱼而已？"

"谁说不费吹灰之力？我最贵重的一颗药都没了！"桃夭愤愤然，"你是不是一到冬天脑子就不好使，不早跟你说过了？"

"冬眠不影响我脑子。"柳公子盯着她的眼睛好一阵子，松开手，笑笑，"但愿你只是心疼你的药。"

"我当然心疼！天气又差，你做的菜又难吃，心情好得了才有鬼。"她用力擦了擦脸，"接下来的头等大事，该是跟苗管家建议请个真正的好厨师了。"

柳公子打个呵欠："头等大事……怕是你要找的东西到现在还没有半分踪迹吧。"他起身，拍拍她的肩膀："是要靠你自己意念寻物，还是让司家帮忙，你自己考量清楚。反正那个人说回来就回来，你交不出东西，咱们就抱在一块儿死呗。"

"真这么倒霉也是你先走一步，那个人肯定先把你炖了。"桃夭冷哼一声，倒是丝毫不着急，"我丢的东西我会找。"

"你还要蒸多久啊？水都要蒸干了！"被迫帮忙看火的磨牙在灶台前大喊，"还有这些青菜要泡多久啊！"

"来了！"柳公子扭头应一声，又淡淡甩下一句，"你终是桃都的桃夭，喂马的小杂役……玩玩便罢了。"

桃夭微怔，旋即冷笑："看好你的灶台便是，废话都给我吞回去。"

"废话我可不爱吞。"柳公子冲她"嘶"一声露出蛇牙，朝灶台那儿一偏脑袋，"我要吞的在那儿呢。一百件事，我的账记得清清楚楚。"

"滚！"桃夭不再搭理他。

厨房里再度吵闹起来，在放不放盐的事上柳公子跟磨牙又争个没完，趁机偷吃的滚滚却因为吃进去又吐出来这个动作伤透柳公子的心，一把将它抓过来盖在锅里说要蒸了它，惹得磨牙又跳又叫要跟他拼命，所谓人间烟火气，总在他们身上淋漓尽致，似乎也只有此情此景最能抵御乌云寒雨中令人不悦的低潮。

许是在一起的时间太久，第一次见到柳公子跟磨牙的情景都模糊了，脑中第一

肆·绛君

时间跳出来的,总是与他们有关的各种鸡飞狗跳的场面,一条冷冰冰光溜溜的蛇,跟一个头上同样光溜溜的小和尚,不知从几时开始变成了她生命里的两颗药,药效单一,专治冷清。

可冷清是病吗?不算吧。

桃夭回头看他们一眼,如果将来有一天分开了,应该不会太难过吧,毕竟柳公子做的饭那么难吃,磨牙又啰唆婆妈得像个心软的老太太,狐狸更不用说了,谁会喜欢一只喜欢拿尾巴当抹布并且还掉毛的家伙。再说,她曾一个人走过那么长的路,也没死不是。

柳公子说得没错,她终究是桃都的桃夭,只需要出色的医术,能震慑千万妖怪的脾气,以及漫漫无尽的生命,有这些便够了。

但是,真的够了吗?

她起身,望着阴沉一片的天空,闭眼深吸了口气,又默默算了算今天是初几,想了想,说:"你们继续吵,我出去走走。"

柳公子跟磨牙谁顾得上应她,厨房里仍是战场。

取了伞走到大门口,却发现大门开了一半,外头喧闹非常,仔细一听,似有女子哭声。

桃夭赶紧出去,却见苗管家与几个家丁站在门口,面前不知哪里来的一群陌生人,正围着个身着喜服的女子叽叽喳喳说个不停,为首的是个打扮花哨媒婆样的老妈子,苦口婆心对那女子道:"好啦好啦,你再这么闹下去,让你家的脸面往哪里放,今日是送嫁,又不是送死,何苦这般想不开。"

"我不去!我都没见过他长什么模样,凭什么跟他一生一世!"姑娘的妆都哭花了,又淋了雨,狼狈不堪。

"是个好人家,新郎官一表人才,我担保你今后过的都是好日子!咱们谁不是这么过来的,你听我老婆子一句劝,见没见过面有什么要紧,能有姻缘的都是天上月老用红绳拴了定好的,是天意,违逆不得。你看你爹本来就身子不好,你再这么闹,是诚心要取他的命吗?"

"我……"

"好了好了,你看天气这么坏,再晚点动身,天黑都到不了新郎家,别闹了,乖乖上花轿吧。"

"是啊,你不顾念自己的体面也要顾念你爹的身子啊!好不容易给你寻了这门亲事,你寻死觅活的对得起谁!"

"就是，传出去可不让全城的人笑话！"

众人齐齐开口，说得那姑娘哑口无言，软绵绵被搀起来，不情不愿往前走去。

一个年纪稍长的男子擦了擦脸上的雨水，小跑到苗管家面前，连连道歉："侄女不懂事，乱撞乱跑，不承想会闯到贵府地界，叨扰之罪还请原谅！"

苗管家笑笑："不妨事，人找到便好。时间不早了，还是快些上路，莫误了吉时。"

"是是是，您不怪罪便好，顺带向贵府两位少爷问个好。"男子松了口气，连连作揖后赶忙离开。

桃夭走上前，看着那群人消失的方向："就这么放他们走？"

"无意闯入罢了，不必追究。"苗管家笑道，"已经吓成那样了，何苦为难他们。司府并非阎王殿。"

桃夭白他一眼："我是说那姑娘，明明不想出嫁，他们这是逼婚吧？"

"那你想怎样呢？"苗管家笑着摇摇头，"婚嫁之事，往大了说是天作之合，往小了说是家务私事，何况那姑娘虽然逃了，可最终也妥协了，外人不便插手的。"

说着，苗管家刮了一下她的鼻头，低声道："你不是说你只管天下妖怪的病，人类的婚事你也要管了？"

桃夭眼珠一转："我不管啊，我只是好奇，若方才那姑娘不顾一切抱住您老大腿请你救救她，你也说天作之合不管？"

"可那姑娘并没有不顾一切抱住我的大腿啊。"苗管家笑着摇摇头，又打量她一番，"这么大的雨你要出门？"

"不用伺候你家两位少爷，我还得伺候我的病人呢。"桃夭振振有词道。

"哦？自从知道你身份后，还从未见你出门诊过病，我还当是生病的妖怪不多，不用常劳烦到你呢。"苗管家认真道。

"切，你以为我不知道你心里想的是我医术不精所以门庭冷落吗。"桃夭踮起脚在他耳畔道，"此人没死，有事烧纸，你可知烧纸向我求救的妖怪多到连你们司府都装不下么。"

苗管家一愣："烧纸？"旋即恍然大悟道："那次在饭桌上你吃着吃着就冒烟了，也是跟这有关？"

"那次是个意外。"桃夭尴尬地咳嗽几声，"反正跟你们司家收名帖差不多的道理，烧给我的纸上得写明身份与病情以及所在地，至于我收到后要不要出诊，看心情。"

"当大夫可以只看心情的？"

"你们少爷不也是吗？"

"可我家少爷不是大夫啊。"

"我走了，晚上别等我吃饭。"

"你慢点跑，伞拿好！"

"知道了苗大妈！"

"……"

2

"砰"一声响，一道黑影重重撞上洛阳城郊一处民居的外墙，扬起的灰土中，桃夭捂着脑袋蹲在墙角，痛得龇牙咧嘴，疾行术太久不用有点掌握不住火候，早知就骑马出来了……

正在这时，又是"轰"一声响，亏得她反应快躲到一旁，不然那墙上突然炸开的砖石土块非把她砸个满头包不可。

这一下可跟她无关，墙上多出来的大洞里透出光来，并伴着严厉的呵斥——"大胆妖孽，还敢反抗！"

她抱着脑袋挪过去往那洞里一瞧，满屋狼藉之中，却见两个黑衫玄甲装束一致的男子，一人手里握着一根铁棍，一人手里拽着一副镣铐，二人对面是个看起来年纪轻轻的红衣男子，此刻已是伤痕累累，光是站立都很费劲，却是一副不肯就范的模样。

"二位，我并非不肯随你们去，只求你们宽限一天，明日一过，不劳二位动手，我当自上镣铐任凭处置。"红衣男子咬牙道。

"休得胡言！吾等依足规矩，提前一月便告知今日来拿你，天界之令，说了是今日便是今日，莫说晚一日，便是晚一个时辰都不可！"黑衫男子语气冷如寒铁，手中镣铐哗啦作响。

另一人亦是相同口气，举起手中铁棍道："再不束手就擒，雷神有命，可先斩后奏！"

雷神？

桃夭眼睛一亮，顾不得还发疼的脑袋，赶紧嬉皮笑脸从洞里钻进去："二位消消气消消气，这大半夜的，墙都打破了，吵醒邻人多不好。"

"大胆！来者何人！"明晃晃的铁棒指向她。

红衣男人见了她，居然大大松了口气，也是这突如其来的松懈，让他终于支撑不住,半跪到地上,还挤出一个笑脸来:"你可算来了。"

桃夭上前捉住他下巴左扭右扭查看一番,啧啧道:"你可以啊,能提前给自己约大夫的妖怪没几个,你身上的伤确实都还挺新鲜的。"

"十分新鲜,两位仙官手下一点没留情。"他试着抬手摸自己脸上的伤口,却发现右胳膊不知所终,袖子下空空荡荡,不禁笑道,"坏了,这下他们要拿镣铐拘我都拘不住了。"

"不知死活,还敢调笑!"

眼见那铁棍就要当头砸下,谁知桃夭居然闪身挡到男子面前,故意伸出双手作求饶状:"两位仙官且慢,这妖怪乃是我的病人,还请卖我个面子,多给我一天时间替他诊治。"

腕上金铃摇摇摆摆,生怕人看不见似的。

铁棍停在半空,两黑衫人面面相觑,先前的威风气焰莫名地少了半截,对桃夭的身份已是心照不宣。

桃夭笑吟吟地摸着自己的铃铛,一脸无辜道:"并非我要阻挠二位办差,实在是与这妖怪有约在先。天界有规矩,我桃都也有规矩,但凡我答应医治的,除非是医不好死了,否则在我治好他之前谁都不能带他走。还请二位成全。"

那执棍者收回武器,面露难色:"此妖物上了雷神黑名册,乃天界缉捕之犯,今日乃将其带归天界受罚之日,若有差池,雷神必会怪责。吾等职位低微,还请桃都贵客莫要为难。"

桃夭嘻嘻一笑:"不为难不为难,这样吧,二位回去就说是我桃夭从中作梗,雷神若要怪罪,便亲自来找我算账吧。"

"这……"两人又面面相觑,虽知桃都是厉害地方,然而却不知一个小姑娘居然厉害到公然挑衅天界雷神,也是罕见的不怕死了。

见二人还在犹豫,桃夭伸手在随身的布囊里摸来摸去,边摸边说:"若两位还不好交代,那不如我帮你们个忙,我这里有腐化血肉的药,替你们上一些,如此雷神见了伤口,必以为你们确实打不过我,也就不会多怪你们了。放心,上药时只有一点点疼而已。"

两人顿时齐齐后退三步,连连摆手:"不必了!既是桃都鬼医,今日之事我们定如实向雷神讲明,后果自负。"言毕,二人唰一下消失于青烟之中。

"可吓死我了!早就听说那桃都的桃夭是个不讲道理的毒货,经常有人在她手里尸骨无存。"

"不能与她硬来！桃都来的都不是善茬，连天帝跟昆仑女君都要忌他们三分，咱们还是快回去跟雷神禀报清楚，我看这妖怪只有他老人家亲自来拘了。"

半空中传来的谈话桃夭没听见，即便听见了，也顶多是鼓励他们再跑快点，早点让雷神下来见她。

屋子里终于清静下来。

桃夭打量着一身残破的红衣男子，又淘气地晃了晃他空空的袖子："绛君，被殴打致伤，断手断脚，恐性命不保，请我务必在今天之内赶到医治……你在纸上是这么写的，对吧？还特意把日期写得非常大非常显眼。"

他不好意思地笑笑："脚没断……"

桃夭将他的袖子一甩，冷哼一声："你哪是让我来替你治伤，分明是算好了时间让我替你挡走那两个雷神的手下！"说罢，她一把摁下他的脑袋，将他的后衣领往下一扯，露出的脖子上赫然摆着一个冒着淡淡黑气的"犯"字，她松开手，撇撇嘴道："果然是上了雷神的黑名单呢。你说要是我今天心情不好没来呢？"

"只要你一字不差看完了我烧给你的纸，你一定会来的。"他自信道。

"为何如此肯定？"桃夭挠鼻子。

他笑笑，勉强站起来，说："替我治伤之后，能否再陪我去个地方？"

"你这样的伤，哪里需要我出手，你自己医好也很容易吧。"桃夭直言，"你可是天下无双的绛君。"

"可你大老远来一趟，不做做样子也不好吧？"

"做个鬼的样子！你信不信我把你另一只胳膊也掰下来！"

"开玩笑的……我意思是，你能否帮忙和一下面粉，毕竟我右臂断了不好操作。"

"你拿面粉做人形？"

"对啊，做完身体剩下的还能吃，挺好的。"

"……"

"多谢了，面粉在厨房最上面的柜子里。"

"好像你眼珠子也快掉出来了……"

"啊……刚刚挨了一拳。没事没事，我捏一个粘上去便是。多少还是受了点内伤，聚气不稳，我觉得鼻子也不是很牢固了。"

"你还是先吃颗调理内息的药吧……鼻子掉下来也太难看了。"

"多谢。"

"你来人间的时日不短了吧？"

"是不短了……"

◦ 3 ◦

来人界都这么久了,还是会做相同噩梦的感觉真是很差啊。

他坐在床上,双手还下意识地紧紧抓住被子,身子微微颤抖,心口起伏得厉害。

梦境没有丝毫改变,还是跟熊熊燃烧的炉火有关,他在火焰逼来的时候拼命跑拼命跑,脚下一空,如坠万丈深渊,然后醒来。

然后便是一夜无眠,就算躺回去,脑中不断浮现的也是阵阵笑谈声,忽近忽远,却并不属于这个世界。

犹记得他跟同伴们被年轻轻的仙官捏在手里时的感觉,跟如今每个被噩梦吓醒的无眠之夜一样令人窒息。

彼时,耳边传来的是仙官与他人随意的闲聊与笑声,他不挣扎,知道挣扎也没有用。离他们越来越近的,是放置在月宫后殿那座一人高的青铜焚炉,平日里很少点火,但这几天炉火都烧得很旺,还没靠近,已能感受到渐渐而起的温度。

"今天就能烧完了吧?"

"嗯,最后一批了。"

"可惜了啊,月老红绳,多珍贵的宝物啊。"

"咳,谁让咱们月老有骨气呢。"

"是有骨气还是跟昆仑那边赌气,大家心里有数,哈哈。"

他听到,只觉心头除了恐惧,还有怒气。

天界与昆仑,历来各有掌管人间姻缘的神职,天界有月老,昆仑有和合君,加上天界与昆仑虽并列神界,但实际上各自为政,甚至互相抵触,这月老焚红绳的起因,正跟昆仑那位和合君有关,众人皆知月老素来以红绳捆绑世间男女定姻缘,凡被红绳所缚者必成夫妻,终身相守不得分离,哪知这早已被天上人界所接受的方式却在近日被和合君耻笑了,起因是天界昆仑每年其乐融融做做样子的聚会上,和合君公然嘲笑月老是个没本事的神,所谓天赐良缘不过是他一厢情愿拿绳子硬绑在一起的成果罢了,哪像昆仑这边是真心为世人着想,他和合君促人姻缘从不强迫,只在有情人之间适当推波助澜,能成好事固然最佳,若不能成,也只能归咎彼此情缘不够,不可强求。姻缘当自人心之爱而生,焉能由一条绳子而来。那和合君借着酒意,还拍着月老肩膀道,如今他甚至很少再插手人间男女之姻缘,"顺其自然,水到渠成"

是他做了那么多年神君才领悟到的有关情爱姻缘的真谛。只有那些期望拿干涉人界种种来满足自己身为神的支配欲的家伙，才会自以为是地安排他人的姻缘，且不容拂逆，若绑个佳偶倒还罢了，若成怨侣，因红绳之故，不到身死一刻，两人断不能分开，时光必虚耗于彼此争执折磨之中，你说这"永不分离"到了这里，算好算歹？

和合君一番话，气得月老面红耳赤，还没找到说辞反驳，又被和合君摁住肩膀，神色微妙道："再说你那红绳，真的只是你拿仙气加天蚕丝炼制而成的？就没有把别的什么东西……比如妖怪啥的加进去？"

此话一出，素来少发脾气的月老勃然大怒："胡说八道！"

"月老大人莫生气啊，我就是道听途说罢了，哎呀，瞧我这嘴，多喝几杯就不像话。"和合君一手举着杯子，一手轻轻打自己的嘴，"我没别的意思啊，就是想着吧，要不月老大人也歇息一段时日，这人世间爱来爱去的事，还是交给人类自己去料理，咱们且过咱们自己的日子，有空你来找我喝酒下棋，也落个清闲不是。"

月老冷哼一声："我天界与你昆仑不同，对人界放任自流，早晚要出乱子。"

"红绳乱绑一气，就不出乱子？"

"你……本尊不用红绳，也照样能让人界姻缘有条不紊！"

"那我拭目以待。啧啧，人间有福了。"

月老拂袖而去，和合君笑嘻嘻地冲他挥手道别。

这场不算高兴的聚会带来的后果，是月老下了一道命令，销毁现下所有红线。

下头的仙官们都当月老是与和合君赌气，只有那一两个跟随月老多年的亲信明白月老要这么做的真正原因，是因为如今他炼制的红绳，仙气与天蚕丝都只是表面掩饰罢了，红绳最重要的组成部分……真是妖物。

姑灌山有妖名绛君，生于冰雪之下，一千年一生，形如赤红丝，性极黏，可缚万物而不分，炼之可成神器。

许久前，月老发现自己炼制的红绳到底不够坚固，被绑住的男女若真有挣脱姻缘之意，红绳终会断开。他试了各种法子终不能解决，最终他心念一动，带了亲信秘往姑灌山，将冰雪下的绛君全数收割，归来与他物共炼，终得不断之月老红绳。绛君本为妖，又得仙气相佐，故炼成之红绳每根皆有灵通，可称神物。此后，月老绑住的姻缘，无一断开。

"月老就不心疼？炼成红绳也费了不少事呢。若以后再想得这红绳，还得等姑灌山的绛君再长出来，离上回收割过了有四百年吧，再等六百年也够呛。何况还不知那地里能不能长出来……"

"比起心疼，真被昆仑那边坐实咱们用妖物炼绳，天界的脸面往哪里搁？说起来那绛君虽为妖，实质却也同任何一味药草原料差不多，任何人拿去炼个东西也不算个大事，但月老身份在那儿摆着，咱们天界历来以'出身正统'为傲，妖物在咱这儿始终低人一等，那绛君虽沾了仙气成了神物，但始终没有在天界名录中正式注上名字，那便连妖仙都算不得，你堂堂月老，天界大神之一，却用妖怪来帮手，这无论如何都说不过去呀。"

"也是。可雷神手下也有不少妖仙，有时也会驱使无注名的妖物替他办事，怎不见昆仑那边诟病于他。"

"就雷神那个脾气跟本事，谁敢？月老发脾气跟雷神发脾气的后果能一样吗？"

"那倒是。那以后可怎么是好？没有红绳了，人间姻缘还怎么绑？"

"没有绛君也能炼红绳啊，这是月老该操心的事儿，轮不到咱俩费心，咱们只管把绳子烧掉完事。"

"唉，行。"

他越听越气。

当初从姑灌山把他带走时没有问过他同不同意，把他炼成红绳也没有问过他同不同意，如今因为他人一句话，说烧便要烧了，那焚炉是能随便进的地方吗？进去之后，神魂俱消。他虽已是月老手中的一根红绳，却不仅仅是一根没有知觉意识的线而已，如那仙官所言，他已经算既是妖又是仙的神物了，按理说月老应该将所有由绛君而来的红绳——往天界名录上注好名字，以妖仙之身份相待，可谁承想自己的同伴们在帮助月老促成一桩又一桩姻缘后，得来的却只是投进焚炉的结局。

面子，就是面子而已。

凭什么，凭什么自己的一生只为了成全别人的面子？

焚炉的火光，隔着布袋子也明亮得刺眼，袋子里所有的同伴都在呜呜哭泣，可那又有什么办法，逃是逃不掉的，袋子上有月老下的封印。

就只能希望能快掉把自己烧尽，少些痛苦吧。

"这儿有我照应，殿里还有一袋你去拿过来。"

"还有吗？这不是最后一袋了？"

"不是吧，我记得还有一袋，你回去看看，别出纰漏。"

"行，我回去看看。"

以为接下来就是烈焰焚身了，谁知密闭的袋子里突然伸进来一只手，不偏不倚抓住了他，不等他看清楚发生了什么，便落进了另一个黑漆漆的袖口中。

肆·绛君

那仙官四下瞅看,确认无人看见他的小动作后才放下心来,旋即将重新收紧的袋子一把扔进了焚炉之中。

离开的仙官很快走了回来:"没有了啊,这是最后一袋了。"

"是吗,那怕是我记错了。"

"都烧了?"

"烧了,走吧。"

命运的改变来得猝不及防。

因为面子,他差点成了炉中灰,因为爱慕,他又捡回了一条命。

很快,他便被当作礼物偷偷送到一位仙娥的手里。

"你生辰快到了,这是现下唯一一条用绛君炼成的月老红线,我偷留下送你。"小仙官说话时,脸红得像熟透的果子,"不到用时别撕下符纸,这东西鬼灵精的,会跑的。"

"你疯啦?被月老知道了你会被打死的!"小仙娥捧着被符纸缠住的红绳,担心不已,"再说你送这个给我作甚?"

"想不到还能拿到什么比这个更宝贵,毕竟只得这一条了。"小仙官局促地搓着手,支支吾吾道,"你若有不想分离之人,只消拿此绳绑住彼此尾指,便可至死不分离了。你说宝贵不宝贵。"

小仙娥也红了脸,想了想,却将红绳推回他面前:"我不要。"

"你怕什么,没有人知道的!你拿着吧,我也给不了你什么好东西!"

"哪怕你只给我一片地上的落叶,也比你偷来东西送我好。"

"这不算偷吧,唉,反正你拿着就是,以后总会有用!"

"我不要。绑来的不分离有什么好的!"

"咳,反正你拿着吧!"

"我说了我不要!"

"你拿着!"

你推我扯之间,也不知是谁动作太大,竟撕裂了缚住他的符纸,得了这失而不再的大好机会,他终能使出全身力气,飞似的逃了,身后回过神来的两个人根本追不上。他像一条红色的小蛇,从仙殿一路躲到天门,也是命不该绝,那日正是天界设宴之日,四方神仙来往热闹,他瞅准机会,偷偷缠到一位醉醺醺的地仙的脚踝上,随着他安全出了天门,待那地仙落到人界,他才得了机会,溜之大吉。

命就这么保住了,以后就在人界吧,哪里都不去了。

○ 4 ○

刚落入人界的日子，他在深山里躲过，闹市里藏过，最后始终觉得要在人界生活，老一条红绳子的样子也不行，他没想过跟其他妖怪一样老实修炼人形，那太花时间，而且他也不懂其中法门，想了好久，他在一户人家的厨房里开了窍。他本是绛君，"黏性"是他与生俱来的本事，这本事加上月老的仙法，连人的姻缘都能黏住，有此能力傍身，拿面粉做个身体粘在身上，再催动自身妖气与仙气，变个人样倒也不难。

其实他也不是第一个这么干的，听闻不少术士曾以泥土或莲花或树木做人形，但拿面粉的……应该不多。

反正，那天他忙了大半个晚上，终于在天亮前，以一个男人的形象走了出来，顺手还拎走人家晒在院子里的衣裳穿在身上，幸好那户人家当夜无人，不然那面粉飞舞红绳成人的场面是要吓死人的。

从此，他就成了人，身体还很结实，不说每一块，是每一粒面粉都在他身上粘得十分牢靠，大约是沾了仙气之故，模样还算英俊。

他以为新的生活就此愉快地开始了，可"人生"给他的第一课，却是一堆下手无情的山贼，他只是想换个繁华些的地方生活，却在山路上被打个半死，因为身上没有半文钱。虽是面粉做的身体，多少还是有些痛感，加上对这个身体的操作还不是特别熟练，他几乎没找到反击的机会。山贼打完他还不解恨，一脚将他踢下了山。

这种情况，若在哪个善编故事的文人手里，那十之八九是落难公子大难不死被高人所救传授一身武艺，要不就是恰遇某家娇俏小姐施以援手从此郎情妾意，可惜，他的确也是被人救了，但不是高人也不是某家美貌小姐，而是个五十开外的胖婆子。

那天，倒霉的他刚好就滚落在她山下的后院里，还压死了她家一只快生蛋的老母鸡。

胖婆子可伤心了，说是救他，还不如说是坚决不能让他死，不然谁来赔那只老母鸡的钱。

还有比他更倒霉的妖怪了吗？

钱是没有的，胖婆子坐在地上哭得再厉害，他也没钱。

没钱？胖婆子一擦鼻涕，起来指着他的鼻子道：没钱，那就出力！

说罢，又将他从头到脚看了个遍，最后盯着他的脸："模样还过得去，以后就跟我一块儿押婚去，别人问起你就说是我侄子，如此一来，收钱也能收两份。都归我，当是你赔我的钱！"

刚能下地走动的他，对胖婆子说的每个字都不理解，只觉得自己压死了她的鸡，的确是要赔偿了才能走。

"帮大娘你做什么都可以，但杀人放火不行。"他好歹是从天界下来的，即便在姑灌山时，他们一族也只是终年在冰雪下休憩，跟一株植物没区别，从不作恶。

胖婆子一翻白眼："押婚罢了，哪用杀人！"

"押婚？这是何营生？"

"即便有了婚约，也有半道反悔的，男的不娶，女的不嫁，若两边家人又认定这婚非结不可的，就得押婚人出马了。"她得意地一拍心口，"我干这行三十几年，我押的婚，没有结不成的。"

他突然觉得有意思了，人界七十二行之外，竟还有如此行当。

于是，他长住下来。胖婆子姓洪，让他叫她洪姑姑，问他名字，他想了想，说他也姓洪，单名一个升字。洪姑姑哈哈笑着说倒还有缘，反正以后什么都得听她的，还够了那只母鸡的钱，他爱去哪儿去哪儿。

那就这么说定了。

他想过各种在人界的新生活，唯独没有想到自己会莫名其妙成了一个"押婚人"，前方不是江湖的腥风血雨，也不是市井中的寻常日子，而是一场又一场红烛高烧喜服耀眼的婚礼。

可怜他连喜欢一个人是怎么回事都还没弄明白，便整日跟着洪姑姑去赶那一场又一场不顺利的婚礼。

原来中途反悔甚至一方根本就不打算缔结婚约的情况还挺多，要么公子嫌弃小姐不够美，要么小姐心中另有所属不嫁他人，要么有人一厢情愿非要做谁家女婿或者儿媳。但只要找到洪姑姑，所有不顺利都会顺利。

跟她去了不少回，他发现洪姑姑的套路基本一样，先是让雇主拿出男女双方的生辰八字，看了之后放碗里烧掉，再神叨叨地念念咒，最后再从她随身带着的漆木小盒子里拿出一小撮盐巴似的东西撒进去，兑上半碗水，一分为二到两个瓶子里，让雇主拿去想办法给新郎新娘服下即可。

说来也怪，用了这法子之后，原本不管多么坚决不嫁不娶的当事人都会转了心念，虽不至于说喜笑颜开接受婚事，但也不再反对，仿佛突然想开认了命一般，终是顺顺利利拜了天地。而这也是洪姑姑最高兴的时刻，以前只她一人时，拿的酬金已是丰厚，如今多了一个"侄子"，虽然干的只是打打下手以及在她"念咒作法"时假模假样替她护法保驾的工作，但在旁人看来也是了不得了，酬金也自然是要预备下的。

　　一来二去，时光飞逝，不知不觉留在洪姑姑这里已两年有多，寒来暑往，他帮忙"押"过的婚少说也是大几十桩，装模作样的本事也是越发熟练起来。洪姑姑待他不差，虽是个嘴上不饶人举止又粗俗的妇人，但也会在赶集时像给自己儿子买衣服一样仔细挑最好的款式送他；有时嫌弃街市上卖的鞋子不结实，自己在灯下忙活好几个晚上给他做鞋子，虽比不上外头的好看，但确实结实；元宵节时她还亲手给他煮一碗汤圆，嘴里总说的是煮多了分他一点，可汤圆馅儿全是他爱吃的红糖桂花馅儿。只是从不给他钱，不管得了多丰厚的酬金也不给。

　　有时候他想，那只老母鸡的钱，应该早就还上了吧。可是他却也从不提离开的事，住惯了洪姑姑家，家里的每件家具包括他睡的床，和院子里的所有植物、动物，都在他身上种下了深刻的印迹，没想过离开后的日子，比起冰天雪地的老家，以及动不动就将他往焚炉里送的天界，这里挺好，为何要走。

　　洪姑姑除了喜欢钱，喜欢酒，没多大毛病。

　　他不止一次看见她在深夜时抱着酒壶睡在院中的竹躺椅上，一边看天一边喝，妇人里少有她这般海量的，但有那么一两回他以为自己眼花，因为在洪姑姑眼角看见一点亮闪闪的东西，她在哭？可是她这样"健壮"过头的人，不该是跟眼泪无缘的吗？

　　他没有问，也知道即便问了她多半也是不回答的。来人界这些日子，他多少也明白了一部分人类的生活习惯，便是将那些不肯与人言的心事，在深更半夜化在梦里或者酒里。

　　他不喝酒，觉得不好喝，他的夜晚只献给暖烘烘的被窝，不做噩梦时最舒服，像头吃饱的猪似的一觉到天亮。

　　不过，他也好奇过洪姑姑到底是施了什么绝技才让那些痴男怨女们顺利成婚，也想知道她那小盒子里装的盐巴一样的粉末到底是什么，但洪姑姑跟防贼一样始终不肯透露半分。

　　大概是怕他知道其中窍门之后另立门户？

　　不过也无所谓，他只是想要个安稳生活罢了，被迫离开了原住地的妖怪，大多数都只有这个期待而已，他们很少有修炼到顶称霸三界的野心，跟世间许多普通人一样，不过是不想漂泊流离，求一心安处度过余生，不要再回到被敌对被嫌弃被随意处置的过往。

　　但没想到的是，终究还是被嫌弃了。

苏胜就是最嫌弃他的那个。

苏胜算是他邻居，家在离洪姑姑家不远的北面山脚下，比洪姑姑家气派些，大门上还挂了"震霆镖局"的牌匾，听起来能唬人，但实际上来托镖的雇主少得可怜，经常门庭冷落，以至于苏胜经常要带着门下不多的镖师靠帮人修房建桥这些力气活儿来赚钱。

听说震霆镖局以前还是风光的，在苏胜爹还在世的时候。他去世后，镖局便挪到了苏胜手里。苏胜原本不叫这名字，叫苏胜雪，对，她是个女的。接管镖局后，她便将那雪字去了，说念起来方便。

可即便听起来像个男人，世俗的眼光仍将她排挤到很尴尬的位置，没有多少人会放心把东西交给一个女镖头，哪怕她看起来十分真诚且勇敢。这样的后果，便是老主顾一个个离开，新主顾顾虑重重甚少上门，下头的镖师们迫于生计，也逐一离开，如今剩下的，无非是早年一直跟从苏家且看着她长大不忍离开的叔伯们。但长期如此，震霆镖局散伙也是迟早的事。

这些都是洪姑姑茶余饭后讲给他听的，因为每次苏胜带着她的手下们出去揽活时都要从洪姑姑家经过，每次洪姑姑都会看着他们远去的背影直摇头，说好好的姑娘偏要干这样的营生，谁若劝她放弃家业早些寻个如意郎君有个依靠，必被骂个狗血淋头，天晓得这姑娘是不是吃铁长大的，非要守着那根本扶不起来的家业苦苦支撑。

她觉得苏胜有毛病，苏胜同样看他们不顺眼，每次路过，四目相接时，他总能见到她不屑的眼神跟故意转过去看都懒得多看他们一样的脸，也不知是为什么。问洪姑姑，她说在苏胜眼里他们镖局干的是正当生意，自然看不惯我们这些剑走偏锋、靠促成姻缘来赚钱的押婚人，觉得我们干的不是正经事。

想想也多半是这个缘故，毕竟七十二行里，从来没听过押婚人这一行。

如果不是那天洪姑姑让他去集市上打酒，可能这辈子他跟苏胜的交流都只能限于在她路过时高傲又不屑的一瞥。

那天微冷，下着雨，各色纸伞在雨中或快或慢地移动，他一手举着伞，一手拎着洪姑姑的酒壶，只想着快些回去，地上积水太多，看吧，前天才洗过的鞋子又遭殃了，才一抬头，不远处的雨水里露出来一个单薄的人影。那是一间堆满各种货物的门庭宽阔的商铺，生意做得很大的样子。苏胜是被人直接推出来的，幸好她还有些拳脚底子，勉强稳住了身子，随后被扔出来的是一摞包得很仔细的礼物，跌在水坑里，转眼湿透。

"刘老板，我很有诚意的，您的货交给我们保证万无一失，求您了，给我们一个机会！价钱我只收别家镖局一半！"

他习惯了她从他家门口经过时趾高气扬的样子，从未见过她满脸堆笑，在极度不礼貌的对待下依然努力讨好他人的卑微之态。

"都说了不用你家，也让你别再来了，更别送我这些不值钱的破玩意儿。"屋檐下站了两个人，为首的中年男人胖得像个发面馒头，总让人担心那身价值不菲的绸衫会不会被他撑破，旁边那低眉顺眼的小厮在她面前也突然找到了高人一等的机会，跟着主人家斥责："你也不看看你们镖局如今是个什么光景，你也不看看你是谁，谁会找个娘们儿押镖！说出去不让人笑掉大牙！"

她攥了攥拳头，雨水顺着每根头发丝落下来，但仍撑住笑脸，对那胖子弯腰作揖道："还请刘老板看在家父面上，给个机会，我们一定……"

"要不看在你爹面儿上，你连见我的机会都没有。"胖子不耐烦地打断她，一双小眼睛又在她身上来回扫了几遍，讥笑道，"我看你模样还算端正，给你指条明路，回去快快将镖局解散，趁自己还没人老珠黄赶紧找个相公嫁了。既是女儿家就别老想着掺和男人的事儿了，再耗下去，孤独终老病死街头这种惨事你担不起。"说着说着，他脸上飘出轻浮的笑，"我最近正有意纳妾，看在跟你爹有那么点交情，要不……"

"告辞！"她终是不想笑了，拂袖而去。

雨水越发密集，她不打伞，走得又快，根本不考虑前头有没有人。

"雨大，走路小心。"他在与她擦身而过时，适时把胳膊横到她面前，"伞你拿去。"

她这才注意到他的存在，却连眼皮子都不抬一下，一把推开他的好意："不必。"然后果断绕过他，干脆跑了起来，很快消失在雨水泛滥的街头。

他不追，知道追不上，只调头回到那铺子前，一把抓起躺在水里的礼物，甩了甩，小心挪到伞下，在胖子跟小厮奇怪的眼神中快步离开。

以为要去到她家才能归还，不承想半路便遇到了。

那是回家必经的一条山路，路上有个一年四季都野花开放的洼地，连冬天都不例外，只是冬天的花数量不多，颜色也单调，只剩白色一种，远远看去像零星的雪，也说不出品种，只知它们足够倔强，冬天也不肯闲着。

她独自坐在洼地前的大石头上，望着前头发呆。

雨停了，可她还是个落汤鸡的样子。

他走到离她几步远的地方，小声说："苏镖头，你还是快回去换下湿衣裳吧，天寒，你这样容易生病。"

她略一愣，旋即头也不回道："我瞧见你手里有酒？"

"有！"他立刻把酒壶递过去，"你想喝？也对，酒能御寒，你先喝两口驱驱寒气。"

她毫不犹豫拿过酒壶一通猛灌，然后差不多把吞进口中的一大半酒都吐了出来，咳得眼泪都出来了，一边吐舌头一边说："好……好辣……"

"原来你不会喝酒啊。"他被她的样子逗乐了。

酒壶被扔回给他，她擦擦嘴，自嘲般道："所以连借酒浇愁都没资格，算了，不喝也罢。"

"你被酒呛到的样子很可爱啊，哈哈，跟你平时一点都不一样。"他也不知道自己为什么会突然这样说，但就是觉得她刚才的样子跟世上任何一个闹脾气的小姑娘没两样。

她的脸有点红，大概是被呛的，没好气道："我平日里什么样子，现在还是什么样子，走镖的人哪来什么可爱不可爱。"

"也是，镖师太可爱的话，说不定会被贼人一块儿抢回去当压寨夫人。"他认真地想了想，"你以后还是不要喝酒了。"

"我会学。"她瞪他一眼，"江湖来去哪能一点酒量都没有。"

"铁了心要撑住家业？"他问，轻轻叹了口气，"如你所见，前头的路不好走。"

她一怔，忽然笑出声来，说："我爹跟别人不一样，对自己只有一个女儿这件事一点都不遗憾，我的拳脚功夫都是他亲自教的，可他也找了绣娘教我女红刺绣，读书识字也从不懈怠。有人说我爹多此一举，女儿早晚嫁人，会点针线活儿不就够了，何必多费心。"她看着他，"你知道我爹怎么说？"

他摇头。

"他说，跟押镖一样，我们唯一的目的是保证货物一路安全，女儿也一样，她只要能安全长大我的目的就到达了，至于要走什么路，取决于她自己的意愿，而不是她的性别。"渐起的暮色融进她的眼神里，"别人以为我爹一定死得轰轰烈烈，镖师嘛，风里来雨里去，刀头舐血也免不了，可他既不是死在跟山贼的搏斗中，也不是得罪了什么人被仇家暗算，他就是长年奔波劳累，积下了毛病。在押镖这件事上，他总说能早不能晚，不但要保障货物的安全，还得念着雇主们急迫的心情，哪怕天上下刀子都不能在行程上有任何耽搁。他当镖头这些年，接下的活儿没有一单是延误了时辰的，账目也算得清清楚楚，该取多少酬金便是多少，不该拿的一分不贪，该拿的少一分不行。"她笑笑，"作为镖师，我爹的一生其实很平淡，都没有多少值得被说道的。可震霆镖局的名声是好的,雇主们没别的夸赞,独放心二字。我觉得吧,只要镖局还在,我爹的好就一直在。我拼命抵抗那些试图阻拦我的东西,也不知是在跟谁较劲,但我自己愿意,我就是不能跟我家的镖局分开。我觉得只要我还在拼命,震霆镖局就不会完蛋。"

她应该是很久很久没有对谁说过这么多这么长的话了,每个字都在心里憋了许久的样子。

他默默听完,想了想,说:"要不要去庙里烧烧香,求神仙保佑你们镖局生意兴隆?"

她哈哈笑出来,白他一眼:"我以为你要给我什么高人一招的建议。"她深吸了口气,起身道:"东家不做做西家,姓刘的不行,还有赵钱孙李,我一家一家去找,总能得个机会。"

"那……你加油!"他打量她一番,刚刚那刘胖子说得也不错,虽然总穿得不像个女儿家,但她始终是个不难看的姑娘,五官虽不惊艳,但眼神总是异常坚定,连看不起人的样子都是正大光明的。虽然跟她不算太熟稔,可这样一个姑娘,孤独终老病死街头之类的词实在不该出现在她身上。他忍不住又道:"若哪日你得了心上人,不管他愿不愿意,只要你喜欢,我保证把他押到你面前,此生不分离。"

闻言,她皱眉,不屑道:"少拿你们押婚人那套把戏往我身上套,说实话我真不太看得上你们,婚嫁之事本该自愿,你们硬把男女凑到一起,还拿这赚钱,实属不该。"

他尴尬地挠挠头:"我是好意。"

"不必了。"她哼了一声,转身离开,临走时抛下一句话,"以后有什么东西是这儿没有的,吱个声,我若走镖去外地,可以帮你带回来。"

他愣了愣,这是不是代表她其实没那么讨厌他?

"喂喂,你的礼物啊!我捡回来的别浪费啊!"

"不要了,送你了。"

远远传来她的声音,好像又恢复了力气。

○ 5 ○

洪姑姑还是会在苏胜背后翻白眼撇嘴巴,每次都说看吧看吧,震霆镖局撑不过多久了,饭都快吃不上了还嫌弃咱们。他却只是笑笑,心想一个能骄傲也能低头的姑娘，不至于吃不上饭的。

一不小心又唠叨过了两三年，震霆镖局没垮，不但能吃上饭，生意还渐渐好起来，从前只见蚂蚁爬过的大门口常站满来给生意的雇主，人马来往，热闹非凡，众人一口一个镖头地喊着，放放心心地把自家的货物交托给苏胜，彼此谈论的只有货期与酬金，至于镖头是男是女，重要吗？不重要。

苏胜很感激大丰商行的秦老板，他也是她父亲的旧识，两年前找到他时，他虽对她有所质疑，但架不住她苦苦哀求各种保证，好歹是同意把一批玉石交给他们押送，可话也说得明白，收货人居于山穷水险之地，路难走不说，山里的土匪也是出名的凶悍，这趟镖总量不大，酬金不多，所以别人不愿接，若震霆镖局真如她所说，一如既往的可靠，能保货物平安到达，以后他便跟她爹在世时一样，在押镖这事上，将震霆镖局列为首选。但她若完不成，货物一切损失由她双倍赔偿，若在途中遭了险，断了手脚甚至丢了命，后果自负。

她一口气应下来，根本不认为这其实是秦老板让她知难而退的借口，反而视为天大的机会。镖局里的叔伯们开始都很反对，说划不来，说秦老板根本没想帮她而是害她，那地方他们听说过，十个走镖的九个都不肯去。

她却笑着说，那震霆镖局就是剩下的那一个。

临走前，她专程来找他，说她要去的地方很远，会经过许多有趣的城池，问他有什么要她帮带回来的没有。

"真没什么要我带的？"她站在他家院子的栅栏外头，也不进来，随时拔腿要走的样子。

他摇头，说："那地方挺远吧？听说路还难走，山贼还厉害。"他顿了顿，说："非得去？"

"非得去。"她耸耸肩，"镖局活不活得下去，就看这一次了。我知道秦老板故意为难我，但越为难，我越不想后退。我横下心了，最坏就是一条命。"

"还可能被抓去当压寨夫人……"他真诚地给她列举出另一种危险。

她大笑："那丢命的就是别人了。"

"要不还是……"他本想说还是别去了，但一看到她的眼睛，话就变成了，"还是一路小心吧！"

"知道了。"她扬起下巴，"只要这批货跟我不分开，未来就有路走了。"

月色洒在她头顶，仿若成了可保平安的佛光。

"保重啊。"

"嗯。"

三个月后,她顺利回来,除了人瘦一圈,一切安好。

秦老板是吃惊的,因为结果完全在他意料之外,想不到这小丫头片子不但办成了,还全身而退,面对她豁出命去得来的证明,他信守承诺,商行运送货物的生意会多到她忙不过来。给她酬金时,秦老板只说了一句:"你跟你爹还真是像。"她说:"亲生的,不像他像谁。"

她不在的这几个月,他习惯于每天都往她归来的路口张望几眼,说特别担心好像也不至于,反正总觉得她这样的丫头会平安回来。

所以,当那天他跟洪姑姑从一户人家做事回来,老远就看见家门口站了个她的时候,心中只有一种意料之中的平静,大概就是……哦,你看她果然回来了。

她手里拎着一只活鸭子,嘎嘎叫着。

"路上随便买的。"她倒是坦白,"总觉得老远一趟回来,还是该给友邻们带点东西。反正你家也养鸡,多只鸭子更热闹。"

洪姑姑背地里对她各种不喜欢,当着面儿尤其还有礼物收时,脸都笑成一朵花儿,赶紧拿了鸭子道谢。

"走了。"她顺势一拍他的肩膀,颇有些得意道,"以后你们要是改行做了别的生意,有东西要押送的可得来找我。震霆镖局死不了啦。"说到这儿还特别拿眼睛瞪洪姑姑一眼,想来之前那些丧气话她也是早有耳闻。

被她一拍,他身子不自然地往下一沉,仿佛被碰到什么痛处似的皱了眉头,又顺势拿手捶了捶肩膀,旋即不好意思道:"前些天摔了一跤,扭到肩膀了。"

她哼了一声:"没用。"

他嘿嘿一笑。

往后几年他们的关系顺其自然缓和了许多,尽管她还是对他们的行当不屑一顾,但对他这个人还是友善了不少,起码能当他是一个正常的邻居了,走镖回来时如果正好遇到他,手里有什么能当礼物的,多少都会给他一些,所以这些年他收到的东西除了那只鸭子之外,还有干货、布料、果脯、九连环等,天知道她怎么会总带着这么多五花八门的东西。而他有时候也很疑惑,自己并没有做什么值得她亲近的事呀,不过,有礼物总是件高兴的事。几年的历练,许是老天眷顾,又或天资优渥,风里来雨里去的日子并没有将她折损成一个黝黑粗壮的汉子般的女子,她依然跟她原本的名字一样,肤白胜雪,眉目秀丽,只是出落得越发英姿飒爽,不用胭脂水粉也能惹人回顾,反正他每次都一定会站到完全看不见她离开的身影时才略失落地回

肆·绛君

去,以及对她下一次的归来充满小小的期待。甚至在一场依稀的梦里,他看见的不再是熊熊炉火,而是红艳艳的嫁衣,只是那嫁衣下的人却看不清面目,醒来也不知是谁,可能是她。

他想多做几次这样的梦,如果梦里真是她,那便有意思了,毕竟他来人界这么久,她是第一个闯进自己梦境的人,连洪姑姑都没有这样的殊荣。可是,还来不及再做梦,他便连睡眠都变得困难了。

洪姑姑出事了。

就在昨天夜里,他们俩如往常一般吃罢了晚饭,洪姑姑照例坐在院里喝茶剔牙,他洗碗擦桌扫地,待他擦手从厨房出来时,却发现桌子中间多了一个小木箱子,洪姑姑坐在一旁,敲了敲木箱:"你的。"

他奇怪得很,开箱一看,里头竟是好几块亮闪闪的金条。

"这些年该你得的报酬,我都给你存下来了,换成金条,你带着也方便。"洪姑姑若无其事道。

他盯着一盒"天降之财"莫名其妙:"我不缺钱花。"

洪姑姑笑出来:"现在当然不缺,吃我的住我的。以后就不行了,得有点钱傍身。"

他对金子真没兴趣,可洪姑姑说的每个字都耐人寻味。

"以后就不能吃你的住你的了?"他盯着她的脸,试图捕捉她只是在开玩笑的痕迹。

"不能了。"她果断回答,"拿上金子,收拾行李,明天你就走吧,去哪儿都行,洛阳不错,人多的地方反而安全。"

他被彻底搞糊涂了:"为什么要我走?我有什么地方得罪你了?"

洪姑姑笑着摇摇头:"虽然你不是个特别出色的侄子,但你从没得罪我。"她顿了顿,抬起头,直视他的眼睛:"如果你不想被抓回天界,就按我说的,走得远远的。"

他心里"咯噔"一下,一屁股坐到凳子上。

洪姑姑看着他骤然难看的脸色,笑笑:"你以为我留你在身边只是为了让你赔偿一只鸡?"她笑着叹气:"才见你时,便知你底细了。你姓洪,我也姓洪,看来咱们想法都一样,来了人界还是不舍得放弃本来的颜色。"

"你……你是……"他飞快地回忆跟她在一起的所有细节,却根本找不出任何值得怀疑的地方。

"我是绛君,也是月老手中红绳。"她说着话,身体却软软瘫下去,一条赤红色的细绳从那身体里慢慢钻出来,飘浮在他面前,"这身体是我拿泥巴做的,其实本可以做得美一点，但泥巴不太好调，折腾下来就只能是这个模样。你的身体看起来细致光滑不少，不是泥巴做的吧？"

"面……面粉……"他缓缓回答。

"难怪……你小子可以啊，居然想到用面粉，难怪做出来白净好看。"她遗憾地扭了扭身体，"听说所有绛君炼成的红绳都被销毁了，你便是自那一拨里逃出来的对吧。"

他愣了好一会儿才点点头："你不是那时候逃出来的？"

"自然不是。"她说，"我是第一批被月老炼成的红绳，来人界的时间可比你早多了，本事也比你高多了。"

"也是逃来的？"他问。

"算是吧。"她落到桌上，"我不想做月老约束他人的工具，想有属于自己的好日子。亏我逃得早。"

他沉默片刻，说："我从未有过你当初这般的念头，如果不是要被投入焚炉，我根本不会逃。"

"咱们大多数同族都跟你一样，从老家到天界，从妖怪绛君到月老红绳，没有哪一步是我们自己走来，好像我们也一早接受了这种无趣的设定，顶着天界神物的名头，在人界陪伴一对又一对相爱或者不想爱的男女，到死为止。"她似乎摆出了很得意的姿态，"我应该是第一个打破这种设定的绛君。"她望着他，笑，"你也不算太晚。再晚也不行了，进了焚炉，你便跟从未降生过一般。"

他深深皱眉，忽然明白了什么："难怪你有法子让那些男女顺利成婚……是用了只有绛君才能修炼的了不得的法术？"

她摇了摇自己身躯的末端："你仔细看看。"

他凑近一看，红绳末端参差不齐，有被扯断的痕迹，顿时明白过来。

"哪有什么了不得的法术。不过是一点点舍弃自己的身躯。咱们绛君最大的本事，不就是黏性天下第一么。你也知道这种'黏性'已经超出了普通人对这个词的理解，只要咱们愿意，粘住的东西永不分离。"她慢吞吞地飘回自己的身体，地上的洪姑姑吐出一口气来，缓缓起身，"小匣子里的'盐'，足够'粘'牢一对普通人类的姻缘，毕竟我们已经不单单只是绛君，还是受过月老仙气炼制的红绳。"

望着重新"活"过来的洪姑姑，他只觉得背脊略微发凉，好像今天才第一次认识她。

"你遇到麻烦了？"他问。

"嗯。"她无所谓地耸耸肩,仿佛早预料到一切,"既然敢私下当'月老',就得做好终有一天暴露身份被天界抓回去的准备。三十多年好吃好喝的日子,够了。"

"为何到了人界还是要做押婚这样的事?"他不明白。

她哧哧笑出来:"我就是个从天界逃出来的妖怪,又不是下来造福世人的神仙。想在人界好好活下去,就得做工就得赚钱,我又没有别的本事,除了这行顺手又赚得多,我有更好的选择吗?你还是太年轻了,来不及体会人间疾苦。"

他皱眉,觉得她说得不对,但又找不到完美回击的理由。

"走吧,咱姑侄俩的缘分今天就尽了。"她把盒子往他面前用力一推,"雷神的人说了,一个月后来拿我,你还有足够的时间离我远远的。记住,保护好自己的身子,别随便用,你用一回,妖气便泄一回,早晚会被雷神的耳目盯上,再被抓回去可就没这么好运逃下来了。"

他不动,也不去碰那个盒子。

"以后不见了吗?"

"再见的话,说明你的命也到头了。好不容易混到这儿了,尽量活下去吧,也许你能过上跟我不一样的日子。"

洪姑姑给自己倒了杯茶,喝了,说:"我睡去了。"

"姑姑!"他突然叫住她,"为何你曾偷偷掉眼泪,我见过好几回。"

她站定,没回头,正撩开卧室门帘的手也没放下。

"我拴得住天下男女一世姻缘,却唯独拴不住我想一生一世的人。"她似乎在笑,肩膀微微抽动,"好不好笑,让天下人成双成对的月老红绳,自己的命运却是孤独到死。"

门帘放下来,她的背影消失在后面。

他微微张着嘴,满眼的茫然像极了刚刚逃来人界时的样子。

6

又一夜噩梦。睡是不可能再睡着了。

清晨,他走了,数年的岁月只收成一个小包袱。

其实是又逃了,说不怕是假的,谁都知道落在雷神手里的犯人是个什么下场,可能会比投进焚炉更惨。

他甚至都没有跟苏胜道个别,既是逃命,就别宣扬了。

采纳了洪姑姑的建议，他到了洛阳，在城郊觅得居所，种菜养鸡，平静度日，偶尔还要打发慕名而来的媒婆，毕竟在那一块儿，他可能是长得最好看的适龄男青年，附近未出阁的姑娘们好些个对他青睐有加，家门口经常有不知道谁送来的食物或者衣物鞋袜，他总是哭笑不得。

　　然而一年的风平浪静也未能彻底消除他对另外两个人的牵念，搬来洛阳的第二年，他终是顶着心中的不安与些微的恐惧，回到了那片熟悉的山脚下。

　　洪姑姑家空无一人，种的花枯死了，养的鸡鸭也不见了，房子里里外外一片萧瑟。

　　意料之内。

　　路过苏家时，门口繁华如故，听说苏胜如今的名声越来越大，生意好得不得了。

　　他只在她家门口稍微多停了片刻，看了看她家门上那块光彩熠熠的"震霆镖局"牌匾，便踏踏实实地走了。

　　然后他便养成了习惯，每年年底都从洛阳偷偷回来看看，就只是看看而已。

　　洪姑姑的房子一直都空置着，而今年的他也不知动了什么心念，趁夜走进去，在屋子里左右环顾，在积满灰尘的饭桌前坐坐，又过去摸摸曾往里浇过无数次水的花盆，虽物是人非，心头却说不出的平静，转过头，但见月色如水，斜过破破烂烂的窗户，在地上投下形状奇特的影子，他抬眼细看，窗框上有人拿细绳挂了几只纸鹤，在风里摇摇摆摆，纸鹤新旧不一，上头隐隐可见字迹。

　　他取下纸鹤逐一拆开，果然是一封封书信。

　　"一年了，你还是没有音讯。你姑姑说你去了外地探亲，可后来连她都不见了。你们姑侄俩是不是跑到外地骗吃骗喝去了？"

　　"两年了。你是死了呢还是死了呢？走之前跟人道别是一种礼貌，你这个人真不讲究。"

　　"三年了。你回来的话赶紧来找我，我给你带了好玩的东西。"

　　"四年了。我不找你了。"

　　"五年了。我有了想嫁的人，你来不来喝喜酒！"

　　他握着书信的手微微发抖，心里却如释重负。

　　原来已经有五年了，他看着最新的那一封信，上头的日期跟地点他看了一遍又一遍。

　　他算不算又荒废了五年，在洛阳他没有再干任何跟押婚有关的"工作"，虽然他的资历不及洪姑姑，但要做到跟她一样也不难，毕竟需要的只是消耗身体罢了，可是他不想做，一点都不想。可能还是他太胆小，怕露了妖气惹来麻烦。

五年的时光，他只当农夫花匠泥水匠，邻人们都当他是个勤劳朴实长得还好看的寻常小伙。他也曾对一位姑娘动了心，她舞刀弄剑时的样子像极了苏胜，姑娘似乎也心仪于他，可谁知窗户纸都未捅破，姑娘家便突逢变故，举家南迁，再无重逢之日。去年遇到的姑娘也是，刚到彼此有好感的阶段，姑娘便生了大病，他越去探看越是担心，姑娘便病得越重，他心知有异，遂断了对姑娘的心意，而对方病情竟很快好转。于是，他好像终于明白了洪姑姑为何会哭，为何会那么执着于将别人拴在一起。有的人，自己得不到就要全天下都失去；有的人，自己得不到却希望别人不失去。洪姑姑的功过，难下定论。

喜酒是一定要喝的。

就是时间不太对。

因为他还是暴露了，虽然都不知道这么小心翼翼地生活，他的气息是如何被雷神的耳目们发现的。

跟雷神硬拼是不可能的，绝对没有胜算。

书信在他手里被攥成了一团，他只想多要一天而已。

○ 7 ○

"就那儿啊？"桃夭朝山坡下一处灯火缭绕喜乐阵阵的院落努努嘴，还用力嗅了嗅鼻子，"隔着那么远都闻到酒肉香了，结婚真好啊！"

他不关注酒肉香不香，只打量那院落的规模与四周环境，喃喃道："房舍很不错啊，感觉有钱有势的样子。"

是不错的，光看那屋舍的数量与外观的气派，便知其主人非等闲之辈。

他大大松了口气。

"走啊，不是喝喜酒么。"桃夭拽了拽他。

他犹豫片刻，点点头。

他家在洛阳西郊，眼前正办喜宴的人家在东郊几十里开外的杏花谷，这一大片地方恐怕都是这户人家所有，房舍靠山而建，屋前还有人工开凿的小河，有小舟在岸，石桥其上，四下杏林环绕，若遇春天，必是一番极好风景。

此刻，从沿途的杏花树到石桥再到大门，皆张灯结彩遍贴喜字，那大门之上端端正正挂着"于府"的牌匾，而原本在门口接待宾客的小厮们，现下却慌了手脚，都挤在大门旁的围墙下，对着墙头大呼小叫。

他抬头看去,墙头坐了个一身嫁衣的女子,手里还攥了个酒壶,边喝边往外张望。

不是苏胜是谁呢……五年了,模样没有丁点走动,嫁衣穿在她身上可真好看,红衣衬雪肤,加上那慵懒懒的微醺之态,倒比平日里多出几分娇媚的女儿态。

可她今天不是成亲吗?爬到墙头做什么?

"少夫人啊,您赶紧下来吧!摔了可不得了!您今天都爬了好几回墙头了!"下头的小厮们都要哭了。

"爬得高看得远!"她不以为然,又喝一口。

"哎哟求您别喝了!您到底还想看啥啊?"小厮们边劝边对旁边的丫头说赶紧去请少爷来,结果丫头们说少爷跟人斗酒早就喝得不省人事,两口子一个比一个胡来。

"我还有贵客没到啊!"她噘起嘴,气呼呼地说,"今天他都不来,他肯定就死了!"

见状,桃夭忍住笑,一边将他往前推一边大喊:"没死没死,人在这儿呢!"

众人回头,只见一个红衣公子尴尬地对他们微笑。

墙上的苏胜也瞧见他了,愣了好一会儿,又使劲揉了揉眼睛,大声道:"是不是你呀?"

他抬头,笑:"是我啊。"

然后又是一阵惊叫,她眼都不眨便跳下来,飞起的衣裙成了一朵飘然而下的红云。

平稳落地,她笑得像个捡到钱的傻子,冲过来一把抱住他:"我以为你今天都不来呢!"

"要来的,今天是你大喜之日嘛。"他的手稍微迟疑了一下,然后像个老朋友一样轻轻拍了拍她的背。

她直起身子,目光落到桃夭身上,左看右看:"这小丫头是谁?"

他后退一步,自然地牵过桃夭的手,笑:"我娘子。"

桃夭一阵咳嗽,旋即拿指甲暗暗掐他的手,脸上却不动声色,只笑嘻嘻道:"不好意思,我们来晚了。"

她走到桃夭面前,绕着圈儿打量她,最后死死盯着桃夭的脸,问:"看你的样子,不像闺阁小姐,干啥的?"

"大夫。"桃夭的眼睛弯成月牙。

"不错啊!"她一巴掌拍在他肩膀上,"有个当大夫的娘子也太好了,想你蠢头蠢脑的，居然还把人家小姑娘骗到手了！"

他笑："你也不差啊，终于觅得良人。"

"还行吧，那年走镖时遇到几个绑票的恶贼，救了个手无缚鸡之力的家伙，拳脚不行，只会吟诗作对写文章，哦，还会做生意赚钱，可没意思了。"她一脸嫌弃，惹得旁边的小厮们赶紧解释："我家少爷不好拳脚，但学富五车，经商有道。"

"明白明白，各位不必解释，能娶到她的人，绝不可能是泛泛之辈，我们不会看轻你家少爷。"他笑道。

"多嘴！都给我回去！这里不要你们伺候！"她回头冲他们一瞪眼，小厮们赶紧撤了，想来平时她是作威作福惯了的。

"这些年你去哪儿啦？"她眨眨眼，酒气未散，看他的眼神又固执又飘忽。

"呃……其实是躲债去了。"他不好意思道，"没跟你道别，怕给你惹麻烦。"

"躲债？你怎么不来找我！那现在解决了没？"

"还清了，不然也不会大大方方来喝你喜酒。"

"那就好。"她笑出来，"走，跟我进去，里头喝得正热闹呢，来了好多人！"

他朝大门里看了看，笑着摇摇头："我跟娘子还有要事，就不多留了。"说着，他从身上摸个小木匣，放到她手里，"给你的贺礼，收好了，也许有一天你用得着。"

她拿着木匣，却看着他："这就要走？喜酒都没喝呢！"

他笑笑，从她手里接过那把酒壶，往自己嘴里倒了三口，然后看定她，微笑道："一杯祝你觅良人，二杯祝你子绕膝，三杯祝你常欢喜。"酒壶还给她，他吐吐舌头："喜酒喝过了。"

她笑出来，眼睛有些红了："谢谢你来，知道你安好，我也放心了。"

"嘴里说人家没意思，心里却喜欢得不得了吧。"他朝大门里努努嘴，又道，"知道你嫁得开心，我也放心了。"

"进去坐坐再走吧，他知道你跟我是老朋友，早就说想见见你呢。"她不想放他走。

"以后有机会再见吧。"他摸摸她的脑袋，"我们该走了。"

刚刚转身，他又回头："当年我并没有为你做什么事，为何忽然愿意送我礼物了？"

她愣了愣，笑："在我被所有人否定的时候，只有你称我一声苏镖头。"

他微微一怔，笑出来："哦。那我是赚到了。"

"是哦。"

"告辞了，你保重。"

重逢与别离都比想象中快很多，走出杏花谷时，他没有回过头，神情很轻松，桃夭偷偷回看了一眼，苏胜还站在原处目送，喜宴上的乐声在夜色里分外嘹亮。

　　夜深时，卧房里的新婚夫妇还未入睡。

　　"洪公子来过了？"

　　"嗯，带着娘子一块儿来的，门都没进就走了。"

　　"怎不留住他呢？"

　　"人家有事要办，我留他作甚。以后还能见着的。"

　　"嗯，他平安就好。"

　　"你信不信这世上有人是你的灾星，有人是你的福星？"

　　"信啊，你不就是我的福星。"

　　"滚啦！当初为了救你差点赔上我的命！不过……我觉得他真是我的福星，自打他喊我一声苏镖头之后，我慢慢地就没那么倒霉了。你可知当初我替秦老板运送的那批玉石，差点就没了，路太艰险，我们整个马队掉进急流里，保命都来不及，当时我只想着这次彻底完了，东西丢了，镖局翻身无望，不如死了。哪知我们漂出老远挣扎上岸时，那箱玉石居然也跟在我后头被冲上来。这太不可思议了，那么重的箱子怎么能被冲上来呢？"

　　"兴许是被什么缠住了？水草什么的。"

　　"那么重的箱子怎可能是水草能牵动的。"

　　"那也许就是天不亡你了。"

　　"也许是我爹在天有灵……反正走镖的时日长了，什么怪事都遇到过。"

　　"嗯，睡吧，累一天了，以后你多的是时间跟我讲你遇到过的怪事，并且不用再担心镖局会垮掉，光是我旗下生意就够你忙一辈子了。"

　　"我说过要帮你吗？"

　　"我又不是不付钱。"

　　"三倍！"

　　"……"

尾

　　"多谢了！"空无一人的山坡上，他规规矩矩地跟桃夭磕了一个头，又掏出一个拳头大小的布囊递上去，"说好的，她一半，你一半。"

桃夭笑眯眯地接过来，把布囊在手里掂了掂，啧啧道："好东西啊，'绛君活时取其躯，自成盐状，男女吞之可成姻缘，一世不分，至死方休。'月老得了你们，简直得了个大便宜，连仙法都不用多加，顶多将你们变个模样，天下男女就跑不出他的手掌心了。老家伙太精了。"

"我却没有在男女姻缘上发挥过一次作用。"他起身，自嘲地笑道，"此生唯一一次用自己的身躯做过的事，却是将她跟那箱玉石悄悄地'粘'在一起。"

桃夭看着手里的布囊："还是有点疼吧。"

"嗯，疼了大半年，好歹是自己的身体，扯断一点都会疼的。"他下意识地揉了揉自己的肩膀，"不知道洪姑姑是怎么忍下来的，她用了那么多，得拿多少日子捱疼。"

"宁可在人界疼着，也不肯留在天界，也不知是谁该反省。"桃夭打了个呵欠，又问，"有个问题啊，你们绛君绑住人的姻缘，不到一方身死时是不会分开的，你拿你的身体把苏胜跟那箱石头粘在一起，可那箱石头是要送给别人的，那岂不是无论如何都会回到苏胜身边？"

他摇头："不一样的。一对活物吞下去，的确是不死不分开。但一方是活物，一方是死物的话，只要活物那方起了要跟死物分开的心念，我们的黏性就消失了。所以，苏胜欢欢喜喜交出玉石的那刻，我的作用就没有了。"他顿了顿，又道，"我可以不这么做的，可我就是不想她在那一次出纰漏。我总忘不了她在雨里被人推出来还要装若无其事的样子，也忘不了她固执地说绝对不跟镖局分开时的眼神。她只是个毫无神通的人类而已，甚至在大多数时间里是孤立无援的，但她还是在拼命。"

桃夭撇撇嘴，晃了晃布囊："你给她的贺礼，有教她怎么使用吗？万一哪天她夫君起了二心要离开她，你猜她会不会把你的身子放到水里让他喝下去。"

他想了许久，说："我留了使用方法给她，就在匣子里。希望她永远用不上。"

桃夭一笑："既如此，你又何必留给她。"

"不留给她，我这身子眼看着也留不住了，被抓回去不外是死得干干净净。再说……"月色落到他眼里，漫出一丝不想掩饰的落寞，"我还是想留下一点曾经来过这世间的痕迹，不然我这一生也太简陋了。"他把视线挪到桃夭脸上，指着自己问："你见过无数妖怪，哪个比我更窝囊的，一生连个水花都没有，逃跑，躲藏，洪姑姑出事时我帮不了忙，还是只能逃。也不能爱上什么人，不然就跟我与苏胜以及后面两个姑娘那样，略微动了心念，便注定是各种分离。你说哪有这么倒霉的妖怪，能成全别人，换成自己就刚刚相反。"

桃夭咂咂嘴，从地上扯起一根枯草："病我能治，但就跟这枯草一样，生来就是春生冬枯，天性就是天性，治不了。所以窝囊倒也说不上……"她扭头看着山下灯火明灭的杏花谷，"毕竟当年落在急流里的不是一箱玉石，是一个跟你差不多倒霉的人改变命运的全部可能。而你替她保住了。你看，急流啊，那么大的动静，你还好意思说一生没水花？"

他把她的话来回琢磨了好几遍，笑出来："你跟传说中的样子不太一样啊，明明是很温柔的一个人。"

"温不温柔得看你给了什么。"她一脸坏笑，把布囊小心翼翼收起来，又伸出手去，"惯例，我治过的妖怪都得盖个章，承诺随时做我的药。"

他伸出手去放到她掌上："可是天明之后，我可能就不在了。"

"你留给我的残躯也够了。"她眼露狡黠，"反正我又不用粘谁的姻缘，用不了多少。"

"那你想粘什么？"

"要你管！"

你来我往说再多，也拖延不了分别之时的到来。

"走了！你爱蹲哪儿蹲哪儿吧。"桃夭转过身，朝他挥挥手，步子又轻又快，生怕他反悔把那袋"盐巴"抢回去似的。

他一言不发看着她的背影消失在越发像一场迷梦的夜色里，再见是不必说的，他知道自己没有这个资格了，但跟她这一路走下来，好像自己的一生也不是那么糟糕了。

他也不打算回去了，本也无处可回，抖了抖衣衫，拍去上头沾染的尘土，他对着杏花谷的方向盘腿坐下，心无波澜。

一杯祝你觅良人，二杯祝你子绕膝，三杯祝你常欢喜——他心头默念。

念给她还是念给自己，抑或念给再无音讯的洪姑姑，谁知道呢。

原来一生会过得这么快，但喜酒好歹喝上了，该过上好日子的人也过得很好，这么一想，好像也没那么落寞了。

以后，该怎样便怎样吧。

他笑笑，闭上眼睛。

蜿蜒向下的山路上，桃夭渐渐放慢了速度。

她摸出布囊看了好一阵子，又抬头看天，似笑非笑。

楔子

没记错的话，千金散尽还复来的前一句好像是……天生我材必有用？

○ 1 ○

一碗，两碗，三碗……

直到第三个大碗见了底，连一滴汤水都没剩下，桃夭才心满意足地抹了抹嘴，冲那目瞪口呆的老板竖起大拇指："你到底是如何做出这金丝香肚面的？香肚这般香，汤头这般浓！这手艺全洛阳怕是找不出第二家了！"

年轻白胖的小老板顿时不好意思起来，拿搭在肩头的布巾擦了擦额头的汗："姑娘言重了，自打我爷爷的爷爷那辈起，便以烹煮之技营生，这里头并没有多少秘诀，唯勤力二字罢了，煮面煮得多了，自能掌控其中分寸。只是洛阳第一断不敢当，姑娘若是喜欢，今后常来便是。您这样的客人，小店求之不得。"

当然求之不得，放眼洛阳……不，放眼整个大宋，能一口气吃下三大碗面的姑娘，哪个卖面的会不喜欢。

桃夭将面钱放到桌上，摇头道："你说的也不全对，我就知道有人天天煮饭做菜还是做得跟猪食一样，世间总有些事光靠勤力也是不够的。"

老板挠挠头，也不好问她说的是哪路做猪食的神仙，只得边收钱边随意问："姑娘似乎不是本地人？"

"打帝都来。"她起身离开，站在门口仰头看了看店招，哈哈一笑，"小朱记……小猪……我记下了，下次还来光顾。"

"姑娘留步。"老板叫住她，顺手从热乎乎的烤炉上取了一个饼子，拿油纸包了递给她，"您是小店今日第一位主顾，这第一炉的烤饼送您，近日天寒易饿，拿去吃着玩儿吧，不收钱。"

倒是个厚道人呢，桃夭接过还烫手的饼子，眯眼一笑："这是我第二回来洛阳，上回来去匆匆来不及体会此地风土，这回倒是来对了，说不定因为你这间小朱记，我会喜欢上整个洛阳呢。"

小老板的胖脸腾一下红了，想来到他家吃面的客人里还没有谁这般热情过，何况还是个年轻轻的小姑娘，他很不好意思地搓着手，结结巴巴道："那……那以后常来啊常来啊！"

桃夭点点头，眼睛却往灶台旁堆放调料的地方瞟了瞟，忽然问："最近你店里的盐巴是不是经常莫名其妙地少了呀？"

小老板一愣，抓头："还真是呢，头天明明还有大半罐，第二天就只有半罐了。我当是自己记错，添满了便是，谁知没两天又剩下半罐了，我煮面做菜用不了那么多的。还检查了盐罐，也没漏。最近为这事颇为头痛。"他眨巴眨巴眼睛，奇怪地盯着桃夭，"可姑娘你是如何得知的？"

桃夭装模作样背起手，绕到灶台旁边左看右看："咳，我听家中老人讲啊，这装盐巴的罐子可不能用黑色的。"

"为何？"小老板大惑不解地盯着自己那个黑黢黢的盐罐。

桃夭凑近他，小声道："黑色属水，水能化盐，五行相克啊，你的盐啊就是被你的盐罐子弄没了。"

"姑娘你还懂这些？"小老板诧异道，"可我从未听闻黑色盐罐会闹出这样的事来。"

"要不是看你煮的面好吃，人又厚道，我才不管这闲事呢。"桃夭伸手往盐罐上一扫，继续一本正经胡说八道，"听我的，换个别的颜色，只要不是黑色，我保证你以后一粒盐巴都不会失踪。"

小老板半信半疑："当真？"

"我哪能白吃你的饼子。"桃夭拍拍他的肩膀，"告辞。"

伍·咸鼠

冬日清晨的洛阳街头,薄雾缭绕,行人稀少,许多店铺尚是大门紧闭,侥幸做成了第一单生意的小朱记里的小朱老板在犹豫了片刻后,将那盐罐里的盐巴悉数倒进一个新的土色罐子里,然后他朝店外看去,那一身红衫面带喜色的小姑娘已然消失在游动的雾气里。

很好,从昨夜到现在,天上一片太平,没有闪电,更没有打雷。

桃夭像极了一个没有目的地的游客,悠闲地啃着饼子,一会儿往南,一会儿又折回来往东,走几步觉得不对,又转身往西,街头的行人渐渐多起来,太阳似乎也正在努力冲破阻碍,这是一个对洛阳百姓而言平常得不能再平常的上午,当然,那是在他们看不见桃夭抓在左手中的妖怪的前提下。

黑色的盐罐当然是可以用的,在她把这只贪吃的咸鼠带走之后。

跟鸡蛋一般大小的家伙,肥圆得像一只刚刚偷吃完的没有四肢也没有尾巴的老鼠,一身白毛上还沾着盐粒儿,此刻正鼓着腮帮子使劲哭号,大概是觉得自己大限将至。

桃夭听得心烦:"再哭就把你扔到开水里化掉!"

"我饿啊,吱吱!饿得受不了才去偷盐吃,吱吱!"咸鼠大哭,从眼里蹦出来的泪珠比它的头还大,一落在地上就溅开变成一朵小雪花,继而消失,也幸好会消失,不然这样哭下去,泪流成河就能成真。

桃夭停住步子,把它举到面前:"盐巴也不便宜,那胖小子做的是小本生意,你天天白吃好意思?若不是我顺路去吃个早饭,那小店早晚被你吃破产。"

"关你什么事嘛,吱吱!"它八成不知道桃夭的来头,倒委屈得很,"饿了是要吃嘛,吱吱!"

"给我好好说话,老吱吱作甚!"桃夭戳它的脑袋,软绵绵的像泄了气的皮球。

"说再多也是个饿,我就是饿,我要吃东西!"它越发哭得厉害,身前仿佛下起一场小雪。

桃夭最是讨厌无休无止的哭哭啼啼,索性松了手,由得这小东西跌落在地,因为身体太圆胖,还弹了几下才滚开了去。

"总之,以后再被我撞到你偷人家盐巴吃,就把你的毛一根一根拔下来。"桃夭瞪着它,给了个小小的警告。

其实,连警告都只能随便给给,就算下次真被她撞到它还偷盐巴吃,她也顶多跟这次一样把它拎走罢了,哪能真把它怎样,级别低微到不能再低微的小妖,连个像样的实体都没有,说话说重些都能把它们吓死,百妖谱上有关它们的记载也不过寥寥——产妇身周常有妖，凡人不可视，不知来处，形似无肢之鼠，子出附其身，以泪为食，笑有风，泣成雪，一生一人不可离，称咸鼠，无害。

算是连蚂蚁都比不上的最没用的小妖怪了，不少人类从一出生起，便被这种妖怪缠上，毕竟它们在产妇还未生子前就聚集在附近，只等新生儿一落地，便争先恐后冲过去，第一个舔到孩子眼泪的，便是这场争抢的胜出者，从此它的命运便跟这孩子交织重叠，一生只能以这孩子的眼泪为食，永不分离，直到孩子离开人世，它的生命也告终结——真是诸多妖怪里特别无聊的一类了，长得微不足道，一生能干的事更微不足道，除了天天盼望依附之人泪流满面，没有别的期待，遇到命好的不爱哭的主也只能自叹倒霉，自己当初不顾一切选的人，忍饥挨饿也要跟他走下去，饿死是不会的，在没有意外伤害的情况下，它的性命只受制于此人，纵然饿瘪了也只是饿瘪罢了，实在忍不住便去偷吃盐巴之类的咸味之物，虽不如眼泪饱腹，聊胜于无总能抵挡一阵，最后的最后，随着这个人类的死去，无功无过了此一生。

遇到这种妖怪，委实连惩罚都不屑，也不必的。

今天这只咸鼠大概还算有点脾气的吧，可能是饿得太厉害脑子已经不清楚了，随便吓唬吓唬就算了吧。

桃夭看看天，太阳已经露了大半个脸，显而易见的好天气不能浪费，不着急回去，起码今天要把洛阳城吃够玩够，这么一想，被咸鼠哭烦的心情顿时又好起来。

正要走，身后却响起响亮的哭号声："你就走啦就走啦！你不让我吃东西我哪有力气回家去！桃夭你这个坏人！"

在它说出这样的话到桃夭回头的短短瞬间，它本应该以不同方式死十次了，桃夭甚至本能地抬起了脚，理论上但凡能看见它的人都拥有一脚踩死或者一巴掌拍死它的能力，但桃夭最终没这么干，许多比它厉害千百倍的妖怪都不敢在知道她身份之后面对面骂她是个坏人，它居然骂得这么理直气壮，饿昏头的家伙真是什么都干得出来呢。

"你认出我了？"桃夭转过身，蹲下来看着躺在墙边不肯起来的它。

"你都不知这些年我走南闯北去过多少地方，见过多少人跟妖怪，早就听说过桃都鬼医的名号，我又不瞎，怎会瞧不见你腕子上怎么摇都不响的金铃铛。"它耸耸鼻子，"再说，你身上一股药草味，还有血腥味，反正怎么都不是这人世间的味道，不是桃夭是谁。"

桃夭一笑："以为是只知道吃的蠢材，原来是我想错了。"说着说着她突然脸一沉："既知道我杀妖不眨眼，还敢这么跟我说话？"

伍 · 咸鼠

"金铃不响,尔无杀机。"它还是躺着不肯起来,吃准了桃夭不会将它怎样。

"啧啧,说话还突然斯文起来。"桃夭瞪着这个不怕死的赖皮妖怪,将它说的话跟它此刻的模样一重叠,倒觉得有意思起来,笑着晃了晃自己的铃铛,"你就不怕它突然响起来?"

"你这样的人物,杀掉我不觉得羞愧吗?"它竟理直气壮地把自己的渺小视为天大的优越,不要脸地滚来滚去,"反正你今天要么杀掉我要么请我吃盐巴,不然我就一直哭一直闹一直滚。"

家里那只狐狸已经够不要脸了,想不到这个更胜一筹,身上长毛了不起?

桃夭气得想笑,生平头一回被威逼请客吃盐……

"我凭什么要请你吃盐?你偷东西本就不对。再不滚起来我可不客气了!"

"我不起来!要么杀掉我要么请我吃盐巴!"

路过的行人纷纷朝桃夭投来奇怪或者同情的一瞥,大概想的是好端端一个姑娘怎的对着墙根儿的空气说话,怕是谁家脑子不好的姑娘偷跑出来了?真可惜,长得那么喜庆。

桃夭自然觉察到旁人的目光,心想老蹲这儿跟它纠缠也不是个事儿,算了,对这种毛茸茸的一哭就下雪的无赖,莫说杀心,竟连脾气都发不出来。

可是,堂堂的桃都鬼医怎么能对一只小小的咸鼠投降呢?

桃夭眉头一皱,暗暗咬了咬牙,将手伸向自己永不离身的小布囊……

○ 2 ○

"唔唔,味道还可以,不错不错。"

小孩脑袋那么大的盐罐里,咸鼠一头扎在盐巴里大快朵颐,只看到个毛茸茸的屁股露在外头,不多时便将一罐盐巴吃得一粒不剩。

桃夭咬着一棵野草,了无生趣地望着面前结了冰的小河——实在不能原谅自己啊,布囊里随便一颗小药丸就能让它消失得一根毛都不剩,自己明明是要拿药的,可为何拿出来的是钱呢?拿钱也就罢了,为何还真去给它换了一罐盐回来呢……说好不投降的……唉。

咸鼠躺在空罐子里打了好几个饱嗝,这才有了力气,心满意足从罐子里飘出来。

"不少妖怪说你是个恶婆娘,你知道的?"它飘到她面前,吱吱笑出来。

她白它一眼:"所以你现在无比感动于我的温柔善良,并且觉得那些妖怪都是瞎子。"

"不啊，你真的很凶恶。"它坦白道，"但你还是请我吃盐了，所以以后再碰到这么说你的妖怪，我会跟它们说这么凶恶的人也拿我没办法，所以你们这些自以为比我厉害的家伙们在我面前还有啥可臭美的！"

"你这是什么鬼逻辑！"桃夭哭笑不得，拿指头对准它脑袋一弹，跟弹个棉花球一样，眼见它在空中翻了好几转才停下。

它抖了抖身上的毛，又飘回来道："我说得有错？"

"你开心就好。"桃夭吐掉野草，站起身拍拍屁股上的泥巴，又看看天色，"你说你饿，盐巴请你吃了，你说你累了飞不动，我也把你送到你家附近了，以后不准再缠着我，更别跟任何人说见过我！"

"可我要是还吃不到眼泪怎么办？"它急急挡到她面前，生怕她走了，"盐巴只能暂时果腹，天天吃盐巴我会掉毛，还会呼吸急促，很难受的。"

"怎么办？"桃夭冲它咧嘴一笑，鼓了几下掌，"那我真该替你选的那个人放鞭炮庆祝，你们咸鼠就见不得人家开心快乐，成天盼着人泪流成河，你要天天这么饿着，说明那人的日子幸福。反正你又饿不死。"

"他幸福个鬼啊！"咸鼠沮丧无比，如果它有手，肯定要扇自己两个大嘴巴，"我也没想到当年我以绝顶的速度从那一群同类里杀出血路选定的人，结果会是这样……"

闻言，桃夭顿时生了几分好奇心："结果怎样？"

"结果……你跟我去瞧瞧不就知道了，反正你也闲得很。"它眨巴着米粒儿大的眼睛。

"我闲得很？"桃夭指着自己，"你可知此刻有多少妖怪盼着我救命？"

"那你不还是在洛阳城里一个人吃面。"它不服气，"还跟我纠缠了好几个时辰！"

桃夭一口气哽在喉咙，请客吃饭送客到家后换来的评价居然是纠缠？一只小屁妖怪竟敢把这个词用在她身上？

"走吧走吧，我家就在前头，过了那座石桥便是。"它根本不在意她此刻的心情，转身朝前飘去，"瞧你一个人到处闲逛也挺可怜的。"

别再说了，再说你就真的要死了。

桃夭深吸了一口气，硬生生地把取毒药的手压了下去。

想想桃都里的妖怪们，哪个见了她不是唯唯诺诺，敢同她较劲的，那也是自带毁天灭地真本事的大妖怪。那么，人界的妖怪是不是很容易活成脾气跟本事成反比的样子？大概还是欠收拾……

从洛阳城南郊的这条无名小河到走过前头那座石桥，再经过一座名为"明镜寺"的小庙，便看见一座摇摇欲坠的草庐。总之这段并不算太长的路上，桃夭认真计划了至少二十种收拾咸鼠的方法。

离草庐尚有十几步距离，便听到里头传来剧烈的咳嗽声。

走近，四面空空只有个顶子的破烂地方，唯一像样的便是一床还算干净的蓝底儿棉被，棉被下躺了个银发凌乱皱纹满面的老头子，似在昏睡中，脸上透着一股不正常的红色，时不时咳嗽一阵子。身旁不远处，架着一口里外都烧得漆黑的铁锅，锅里也不知是烧的水还算汤，懒懒冒着热气，下头的炭火燃得半死不活。

草庐之后是一面深灰围墙，颇长，上头爬满枯藤，一副年久失修的样子。正对着草庐的位置，露着个两尺高的洞，大概是被野狗扒出来的，透过这洞口隐约可见墙后密集而萧瑟的野草。

咸鼠落在那老头身上。

桃夭指了指老头，拿眼神问它，这就是你当年选中的人？

咸鼠点头，叹气不止。

难怪连盐巴都吃不上……

只有要饭的才会住在这样的地方吧，人到暮年却无处栖身，此生也是够潦倒了，一想到这只对她大不敬的咸鼠居然是这样的运气，桃夭"扑哧"一声要笑出来，但马上捂住嘴，怕吵醒那病中的倒霉鬼。

可这样的人，居然不哭……咸鼠虽以眼泪为食，但食量并不大，据说一滴眼泪十年不饥，盐巴虽然也咸，但吃再多也比不得眼泪，这只咸鼠饿成这样，说明这人至少十年不曾落泪。一个把日子过成这样的人，十年不落泪，也是罕见了。

桃夭正想着，身后忽然传来脚步声，回头，一个中年僧人提着竹篮往这边走来。

是那明镜寺的和尚吧，他抬眼一见桃夭，愣了愣，施礼道："敢问这位女施主有何贵干？可是曲施主的亲友？"

"他姓曲啦。"咸鼠插嘴道，"和尚是来送药的。"

桃夭忙回个礼，顺口道："不不，非亲非故，我不过一路人，本要往洛阳城里去，大概是走错了路。不知这位老先生是怎么了？"

"原来如此，入城往那个方向才是。"和尚好心地给她指了指方向，旋即走到老头身旁，从篮子里取出几个馒头跟几瓶药，然后看看他气色，又摸了摸脉，皱眉摇摇头，低声念了句"阿弥陀佛"。

"看样子病得不轻呢。"桃夭看着他打开药瓶，稍微将老头扶起来，小心将药水喂进他口中，可是喂多少也吞不下去，全顺着嘴角流出来。

"怕是没有几日了。"和尚无奈地将毫无意识的老头放下，拿袖子擦了擦他的嘴，"脉息微弱得很，连水都吞不下了。"

"大师认识这位要饭的？"桃夭脱口而出。

"曲施主并非要饭的，不过一无家可归之人罢了。"和尚纠正道，"女施主无事的话，还是早些回去吧，天寒地冻，晚归恐家人担忧。"

桃夭撇撇嘴："他们巴不得我不回去呢，少个人跟他们抢饭吃。"

和尚打量她一番，笑道："看女施主神清气爽的模样，不似来自贫苦人家，想来是与家人闹了别扭，赌气不归？"

"算是吧。别说我了，大师你既然跟这位是熟人，为何由得他大寒天的独自躺在这里，是你们庙里腾不出房间了？看他病入膏肓的样子，再这么冻着，那就真没指望了。"桃夭不解道，记得刚刚那明镜寺虽不比城中的大庙气派，但容纳一个人的空房间总还是有的吧。

和尚叹气道："是曲施主自己的意思，他说快过年了，他一定要留在这面墙前，白天黑夜都不能离开。我请了他无数次去庙里暂住，他都坚定拒绝，还说就算死，也要死在这里，请我万万不要干涉，能供些炭火给他，已是感激不尽。"

桃夭愣了愣，再瞧那老头的面容，平平无奇，纵然年轻四五十岁，那五官也顶多算端正，反正无论怎么看，都不像个有故事的人。

"他可是个神志正常的人？"桃夭看了看草庐后那面破围墙，跟他的脸一样没有故事，光秃秃的有什么可值得一个人拿性命相守？

"曲施主心智如明镜。"和尚不但肯定，给的评价还很高。

那就更奇怪了，桃夭没料到的是洛阳一日游的开头，吸引她的不是好吃好玩的东西，而是一个无家可归的老头跟一堵破围墙，真是见鬼。

等等，咸鼠是故意要引她来的？毕竟这是它选定的人，如果他死了，它也是一样的结局。世上无论人类妖怪，不怕死的很少。

"炭火不够了。"和尚看了看那头，起身对桃夭合十道，"既然女施主不着急回家，可否在此稍微照看一番，待我回寺里取些木炭回来，万一……中途有何不妥，劳烦来寺里通知一声。"

桃夭毫不犹豫点头："去吧去吧，我在这儿守着，万一你没回来他就死了，可别怪我啊。"

和尚苦笑一下:"多谢女施主。"

眼见和尚走远,桃夭才想起什么,转身高喊:"大师您法号什么呀?去寺里我找谁说呀?"

"那是空云和尚,明镜寺里就只有他跟一个小沙弥而已。"咸鼠飘到铁锅旁,围着炭火转圈,"天气越来越冷啦。"

"你这么多毛还怕冷?"桃夭坐过去烤手。

"他怕冷,多少也会影响到我的,毕竟我跟他一辈子都分不开。"咸鼠又叹气,"你看我多可怜,又冷,又饿,还可能很快就死了。"

"死了也不亏呢,好歹请你吃上了一顿饱盐。"桃夭搓着手,面带笑容,"被我请客吃饭的妖怪可不多,得了这份殊荣,你死也瞑目。"

见她不为所动,咸鼠叹气叹得更重了:"见死不救的人,自己也不好过吧。"

桃夭斜睨它一眼:"好过得很。你既然知我来历,就该知我规矩。"

"我知道,治妖不治人嘛。"它飘到桃夭身前,唰一下落到她腿上,有气无力道,"他死我便活不了,你说这是不是我的绝症?当然是!你不救人我不勉强,可你救救我呀!"

"滚!"桃夭又一指头把它弹开,"你可知烧纸给我的妖怪有多少?插队是最不要脸的。再说你连纸都没烧!"

它从旁边飘回来,落到老头身上,沮丧得又要哭出来:"你瞅瞅这光景,纵是把我卖了也买不起烧给你的纸。"说着说着它干脆飘到地上,在几片枯叶上跳来跳去:"要不我以叶当纸,现场烧给你!反正你只是要个规矩而已。"

"人命只看天意造化,弱肉强食,自然法则,他扛不过这场病就是他没有资格活下来,我若从旁干涉就是扰乱人界,懂了?"桃夭沉下脸,故意加重了语气。

它呼啦一下飞起来,差点撞到她的鼻子,气哼哼道:"天意造化?你难道不是天意造化的一部分?人界这般大,你不去老李记老张记吃面,偏就去小朱记,若你我无这段缘分,老曲病死风雪便是天意,便是应该,我无一句埋怨,可现在天意明明把你带到他面前,这不是天不绝人之意吗?!"

桃夭略略一怔,扭头看看那垂死之人,想了想,问:"你真那么怕死?"

它立刻回答:"怕!太怕了!"

3

从六十年前开始，它就特别怕死。

身为一只咸鼠，到今天还没选到能"一辈子"的那个人，掐算一下时日，它顶多还剩一年，一年之内再不能抢到人，它就得跟无数倒霉的同类一样，从生到死，不过饥饿又窝囊的三年。

对，如果没有选到可依附之人，咸鼠的性命只得区区三年，还得忍着腹中饥饿，实属丧气。

于是方圆百里每个孕妇的周围都潜伏着许多同类，就等新生儿呱呱坠地的瞬间展开它们决定生死的比赛，谁跑得最快，尝到这新生命的第一滴眼泪，谁便拥有了活得更久的可能。

也仅仅是可能罢了，另一种倒霉的方式，是好不容易跑赢了同类喝到眼泪，千方百计才得到的依靠没活上几天便早早夭折，两命相依，一亡俱亡，说不定连三年都活不过。

饶是如此，大家还是为抢人打破头，毕竟都寄望自己选中的人是长命百岁那一个。

它已经想不起那个冬夜里他是使出了怎样的神力与毅力才赢得了最终的胜利，只记得在哇哇的哭声里，它喝到了妖生里第一滴眼泪，世人都道眼泪咸，到它嘴里却甜如蜜糖，太好吃了，原来能吃饱的感觉这么迷人。

它选定的人，是曲秀才家唯一的儿子，说是曲秀才，不过是亲友邻人对曲父的尊称，想当年他十年寒窗，却屡试屡败，不曾博得半分功名，但放眼整个县城，也算是最能咬文嚼字的一个，年过四十才得了儿子，狂喜之余，给儿子起名复来，千金复来抑或功名复来都无所谓，总之老曲将挽回一切遗憾的希望都交给了小曲。

小曲一开始就没有辜负父亲的殷切期盼，四岁不到便能背诵诗词百首，写的字也有模有样，甚至比不少年长者还要好，彼时凡来曲家拜访者，老曲对他们最大的炫耀便是让小曲奶声奶气地背完一首《将进酒》或者《长恨歌》，然后在大家羡慕的目光里享受作为"神童父亲"的满足感。

那时候，它要么躺在小曲肩膀上打盹，要么无聊地躺在他的笔墨纸砚间发呆，明明是个好天气，家门外是别的孩子们喜悦的尖叫，小曲却只能老实待在房里诗词歌赋一遍又一遍地诵读，名家字帖一次又一次地临摹，只有这样才不用罚跪，晚上还能吃到好吃的。也偷偷跑出去过，被老曲抓回来后，他以为少不得一顿板子，可

伍·咸鼠

老曲没打他，拉着他一起跪在祖宗牌位前，不打不骂，只说他也不想把小曲关在家里，但若任他跟普通孩子一样在玩耍中虚度光阴，将来他又如何从他们之中脱颖而出，如何有光辉的未来，说着说着他居然哭了……小曲看着老父亲的眼泪与泛白的鬓边，忽然觉得比挨打还不好受——君不见，高堂明镜悲白发，朝如青丝暮成雪——年幼的小曲第一次在生活里找到了诗。

面对父子俩，最遗憾的是它，为什么自己不早出生几十年？！明明选老曲才是正道，你看他，动不动就哭了，跟儿子说心里话时要哭，喝酒喝多了也哭，写诗写感动了也哭，莫名其妙不知道为啥也会哭……反观小曲，从出生到现在还真是一次都没哭过，大概是获得的赞扬太多，又或者天生皮粗肉厚，罚跪罚得还不够狠，反正这孩子好像就没有过特别伤心的时候。唯一一次是养的小狗死了，眼红红的埋了它，正要哭的时候，一只猫从墙头爬过，他便立时收了眼泪跑去追猫玩儿了，唉，小孩子的忘性大吧，也不是个好事。

从那时候起，它便隐隐预感自己的将来不会很舒坦。

老曲也没有真正舒坦起来，因为小曲的神童技能并没有随着他年龄的增长而更加发光，他四岁时能背下的诗，比十四岁时还多，写的字也无多少进步，做的诗就更平庸了，小曲的神童之名，渐渐被时间消磨得一干二净，老曲不知道问题出在哪里，明明一直在读书，一直也很乖，怎的小时候的灵气说没有就没有了。

小曲自己是无所谓的，在亲戚朋友面前表演背诗的场面已经很久没有出现了，事实上连往他家来的客人都很少了，大家好像都挺忙的。他还是要读书，写字画画这样的工夫也要做，但除此之外可以做的事还有很多，比如如何让院子里的桃树不长虫子，如何改良家里的斗笠让它在大雨天时不漏水，衣裳染上墨迹要怎么洗才能彻底洗干净，不用钥匙怎么打开一把铜锁，怎么糊不同形状的灯笼，等等。生活远不止诗词歌赋啊。

老曲的身体越来越不好，每次看到挽着袖子敲敲打打洗洗刷刷的儿子，他突然意识到，复来复来，什么都不复重来了……命吧！

但偶尔老曲也会安慰自己，算了吧，就算儿子一直是神童又如何呢，连曾经如日中天的盛世帝国都在一夕间土崩瓦解，世间如他们这般生如蝼蚁的人们，还能在四分五裂兵荒马乱的时代里幻想出功名利禄黄金屋么。

真的不能……连活下去都变得很艰难。

年轻的皇帝除了年轻一无所有，皇位与国土早被外敌虎视眈眈，吃喝玩乐挡不住数万铁骑，蜀中江山终成他人囊中物，最惨的，连皇帝都被砍了头。

皇帝掉脑袋的那年，老曲也病死了，本来身体就不好，又受了国破家亡的惊。

十三岁的小曲守在老父亲的病榻前，握着一双冰凉的老手不说话。

老曲也没有什么遗言交代，家里没剩下多少钱，只一间老旧宅子，也没剩下什么人，小曲不到一岁时曲夫人病逝，照顾他的乳娘也在去年告老还乡，有个打下手的小厮也因为几个月领不到工钱走人了，所以曲家最值钱的，就是小曲了。

"你能……照顾自己吧？"老曲快闭眼前，气息微弱地问。

"大门的锁都是我修好的。"小曲的脸在烛光里挤出笑来。

老曲居然也笑出来，病糊涂了，总以为儿子还是那个奶声奶气背诗的小娃儿，他可有本事了，上房揭瓦，下河捉鱼，什么都干过。

"等你有孩子了……还是要让他多念书。"老曲长长吐出一口气来。

小曲点头："要的。"

老曲满意地松了口气，浑浊的双眼望着天花板："复来……千金散尽还复来啊……"

小曲把老父亲的手握得更紧了些，这样才能阻止他心里的话冒出来——从未得到过的东西，又何来"复来"呢……但他不敢说，怕父亲死得更快。

三更天时，老曲走完了他的一生。

它还是有点难过的，毕竟老曲在它有限的生命里不间断地出现了十三年，但更多的是开心，这回小曲该哭个痛快了吧，谢天谢地，它总算能吃上一顿饱饭了，十三年了啊，总吃盐巴实在没滋味，难受。

可是它又失望了，小曲这个死孩子从老曲闭眼到下葬，一滴眼泪都没掉，在老曲坟前烧纸时，它看着小曲把从小到大在亲戚朋友面前背诵过的诗词从头到尾背了一遍，从天亮背到下一个天亮，然后才拖着发麻的腿离开。

它猜，小曲应该从没有恨过老曲，不然他不会记得老曲最开心的时候是哪一段岁月。

回去的路上，它看见他用力揉了揉眼睛，揉得通红，但始终没有掉下它期待的眼泪。

一饿又是五六年，它才是欲哭无泪。

四分五裂的天下没有任何改善，人们大概已经习惯了战火绵延的岁月，今天的皇帝明天的刀下鬼也不再是稀奇事了，盛年时积下的大好江山，毁起来委实容易得很，都说乱世出英雄，可英雄太少凡人太多，称霸天下的豪情壮志掩埋在求活下去的平凡愿望里，埋得太深，能否得见天日，无人知晓。

伍·咸鼠

小曲没有骗老曲,他能照顾自己,再乱的世道他都好手好脚地过来了,帮人抄过书,也跟账房先生学过算账,还在瓷器铺里打过下手,做得最久的工作是在乡下帮人种地,顺便帮不识字的乡民们写信读信,七七八八赚回来的钱基本够吃饱,有时还有结余可以存起来。

十九岁的小曲不但长高许多,眉目也周正起来,虽说不上英俊,难得他为人开朗爱笑,总一脸不知愁滋味的模样,多少也是讨人喜欢的。常到村东头的小河边洗衣裳的翠儿姑娘就是特别喜欢他的一个,他教她将村子里一种不知名的野草捣碎取汁后加到水里,洗出来的衣裳又干净又不褪色,还在她闲下来时拿石子儿在地上教她写字,不知不觉间翠儿居然成了村子里识字最多的人。他把自己在外头的种种经历讲给她听,经常把她逗得哈哈大笑。每当村子里有什么节庆活动,翠儿总是第一个通知他,中秋端午元宵节,他们越来越习惯只有两个人在一起的时光,捧着炒熟的放了一丁点盐巴的豆子当零食,坐在田埂上讨论月亮上有没有嫦娥,偷偷在大半夜爬到野山山顶,像一对傻子一样在嗖嗖的冷风里坐等日出,有时他也会嘲笑翠儿的手工太差,给他做的鞋子居然左右脚不一样大。

总之,小曲觉得未来的生活里可能要多一个人了,现在就是要尽量赚更多的钱,才好正式向翠儿家提亲。

朝气蓬勃充满希望的日子可真是让人高兴。

唯一觉得要被气死的只有它……这小子居然陷入爱河了……听说情爱这种事特别让人心思舒畅,那他更不会哭了?气死了气死了!它难道要饿着肚子陪他一辈子??明明是个那么容易让人哭出来的年代,偏这小子运气那么好?!

半年后,翠儿出嫁了,新郎是另一个镇子上殷实人家的儿子。

婚事定下来前,翠儿曾哭着来找小曲,说不想嫁,要他快去家里提亲。

小曲数了数自己藏在床底下的钱,其实都不用数,太少了。

他还是去了翠儿家,钱不够胆量凑,他是真心喜欢翠儿,那是他接近二十年的生命里第一次产生了要把余生交托出去的冲动。

但是,胆量跟冲动在一大堆丰厚的聘礼面前一败涂地,不管他的表达如何情真意切,结果还是被翠儿妈拿扫把打了出去,边打边骂:"你个外乡人连养活自己都勉强还敢连累我闺女?她爹做生意赔了钱要债的天天来,你能帮我们还是帮我们去死?再敢来找翠儿老娘打死你!"

屋子里,翠儿爹黑着一张脸,咳嗽得厉害。

翠儿一开始还哭着争辩,甚至指责父亲根本就不该在这种时局下学人做买卖,母亲骂她不孝，她又急又气说不出话来，直到父亲咳出来一口血后，一家人的互相攻击才停止，然后老老少少抱头痛哭。

他不知道怎么安慰这家人，但好像刚刚挨打的人明明是他，谁来安慰他呢？

没有人。

他悄悄离开了翠儿家。

翠儿好几天没出现，他也没有去找她。

又过了几日，翠儿红着眼睛站在他面前，那时已近傍晚，寒气很重，人站在外头从头到脚都找不到半点温度。

光秃秃的土墙外，两人相顾无言，翠儿都不敢看他，低着头。

北风嚣张，所见只得他们两个活物，世界在此刻寻不到生机。

"以后就好好过日子。"他不需要她说话，答案早在心里，只从怀里取出老早准备好的东西，那是翠儿从前做给他的荷包，上头的鸳鸯绣得像鸭子，他塞给她，"也不知买点什么当贺礼，你自己揣着，看上喜欢的自己买。"

翠儿的手僵硬得像木头，把荷包推给他，使劲摇头。

他不收，又推回去："能嫁得好是好事。天冷，快回去吧。"

翠儿的眼泪越流越厉害，哽咽着想说什么，但还是说不出一个字。

不用道歉，也没有怨恨，他摸了摸她的脑袋，送她到这条路的分叉口，只能送到这里了，以后的路，她要跟另一个人走了。

他微笑着冲她挥手，目送她离开。

蹲在他肩膀的它叹气，不是因为他失恋，而是从他的表情判断这回它还是没东西吃。这个家伙啊，到底什么才能让他哭出来呢？

正想着，一滴亮晶晶的眼泪突然从它面前落下去，它惊诧之余赶紧冲下去一口吞下，抬头，他无力地靠在老树粗糙灰黑的树干上，身上灰黑的衣裳几乎跟这棵快枯死的树融为一体。

第二滴眼泪还没有出来，便被他用力擦掉了，可嘴角还是挂着笑，仿佛只要不露出难过的表情他就不会难过一样。

它心满意足地打了个饱嗝，飘到他面前用力亲了他的脸颊一下："你可算哭了！"它甚至盼望着他马上再爱上一个会嫁给别人的姑娘，说不定这样它一辈子都不愁吃喝了。

总之那一天，小曲不知道自己是怎么独自走回去的，当然更不知道身旁有一只兴高采烈只差敲锣打鼓的妖怪。

伍 · 咸鼠

翠儿出嫁后不久,小曲离开了这里。

老家是回不去的,祖屋在战火里烧了一大半,现在估计全塌了吧,当初出来谋生,还想着等攒够了钱的时候说不定天下也太平了,那时便能回去把家重新修起来,娶妻生子,然后教孩子读书识字,但不需要他把所有诗词都背下来,更不需要他成为神童。

可是折腾了这么些年,修房子的钱远远不够,天下也没有太平,并且越来越不太平。

二十岁,三十岁,四十岁……唯有年龄的增长不费吹灰之力。

从小曲走到另一个老曲的过程里,他还去参过军打过仗,军队里起码能吃上饱饭,可是他不敢杀人,刀比笔重太多,总拿不稳,而且战场惨烈,他这辈子都没见过那么多血,那么多离开身体的四肢,死的伤的堆叠在一起,人命轻贱得连一张废纸都不如。终于有一天,他跑了,倒也不是怕死,就觉得自己在做一件毫无意义的事,再提不起力气。跑的时候还带着个受了伤的小兄弟,才十来岁,看到血还会吓哭的那种孩子,一路上担惊受怕地躲藏,实在没饭吃的时候他趁夜去别人家的果园里摘果子,末了却不愿当小偷,留了字据说借了多少果子以后必定偿还,并且留下了自己的大名。活下来不容易,小伤兵懂事,中途好几次都让他不要管自己,他也动摇过几次,带着一个伤兵逃难实在是难,但最终他每次都说行我再送你走一段就走,却总是送了一段又一段,多走一段离小伤兵的老家就能近一段。小伤兵说家中尚有母亲与妹妹,村子周围的山上四季常绿,花果遍地,还能抓到肥壮的野兔,自己做梦都想回去。他听得很欣慰,甚至觉得那不只是小伤兵想回的家,也是他想去的地方。

可惜最终的结果,是他们谁都没能去到那梦里的家乡。

小伤兵死在了路上,临终前糊里糊涂地喊娘我要穿新衣裳。

他找不到纸钱,把枯叶撕成衣裤的样子烧在荒地中的新坟前。

战场是再也不会去了,虽然老家没有亲人也没有朋友,他还是偷偷回去了,数年不见,等待修复的祖宅连最后一面墙都垮了,曾经还算热闹的小城里荒草丛生,能走的人都走了,剩下的老弱妇孺为了一小袋米的归属争吵不休。

他在破败的家门口坐了整夜,翌日清晨离开了小城,走时只带走了大门上的一把铜锁,那是他向临终前的父亲证明自己可以照顾自己的证据。

会读书会识字,会种地会修锁,饿不死人的。

他去了人多的大城市,除了偷抢拐骗不做,什么都做过。乱世谋生虽然辛苦,好歹攒下了一些钱，学人做些小买卖，明明是做好了充足的准备，却赔本赔得一塌糊涂。有人说做生意要讲眼光讲运气，他便总想着是不是自己年幼时的光芒已然用尽了一生的运气，然后笑指着镜子里的自己说：一定是的！接受这个事实吧！

没有运气，还有力气嘛，既答应了亲爹要照顾好自己，哪能食言。

不管在小店里帮忙算账还是在马棚里替人刷马，他都相信世道早晚会安定下来，那时候一切都会好起来。

也遇到过那么一两个心仪的姑娘，许是阴差阳错缘分不够，最终都是不了了之。他从不否认自己的势单力薄，照顾自己已是吃力，若再将另一个人硬拉进自己的人生，那便是害人了。

一晃又是十多年，四分五裂的天下战火更盛，仿佛烧到了一个极致，云谲波诡的局面只等一个命定的人物挥刀决断。

而他已经过了四十岁，是个彻底的中年人了，照镜子时常会发现几根白发在鬓边乱飘。

他早已不再执着于有一个固定的居所，天下不定，走到哪里都不定。

那天是年三十，他从破庙里出来往市集去时，从河里救了个失足落水的小娃娃，孩子年幼说不清父母住处，天寒地冻的，他只好将孩子抱回破庙，生了火取暖。哪知人在庙中，祸从天降，一群乡民不知怀着怎样的误会冲进来，里头的一名妇人一把抢过孩子大哭起来，那孩子也抱着妇人喊娘亲，他这刚要开口，其他人不由分说围上来将他打了一顿，边打边骂拐子不得好死，还有人说要拉他去见官。

拐子？他心头哭笑不得，但怎么解释都无用，拳脚一点不客气地落到他身上。

最后还是孩子母亲喊了住手，说既然孩子找到了，打一顿撵走就算了，不要多生事端。

然后他就被几条汉子架起来扔出了破庙，警告他马上离开他们的地界，再敢来村里拐孩子就真的打死他。

他忍着痛从地上爬起来，擦掉嘴角的血迹，看着那群人远去的背影叹了口气，无辜地说道："我真不是拐子啊，你们怎么就不听呢。"

真是个糟糕的大年三十呢。

他确实不敢再往那群人去的方向走了，惜命。

一瘸一拐地走到市集上，他进了一间小店，要了一壶酒，一小碟卤肉。

天黑前的市集还是热闹的，过年嘛，此地临近洛阳，人口比别处都多些，店铺民居的门窗上都贴了大红喜庆的春字与各式窗花，穿着新衣的孩童们在街头蹦跳欢

伍·咸鼠

叫，忙碌了一年的人们终于找到可以放下重担稍微喘息的一天，大多数人都携妻带子忙着往家中去，小店里的客人只他一个，店小二时不时来提醒一声今日会提前打烊。

入夜，他抱着没有喝完的酒跟省着吃还没吃完的卤肉，走在四下无人的街头，远远近近传来的都是鞭炮与烟火的声响。

他举起酒杯，笑嘻嘻地对自己说："恭喜发财。"

一饮而尽。

它仍旧躺在他的肩膀上，打了个呵欠。

四十年了，以为选错了人，但磕磕绊绊活了四十年，也不亏，只是明天又不知道要上哪儿才能偷到盐巴吃。

但它很快就确定不用偷盐巴了，因为他哭了……一边嚼卤肉一边哭了。

多少年了啊……终于！

可是他哭什么呢？不是已经对任何事都不执着不难过了吗，四十岁的人了，该见的风浪都见过了不是？

他边走边喝，每次一小口，奈何酒量太差，还是醉了。

迷迷糊糊中他只见到前头有一处灯火，跟跟跄跄过去，才发觉又是一座小庙，不过不破烂，还有幽幽的香火气。

他坐到门槛上，把最后几口酒倒进嘴里。

酒壶骨碌碌滚落到一旁，他也歪过身子靠在庙门上。

"四十岁了啊……连个跟我说新春大吉的人都没有……哈哈……"彻底醉过去前，他口齿不清地说。

它落到他的大腿上，仰头看着这个跟从了四十年的男人，突然不屑地哼了一声："不就是一句新春大吉。"

○ 4 ○

明镜寺的老和尚说他运气不错，这般冷的天，喝醉的人倒在室外太危险，幸好半夜有人敲门，他出来才看见门口的醉汉。

他赶紧向老和尚道谢，执意要将身上仅剩的钱捐给庙里，老和尚不要，说施主此刻比佛祖更需要这些银钱。

他尴尬地笑了，原本身上的衣衫就简陋，挨了揍之后就更破烂，加上肿了的嘴角与眼眶，此刻的他大概比街头乞丐还要惨上几分。

"他们误会我是拐子，打了我一顿。"他不知道自己为何要解释，那些人不信，佛祖总该信吧，"我真不是……我……"

"阿弥陀佛，施主不必解释。"老和尚笑着摆摆手，"做过的事不因解释与否而改变，佛祖看得见。"

他愣了愣，笑笑，也双手合十道："明白了，不说也罢。"

临走前，他闻到厨房里传来的馒头香，红了脸捂着咕咕叫的肚子，问可否吃两个馒头再走。

老和尚让小和尚领着他去厨房吃了一顿午饭。

走时，他悄悄将仅有的几个钱放在厨房的案板上，也不知够不够这顿饭。

离开明镜寺时，他突然问老和尚："昨夜是谁敲的门？"

老和尚摇摇头："开门时并未见到有人，远远地倒像是有个人影，转进暗处看不真切。许是路过之人起了好心吧。"

"那人影是往那头去了吗？"他朝左边指了指，"那边可住有人家？"

"那边没有人家的，只得一座不知有几百岁的废园子，施主你还是往这头入洛阳城吧，人多热闹岂不更好。"老和尚旁边的小和尚忍不住插嘴道，神色古怪，"别去那头了。"

"为何不能去？"他不解。

小和尚小声说："那园子荒废太久，周遭又无人气，恐会遇到邪祟之物。"

"又从哪里听来的胡话。"老和尚敲了一下小和尚的光头，"心正何遇邪物。"

小和尚摸着脑袋委屈道："就集市上卖米的吴施主说的嘛。"

"哈哈，多谢小师傅提醒了。"他笑着跟小和尚道谢，"我先去那头看看，再入洛阳城。"说罢又跪下向老和尚一拜："救命之恩，我记在心里。"

身后两条路，一条往繁华，一条往萧瑟，却不知动了什么心念，他此刻一门心思只想往那条冷清清的路上走。

确如小和尚所言，这一路走来都不见人家，远远的山上看不到多余的颜色，只铺满深深浅浅的灰，狭窄的河水结了薄薄一层冰，岸边乱石中刺出青黄萎靡的野草，今日大年初一，喜庆之气没有延及此地。

其实他走过的许多地方都跟眼前所见很像，山河非人，也有悲喜，几十年的不安宁，江山如何展笑颜。

唯一让人心动的，是空气里越来越明显的香气，起初只是些微的一缕，越往前

伍·咸鼠

走香气越浓。他边走边嗅，最后在一道光秃秃的围墙前找到了源头——有人在围墙那头生火煮东西，一口小铁锅支在红红的炭火上，锅里浓郁的汤头咕嘟咕嘟冒着热气，各种蔬菜与肉食在里头起起落落地翻滚，一只纤细白净的手捉了竹筷，不慌不忙地夹出滚烫的食物放到另一只手中的小碗里——他只能看到这么多，因为围墙上的破洞就那么大，猫狗能过，人不行。

墙内坐的是应该是一位玄靴白袍的公子，他站在洞外，勉强能看到他小半个身子。

也是古怪了，谁会大年初一跑到这荒无人迹的地方煮东西吃？莫不是被小和尚说中了……可青天白日的又是中午，真有什么怪东西也不会挑这时候出来吧？

"吃点？"墙内人忽然开口，又似自言自语，"啧啧，煮多了些。"

他一愣，里头的家伙在跟自己说话？

"就是问你哪，要不要吃点？"里头的人仿佛看到了他诧异的样子，不慌不忙道，"我不是害人的鬼怪，锅里也没落毒，不小心煮多了，算你赶上了。"

他不禁莞尔，想了想，对着墙洞盘腿坐下，施礼道："在下只是路过，循香而来，得公子相请实在受宠若惊，就怕打扰公子雅兴。"

"读过书的吧？还挺懂事。"墙洞里递出来一杯酒，"刚暖了一壶酒，喝点儿？"

他犹豫片刻，接过来抿了一口，甜丝丝的，口感比昨天喝的温和了许多。

一碗装了一半热汤菜的碗又递出来："东西虽好吃，仔细烫了嘴。"

实在是香，他忙接过来，吹了吹便举筷夹菜放到嘴里，不知对方用了什么神仙汤料，平平常常的藕片与芋头经它一煮竟比寻常鲜甜百倍，去了鱼刺切得薄如纸片的鱼肉一点都没烂，入口即化，实在是难得的美味。

"公子厨艺了得，太了得！"喝尽碗里最后一滴汤水，他不禁竖起大拇指，"只是不知公子为何……"

"过年，家中亲戚太多，吃个饭都不清静，我索性躲出来。"公子慢悠悠地举起木勺搅动汤汁，"吃饭便吃饭，人情应酬败胃口。"

听声音，这公子年纪颇轻，说出来的话虽简单干脆，却有勘破世情的从容明透，莫名让人心生欢喜。

"也是的。"他端起酒杯又抿一口，笑道，"我年幼时，每逢节庆，家中也是宾客盈门，每次我都少不得要背诵诗词无数为亲友们助兴，然后赢得赞誉一片，只可惜我没有公子的本事，不然也学你这般寻个无人处自起炉灶，美酒佳肴。"

"碗拿来，再吃。"公子伸出手。

他忙递过碗去，这第一口酒菜下了肚，之前的拘束感渐渐抛诸脑后，满心想的只有那锅里的菜，以及放进口中时美妙的滋味。

不知来历，甚至不知长相，彼此间还隔着一道墙，却像没有任何阻碍，两个萍水相逢的人在大年初一的寒气里专心吃饭喝酒的样子，竟在这四周无颜色的荒凉之地里弥漫出真诚的热闹与活力。

只怕那公子真是准备了太多食材，煮了一锅又一锅，吃不完似的，酒也多，不知不觉他已喝光了三壶不止，昨夜的酒不好喝，怎么喝都带着苦，下了肚烧心烧肺的难受，今天的酒怎么喝都甜，醉了也不难受。

围墙两边的话也越来越多，从诗词讲到天下，从战乱讲到日常，他从神童到老曲，从翠儿到小伤兵，把生命里忘不掉却很少提起的人从心底里挖出来，一个一个说给墙里的人听，说当年留在人家果园里的借据不是写着玩的，他前几年路过那村子时，真的去还了钱，只不过债主一脸茫然，说常有人来偷果子，偷就偷了吧，这年月谁都不好过，临走时还送了他一袋新摘的桃子，甜得很，现在想起来还回味无穷。又说起昨天挨的打，觉得憋屈，但老和尚说的也不错，别人信还是不信，他都不是拐子，反正孩子没有死于非命，这就很好，想明白这些也就不那么憋屈了。

"我不是要饭的，也不是拐子，我就是我，我叫曲复来！"他醉醺醺地指着自己比涂了胭脂还红的脸，"千金散尽还复来的……复来……"说着说着，他沿着围墙滑下去，醉眼蒙眬地看着灰白厚重的天空，"可是啊……我爹没复来……翠儿没有复来……小伤兵也没有复来……我本来很年轻的，一不小心就长白头发了……年华不复来……半生奔波，除了一个破包袱一身旧衣裳，什么都没有，跟我想过的日子一点都不一样。"

"还喝吗？"围墙里又递出来一壶酒。

"喝啊！酒逢知己千杯少！怎么不喝！"他接过酒壶，喝得滋滋有声，又撑起身子使劲往洞里看，"公子啊，要不我过来？咱俩碰个杯如何？"

"不可。"公子断然拒绝，"我貌丑，不喜见人。你若敢越过围墙，我立时就走。"

他哈哈一笑："男子汉怕什么丑，小小年纪能有你这般见地与气度的，再丑都是好看的。不过你不愿意我就不过去，吃饭喝酒又不是赏花赏月，瞧不瞧得见样子无所谓。"

酒菜又吃一半，两边都在打饱嗝。

"你想过的日子是怎样？"公子忽然问。

他打个酒嗝，嘻嘻一笑，往四周乱指一气，同时念道："吾有一亩田，种在南山坡。

伍·咸鼠

青……青松……青松……"

"青松四五树,绿豆两三棵。热即池中浴,凉便岸上歌。"公子一字不差地接上来,免了他舌头打结的尴尬。

"对对对……一字不差!"他拍掌道,"好日子就是这么过的。我啊……"他放下手,费力地坐起来靠回墙上,"我还想再等等,兴许很快就好了。"

一点雪花随着北风飘下来,还没落地便消融无踪,也勉强算瑞雪兆丰年了吧。

"那就再等等。"墙内传来衣裳窸窸窣窣的声音,公子似是站了起来,"今日年初一,不承想却与你这路人吃了一顿新年饭,也算痛快。新春大吉,恭喜发财。"

他愣了愣,旋即笑出来:"几十年都不曾有人这样祝福过我了。你看,吃了你的饭我也不能回报什么。"他拽过自己的包袱,从里头摸出一把老旧但依然光亮的铜锁,从破洞里扔了过去:"这是我祖屋大门的锁,本来它坏了,我又给修好了,那年我才十一岁。我爹临终前要我照顾好自己,我说我连门锁都能修,哪能照顾不好自己。这么多年了,我没有做贼,没有成匪,也没有当拐子,难是难了些,起码没死于非命,他日黄泉下见了老头子,我也理直气壮了。今日与你有这缘分,门锁不如送你留个纪念,虽不值钱,但说不定是个吉祥之物,哈哈。"

一只手拾起那把铜锁,公子似乎轻轻笑了一声。

"那我就收下了。"

"公子这是要回去了?"他问。

"酒足饭饱,该回了。"墙内传出收拾东西的动静。

"公子贵姓大名,他日再见,我们再吃一顿好饭如何?"

"免贵姓……姓冼。他日……怕要二十年后了,二十年后你若还记得今日这顿饭,便来此再聚吧。"

"二十年?"他本想追问为何要这么久,但终是没有问,只笑道,"那二十年后我还来此处。"

"嗯。告辞。"

"告辞。"

墙内的脚步声渐渐消失,废园内外又恢复如常,也许因为那顿饭的烟火气还在,还能抵消试图涌过来的颓败与落寞。

身子还很暖,几十个冬天过来,今天最舒适满足,完美得像一场梦。

他又原地坐了好一会儿,直到雪越下越大时才起身离开。

走着走着,他回了好几次头,大约是酒还没醒吧,总觉得眼前的路上并不止他一个人。

他用力晃了晃脑袋，都自己照顾自己这么久了，再多二十年又如何，抬头，雪花落在他的眉毛上。

过年了，不宜哭，宜笑。

5

被窝里的老曲不知梦到了什么，笑得特别高兴。

空云和尚把了脉，将他的胳膊放回被子下头，紧锁的眉头舒展了不少，说："曲施主脉象平稳许多，应该已无大碍。看来这回的药是对了症了！"说罢又看看四周，面露疑色："只是这草庐里有些奇怪。"

桃夭专心看着铁锅里即将煮开的汤汁，头也不回地问："哪里奇怪了？"

"暖。"和尚直言，"太暖了，与草庐外相比简直两个世界。"

"这两天本就不冷了嘛。"桃夭撇撇嘴。

"还是很冷啊。"和尚走到草庐边，伸手往外一挥，赶紧缩回来，"女施主，你来试试。"

"有啥好试的，草庐里有火炭嘛，周遭暖一些再正常不过。大师你不回去庙里继续熬药救人，纠结这些做什么？"桃夭举起木勺往汤汁里舀了一勺喝下去，顿时露出陶醉的表情，回头见和尚还在，舔着勺子道："大师，我这一锅可是肉汤，你不怕闻多了佛祖怪罪？"

和尚无奈，起身道："那我先回寺里去了，这边还是劳烦女施主费心照看，曲施主能逃过一劫实属不易，阿弥陀佛。"

"大师，"桃夭突然叫住他，"你才是费心的那个。老曲与你非亲非故，为何这般照顾？"

和尚双手合十："当年曲施主囊中羞涩，却连一餐斋饭都不肯白白领受，贫僧虽未见过多少世面，但对这样的人，心里总是敬重的。"

桃夭笑出来，说得就像这家伙现在就不囊中羞涩了一样。

和尚匆匆离去，这几天他都按时煎好了药送来，不知是他误打误撞配对了药方，还是老曲命不该绝，反正老曲的烧是退了，人虽还在昏睡，喂些米汤还是能咽下去了。应该是死不了了。

咸鼠舒服地躺在炭火旁的地上，说："简直跟春天一样舒服。"

伍·咸鼠

桃夭没理会它，又舀了一勺汤汁喝下去。

"谢谢你救了老曲。"咸鼠扭过头看着她。

"少胡说！我可没救他！"桃夭翻了个白眼，"这几天你可看见我用了一颗药在他身上？"

"可你把火麒麟的指甲扔到了炭火里。"咸鼠爬起来，盯着燃烧正旺的炭火堆，"我知道那东西见了火会如何。草庐里这么暖，光靠炭火可不够。"它飘到老曲身旁，又道，"他这个病，寒气怕是第一凶手，纵然是明镜寺的房间也比不上这里。"

桃夭哼了一声，偏不承认："我往炭火里加那玩意儿是为了尽快把这锅汤熬好，可不是为了保他性命。你要谢就去谢那和尚，坚持给老曲用药的是他，不是我。"

咸鼠咂咂嘴："好吧好吧，就当你是熬汤。我不坏你规矩就是了。"它飘回桃夭身边，仔细看她的脸："你熬汤的样子，倒是一点都不凶神恶煞。"

"你用尽全力化成冼公子的样子，倒是一点都不英俊。"桃夭突然抬头，眼里尽是讥笑，"只有一半像人？"

咸鼠身子一晃，差点跌进锅里："你发现啦？"

"冼公子？咸公子吧。"桃夭撇撇嘴，"如今天下可算太平，此地依然人迹罕至，由此可见二十年前他哪来的狗屎运被'路人'敲了庙门救下一条命，活过来后不往那繁华之地去，反而鬼迷心窍往这废园而来，不是你干的还能有谁。你虽无用，大小还是个妖怪，努努力还是能蛊惑人的。"

"蛊惑好难听。"咸鼠不服气，"我能化成半个人类已是耗了大力气，还得把枯枝落叶石头化成锅碗食物，不过是想着年初一跟他吃顿饭道个新春大吉而已，哪里算是蛊惑了。"它转身看着睡得正酣的老曲，放缓了声音，"他的六十年也是我的六十年哪，我从他呱呱落地到风烛残年，见他哭，见他笑，见他无数相逢别离，喜乐坎坷，他是个一生都没有光芒的人，鲜衣怒马高官厚禄连个影儿都没沾上，费了无数力气也仅仅只是活下来而已，世间与他相似之人颇多，我见惯了，心头也无甚波澜，只是回想他这一生，又觉得哪里不妥当，有人一起吃年饭道恭喜算什么呢，遍地可见嘛，可他偏就没有。他若讨人嫌也就罢了，可又不是嘛。所以你看看，人类的际遇好奇怪。"

桃夭笑笑，又喝一口汤，说："你不服？"

"也不是不服，就觉得不对。"它认真道。

"这样不更好，他过得事事顺心了，你不更要饿肚子了。"桃夭往汤里加进各种蔬菜肉类，深吸了一口气，"饿肚子可不好受。"

它突然得意起来："早些年我也这么想，可后来我觉得不划算了，一个人老伤心难过泪如雨下，很容易死得早啊。你看啊，我虽常饿肚子，但活得久啊，这是不是还得归功于老曲？我陪他吃了那顿饭，他高兴了好多年。"

"再高兴不也还是混成这副模样。"桃夭朝老曲努努嘴，"他是不是又去做赔本生意了？"

它叹气："时运不济。但总比早年间好多了，不打仗多好啊。老实说他也没有你看到的那么糟糕，其实也存了些钱，置一间小房子足够了，只是一个人漂泊惯了，便不再热衷定下来了，这次故地重游，一来是给明镜寺捐香火报答当年救命之恩，二来……"

"冼公子是来不了了吧。"桃夭果断接过话来，瞟它一眼，"以你的本事，二十年前那顿饭已经耗尽力气，不可能再化成人形了，一半都不行了吧。"

它垂头丧气，默认。

"那你麻烦了。"桃夭幸灾乐祸，"你家这个虽看起来好脾气的样子，实际上比牛还倔，等不到冼公子他可能就要把自己埋在这儿了。"

它抬头，苦恼地说："我以为他等不到就会走的。"

"走了也会再回来的。"桃夭嗅着锅里的香气，"人总是会特别怀念生命里遇到的好东西。尤其是这个人一辈子就没遇到过多少好东西。"她顿了顿，又道，"你那顿饭可能是他一生中为数不多的好东西。"

它愣了愣。

◦ 6 ◦

老曲披着被子，半眯着双眼把桃夭上上下下仔细打量："你是……冼公子的侄女？"

"不像？"桃夭瞪大眼睛，"不对啊，你都没见过我……我舅舅。"

"见过一半，但也觉得那肯定是个聪慧雅致清风拂面，又带着一丝桀骜不驯的冷气的人。"老曲回忆的眼神定在桃夭的脸上戛然而止，"你一定像你父亲吧？"

桃夭垮下脸："你意思是我长得不如我舅舅清风拂面？"

老曲笑道："不一样的。你像从年画里走出来的姑娘，喜庆得很。"

"切！不用你夸赞。今日我是来替我舅舅赴约的。"她一翻白眼，拿出一把已见锈渍的铜锁，塞到他手里，"这是他临终前给我的，说二十年前与一故人有一饭之约，他来不成了,让我一定要来,还非要提前到,不守到年初一不准离开。"

老曲的笑容凝固了片刻,缓缓道:"已经去世了啊……"

"我那舅舅从小就体弱多病,大夫断言他活不过三十,估计是他能吃,活到前年才没了的。"桃夭编谎话编得一本正经,朝铁锅努努嘴,"他老人家特别嘱咐我若在此地遇到一个像要饭的但又不是要饭的姓曲的老头子,一定要请他吃一顿好饭。"

"他果然是守信之人。"老曲摩挲着那把铜锁,沉默片刻后,忽然兴致勃勃地挪到铁锅前,望着在汤汁里翻滚的食材,笑道,"没错了,当年就是这么一大锅五花八门的东西,我跟你舅舅吃光了几大锅!"

"那就……接着吃呗。"桃夭取过碗来,给他舀了满满一碗,"不好吃你也不能怪我,我又不是我舅舅。"

他伸手接过,稍微吹了吹,小心吃了一口,细嚼慢咽的。

"如何?"

"好吃。"他吃一口,笑一下,老脸上每道褶子里都填满了久违的欢欣,仿佛手里捧的是金山银山。

桃夭顿时得意起来:"天寒地冻,能吃到我煮的八宝什锦热汤锅该是何等幸福!"

"嗯,幸福。"他喝光碗里的汤,又送出空碗,"再来。"

又一碗下了肚,表情是越吃越高兴,眼睛却越吃越红,最后居然掉了眼泪在碗里。

桃夭不想问,也没打算安慰一个吃饭吃哭了的老人,只自言自语般道:"该哭时不哭,不该哭时却哭,可真奇怪呢。"

老曲听了,揉揉眼睛没吱声,直到连吃了四碗之后才擦擦嘴,说:"哭也是很花力气的,越难过越要攒着力气,不然更做不了事了。"他看着红彤彤的炭火,笑:"可是啊,所有攒下来的眼泪从没消失过,它们像冰块一样塞在我身体里,心头一热的时候,它们便也跟着化一化。我这番话,你这样的小姑娘怕是不会明白的。"

桃夭夹了一块肉大嚼:"我跟你可不一样,我想哭便哭,想笑就笑,连悲喜都不能由着自己,如此人生未免太扫兴。"

"你当然不会跟我一样。"他笑道,"你比我晚生了好几十年呢。"

桃夭瞪他一眼:"纵是与你同时生,我也不会跟你一样。"

"嗯,也是。看你小小年纪却自有一番气势,这点跟你舅舅倒很像。"他赞同地点点头,"不像我最好,否则一生平庸,虽于乱世中挣扎而过,行将就木之时一事无成。"

"千金散尽还复来……你爹怕是真要失望了。"桃夭把锅里最后一点汤舀给自己,喝完，满意地打了个饱嗝，"行了，饭吃了，我舅舅的遗愿也算达成了。我得走了。"

他的脸因为饱餐与温暖泛出健康的红色，见桃夭说走就走，忙叫住她，并伸出手去，不知从哪里摸出来的一小块碎银子躺在手心里："说来惭愧，二十年前我没有什么好东西相赠，二十年后也没有，你不嫌寒酸就收下吧。多谢你费心请我吃了一顿好饭。"

闻言，桃夭转过身，毫不犹豫从他手里抓走银子："唉，跳蚤再小也是肉啊，总比那不值钱的铜锁好。"

"爽快。"他笑，这小丫头嘴里没一句好话，却很不讨人嫌，"多谢姑娘不嫌弃我这无用的老头子。"

"若世上无你，你家大门的铜锁无人修理，没有人教翠儿识字，小伤兵也无人埋葬，至于掉到水里的小崽子，今年说不定都结婚生子了。"桃夭背对着他，掂了掂手里的银子，"没记错的话，千金散尽还复来的前一句好像是……天生我材必有用？"

老曲一下子愣住。

"我猜你在黄泉路上遇到你爹的话，他未必会揍你。"桃夭收起银子，挥挥手，"后会无期。"

"你都知道？"他突然喊出来，但旋即又释然，"一定是你舅舅讲的，难为他都记得。"

舅舅……呸！这几天是怎么了，不是被借去当老婆就是当侄女，白白让那些妖怪占了便宜！

桃夭不做回应，两步跳出草庐，不禁倒抽了一口凉气，外头果然还是冬天啊。

尾

傍晚时的小朱记，生意比早上好了许多。

桃夭坐在靠外头的地方，不慌不忙地吃面。

头天来他家买走一罐汤汁是绝对正确的，有这锅浓汤打底，哪怕煮个野菜都是美味。这么好吃的地方，怎么也要在回帝都前再光顾一回。

忙着给客人们上菜的小朱老板，一张圆脸比平日里更红润，方才有个媒婆样的人来找他，不知跟他叽叽喳喳说了些什么，他就红了脸一副不好意思的样子，媒婆

伍·咸鼠

临走时他还送了一块排骨给她。

"姑娘是要回去了？"他瞧着桃夭的面碗快见底，忙过来给她添了一勺热汤，"天寒，再喝点。"

"该回去了，平白被些闲事耽搁了。"桃夭喝一口汤，依然竖大拇指，"好喝！不枉我大老远找你买汤。"

"姑娘若住在洛阳就好了，来我这儿也方便。今天的面不收钱，当是为你饯行了。"他认真道，又朝放调料的地方努努嘴，"你给的法子果然不错，换了盐罐后一粒盐巴都没少过。"

桃夭忍住笑："那这碗面你是该请客的。"

"不够你再说，今天管饱。"他笑着指了指热气腾腾的灶台，"我先忙去了。"

"刚刚那婆子是来给你说媒的？"桃夭好奇问了一句，"我看你的脸红得跟猴子屁股一样。"

"嘘！"他顿时窘迫起来，十分害羞地搓着手，"还没定的事……不好说，不好说。"

桃夭"扑哧"一下笑出来："这有什么好害臊的，你看你那没出息的样子。"

"怕自己不够好，配不上人家姑娘。"他憨笑，"听说她倒是愿意的……啊，不说了水开了！"

桃夭摇头一笑，低头哧溜哧溜地把最后一根面条吸进嘴里。

这时，外头一阵喧闹，不知哪里的大户人家路过，轿辇车马浩浩荡荡，连跟随的家丁侍从都衣帽光鲜，队伍扬起的尘土里，多是艳羡敬畏的目光。

短暂的热闹过去后，街头又恢复了老样子，行路散步的，高声叫卖的，讨价还价的，填满市井日常的始终还是寻常男女。

这人世，有珠冠锦衣，更有柴米油盐，无论光彩平庸，这天地四季，过往未来，总该是人人有份的。

城门前，桃夭突然停下，头也不回道："你还要跟着我多久？不是说了不用送我吗！"

一直飘在她身边的咸鼠停在她身后："跟着老曲那么久，诗书礼仪我也是自小学起的。你救了我性命，无论如何都要送一送的。"

桃夭回过身："你倒是提醒了我，虽然我并没有给老曲治病，但如果你非要说我救了你的命，我也不推辞了。我对病人的规矩你也该知道的？"

"做你的药，我知道。"它忙说，"我愿意啊！你不嫌弃我就好。"

"都说了嘛，跳蚤再小也是肉。"桃夭伸出手去，却突然想起咸鼠并没有爪子，只好勉强拿食指拍了拍它的脑袋,也算是盖章了,"行了,回去吧,你家老曲这种一无是处的倒霉鬼,只有你会愿意留在他身边。"

"我……我只能跟着他啊,不然我吃什么!"它分辩道,旋即又好奇地问,"你们桃都也跟人界一样吗?桃都里的妖怪也有如我这般艰难的?"

桃都……不知不觉离开那儿已经好久了。

桃夭想了想,说:"桃都里的妖怪有没有像你这么艰难的,不好说,但绝对没有像你这么无赖以及大胆,明明是个废物,还敢在我面前放肆的。"

咸鼠眨眨眼:"我觉得你可能是在夸赞我?"

"滚。"桃夭干脆道。

"好。"咸鼠作势要走,飘走几步又停下来,转身对她道,"你还会救许多人的,对吧?"

桃夭皱眉:"还要说多少次,我治妖不治人。还有,我迟早要回桃都,人界死活与我无关。"

"可我觉得你会保护这里。"咸鼠眼睛里有光彩,仿佛确定了什么不得了的事情。

桃夭觉得这话来得突兀,脱口而出:"凭什么!"

"我也说不好。大概是你吃面时美滋滋的样子,也可能是你在看害羞的小朱老板时露出的慈祥的笑容,还可能是你把火麒麟的指甲扔进炭火里的那一刹那。"咸鼠说罢,冲她咧嘴一笑,"那么我就回去了,桃夭大夫走好。"

这妖怪也不知乱七八糟说些什么,桃夭哼了一声,看着它圆滚滚的身躯往来路飘去。

凭什么?

就凭吃了一碗面?

就凭小朱老板对未来害羞又期待的傻样子?

就凭那些生如蝼蚁也要挨过千难万险活下去的家伙?

还是……凭那些她亲眼所见的,不经意间的相依为命?!

她站在洛阳冬天的夕阳里,竟不自觉地排列出一堆答案。

可是,为何要回答这个问题?

她甩甩脑袋,一定是吃太饱了脑子有点堵。

算了还是快回去吧,出来好几天了,也不知那兄弟俩回去没有,柳公子磨牙肯定不管自己死活,但苗管家一定很担心自己,都怪这小东西碍事,白白浪费了她这么多时间。

伍·咸鼠

此刻，一阵奇异的微风撩动了她的发丝，完全没有这个季节该有的凛冽，倒有那么些春风拂面的轻快暖意——笑有风，泣成雪——那妖怪肯定还在笑，且笑得很开心。

她冲着咸鼠的背影做了个砍死你的动作，暗暗道："以后再让我碰见这么麻烦的东西，直接毒死完事！"

可她心头狠话刚说完，那飘在半空中的咸鼠连哼都来不及哼一声便形神俱灭。

街头人潮如织，除了桃夭，没有人看见一只小妖怪的意外。

桃夭冲过去，不论空中还是地面，没有任何痕迹，只在空气里残留着一股异常的震动。

她攥紧拳头，环顾四周，人来人往中不见半分异常，她不信凶手能在她的面前来无影去无踪，极快地平复下心情，凝神聚气再往空中细细看去，果真在人群之上隐约见到一蜿蜒如蛇的透明之物，因只得一个浅浅的轮廓，纵是神仙异士也得是眼力极佳者才能发现。

不论那是什么，敢在她面前杀掉她救下来的妖怪，简直难得。

暮色渐浓，北风又起，穿梭街市中的人们，没有谁注意到站在人群中冷冷望着某个方向的红衣姑娘，以及自她腕上金铃发出的清脆的声音。

楔子

其光所照处，妖魅鬼祟无可遁，称佛眼。

◦ 1 ◦

火光，嘶喊，血与腐烂的味道纠缠在世间一切绝望的声音与颜色里，寻出口而不得，笼在城池之中发酵。

咚咚咚咚！

不知多少双手在沉重的城门背后疯狂拍打，可能还有人觉得手已经不够用，拿自己的身体往上狠撞，求生的意念支撑起无数濒死的躯体，爆发出一生中最大的力量。

亏得这城门足够沉重稳固，受千钧之力亦纹丝不动，只是内里传来的震荡没有片刻停歇，每次动静都让外头的人心里绞紧，不敢完全相信这扇门，总怕它下一刻便要倾倒。

他不能表现出除了勇敢果决之外的任何情绪，只得尽可能握紧手里的剑，力道大到整个手臂乃至身体都在微微颤抖。

在所有人眼里跳动的火光，越来越亮，越来越红，一发不可收拾的凶恶里，根本不敢去想生机与希望。

咚咚咚咚！

里头的人不肯放弃，哪怕是幻想，也要幻想出一条冲出来的路。

然而，还来得及决定这条路是幻想还是真实。

坚硬的剑柄几乎要熔化在他火烫的手掌里，他此刻的身躯倒像是比眼前的城门还要重。

"大人……"身旁的下属惶惑地望向他，"城中定还有无辜百姓……真不开城门？"

他不说话，只觉脑子嗡嗡作响。

段大人，守得住段城，便守得住段家血脉，守得住余生荣华，尔当好自为之——只有这句话始终清晰，每个字都如刀锋，在脑中反复游走，横行霸道。

他是不太怕死的，只怕死得不痛快，死得连累左右。

轰隆！

城中又是一声巨响，不知烈火又引爆了哪里，又有多少性命四分五裂。

他哆嗦了一下。

"大人！那边！！"身旁有人指着城墙大喊。

有人从高耸的城墙上探出了半个身子，满头满脸的伤与血被火光照得清清楚楚，天晓得是费了多大力气才能爬到这里。

他仰头看，却连墙头之人是男是女是老是少都看不真切，只知再过片刻那人就能成功了。

段大人，不可令一人越界——脑子里又有人在说话，声音冰凉低沉，不容拂逆。

一句话凉透了全身经脉，也将他从短暂的昏蒙中惊醒。

他突然抓住身旁兵士手中的长矛，用力一抽握在手中，沉息瞄准，瞬间发力，长矛如箭而出，毫无偏差地击中城墙上即将突围的人。

一个人的哀号在一城人的哀号面前是微不足道的，只看到离成功只得一步的人仿若枯枝上最后一片落叶，轻飘飘跌下去，没有任何波澜地丧失了自己的一切。

"众将听命！"

"有！"

"凡越城池者，即刻击杀！"

"是！"

他终于发出了今夜最响亮的声音。

城中之人没有退路，城外之人同样没有。

火势更猛，城中的呼号倒是越来越小。

他攥紧拳头，额头的汗顺着头盔缓缓而下。

从小到大，自己不止一次想象过一夫当关万夫莫开的场面，战甲染血横刀立马的英雄无数次被他安上自己的脸，"但使龙城飞将在，不教胡马度阴山。"——他比谁都期盼这番死而无憾的幸福感，可当这天真的到来时，什么都有，唯独没有幸福。

"大人……我们要……守到何时？"问话的手下每说几个字就要紧张地吞一下口水，这是所有人的问题，如果他说就到现在，相信城外立刻一片丢盔弃甲之景，在场的每个士兵，不论新老，不论手中有无沾染鲜血，都已到了极限，绷在他们身上的弦到了最容易断掉的时刻。

他深吸了一口气："火灭城寂，方开城门。有功者重赏，临阵脱逃者，灭三族！"

"是！"

全体兵士嘶吼着回应。

城里城外，都拼命了。

他不记得那场焚毁一切的大火究竟烧了多久，只记得无论白天黑夜，城上的天空都是黑的，空气里充斥着呛人的味道，光是吸一口便觉喉头刺得难过。

烧到再没有东西可烧时，火就灭了。

他们往城门上浇了许多水，又等待了好一阵子。

"开门吗……大人？"下面的人向他征求最后一个答案。

他望着在高温里变了颜色的城门，迟疑片刻，点点头："开吧。"

其实心里明白，纵然现在把城门拆了熔了，那道门也还在那儿，永远不可能再打开。

缓缓被推开的城门发出低沉无比的吱呀声，似垂死之人最后的呻吟。

他站在队伍的最前面，依然紧紧握着手里的剑。

一股骤然涨大的紧张感攫住在场每个人的心脏，明知道门后什么都不会再有，却还是惧怕有什么东西会突然冲出来一样。

深黑色的灰被晨风卷起，挑衅般从渐大的门缝里涌出，在空中张牙舞爪地向所有人示威，它们背后，只有残垣断壁与死一般的寂静。

他沉默了许久，接下来呢，该清理战场了吧，也是可笑，没打仗的战场算什么战场呢。

他苦笑，抬手做个手势："进去吧。"

"是！"队伍里每个人都用极大的嗓门掩盖挥之不去的不安。

他是头儿，理当走在队伍的最前面。

火已灭，城已寂，没有什么值得担心的了，该高兴才是，功臣之名跑不掉了，漆黑的路踩上去固然不舒坦，但若尽头是光明繁华，那一切也该是值得的吧。

他的不安里忽然又有了一丝期盼。

很快，他的脚踏过了界限，门后这座曾穿梭过无数次的城池，以它一生中最狼狈绝望的模样安静地等待着他。

跟在身后的士兵哆嗦得越来越厉害，待彻底看清城中之景后，他们居然吐了。

哎呀，段大人来了呀，这筐水果你拿回去给兄弟们分一分，这天气热的，难为你们还要巡城。

段大人段大人，借一步说话，听说您还未娶亲？老身有个侄女，性格柔顺相貌又好，段大人可有意一见？哎哎，段大人您别走啊！

段大哥，您要的磨剑石已经制好啦，瞧瞧满意不满意！

段哥哥，阿娘让我把这个药包给你，说戴了它能祛蚊虫，还说我家不富贵，买不起别的，只能拿这个当谢礼，多谢你昨天把爹爹背回来。

段大人……段大人……

他下意识地捂住耳朵，这些乱七八糟的声音从哪里来的！那些在春夏秋冬的光影里嬉笑怒骂的脸孔又是谁？

直到他的视线从虚空中落回地面，落到地上那层层叠叠的失去生命的躯壳上时，他混乱的意识才像被针扎过一样，由痛而醒。

是卖水果的黄大叔，是热衷给人说媒的姜婆子，是城东铁匠铺的小飞，是城西老徐家的胖丫头宝儿……还有别人。可现在，他要如何将这些不久前还正常出入于他生活的人认出来？虽然他们就在这里——每一具烧成焦炭的躯体都可能是他们。

他低埋着头，不敢放任视线往更远的地方去。

许多人好奇地狱是个什么模样，无尽的黑暗还是灼人的火焰，他觉得他们想的都不对，所谓地狱，不过是你生命中的一切都被摧毁，却独独留下你。

他仍不敢抬头，只觉头顶落下的光摇晃得厉害，要将他狠狠推倒一般。

只听"哗啦"一声，宝剑脱手，他双膝落地，重重跪在这座已死去的城池面前。

"大人！"身后的士兵见状，赶紧来搀扶。

"大人您没事吧？"他的胳膊被紧紧握住。

"没事……不用扶我。"他摇摇头，却仍不愿抬头。

"您没事,我们有事啊。"耳边的声音突然变得尖利又古怪。

他一惊,猛然抬头,身旁哪是他的士兵,分明是个漆黑的人形怪物,浑身冒着热气,脸上只得一对冒着红光的眼睛在死死盯着他。

他心下大惊,一脚将之踢开,提剑在手,指着滚到一旁的怪物怒斥:"何方妖孽!"

怪物慢慢爬起来,一言不发,只笑得像一只被卡住脖子的鸭子。

冷汗湿了他的衣裳,一阵风吹过,背脊上更冷得厉害。

他忽觉身后不妥,转身看去,手中宝剑差点又落了地——

无数漆黑的人形自地上逐一立起,都生着相同的赤红眼睛,齐齐盯着他,说话也异口同声:"段大人,为何不开门?为何不开门?"

他的身体剧烈抖动起来,一时间不知该顾前还是顾后,满腔惊惧与怒气都凝在寒光闪闪的剑尖:"你们……你们休得猖狂!"

"为何不开门?为何不开门?"

数量越来越多的黑色人形摇摇摆摆地朝他聚拢,无数张嘴里只反复问着同一个问题。

"为何不开门?为何不开门?"

声音如咒语,搅扰得他心乱如麻,头痛不止。

"滚开!"他怒吼一声,拿出毕生所学,举剑相抗。

可是他的剑对它们并无用处,斩断一个,又冒出一个,任他在敌阵中杀得尽心尽力,却永远占不到上风。

挥剑千万次,铁打的汉子也没了力气,他气喘吁吁半跪于地,眼见着周遭的敌人如潮水般涌来,每一双血红的眼睛里都是即将大仇得报的渴望。

他咬紧牙关,拼尽最后一丝力气站起来,举起剑摆出殊死一搏的姿态,可转眼又不知动了什么心念,身上的狠劲突然没了支撑,只听"当啷"一声,他竟垂下手,松了剑,站直了身子,冲着围上来的敌人笑笑,抬手指了指自己。

几乎同时,天地都不见了颜色,汹涌而来的焦黑堵住了所有能喘息的缝隙,他觉得自己被挤压到虚空中最深的地方,一层又一层的力量还在不断叠加,压得他生不如死,所有的痛苦都凝结在喉头,化作一声嘶哑的"啊——"

身上每根骨头都被绞碎了吧……

疼……

好疼……

他猛吸一口气,缓缓睁开眼,觉得喉咙又干又涩,落进视线的不是怪物也不是焦土，只有一本书，一把扇子，还有在案台一角静静燃烧的灯火。

以为的剧痛原来只是以为而已……

他直起身子，环顾四周，狂跳不止的心渐渐平复下来。没有大火，没有城池，更没有杀之不尽的怪物，这里是他的书房，他只是枕着一本书睡着了而已。他擦了擦额头的汗珠，苦笑着摇摇头，噩梦也不是第一次了，入夏以来更见频繁，许是天气燥热乱了心神。

一丝凉风自半开的窗户透进来，他起身朝外看，清净的院落里铺满月光，空气里飘荡着微甜的桂花香，此刻的呼吸，每一次都心旷神怡。他伸个懒腰，却听腹中咕咕乱叫，方想起自己尚未用晚饭，定是丫鬟见他睡着不敢叫醒。

他用力揉揉脸，又对着窗户使劲吸了几口气，这才完全清醒过来。

吃饭去吧，他这么想着。

咚咚咚！

有人敲门。

他皱皱眉，冲着房门说了一声："我这便出来，吩咐厨房将晚饭备好。"

咚咚咚！

他顿时不悦："还在敲什么敲？不说了我立刻出来吗？"

咚咚咚！

他一时火起，快步走到门前，一把拉开房门："不是说了我……"

话没说完，他立时倒退三步，门外既非他的家人也非丫鬟，只是个烧焦的人形，红着一双眼睛，咧开嘴，尖厉地笑："为何不开门？"

他倒抽一口凉气，冲到墙边一把抽出挂在墙上的剑。

"妖孽！"

黑夜里的嘶吼，愤怒又绝望。

○ 2 ○

桃夭的手往布囊里伸了几次，但终是没有取出任何一颗药来。

从城中热闹的街市到这片荒芜幽寒的郊外野地，吞掉咸鼠的怪物一直在她视线中，中途她曾有几次想出手，却又按捺下来，只因那怪物着实与众不同，初见时像一条透明的蛇在半空游走，一到了人多的集市却见它落了地，化成个无比潦草的人形，潦草到跟小孩子随便乱画的小人儿一般形状，"大"字上头多一个圆球那种，仍是透明，但姿态却与寻常人类无差，走得还摇头摆尾甚是开心的模样，路过水果摊还会附身嗅一嗅，看到卖风车的，还很是顽皮地凑上去吹一口，活脱脱一个吃饱饭没事干到处闲逛的家伙。最令她疑惑的，是这只肉眼即可判定是妖怪的家伙居然沿途都没有泄露出一丝丝妖气，只在偶尔打个饱嗝时送出不属于它的气息——咸鼠应该还在它身体里，妖气未散，说明还没死透，若随意杀了泄愤，怕会失了救回咸鼠的机会，姑且跟着，看它往哪里落脚再行应对。至于咸鼠，其实她真的烦死这个没用的小东西了，全程给她添麻烦不说，现在居然还要她堂堂的桃都鬼医为救它奔波劳碌，反正她打定了主意，救不回来她也不会有半点内疚伤心，本就是额外的恩惠罢了，那万一救回来的话……让柳公子吞了它算了，他不是喜欢吃老鼠吗？！

　　一路跟来，这怪物跟它所表现出来的各种行为一样，怎么看都不太聪明的样子，难道它今天冒出来的唯一目的就是为了吞下另一只妖怪？

　　此刻暮色已重，从身边穿过的人也越来越稀少，她眼见着怪物大摇大摆地走上一条弯曲的山路，在两侧野林簌簌作响的动静里走向夜的深处。

　　越走越冷，寒夜里的湿气像冰凉的手，摸得她哪里都不舒服，还得提防蛰伏在荒山野岭中任何一片黑暗下的饥饿的活物。此刻的这条山路，一般人走不了，连桃夭都觉得微微发毛，想来也是太久没有独行夜路，从前总有柳公子磨牙在侧，人多势众不说，单是柳公子一个，一只活成了老妖怪的大蛇妖，连本相都不用露，光一身杀气便足以吓倒一众宵小，毕竟自桃都出来，沿途遇到的种种危难，只要是武力能解决的，都算他的功劳吧，以及千万不要被他执着厨艺的蠢样子迷惑，厨房里的他恐怕只能用"人这辈子总有些想不开的时候"来解释，老妖怪也一样。可是……此刻竟有些想念他了。

　　寒风刮过，桃夭觉得自己的辫子都要冷得竖起来，加上野林中奇奇怪怪的叫声，着实令人心惊胆战。

　　不多时，昏暗的环境里渐渐出现一盏光，一座屋舍的轮廓也随之明晰起来。

　　那怪物确实不聪明，根本没有发现身后多了一条尾巴。

　　至于桃夭，必须要十分小心才不会被脚下的石块绊倒，她一边要追着怪物行进的路线，一边得照顾自己的脚，顺便在心头暗骂是哪个无聊的人往好端端的平地上摆了这么多乱七八糟的石头，然而还没骂得痛快她的视线就被粘在其中一块石头上，借着不远处的光线，她突然意识到这片面积不小的荒地上摆放的并非普通石头，那些毫无章法胡乱排列的东西……是墓碑。

　　亏得她是桃夭不是王夭也不是李夭，不然真要被吓到魂飞魄散的，这死怪物，居然把她带到一片十之八九是无主坟地的鬼地方来了。

为什么会是这里？

屋舍越来越近，连它破烂腐朽的房顶与墙壁都看得清楚了，不像有人居住的样子，许是不知多久前留下的供守墓人住宿的地方。但是……等等，那打斗的声音跟在房子前头纠缠晃动的人影又是怎么回事？

那怪物突然加快了速度往屋舍那边小跑而去，跑着跑着就离了地，最后化成一道亮晃晃的白光，桃夭自是不能让它甩掉，紧紧跟上，最后在房舍斜对角的一个土坎前伏下身子不再前进，而怪物所化的白光也停了下来，唰一下钻进一根插在屋前泥地里的棍子中。借着那盏挂在屋檐下的破灯笼的光，桃夭细看，发觉那根三尺有余的棍子并非寻常物，似以青铜打造，棍身上龙纹缠绕古朴大气，在夜色与灯火中泛着淡淡的青光，倒是一点不邪气，反有些震慑祟物的气魄。

住在棍子里的妖怪？

可是……妖怪没有妖气，棍子更没有……桃夭迅速想了好几圈，莫非是自己记性差了，竟完全不记得世上有这种妖怪？

但棍子跟妖怪的事现在暂时可以不管，因为另一头的场面更稀奇——那是个男人吧，二十多不到三十的年岁，高挑且结实，隔着黑色的衣衫都能看到随着他每一个动作所牵扯出的肌肉线条的变化，柳公子跟他比都要瘦弱几分，一看便是常年习武还习得很不错那种，面目却不蛮横，英气虽重，亦不掩俊逸，哪怕是个单眼皮，眉目也生得分外恰当，似哪个肖像大家祭出了最好用的笔，一笔勾勒出此生最成功的线条，即便在如此不佳的光线里，也是神光暗藏，明察秋毫。

在最短时间内看清楚人们的长相尤其是年轻公子的并对之做出评断，向来是桃夭的爱好之一，但她此刻只为一个问题揪心——你说你身材这般出色长得也还蛮好看，干点啥不好非要大晚上的在坟地里跟一具骷髅打架呢？？

真的，虽然天气冷人就容易饿但她肯定没饿到眼花，眼前这位不知来路的男人正忙着对付的，是一具白森森的骷髅，那骷髅身上还挂着破破烂烂的褪了色的衣衫。

两个家伙打得还特别精彩，也不知他师从何人，反正一招一式既如行云流水，却又拳拳到肉力大无穷的样子，加上他右手腕上戴的一块银白闪亮光可鉴人的护腕，打在骷髅身上只听得乒乒乓乓一阵响，那骷髅竟也是高手，被他这么打不但没有散架，反而还能找到机会回击，看它的动作，居然跟他是同一路，若换成个有血有肉的大活人，只怕会以为他俩是同门师兄弟。

十几招过去，这种难得一见的场面换谁来看都定以为是高人与妖孽大打出手，桃夭一开始也这般想，但越看越怪，最怪的就是她忽然留意到此人的护腕似乎另有文章，虽看起来质地坚硬，但也不至坚硬到接招无数却连丝毫划痕与凹印都没有，可见并非普通金属打造，且其明亮平滑的程度堪比一面镜子，随着他手臂的每一次挥动而划出令人眼花缭乱的痕迹。她瞪大眼睛再细看，那护腕上下翻飞时，似乎隐隐可见一排赤色符文在其中，并非刻在护腕面上，更像是从里头浮出来一般，更有趣的，是不论骷髅站在哪个角度，那护腕上始终照有它的影子。

桃夭顿时恍然大悟，这小子施展的竟是"镜术"！

她记得桃都收藏的古籍中有一本专门描述过此种术法，之所以令并不热爱泡书堆的她印象深刻，就是因为这门术法真的用了整整一本书的篇幅来讲，可见"镜术"是一门很博大的术法，其下分支无数，她潦草翻过，依稀记得连世间常见的"傀儡术"也归于此法之下，而傀儡术中有一种则是利用藏有咒法的可反光照人的物体，将施术者自己的意志通过对方倒映其上的影子施以牵制，让对方完全听命于自己，中术者，不论活物死物，全无反抗之力。曾听闻有无良术士对人施此术，令其做石头状自沉湖底，也有人以此令顽石升空，花树起舞，所谓"人可石，石可舞"，便是此术的厉害之处。

想来也是，一副骷髅怎可能跟人对打，必有外力牵引操纵，它映在那小子护腕上的影子便是再铁不过的证据。再细看他俩过招的模样，越发不像互殴，反像切磋武艺，那骷髅的身手招式仿佛另一个他！

偷窥中的桃夭神情复杂地看着他们，原来世间之人没有最无聊只有更无聊，夜深人静大冷天，居然有人无聊到在坟地里停留且挖了一具白骨出来陪他练功夫……还有，那青铜棍子只怕是这家伙的兵器，毕竟看起来他俩十分般配。若真如此，那怪物便是他养出来的，那此刻如何是好？硬冲出去制服他？好像没什么胜算，且不说他会哪门子异术，单凭他拳脚功力，可能半拳就把她打死了……要不就赌他不是个没良心的坏坯子，出去哭哭啼啼撒泼打滚求他把咸鼠放了？如果咸鼠还没死的话……哎呀，好矛盾！桃夭转了转眼珠，还是用药算了，上回收拾天仙楼那对老贼的药粉还有剩，全用出去的话，只怕这家伙也招架不住那千虫爬过的奇痒之苦，如此事情便好办多了。

决定了！用药，痒死他！

她把身子埋得更低些，正伸手去解布囊时，天上却冷不丁飞来个白晃晃的玩意儿……

3

咚！

"哎呀！"

不明物体端端砸在桃夭的脑袋上，她没憋住，痛得叫出来，捂着脑袋回头一看，那十分眼熟的骷髅头正躺在身后，咧着嘴冲她笑似的，与此同时，前头又是哗啦啦一阵响，男人面前无头的白骨突然垮了一地。

练功练完了？把人家头都打掉了？

桃夭看着那家伙深吸了一口气，没事人一样转过身，拿起搁在门槛上的黑色披风抖了抖，不慌不忙地披上，边系带子边问："此去可吃饱了？"

话音刚落，那青铜棍的顶端骤然亮起一团莹白光芒，体积虽小却十分明亮，再看，白光之中竟还有一团赤金之物，形似一只睁开的人眼，亦虚亦实地浮于光芒之中，颇有神采。

听了他的问题，这眼睛竟连眨了好几下。

他见了，笑笑："那便好，你饱了，咱们才好出发办事。"

此刻的桃夭早已忘了被砸疼的脑袋，张大了嘴，惊讶地瞪着那青铜棍上的眼睛，就差跳出去把它抢过来了。

以她的眼力，断不会看错，那棍子她不管，但那只会发光的眼睛，分明是寻遍天地都难得的妖怪——"天地初成，传有古神寂灭，身归无形，唯遗双眸落地，生妖性，成雪草一对，雌雄各一，通体莹透，形似人眼，晓人意，识人语，心智若小儿，不辨善恶，以妖为食，饱则明，饥则灭。其光所照处，妖魅鬼祟无可遁，称佛眼。"

佛眼！那真的是佛眼啊啊啊啊！天上地下都只得一对的珍稀妖怪！

要说这种妖怪，确实是妖怪中的异类，虽来自不知哪个开天辟地的大神，却终是成了妖物，虽是妖，最大的本事偏又是令那些出于各种目的隐匿身形不想被外界看到的妖物们无可遁形，还只以妖怪为食，所以在过去很长一段时间里，这两只佛眼的日子过得并不安稳，不少同类并不承认它们妖怪的身份，认为它们不过是坏心眼的神留在世间继续对付妖怪的武器，妖怪们甚至不希望它们活在世上，加上它们不会说话，心智与几岁小儿无异，遇到攻击只会将身体变幻成不同形状，要么逃跑，要么将敌人一口吞掉了事，然而这种本事对付普通小妖可以，遇到本事大的，便是九死一生——据说有一天这对佛眼在人间乱走时，遭遇一只恶妖，眼见着要成它腹中食时，一个昆仑的家伙正好路过，及时救下了它们，随后便将它们带回昆仑。天

陆·佛眼

界跟桃都听闻此事后，都曾有意要收留这对佛眼，可是昆仑一口拒绝，还说度妖为仙乃昆仑历来的规矩与仁慈，顺便不忘奚落天界这个老冤家一番，说他们眼中只有人与神方为正统，一贯视妖怪为下品，眼界心胸着实有限，佛眼到了天界也无甚好日子，把天界派去的使者气得脸都绿了。至于桃都，他们拒绝的理由更简单，就一句，你们桃都的妖怪够多了。总之，佛眼便暂时在昆仑安置下来，可不知过了多久，又听闻这对家伙从昆仑出走跑去了人界，再往后便没了它们的任何消息，是生是死无人知晓。

着实没想到今天竟在一片荒坟地里见到这家伙！看情形，应是哪位高人将它们活炼在了兵器之中，如此既能保护它们本体不易受伤，又能保留其照出妖物的特性，话说这"活炼"很麻烦且颇为消耗修为，但妖物在此过程里并不遭罪，能有此等本事的人，自是比那些不分青红皂白拿妖怪性命炼药制符的家伙高段许多，这样的高手，连桃夭都要高看其几眼，不过，该不会是这家伙亲手炼成的吧，这般年纪应该不可能啊……得了，反正不管谁干的，如今这佛眼已经算不得纯粹的妖怪，可说是一柄神器了，只是它吃妖怪的本性还是没变。不过，这青铜棍里只得一只佛眼，不知另一只又在何处，若能得其一对，药材里又可添一员猛将，不过先拿一只也很好，桃夭忍不住盘算起来。

不对，等一下，今天跟到这里的首要目的不是咸鼠吗？怎么一见着佛眼便把它给忘了。坏了，这佛眼的光亮是以腹中食物为支撑，如今它刚刚吃了咸鼠，桃夭根据经验推测，它发光的时间越长，咸鼠就被消化得越快，到它下一次肚子饿亮不起来时，咸鼠就真的死得一根毛都不剩了。

可不好再拖了，桃夭此刻满心满眼只有那只亮晃晃的人眼，不管不顾地跳出来，冲过去一把便要将那棍子抓在手里，却也意料之中地扑了个空。

男人手握青铜棍，颇为费解地看着她："还不走？头还不够痛？"

"你故意拿死人头打我？"桃夭顿时火大。

他看看眼前这个比自己弱小太多的姑娘，摇摇头："为何你们总觉得一个小小的土坎或者一棵树就能藏住自己不被发现？"说罢，他认真看着她的脸："夜已深，你走吧。今日你已得了教训，以后再如此冒失，只怕有命来无命回。"

居然连问一句你是何人都不屑……见他转身要走，桃夭嗖一下蹿到他面前拦住去路，也顾不得别的，指着他的青铜棍道："你该不是要拿它当蜡烛照路吧？太浪费了，赶紧熄了熄了熄了！"

"浪不浪费亦不劳姑娘操心，你还是顾好自己吧。"他看她的神情仿佛看个傻子。

"不行！你现在立刻马上把你手里的佛眼给我灭了！"桃夭心头着急，也懒得再同他在言语上迂回，直言道，"佛眼既已活炼成神兵，想必只听命于主人，我威逼无用，跪求无用，只得请阁下帮这个忙！"唉，连请字都顺口讲出来了，本来想用的痒粉也就此打住，一身好功夫加上还能驾驭一柄神器的人，又岂能与天仙楼老板那种俗人并论，只怕威胁不当反找了麻烦，自己的头顶现在还疼着呢。

闻言，他微微皱眉，见她一脸火烧眉毛的焦虑，想了想，手指一拂，似朝佛眼做了个"你先下去吧"的手势，转眼便见那只眼一闭，旋即整团光芒都消失不见。

桃夭松了口大气，看来还真不是个不讲道理的蛮横之辈，沟通起来十分容易嘛。

"你孤身跟从佛眼至此，又知我手中兵器来历，按说非寻常之人，却又连一个骷髅头都躲不过……"他看她的眼神更加费解，"你究竟意欲何为？"

前面的嘲讽就当听不见吧，百忍成金！桃夭深吸一口气，指着青铜棍道："它今天出去觅食了对吧？"

他点头。

"那你赶紧让它把今天吃的妖怪给我吐出来！马上！一根毛都不能少的给我吐出来！"桃夭每个字都用喊的。

"不可。"他果断拒绝。

还以为是个好说话的人……

"不是，你听我说啊，妖怪的品种并不影响它发光，不一定非要吃今天这个！"桃夭耐住性子，尽量控制住不暴跳如雷，"它要是不嫌弃，跟我走，我知道哪里有一条很大的蛇妖，还会自己做饭那种，吃下去保它一百年都不会饿！"（此处，身在远方的柳公子突然打了个响亮的喷嚏。）

他微微皱眉："不必了，佛眼素来自行觅食，无须旁人相助。我还有事要办，告辞了。"

"不准走！"桃夭一把拽住他的披风，"你今天必须让它把那妖怪给我吐出来！否则我……"

他回头，不解："否则如何？"

"否则……否则你这辈子都休想甩开我！"桃夭一屁股坐到地上，两手顺势抱住他的腿，哇哇大哭起来，"你要么给我吐出来，要么当场打死我！你打死我我变鬼也跟着你！每天晚上到你床头喊你起床！"

他低头看了看，一脸莫名其妙，大概是此生从未遇到过如此"凶狠"的威胁跟如此巨大的"挂件"吧。

她眼泪没挤出多少，倒是干号得撕心裂肺："把它还给我！不还就把我也吃了吧！反正我也好多天没洗澡了！"

他想伸手去拉她，却又在半途收回去，叹了口气道："你是觉得我不敢打死你吗？"

桃夭一下子噎住，抬起头，吸了吸被冷风冻出来的鼻涕，瞪大了眼睛没说一个字。

"既知道怕，就松手吧。"他觉得她是怕了，"我不追究你冒失之过，你也莫再纠缠。"

桃夭又吸了吸鼻子，脸上装出来的悲苦瞬间消失，只问："你不放？"

"落肚之食，焉有吐出之理。"他理直气壮。

"咳，白哭了。"她松开手，麻利地爬起来，"不过你今天还是走不了。"说话间，她眉眼再无之前撒泼耍赖的胡闹劲儿，只半眯起眼睛，嘴角挂出一个冷凉狡黠的笑，跟片刻前的她判若两人。

他微微一愣："怎么说？"

她退开一步，指着他手中的青铜棍："你手中神兵虽认主，只听你一人之令，可若今日你死在我手里，佛眼要唯命是从的主人便是我了。"

他轻笑一声，对口出狂言者的全部蔑视都在这一声不嚣张的笑里了。

桃夭当然知道他在笑什么，但她觉得自己真不算是口出狂言，不过就是多费几颗药罢了。当然，可能还得担上被"那个人"责罚的风险，身为桃都的桃夭，规矩是治妖不治人，可这规矩后头还有一条，是那个人补充的——既不治人，亦不可无故伤人，尤其不得以她擅长的药石之术行好勇斗狠之事，违必罚。

她不是没有顾虑过，但现在乃咸鼠性命攸关之时，身为大夫，她救自己的病人也算不得"无故伤人"了吧，再说接下来准备用在他身上的药，顶多让他保持两三天的假死状态，他这个身板两三天不吃不喝应该饿不死的，希望能借此骗过佛眼，让它以为主人已死，再加上她三寸不烂之舌蛊惑一番，不但能救回咸鼠，还能收了这只佛眼，简直两全其美。

"也不知谁笑到最后。"桃夭踮起脚，故意拉近跟他的距离，"就用你们这种粗人最习惯的方式来解决吧，咱们比试一场，我输了，你就打死我。你输了，便让佛眼吐出食物！"

他有些哭笑不得："你好执着啊。"

"你可同意，给句痛快话！"桃夭故意激他，"别跟个娘们儿似的扭扭捏捏。"

他沉默片刻，点头："好。"说罢他将青铜棍往旁边一扔，棍子再次稳稳插进土里，

"我赤手空拳，但你可以使用你能找到的任何武器。"

桃夭冷冷一笑，这个时候还要扮一回君子，一句话让佛眼把咸鼠吐出来不早没事了吗！

她越想越怄，哼了一声，拿出一个特别潇洒的姿势纵身跃上房顶，其实没别的意思，就是想在他面前展示一下自己还是有功夫的，不然一会儿他死过去等几天再醒过来，余生只要回想起她，大概都只剩下她痛哭流涕抱大腿的鬼样子了，不好不好，她也要面子哪！

他奇怪地望着在屋顶上扬扬得意的她："你上去做什么？"

"自然是准备居高临下收拾你呗！"桃夭作势撸起了袖子，仿佛要使出了不得的招式，事实上心头却在仔细估算他的身高体重功力加在一起的话得用多少药才能既奏效又不浪费，更不伤他性命。

他继续望着她："即便你有一身轻功要向我炫耀，但如果我是你，一定不会跳到那里去。"

"呸！我炫不炫耀都有一身好轻功！方才你偷袭成功不过是我让了你！"被看穿又死不肯承认的桃夭越发恼羞成怒，忍不住一跺脚，"你信不信你一定见不到明早的太阳！"

话音未落，她突然觉得脚下不妥，一阵异动与噼里咔嚓的响声同时扩散开来，她低头一看，生满杂草的旧瓦片像癫痫病人一样乱抖起来，数量不明的裂纹在其中瞬间蔓延开。桃夭心下一惊，一声"不好"都来不及说出来，整个人便在"轰隆"一声响里，不争气地消失在垮塌的房舍与迅速腾起的烟尘里。

男人镇定地站在原地，自言自语道："都说了我若是你就不会跳到那里去了。"

好一阵子后，呛人的尘土才勉强落地，在此地屹立了不知多少年的老房子终于彻底成为一堆废墟，朽坏的木料与碎瓦碎石拥挤在一起，欲哭无泪。

四周更安静了。

○ 4 ○

男子仍立于原地，没有往前也没有离开，只看了看不知几时被他拿回手中的青铜棍，又看看那堆废墟，摇摇头："还是头回见到自己挖坑自己埋的。"

他觉得她多半是死了，就算是个老房子，也是真材实料建起来的老房子，梁柱墙瓦一股脑儿都砸下来，重量怎么都比骷髅头重。那万一她命大没死，要不要江湖

陆·佛眼

救急把她挖出来呢？

罢了，这丫头古古怪怪，既然都敢找他决斗，那还是靠自己的本事爬出来吧，如果她还活着的话。

他正欲离开，废墟突然有了动静，一阵哗啦啦的怪响里，自乱七八糟的瓦砾碎砖之间呼啦钻出一只手来，然后是一个满头灰的脑袋，桃夭一边吐着嘴里的土，一边冲他嘶喊："快快快来拉我一把！我好像被卡住了！呸呸呸！"

他此刻终于理解了普通人那种仿佛见了鬼的心情，是你不请自来，是你无理要求，是你要上房揭瓦，如今却还好意思让他施援手？

"可你方才明明说要收拾我。你会救一个要收拾你的人？"他坦白道，"我看姑娘你也非凡品，自己闯的祸自己了结吧，告辞。"

他转身就走，并预料她会破口大骂到看不到他为止。

"我错了行不行！！你一个大男人却要跟我一个小姑娘一般见识吗？"桃夭撕心裂肺地号叫。

这算是认错服输了？倒是意外，本来他都准备好了接受一连串没有间歇的难听话。

他停下来："我若与你一般见识，你爹娘已经没女儿了。"他回头又打量她一番，"听你声音洪亮，应无内伤，自己花点时间总能爬出来。"

"你走一回试试！我记得你的样子！连你有多少根眉毛我都记得！只要你袖手旁观，我便把你的样子画下来贴到满洛阳城都是，连茅厕门口都不会放过，画像上还要题八个大字'人面兽心糟蹋少女'！"桃夭边说边用力挣了挣，发现硬拼力气还真没法子把自己弄出来，大半个身子埋在砖石砂土中，眼前还横压着半截粗大的梁柱，一只死里逃生受了惊的老鼠吱吱叫着跑过去，尾巴差点扫到她的脸。

闻言，他想了想，竟改了心意果断往她面前走去，停在离她一步远的地方，手中的青铜棍突然不客气地转了方向，冷冷指着她的头顶："既不想自己爬出来，就别出来了吧，省得你以后还要费神替我画像。"

这傻子怕是真信了她的鬼话？不然这突如其来的杀气是怎么回事……原来有些人是真开不得玩笑呢……

"你想杀人灭口？"她举起好不容易脱困出来的右手，指着他的脸，"你居然想杀掉这么弱小可怜又无助的姑娘！"

"真正弱小的姑娘怎可能凭一己之力压垮一座房舍。"他面无表情，不为所动。

普天之下能凭一句话就把她气个半死的人才，目前只有司狂澜吧。跟司狂澜的冷淡尖酸阴阳怪气不同，这男人说每句话都一板一眼，实事求是，但杀伤力决不逊于前者。

"你意思是我太重了？"桃夭拼命仰起头，"那种摇摇欲坠的破房子，你放个老鼠上去也给压垮了！"

"并非如此，这房舍虽有年月，也不至于破旧至此，原以为你跳上去顶多把房顶弄出个洞罢了。"他仍旧认真，字里行间没有调侃之意，"若你不是几次三番为难我，惹人嫌弃，我倒是要赞你一句天生神力的。"

看他一本正经数落自己的样子，桃夭的手攥成拳头，强按下怒气，反冲他咧嘴一笑："你肯定还没成亲吧？"

他一愣："那又如何？"

"知道为啥吗？"桃夭继续笑眯眯。

他皱眉："我为何需要知道？"

"你不是第一次把'天生神力'这种话当成对一个姑娘的赞美吧？"桃夭同情地看着他。

他一脸茫然，完全听不懂她在说什么。

"说话也颠三倒四，你这丫头着实欠教训。"他神色骤冷，竟一棍打下来，桃夭面前的梁柱顿化成木渣，四溅而起。

桃夭被他突然的一击吓出半身冷汗，下意识举手挡在眼前，防止木渣落入眼中。

此时，他的视线忽然聚焦在她的胳膊上。

"你还真动手啊！"桃夭大喊，放下手"呸呸"吐掉飞进嘴里的木渣，今天真是没踩到黄道吉日，夜宵没吃上，烂土木头倒进了一嘴。

她的手腕被他一把抓住。

"你还敢轻薄我？"桃夭怒骂。

他才不管她，只顾将她的胳膊翻过来，盯着她的肘窝处，问："你是清梦河司府的人？"

桃夭一愣，视线也落在自己的肘窝，一个小小的暗红色的"司"字躺在那里。

要不是他问起，桃夭几乎都快忘了自己手上这个不打眼的小标志了，那还是她正式被收用为司府杂役之后的某天，苗管家取了一种独有的颜料，亲手给她写上去的，说一旦成为司府的人，肘窝之上都要写个小小的"司"字，既是标记，更代表"此乃司府中人"的身份，且此颜料甚是独特顽固，一旦上了皮肤，除了特制的药水之外，其他任何方法都不能将此字褪去，司家之内莫说杂役仆从，连马圈里的马儿身上都

陆·佛眼

有这个字……总之是你几时彻底离开司府，这个字便在几时被洗去，以示你今后与司府再无关联，生死祸福，好自为之。桃夭一开始不愿意，这不也是另一种形式的"盖章"吗，盖了我司家的章你就是我司家的私人财产，跟她与妖怪们盖章有啥区别，要知道从来只有她给妖怪盖章宣示所有权，哪有她被盖章的道理！但耐不住苗管家各种好言相劝啰啰唆唆，尤其一句"没有这个字，始终算不得司府中人，若哪回漏发了工钱也是无处说理的呢"算是说中了桃夭软肋，又想着反正只是在不起眼的位置写个字，不痛不痒不碍观瞻，横竖也就同意了，柳公子跟磨牙，包括滚滚的脚掌上，也都写了，从此一家人整整齐齐……

"你认得？"桃夭瞪着他。

"阎王断生死，司府解是非。我自然是认得。"他松开她的手，看着她脏兮兮的脸，"你是司府的……丫鬟？"问完又马上否掉，"不对，以司府家风，怎么可能容得下你这种毫不文雅端淑的女子……"

毫不文雅端淑……毫不？？

"司狂澜那种怪物，哪个正常人家的姑娘能伺候得了！"桃夭脱口而出，"不还得我这种心胸广阔任劳任怨的人间仙女才能应付！"

"无论从脾气还是容貌，你都算不得仙女。"他又抓过她的胳膊，拿手指往那个字上用力搓了好几遍，确定它没花没褪色完好无缺，这才松开手道，"看来是真的。"

"当然是真的！"桃夭心疼地看着被搓得通红的皮肤，恨不得拿口水啐他，"你真是活该没姑娘喜欢！"

"有没有姑娘喜欢我并不在意。"他盯着她气鼓鼓的脸，"你张口便直呼大人名讳，可见平日里也是个没规矩的，你在司府究竟是何身份？"

一听"大人"二字，桃夭眼珠一转，道："熟人都称他一声二少爷，要么叫他活阎王，你张嘴便是大人，会这么喊他的人，除你之外我只见过一个。"她回想片刻，"那个……对，邱晚来跟你一路的？"

他愣了愣："你知道晚来？"

"哈，我还知道狴犴司，也知道司狂澜曾经是你们那个什么什么贪狼大人。"桃夭略得意地晃了晃脑袋，旋即又朝眼下努努嘴，"你是要我继续埋在这里跟你愉快地聊天吗？"

他略一犹豫，突然举起青铜棍，往他与桃夭之间的空隙里用力一击，触地刹那，喀喀的碎裂声不绝于耳，桃夭刚觉得困住自己的废墟仿佛松动了不少，下一秒便被他抓住手腕，拎小鸡一样从地下拎了出来。

重回地面的桃夭松了一口大气，一边吐着嘴里的渣子，一边忙不迭地拍打头上身上的灰土，边打边说晦气晦气呸呸呸。

他与她保持着三步以上的距离，又将她从上至下打量了好几次，还是很难将这样灰头土脸的人物跟他心目中的司府联系起来。

她被自己拍出来的灰尘呛得咳嗽，扭头又见他狐疑打量的目光，清清嗓子道："莫再瞪我了，看在你把我拽出来的分儿上也懒得让你猜了，我是司府的杂役，主要负责给司狂澜喂马。"

他恍然大悟，点点头："这便说得过去了。"

又是他朴实的讥讽吧，她这个模样就只配养马是吧？

"你心里莫要看不起，以为这是跟扫地洒水一样容易的差事？"桃夭白他一眼，"你可知养司府的马比养你还难！"

他摇头："并非看不起。大人能留你养马，可见你在府中地位不差，他惜马命如惜人命，能将马匹交给你照管，足见信任……难怪你会知道狴犴司，还知道他的另一重身份。"

"这都被你看出来了？"桃夭转怒为喜，可算说了句稍稍能听的话，她哼了一声，"现在知道有眼不识泰山了吧！我虽是杂役，但对司狂澜来说却是极其重要的人，甚至连他哥哥司静渊都与我兄妹相称，你个野人却想把我活埋了！"

"野人？"他对这个称呼十分不解，低头看看自己，"我发不乱衣不脏，怎可称为野人？且我也并无活埋你的意图，这不是你自己把自己埋了的吗？"

"行行，都是我的错行了吧！是我给您添麻烦了！"桃夭赶紧打断他，跟脑子与嘴巴都不肯转弯的人不宜争辩，"话说您到底哪位啊？"

大约是确认了她司府中人的身份，又多少感受到她与司家兄弟的关系超过寻常主仆，他稍许后退半步，对桃夭抱拳道："在下罗先，狴犴司中任职擎羊。"

"哦……"桃夭重新审视他一番，突然满脸堆笑地跳过去，一把握住他的手使劲摇，"原来是擎羊大人啊，幸会幸会，今天真是大水冲了龙王庙呢！"

罗先费力地把手抽回来，认真道："我与你算不得一家人。按说大人已辞官，连他都算不得一家人。"

"买卖不成人情在呀！"桃夭嘻嘻一笑，"你看你现在也还改不了口，还管他叫大人，可见你心中还是拿他当一家人呢。"说着说着她话锋一转，视线立刻爬到青铜棍上，"既然大家都是自己人，你赶紧让佛眼把今天的食物吐出来，帮个忙呗，大不了以后我请你吃饭！有好姑娘也介绍给你认识！"

陆·佛眼

"大人于我有恩,他府中的人,我自然也要给几分面子。"他坦白道。

桃夭感动得想哭,头次体会到"司府中人"的身份居然这么好用,早知一开始就撸起袖子给他看了!

"可是现在不行。"他一句话又给桃夭泼了一头冷水。

"不行?"桃夭声音拔高了几个调。

罗先看着青铜棍,认真道:"我此番到洛阳,乃有公务在身,佛眼不吃饱,难助我一臂之力。你既有求于我,那么待我处理完此事,再帮你的忙。"

桃夭整个人都耷拉下来,有气无力道:"你的公务要处理多久?如果超过三天,那咱俩今天还是没完。"

罗先想了想,道:"不出两日吧。"

"你确定?保证?"桃夭瞪大眼睛。

罗先点头:"我做事素来不喜拖延,今夜要不是被你纠缠,此刻只怕已到目的地。"他抬头看看夜空,一小牙月亮不情愿地挪出来,冷光如雪,"话既已说开,那么两日后你我还是在此地碰面吧。我先走一步!"

桃夭赶紧拽住他:"不成!万一你失信跑了怎么办?"

他无奈:"罗先从不失信。"

"我跟你又不熟!"桃夭脱口而出,"我不管,你上哪儿我都得跟着才安心。"

"处理公务,身边怎能有闲杂人等!"他皱眉,"你既知晓狴犴司,便该知晓我们皆是接密令行事。若非念你是司府中人,以你三番五次阻我办差的事实,就地处死也不过分。"

桃夭一点不怕,反而笑得自信:"你处死我事小,折了司家两个活阎王的面子,那后果可不敢想。"

"我只是说说,让你知晓事情的严重。"罗先叹了口气,"司府对自家人向来看重,无论你是喂马还是扫地,只要一日是司府的人,司府便由不得外人肆意欺侮,纵是你犯了该杀之事,也是他们来杀,轮不到外人。"

桃夭笑道:"看来你们还真是很给司府的面子呢。"

"是尊重。"罗先纠正道,又盯着她拽住自己的手,"你还是快放开,莫再阻挠了。耽搁的时间算你的。"

桃夭摇头:"我还是得跟着你,但绝对不打扰你,你去忙你的公务,就当多带了一根会喘气的棍子呗。"

"你……"罗先攥着青铜棍的手就快忍不住了,只怕打晕才是最省事的。

"别想着打晕我。"桃夭撇撇嘴,"你说要佛眼助你一臂之力,佛眼最大的本事是什么,你我心知肚明,你要它帮手,说明你的公务肯定跟非人之物有关。"

他一怔:"那又如何?"

桃夭指了指自己:"说不定我也能助你一臂之力哟,有可能还是两臂三臂之力呢!"

他不说话,满脸怀疑。

"带上我不吃亏的,我保证。"桃夭一本正经拍着胸口,"我也不是想帮你,只是想你快点完成任务,也好早点把那只倒霉妖怪拿回来!你我目的虽然不同,但方向一致,所以你无须怀疑。"

他沉思片刻,点点头:"那么你必须保证,不可妄言妄为,全程只可听我命令行事。"他顿了顿,又补充,"并且保证在此事完结后,不对他人说起。"

"保证!"桃夭点头如捣蒜。

罗先深吸了口气,说:"那走吧。"

"往哪儿去?"她好奇道。

"归德将军府。"他说了一个她闻所未闻的地方。

"将军府?"她的好奇直线上升,来人界这些时日,好像还没去过这般气派的地方。

尾

月色惨淡的山路上,一高一矮奔跑着两个人影。

"问个问题啊……为何将镜术施展在骷髅上?"

"习武之人不可有一日懈怠。就地取材,以万物为敌,是我多年习惯。"

"把世间万物当作陪你练拳脚的沙包是不是太狠了些?"

"真正的敌人来砍你头时会更狠。"

"你……你跑慢点……我要断气了!"

"不可再拖延时间。"

"你怎么都不……不骑马!!"

"我不会骑马。"

"……所以你都是用跑的?"

"骑马恐怕都快不过我。"

"那你能不能……能不能背着我跑？"

"不能。"

"……你们那个……狴犴司里……全都是怪物吧？"

"的确非寻常人，但也还没有谁怪到自己把自己埋了的。"

"你……"

"劝你莫再开口，专心前进可好。"

"你到底……去将军府……执行什么公务？"

"送药。"

"啊？？"

楔子

"此妖因何而来?"

"自噩梦出。"

◦ 1 ◦

　　正午一点都没有正午的样子,冷得要命,温度竟比清晨还要低上几分,几团灰心丧气的云挨挤在城池顶上,恹恹地酝酿着更坏的天气。昨日的阳光怕是老天爷给的最后一番好意,洛阳城终是迎来了今冬最冷的时候。

　　往来行人无一不将自己裹得更加严实,一边后悔昨日没有多出门晒太阳,一边狠狠加快步子,唯有走得快才能稍许暖和些,街头没看见几个上年岁的人,这样冷的时候,惹不起躲得起,脸蛋被冻得通红的小孩子由得母亲不停给自己擦鼻涕,再冷也不妨碍他们哭闹着要吃的要玩的,还好有他们天真的吵闹,街面上才有了些与呼号的寒风相抗的活力,不至于太冷清。

　　所有不得不在外奔波的人,只想着如何快速回到热乎乎的家里去,谁也没心思留意无关紧要的陌生人,只在与桃夭擦身而过时才会投来诧异的一眼,再暗自嘟囔一句这谁家的傻丫头啊大冷天穿这么点衣裳,那夸张的表情仿佛下一刻她就要冻死了一样。

她不冷，真的一点都不冷，如果有谁跟她一样，跟在这个腿长一丈八的没有感情的跑步怪物身后跑上大半天，再冷的天气也是冻不死的。

从乱坟堆到城里，这一路上不论她是破口大骂还是猛拍马屁，是撒泼打滚还是装娇弱，罗先根本油盐不进，不肯为她减慢半分速度，看他的态度，估计她就算当场七孔流血累死在后面，他都不会回头多看一眼。根本不需要更多的相处时间，她已然确定这个男人的心眼跟脑子比裁缝的尺子还要直，这种人永远只会为自己要去的目的地选择最短的直线距离，中途出现的一切意外与阻碍都不能令他的直线变成曲线，听来甚是乏味无趣，但仔细一想，能这般专注且决绝的人，有趣无趣还重要吗？不重要。重要的是，如果你希望余生平安，那就千万别让自己成为他的"目的"。

只不过呢，若非遇到罗先，桃夭都不知道自己这么能跑，口吐白沫还能活下来，顽强得把自己都要感动死了。

"吃个午饭再去吧……我真的要死了！"桃夭擦着额头上大颗大颗的汗珠子，多亏他在进了城门后终于不跑了，但那双大长腿就算是快走也够呛，她还是得一溜小跑才能跟上，肚子里积存的食物老早化为乌有，咕噜咕噜叫得烦人。

罗先自然是没有拐进任何一间食肆的意思，却不知从哪里摸出来一个薄薄的包得严丝合缝的油纸包，反手扔给桃夭："你这个人也是奇怪，自己非要跟来就罢了，难道还要别人分心照顾你不成？"

"你哪里照顾到我了？"桃夭翻个白眼，拆开纸包，却是个很实在的可能是某种饼子的食物，看起来不好吃，闻起来也没啥香味，罗先拿出来的食物跟他这个人也是像极了。她不确定地问，"这是啥？"

"我会按外出的时间准备需要的口粮。"他答道。

桃夭听得好笑："你且瞧瞧眼前这繁华城池，哪里不能吃到东西，你一个堂堂的擎羊大人，身上揣着的不是暗器却是饼子，实在是有些奇怪啊。"

"第一，出门在外，我从不吃不明来历的食物。第二，身上带食物是好习惯。第三，我不用暗器。"罗先一字一句说得特别清楚。

"哦……"桃夭撇撇嘴，又瞅了瞅手里的饼子，"你出门就带这么一点吃的？"

"实际上我可以数日不进食，此番来洛阳预计不超过三日，这份干粮足够。"

他认真的样子让桃夭怀疑他根本不是人类，只是一块会说话会打架的铁，回想当初一面之缘的邱晚来，那姑娘倒不是一块铁，却十之八九是一朵生了毒刺的花，又好看又碰不得。如此推测，恐怕那猘犴司里个个都是怪胎，不然如何胜任这鬼鬼崇崇不见天日的职位。桃夭的脑海里，突然就冒出司狂澜的脸来，能被一群怪胎恭恭敬敬尊一声贪狼大人的家伙，难怪在烤肉与拿混账话气死她的本事上都能胜人一筹。再想到如邱晚来与罗先这般的人物在见到哪怕是说到司狂澜时尊敬乃至崇拜的目光，她突然觉得自己虽已在司府待了这么久，知道司狂澜爱读兵书，知道他不喜人多，知道他毒舌刻薄，知道他厨艺了得，但知道得再多，对这个男人的了解依然极其有限，这个人的昨天与今天永远是割裂的，无论你与他之间发生过什么，他总有本事让你以为其实根本没发生过任何事。这个人啊……就不能多去想他，想多了全是乱麻，憋气得很。对比之下，罗先这样的直肠子反而好了很多，简单明了，不费心思，可事情若走到另一个极端，这完全不肯拐弯抹角的人，照样气到你肺疼。

桃夭掂了掂饼子，笑道："你将干粮给了我，自己岂不是要饿肚子了？"

"我出发前吃得比较饱，这干粮可有可无，不给你吃，回头也是喂猫喂狗了。"罗先说的每个字都特别老实，也因此特别招人恨……

"唉，你这样的可怎么讨得了媳妇儿哟……"桃夭痛心疾首地对着饼子狠狠咬下去，有点硬，也没啥味道，嚼了好久都咽不下去，味同嚼蜡这个词可算用上了。

"这玩意儿是你做的？一点味道都没有，难吃！"她边走边抱怨，边抱怨边吃，"太难吃了！这辈子都没吃过这么难吃的……哦不对，除了柳公子做的饭之外就属你了！"

"习武之人，不可暴饮暴食，亦不可大油大盐，这干粮虽粗糙，却是五谷混合所成，不仅可饱腹，对身体也大有裨益。"他认真道。

"有这么好吗？"桃夭嫌弃地又咬一口，细嚼之下确实有一丝谷物独有的清香，但依然不好吃，得是多自律的人才能为了身体健康天天吃这种东西……不过天天大鱼大肉也确实很难养出他这般毫无瑕疵的身材，桃夭用力嚼着饼子，想了想，突然问："你们那个狴犴司好进去吗？"

"何为好进去？"罗先不解，"狴犴司可不是寻常人能进的地方。"

"我意思是，进去当差容易吗？"桃夭费力地咽下最后一口饼子，"要怎样的资格才能当你们那些什么贪狼大人啊铃星大人啊什么的。"

桃夭的问题似是勾起了他的某段回忆，连步伐都放缓了些，半晌才说："能进狴犴司的，万里挑一。"

"这么厉害？"桃夭快走两步与他并肩而行，笑嘻嘻地说，"光看你跟邱晚来，已知道不是善茬，没想到司狂澜这样的家伙居然能当你们的头目。"

"在你眼里，大人只是'这样的家伙'吗？"他反问。

"不然呢,不是躲在家里读书就是研究烤肉,再不然便是出去给人家解是非,江湖中人刀光剑影的大是非也就罢了,有时连人家两兄弟打架争财产这种破事都去解,你说他是不是闲得慌。"桃夭故意添油加醋地说着。

罗先听罢,却叹了口气,自言自语般道:"所以我们才一直盼着大人能回来,他应该是无比出色的贪狼大人,而不是你所说的不思进取之徒。"

桃夭一转眼珠,又问:"他为何离开狴犴司?自己不干了还是被人赶走的?"

"谁有本事赶走大人。"罗先皱眉,"他主动辞官,无论我们如何挽留,皆不能改变其心意。"

司狂澜这种人会辞官不奇怪,她奇怪的是他怎么会去当官。堂堂司府二少爷,人间活阎王,入官场走仕途绝对不是他这种心气高傲的江湖中人会干的事……

"他好好一个司府二少爷,为何会去你们那里当头目?"桃夭脱口而出,"总不会是当少爷当得实在无聊了吧。"

"不知。"罗先摇头,"我只知在狴犴司三首之中,大人年纪最轻,立功最多。"

"狴犴司三首?"桃夭不明。

"狴犴司以七杀,破军,贪狼三职为首,这三首之中本无分上下,但七杀大人年资最长,且曾辅佐先帝定国安邦,据说先帝创立狴犴司,也是听从了七杀大人的建议,故而狴犴司中一直是以七杀大人为真正的首领。"说到这里,他停了口,又道,"这些本不该说与你这外人听,不过是看在你替大人养马的情面上。你若再问,我是不会再讲了,你实在想知道,不如直接去问大人。"

"他是能随便被问出话来的人吗!"桃夭翻了个白眼。

"那倒是。"罗先点点头,旋即道,"那你还是莫再好奇了,你一个杂役,知道这些又能如何。"

"要精确有效地拍一个人的马屁,不但要了解他的现在,还得知道他的过去。"桃夭做出可怜巴巴的模样,"我一个小杂役,不得想着讨主人欢心,好让他多给我些打赏么。"

"歪门邪道。"罗先毫不客气道,"你尽职尽责养好马匹,便是讨了他最大的欢心,多劳多得,不劳不得,这才是道理。你若做了好事,大人这样的人物必不会薄待了你。"

"瞧你说的,我几时不劳不得?你可知司府里的马长得比你都好!那都是我夜以继日精心照管的功劳!"

"我没有说你不劳不得,你为何拿我与马相比?"

"马都比你会说话!"

"马不会说话，除非成了精。"

"我……"

2

一路争执不休的两人，被一阵喧闹挡住了去路。

街面上两个男子激烈地扭打在一起，都不过二十多岁的年纪，打起架来特别有力气。其中一方很愤怒，拳头跟雨点一样落在对方身上，还使劲揪住对方的头发试图将他的脑袋摁在地上，边打还边骂，旁人断断续续听到什么"我就是看你不顺眼！好好的衣裳不穿，非要打扮成个妖孽！恶心！"

围观的人不少，有人劝架，有人笑嘻嘻看热闹。桃夭往人群里看了几眼，武力值不足的那位也是被打得十分凄惨，身上的衣裳被撕扯得破破烂烂不说，上了水粉胭脂的脸更是被血与汗糟蹋得没法看，被拉开后才喘过气来，又气又委屈地冲着打他的人哭喊："我悄悄穿我自己的衣裳，碍着你哪儿了？"

那人听了，又要冲上来，幸好被几个劝架的拽住，只得暴怒道："碍着哪儿了？我看着就碍眼，我看着就不乐意，我看着就不喜欢！我告诉你，你若不改，我这便宰了你，权当是为民除害了！"说着说着便大力挣脱出来，扭头跑进街边的铁器铺子，再出来时，手上赫然多了一把菜刀。眼见着要出人命，亏得几条汉子眼明手快，赶紧上去抱腰的抱腰，抢刀的抢刀，好歹是把凶器夺下来了。

两个有些年纪的婆子把受伤的这个扶起来，好言劝道："你就服个软，认个错，跟你哥说今后再不这样便是，亲兄弟何必闹成这样。"

"就是就是，多大点事，道个歉又不少块肉。再说男儿郎穿女儿装，实在不妥。"

他任她们讲，一句话也不回，用力甩开众人冲出去，用此生最快的奔跑发泄他所有的不满，眨眼便消失在人群中。

他冲出来时，差点撞到桃夭，她闪身避开时，除了近距离看见一张糟糕的脸之外，还有扩散在空气里的脂粉香味，怪好闻的。

有人要去追，打人的家伙怒气冲冲地制止，吼道："由他去！死了才干净！"

桃夭撇撇嘴，说："还当是捉到了贼往死里打，原来就为穿个衣裳这样的小事，穿个女装罢了，又不是杀人放火，这当兄长的反应未免太过头了，是吧？"

无人回应。

她左右环顾，罗先几时不见的，她不知道。

暗骂一声，桃夭赶紧越过正散去的围观者，往更远处搜寻罗先的身影。

好险，如果自己再多看一会儿热闹，罗先就该消失在这条街的拐角处了，幸好在最后一刻找到了他的背影。

她赶紧追上去，抓住他的披风质问道："说好了带我去你要去的地方，反悔啦？想甩掉我啦？"

罗先目不斜视："我要甩掉他人，可不是如今这速度。你自己停下看热闹，还要我陪你一起看不成？"

"我就是顺便看两眼嘛，大街上打成那样了谁能视而不见哪。"桃夭不服气道，"要不是赶着追你，我说不定还要教训教训那打人的家伙呢，你见过因为不喜欢别人的穿着就把人打个半死的玩意儿吗？"

"我来洛阳不是围观闲杂人等的争斗的。"他把自己的披风从桃夭手里拽出来，"我见过为一只鞋杀人的人。看热闹的时间多了，做正事的时间便少了。"

"你生来便如此一本正经？"桃夭盯着他平静的侧脸，"还是进了狴犴司不得不正经？"

"我不过是与你好好说话罢了，何至于扯到正经不正经？"他不解，"如你这般莫名其妙的姑娘，平日间定然没少干冒犯大人的事，可至今都没有被大人撵出去，不知是你运道好，还是大人改了脾气。"

"我跟司府可是白纸黑字签了文契的,想撵我走哪有那么容易！"桃夭笑出声来，又好奇地碰了碰他，"话说你家大人以前是个什么脾气？遇到我这种路数的，以前的他会如何处置？"

罗先终于扭过头奇怪地看了她一眼："你我之间的事，从头到尾都与大人无关，为何你总是问到他？还有，你虽有些见识，不似普通女子，但你身为司府杂役，如今又临近年关，想必府之中正是忙碌之时，你不在家帮手，却跑到洛阳来，你就不怕你家主人罚你工钱？"

"我……"桃夭一时语塞，不为何啊，不就是自然而然问出来的吗，但她自己心里也突然觉得不太对头，排队等她治病救命的妖怪多得很，为何偏偏选了绛君，纵然他早有预谋，以她的性子也是可以置之不理的，可她毫不犹豫地来了，而她一直以为自己的毫不犹豫，是因为绛君难得非来不可，但此刻诚实地想一想，绛君固然难得，然而比他更难得的妖怪也不是没见过，能劳她大驾光临，是因为这只妖怪，还是因为这是一只身在洛阳的妖怪？不是这里，不是那里，偏就是洛阳……不就是因为司狂澜他们也在洛阳？在洛阳兜兜转转数日，帮绛君，帮咸鼠，又死皮赖脸跟着罗先，一点都不着急赶回司府，私心里甚至盼着还有借口继续留在洛阳，留下来，说不定会碰到他们？说不定还会知道他们神神秘秘来到洛阳究竟是干什么？

那么，是从什么时候开始，司狂澜不在司府时，她觉得自己也不怎么坐得住了呢？从前不是盼星星盼月亮盼着活阎王别在家里吗？

这个答案有点意外呢！桃夭心里"咯噔"一下，连视线都因为短暂的慌张模糊了片刻。

"这边！"

罗先的声音把她的魂喊了回来，她眨巴眨巴眼睛，站定，回头，罗先面无表情地朝左边指了指："我看前头也没有热闹，你怎的就直直走了过去？"

桃夭挠挠头，赶紧小跑回来，为了掩饰尴尬，顺手朝她走神时行进的方向抬了抬下巴："不是，我是瞧着那条街布置得甚是好看，才多走了两步。"

幸好还有这条街，似是要办庙会，一群工匠正忙着在搭起的竹架子上忙碌，一堆别致的花灯等着被挂到最显眼的地方，好看的彩纸堆叠在街道一侧，能工巧匠们在将那些细细的篾条弯成各种形状之后，再熟练地糊上彩纸，虽未能得见全貌，也不难想象入夜之后那通街流光溢彩的样子。

闻言，罗先也往这街上看了一眼，毫无触动："下次你再走神，我是不会提醒你了。真是不明白，之前为了佛眼吞下的妖怪，你几乎要与我拼命，如今倒是不着急。"

"这不是没来过几回洛阳么，还不许我看看了？"桃夭做出要给他一拳的样子，"要不是你的武器乱吃东西，我早就开开心心回家了！你有时间责怪我，还不如现在就让佛眼把我的妖怪吐出来！这样你我也好早些分道扬镳，无须互相看不顺眼了！"

"那不行，我说过此番前往将军府，必要得佛眼相助。"他加快步子往前走去，"我也并非看你不顺眼，只觉得你这个姑娘甚是古怪，不在我了解的范畴里罢了。"

桃夭"扑哧"一声笑出来："说的就像你了解过多少姑娘似的，你最常接触的姑娘，怕只有个邱晚来吧？"

罗先腾一下红了脸，说："你莫要胡说，我与晚来也只是公务来往……"说着又住了口，皱眉道，"我为何要同你解释？"

"嘻嘻，被我说中了？"桃夭笑成一朵花，跑到他前面，故意面对着他倒退而行，"我这双眼睛啊，特别擅长看到那些粗枝大叶的人看不到的东西。光是听你'晚来晚来'的喊得这么亲昵，就知道擎羊大人对铃星大人的感情不一般呢。"

"无聊！"罗先绕开她，"劝你留着眼睛看路，背上可没眼睛。"

"万一我背上有眼睛呢？"桃夭对着他的背影扬扬得意，这家伙真是一点都不用猜，什么都老老实实地摆在外头。

正要追上去时，几个围在街边灰墙前的书生映入眼帘，说话声也顺着一阵风传过来。

"真乃神来之笔啊。"

"确实！运笔如此流畅潇洒，当世能找出几人有此功底？"

"不知是谁人大作？最近在城中好些旧墙上都见过这般的画作，看起来应是出自一人之手。"

"只怪你才来洛阳，不知咱们这儿有一位天才。"

"天才？"

桃夭听了，忍不住往那墙上细看去，灰墙上不过是一组只用墨汁勾勒而出的群像。她不懂线条流畅不流畅，甚至不知道这算什么画法，只觉得那些画面并不招她喜欢。她素日里见多了的画，不是山水日月便是飞鸟走兽鲜花美人，看不懂也觉得好看，但这墙上画的偏不是以上任何一种，全是人，又不像人，个个面目狰狞，凶神恶煞，手中所执不是铁链便是刀斧，刀锋之下亡者成山，更见一口大锅沸腾不止，有人于其中沉浮呼号，场面堪比地狱之景，甚是惊心动魄。难为这几个书生还把它们当成宝贝来赞美品评，换作桃夭这类对书画毫无造诣的观众，只需多看两眼，那沸油便仿佛浇在了自己身上一般，配上今日这阴森森的天色，真是说不出的难受，恨不得立刻逃开了去。

同样是街景，看看邻街那花灯遍布的好样貌，与此地相比，委实天堂之于地狱，眼瞧着要过年了，就不能画点吉祥如意花开富贵的场面，真不吉利。

桃夭挪开视线，快步追上罗先："你瞧见那墙上的画儿没有？"

罗先瞟一眼："瞧见了。"

"好看？"

"丑。"

"谁会画这种东西？"

"不知。这同样不是我来洛阳的目的。"

"大过年的，看着真是晦气。"

"也没有人喊你看。"

"我们还能不能友善地沟通？"

"我很凶猛吗？"

169

"算了……当我没说,你那将军府还有多远哪?"

"不远不近了。"

他越走越快,桃夭再是不满也不敢抱怨了,因为得省下所有力气才能跟上他,走出这条古旧的小街时,她忍不住又回头望了一眼,那群书生还在那里对墙头画评头论足,很不舍得离开,她已经听不见他们在说什么,身后只有动静越来越大的风声,呜呜不止,如人哭泣。

已经离得那么远了,眼前却还能一清二楚地浮现出方才见过的"地狱之像",被书生们交口称赞的"神来之笔",说的就是让你看过一眼之后,便连画中人的一根头发丝都忘不了?

桃夭笑笑,原来太丑的画真的会吓到人呢!

○ 3 ○

一个时辰后,罗先终于停下了飞奔的脚步。

朴素而宽大的宅院矗立于眼前,在阴暗的光线里露出仿佛人到暮年时的无力与颓沉。

桃夭使劲仰着脑袋,脖子都仰疼了也没从眼前这座建筑物的任何地方找到跟"将军府"三个字有关的内容。

"到了?"她不确定地问。

"嗯。"罗先点头。

她指着大门上笔力遒劲的"龙城院"三个字:"擎羊大人,我识字的。"

"但使龙城飞将在,不教胡马度阴山。"罗先望着那三个金漆仍在,只是少了些许光泽的大字,"此名乃先帝所赐,既在知情人中表了嘉许之意,又不引外界瞩目,以免多生事端。"

桃夭皱眉道:"意思是这里头住的是将军,但偏又不明说这是将军府?"

罗先迟疑片刻,点点头。

"既是皇帝嘉许,干干脆脆赐一座将军府有何不妥?"得了答案,桃夭更不明白了,"连将军府三个字都不给,偏拿个龙城院来遮遮掩掩,赏个下属都如此不光明正大,皇帝老儿办事不爽快啊。"

"大胆!怎可如此妄论先帝!"罗先顿时沉下脸来,"念你黄毛丫头涉世不深,此番便不与你计较,方才说的话每个字都给我咽回肚子里,若再口无遮拦,你早晚闯下杀身大祸！"

也是在桃都待久了，心头真正害怕的人跟事没几个，来人界虽也有段时日，那股子谁都敢说敢骂的劲儿还没下去，几乎是忘了这里最冒犯不得的便是皇帝，眼看罗先真动了脾气，再联想到他又是个能气死人的"直线式"人物，说不准真会因为她说皇帝的不是把她打一顿或者抓起来移送法办。这么一衡量，桃夭打消了反驳他的念头，只嘿嘿一笑："不说便是。你也说我黄毛丫头了，年纪小就是容易好奇嘛，那你倒是跟我说说这所谓的'将军府'跟里头的人到底有何典故？听闻你们狴犴司虽不在朝堂之中，却自有天大的面子，能劳擎羊大人亲自跑一趟的，必非泛泛之辈。"

罗先没搭理她，径直上了石阶往大门而去。

桃夭撇撇嘴，赶紧跟上去，谁知刚一踏上石阶便察觉出有意思的地方。

紧闭的大门前，罗先正要敲门，发觉身后无人，回头，却见桃夭正蹲在石阶上，埋低了脑袋嗅来嗅去，嗅完了，视线又顺着石阶跑到两侧的镇门石兽身上，跑过去细看一阵，目光又落到更远的院墙上，麻利地跑过去后，又跟个鉴定书画的老先生似的，在深灰的院墙上仔仔细细地察验，反正一系列动作落在她身上怎么看都是鬼鬼祟祟。

他皱眉，加大了声音道："你在那头做什么？若不打算与我同去，就好好找个地方等我出来。"

桃夭不吱声，只朝他用力招招手，示意他快过去。

他本不想理会，但一看她那煞有介事的模样，终是不太情愿地走了过去。

"何事？"他站到她身后。

"这龙城院里住的是将军还是道士啊？"桃夭朝他勾勾手指，"你仔细瞧瞧这墙上都是些什么？"

"这是什么话，住在龙城院里的自然是归德将军。"罗先上前细看，果真在灰到发黑的墙砖上发现了一丝异常，有人拿不知混合了什么东西的墨汁，在院墙上画了许多奇怪的符文，数量之多，几乎在墙上形成了一条没有缝隙的带子，看架势，应该是把整个院墙都绕了一圈，墨汁早已浸入砖石之下，不凑近细看倒也不易发觉，只是那深黑的笔画之中又在某些角度与光照下透出细碎的若有若无的暗红。

"哦对，来前你说过是什么归德将军府，不懂就问啊，归德将军阶品很高吗？不然皇帝怎会赐这样一座特别的将军府给他？不过既然是如此受厚待的人，府邸怎的不在天子脚下而隐于洛阳市井呢？你说你来送药，是将军大人病了？"桃夭冒出一串问题。

"高也不高低也不低。"罗先肯答一个问题已是给了天大的面子，他伸手往符文上擦了擦，再放到鼻子下闻闻，皱眉，"很淡的血腥气。"

"地上也是，连石兽都没放过。"桃夭朝那头努努嘴。

罗先走回石阶，又一路看到石兽身上，发觉的确如此，地面跟兽身也没漏掉，写满跟院墙上差不多的符文。

"你既对镜术颇有心得，可见对术法这块儿也不陌生，那你应该知道这些符文是什么玩意儿吧？"桃夭又嗅了嗅鼻子，露出嫌弃的表情，"不太好闻。"

"怕是血缚咒的一种。"罗先说道，又抬头将这宅子打量一番，越发沉重的云层将光线压制得更暗淡，加之风声呼啸，天地混沌，这阴森森的气氛一烘托，越发让他嘴里说出来的每个字都透出很不吉利的诡异，而这座宅子从方才毫无生机的垂老之相里挣脱出来，突然有了深藏不露的力量与威慑。

桃夭望着那"龙城院"三字，笑："说不定那匾额上也有哪。写这么多这么密，是多怕有什么东西跑出来呀。"

"连我都未留意，你却看见了。"罗先看看她，"你知道佛眼，知道镜术，看得出不显眼的咒文，却只是在司府里替大人养马……"

桃夭冲他眨眨眼："所以你是想问我什么吗？是不是觉得眼前的黄毛丫头突然不'黄毛'了？"

"我只是在陈述，没有问你的意思。"罗先扭过头去，"我连你的名字都未问过，可见对你别的种种更无意知晓。你且记住，我能同意归还佛眼的食物，允许你跟随我来这一趟，全是看在大人的情面上，对你本人，我只当如空气一般，完成公务后，你拿走你的妖怪，你我便再无瓜葛。"

"无趣的家伙。"桃夭叹气，"这也不问那也不问，你是不把知己知彼百战百胜这句话放在眼里么。"

"你问过那么多问题，不还是把自己埋掉了，何来百战百胜。"罗先毫不客气，说话间，目光又落到地面上的符文里，盯了好一阵，眉头越发紧锁，脸色比那两只石兽还严峻。

"你还是不要随我进去了。"他抬头，看着严丝合缝的大门。

"别啊，说好了要寸步不离的！万一你办完事跑了怎么办！"桃夭当然不干，赶紧跑到离他最近的地方。

"我是不会照顾人的。"他突然道，比之前的样子还认真，"不会对我目的之外的任何东西负责,其中包括你的性命。"

桃夭愣了愣,笑:"你一定要坦白成这样吗?"

"原本是连与你说这些都不必的。"他看着她的手臂,"可但凡你身上还有司府的印记,我便得提醒你。万一你遇个三长两短,终究与我有关,不念着你的性命,也得念着大人对你的器重。"

桃夭顿时明白过来,讥诮道:"还以为你直来直去不给面子是骨子里便有的傲气,原来也是分人哪。说那么多,到底还是怕我出了纰漏不好跟司狂澜交代。"她故意凑近他的脸,眯眼一笑:"你怕他呀?"

"我敬他。"罗先如是道,"那便说定了,你自己寻个地方等着,若明日午时我还未出来,你便回去吧,就当你我从未相遇,你要的妖怪只当它自己运道不好。"

"我几时与你说定了?"桃夭收起笑容,"说了要与你寸步不离,那就是一步都不能离。"她往大门处瞧了一眼,嘴角扬起:"反正你是送药,我虽是个杂役,对药理也有些认识,说不好能帮你的忙呢。你也不必顾念着司狂澜,那个家伙只管我有没有好好替他喂马打杂,从不管我死活。"不然这混账东西也不会把我绑在树桩上当肉烤了——桃夭硬是把这句话吞回去,又拍心口保证:"你且放一百个心,我无须任何人照顾,生死都是自己的命,不怨任何人,你也无须顾念任何人的'器重'。"

"无须照顾,那你为何不靠自己从土里爬出来?"罗先叹气。

"这篇是不是翻不过去了?"桃夭气得跺脚,"你是不是要说到八十岁?"

他想了想,说:"我应该活不到那么久。"

尚且年轻气盛的人突然用正经语气说这句话,气氛没来由的就低沉起来,桃夭重新打量他,越发觉得他像个拿石头做成的四四方方的罐子,不仅哪里都是棱角,还密闭得很,撬不开砸不烂,不知罐子里究竟是怎样的乾坤。

桃夭突然哈哈笑出来,顺手拍拍他结实的胳膊:"年轻人有点信心吧,不活到八十岁你都对不起你吃过的那么多难吃的食物!"

"胡言乱语。"他绕开她往大门走,"你既然不拿自己的安危当回事,那就记住自己的目的,你只是来'看着'我。"

"放心,我绝不阻碍你办理公务,从现在开始我是透明的。"桃夭跳到他身边,摆出讨好的样子,"那么,我来帮擎羊大人敲门?"

罗先不置可否,看向大门的双眼略微眯起,面色比此刻的天色还暗沉。

○ 4 ○

咚咚咚!

咚咚咚!

桃夭的手都敲痛了,也无人应门。

"不会全不在家吧?"她用力推了推,大门纹丝不动,连个能往里瞄一眼的缝隙都不给她。

"不会。"罗先肯定道,"等等吧。"

桃夭不死心地又敲了几下,还把嘴贴近大喊:"有人没有啊?贵客到了!"

又过了好一阵子,门后才隐约有了动静,一阵脚步声小心翼翼地靠近,苍老疲惫的声音传出来:"敢问门外是哪位贵客?"

罗先开口,声音低沉有力:"来自帝都,为段将军送药。"

门后旋即是一声惊讶的"啊",紧接着又是一阵明显的铁链碰撞时才有的声音,慌慌张张的。

桃夭听了,扭头对罗先道:"这是从里头拿铁链把大门锁了?"

罗先不语,静候门开。

"吱呀"一声,淡淡扬起的灰尘里,不知多久未曾打开过的大门终于开了一条缝,门缝里贴上来一张五六十岁的老脸,黑眼圈重得要掉下来,老眼昏花地将外头的人打量了好一阵子,才骤然睁大了眼睛,整个人从门缝里挤出来,对着罗先低头弯腰深深作揖:"小人见过擎羊大人,劳大人久候了!"

"不妨事。"罗先瞟了他一眼,"怎的是你来应门,家中小厮打瞌睡去了?"

"这……"老人欲言又止时,瞧见他身边的桃夭,赶紧问,"这位姑娘是?"

"表妹!"

"下属。"

两人同时开口,罗先狠狠瞪了桃夭一眼,桃夭赶紧轻打自己的嘴,抱歉地冲他笑笑。

眼见面前的老人一脸糊涂,桃夭忙打圆场:"我是擎羊大人的表妹没错,但也是他的下属。我姓桃,您老管我叫桃丫头就行。"

"原来如此,想不到姑娘如此年纪竟能跟擎羊大人一处共事,实在了不得。小人怎敢以丫头相称,桃大人莫要折煞了小人。"老人看她的眼神顿时充满了钦佩,忙侧身让开,做了个请进的姿势,"二位快请进,我家老爷恭候多时了。"

桃夭刚迈出去一只脚,便被罗先拽住胳膊。

她一只脚停在半空:"有事?"

罗先只冷冷瞪着她,并不说话。

她耷拉下眼皮:"行了我知道了,透明嘛,我会的!"

罗先这才松开手,闪身抢在她前头进了门。

二人前脚进门,那老人后脚便急吼吼地关了门,再迅速将散在地上的铁锁链抓起来,穿过门栓处的空隙,牢牢地缠了好几圈才"咔嚓"一声锁好,动作迅速得不像他这个年纪的人。且进了门他们才发现门后不只是老头一人,还站了个六七岁年纪的小女娃,一身碎花小棉袄,圆眼圆脸白白净净,是招人喜欢的样子,只是额头跟脸颊上都有类似抓痕的伤口,虽已结痂,但放在这么小的孩子身上,也是心疼。见家里来了客人,小女娃一溜烟儿躲到老人身后,怯怯地拽着他的衣角,好奇又害羞地露出半个脑袋看他们。

桃夭揉揉鼻子,朝她扮了个鬼脸,逗得小女娃咯咯直笑。

"没规矩,见了客人怎的不问好?"老人嗔怪着,摸了摸孩子的头,"快来叩见两位大人。"

小女娃这才慢吞吞走出来,正要向罗先跟桃夭跪下,却被罗先上前一步拦住,轻声道:"不必了,去玩儿吧。"

小女娃不确定地看向老人,老人点点头:"去吧。"

"爷爷,那我去园子里看小猫啦!"得了准许的孩子如获大赦,一溜烟跑得不见了踪迹。

罗先看着孩子消失的方向:"这是糖儿?长大了许多。"

"是糖儿,您上回见到她时,比如今矮了小半个脑袋呢,小孩子就是长得快。"只有在说到自己孙女时,老人的脸上才露出难得的轻松与笑意。

罗先点点头,又朝门闩处指了指:"这大白天的,又非兵荒马乱之时,何故如此?"

老头微微一怔,支支吾吾道:"是老爷的意思……锁上更好些……以防万一,以防万一。"

"嗯,小心些总没错。"罗先打量四周,偌大的宅子里只见一地枯叶,满眼萧瑟,却不见一个仆从的身影,再细看地上的落叶,疏密之间颇不自然,倒像是有人故意将落叶集中在几个区域,堆得特别厚。

这些自然也没有逃过桃夭的眼睛,好歹是座将军府,又并非在荒野山岭,一墙之隔的洛阳城如此热闹,都拯救不了这里冷清到仿佛久无人居的模样,虽说司府的人也很少，但清静与毫无人气到底是两码事，她终究是忍不住问道："你家没别人了？"

罗先也开了口："老樊，记得上回我来府上时，你们正在打扫清理准备年货，处处张灯结彩，甚是热闹的样子。"

被称为老樊的老人重重叹了口气，一脸想说的太多反不知从何说起的憋屈与局促，犹豫再三，他也还是冲罗先拱手道："大人，老爷在书房候着。我这就带二位过去。"

"也好。"

罗先也不多问，刚要迈腿，却被老樊叫住："大人，请一定随我来。"他提醒的对象也包括桃夭，并加重了语气，"二位请一定跟在我后头，照着我的路线前行。今时不同往日，万不可在府中随意行进。"

这话听着也奇怪，桃夭打趣道："老樊你这么讲，莫非你们府中藏了吃人的豺狼虎豹，怕外人乱跑被吃了不成？"

老樊居然没有否认，还是叹气："总之二位跟在我后头便是，相信以二位的眼力，老早也看出了这里的异常。"

说罢，他下了石阶，在落叶满地的地上寻了一条中间的路，慢慢走过去。

罗先默不作声地跟上去，桃夭也跟了几步，视线在两侧那片巨大的落叶堆上来回扫视了几遍，也不知动了什么心思，突然出人意料地偏离了老樊的路线，像个故意在下雨天去踩水坑的顽皮孩子似的，一脚踩到落叶堆上。

等前头的罗先跟老樊察觉到身后的动静不对回头看时，那好好的落叶堆早就没了踪迹，取而代之的是一个巨大的深坑，原来覆盖住深坑支撑住落叶的不过是张一踩就破的网，此刻的坑底除了落叶之外，只有密集而锐利的铁刺，长而锋利，牢牢地固定在坑底，但凡是个活物踩空了掉下去，想捡回性命怕是做梦。

竟在自家地上挖了这么大的陷阱……

桃夭站在陷阱边缘，故作惊恐地拍着心口："啧啧，多亏我反应快，不然以后都不用吃饭了……"

见状，老樊吓得脸都白了，三步并两步折回来，先朝陷阱里头看，又跑到桃夭面前，手足无措地问："桃大人您这是……您没事吧？"

"我就不小心踩了一脚，没事。"桃夭笑嘻嘻地摆摆手，还故意问，"没把你家的这什么搞坏吧？"

老樊又看了一眼大白于天下的陷阱，满心为难却不能发作，只勉强道："不妨事不妨事，回头我来处理便是。"

罗先一直站在原处，连往回走一步的意思都没有，只略微加大了声音道："既无事，那就走吧。"

"来啦！"桃夭积极回应一声，蹦蹦跳跳回到正路上，看得老樊的心又提到嗓子眼，不断提醒她走路小心。

"亏得老樊脾气好，换个暴躁的，非得让你把陷阱复原不可。"罗先边走边说，"那么大个坑，掩饰起来颇为费事。"

"那真是托了您的福，老樊看在我也是大人的分上，断不会为难我。"桃夭眼珠一转，"不过你从头到尾一句不问，是不是又把问题攒起来，准备一会儿问别人？"

"可问可不问。"罗先直视前方，"除非与我此行目的有关。"

桃夭又回头朝陷阱方向看了一眼，笑笑，也不再多言，只管跟着往前走便是。

不多时，老樊带头穿过一处拱门，一座不算太大的园子呈现眼前，其中的屋舍倒是修得与别处不同，不用砖石只用木材，富贵不富贵无所谓，平白多了几分随性的潇洒，窗外种了几竿竹子，不多不少，更见风雅，若非因整座宅子缺失人气，又遇到这大寒天，能住在这样的地方应是十分惬意的事，而此刻身在其中，便只觉着凋敝单薄，忧思重重了。

而桃夭的注意力却放在院中唯一的一棵树上，应该是一棵桂树，长得还不坏，有一丈来高，树冠尚算茂密，没有被北风摧残得太厉害。但奇怪的是，明明花期已过，那枝叶之间仍见繁花朵朵，更奇怪的是，花呈血红之色，在一院子灰白阴郁的颜色里尤其刺眼。

撇开花期不说，这桂树开花，不是黄白便是橘红，能开成血红色的，倒真十分罕见。

"老樊，你家这桂树现在还能开花？"桃夭指着那棵打破常规的树问道。

老樊犹豫了片刻，说："不瞒大人，这桂花在枝头已挂了多年，任是风吹雨打，酷暑严寒，就是不谢不败，连个花瓣都不落。"

"这么神？颜色也如此罕见，你们是给它喂了什么好吃的才长成这样？"桃夭又拿他打趣。

老樊朝桂树上看一眼，叹气："此桂树乃老爷迁入龙城院后不久，亲手种下。头几年还一切如常，谁知它年岁越长，开的花越红，最近几年更是赤红如血，且四季不落了。众人见之，惊奇之余皆以为不祥。有人建议老爷将此树砍去，但老爷不同意，说此树不过是花色有异，何必大惊小怪，砍树这事也就搁置下来，之后府中人丁渐少，就更无人理会这棵树了。"

"这样啊,物以稀为贵,那这棵树可真是值钱了,砍了可惜,不如卖掉。"桃夭搓着手走近几步,一副下一刻就要把这棵树撬走卖钱的市侩样子。

罗先咳嗽了一声。

"啊我不说了,办正事要紧。"桃夭立刻调头回来,老老实实向罗先低头,"我保证我是透明的。"

见状,老樊赶紧朝前走去:"二位这边请,我这就去禀报老爷。"

二人随老樊走到房舍门口,见他抬手往紧闭的房门上小心翼翼地叩了几下,声音也不敢太大,恭恭敬敬对着门缝道:"老爷,擎羊大人与他的下属桃大人到了。"

很快,一个低沉的男声透过门板传出来:"请客人进来。"

5

这便是罗先口中的段将军,老樊的老爷了——桃夭的视线粘在坐在书案后的男人脸上,没有想象中那么老,三四十岁的年纪,也没有她以为的身为一个将军的粗蛮狂傲,且不说从他们进门到现在,他都没有停下手里的笔,落在纸上的每一笔都熟练而自信,通身书卷气扑面而来,单单只看他的脸,也难以将如此斯文清俊的男人跟"不教胡马度阴山"这种填满了决绝与牲命的场景牵连起来。

他的书案上堆满了纸,写过的没写过的,乱七八糟,地上也撒落了好些。桃夭暗自往离自己最近的纸上瞟了两眼,发现那几张纸上写的似乎都是人名,什么"宝儿""程月开""霍青青"之类,笔法算不得优秀,但胜在方正规矩,笔笔认真,拙中见劲。

看他案上堆积的纸张,每页也不过两三字,想来也是人名,练字不写诗词歌赋,偏拿人名下手,这位将军也是与众不同。

罗先拾起地上的纸张,叠好,上前几步放到他的书案上,说:"打扰段将军雅兴了。"

在写完又一个名字后,他终于放下了笔,抬头对罗先道:"是在下劳烦擎羊大人奔波才是。"

说罢,他起身朝罗先拱手,又朝桃夭看了一眼,也不多问,只朝窗边做了个请的姿势:"坐下说话吧。"

桃夭这才发现这位段将军虽然面容斯文不似武夫,但他的身躯还是与手无缚鸡之力的读书郎差了太远,虽比不得罗先那般完美,也当得起高大健硕,宽袍大袖加身也不见臃肿,一双布满伤痕的粗糙大手,拿刀应该比拿笔熟练许多。

如果他不是一脸倦容,倦到连脸庞两侧都隐隐凹陷下去,任何人都绝不会相信这样一个男人需要有人从帝都为他送药治病。

在窗边小几前坐定,他看向桃夭:"这位如何称呼?"

"姓桃,桃子的桃,我是擎羊大人的跟班。"桃夭赶紧回答。

"本事不小,能做得了你的跟班。"他朝罗先笑笑,取了两个杯子放在他们面前,倒上热茶。

"段将军过奖,我不过帮擎羊大人跑跑腿罢了,不值一提。"桃夭忙端起茶杯,才喝一口就皱起眉头,"好浓的茶呀。"浓到都不像茶而是一杯苦药了。

"抱歉,我习惯喝浓茶,要不我替你重煮一壶。"段将军倒是没有半分架子,说话也总是温言细语。

桃夭赶紧摆手:"不必不必,我虽不喜浓茶,但也还喝得下去。只是……"她盯着他的脸,"看将军您的气色,可是睡眠欠妥?这浓茶着实不宜多饮。"到底是身为一个大夫的本能,不吐不快……

段将军不置可否地笑笑,没有正面回答,转向罗先道:"多谢你肯来这一趟。"

罗先拿出个一寸见方的小木盒,放到他面前:"上头说这次的药加重了剂量,还新增了几味药材,对将军的病情应该有用了。"

桃夭斜眼往那盒子上瞅了一眼,心想莫非是这位段将军失眠严重,送来的是凝神助眠的药?那就更怪了,偌大一个洛阳城还找不出一个治失眠的好大夫,非得兴师动众从帝都送药,出动的还是狴犴司的人。

段将军拿起盒子,也不多看,放到一旁,道了谢,又道:"那另一件事,七杀大人可有交代?"

"上头特许我在府上逗留几日,这便是交代了吧。"罗先喝了一口茶,摇头,"太浓了,难以入喉。"

段将军似是松了口气:"那便好,有擎羊大人相助,此劫可解。"

桃夭听得一头雾水,不是说送药么,还有别的"公务"?可恨自己这"透明人"的身份,连问都不能问一句,只能竖起耳朵将他们的每句对话听仔细。

"已近年关,府中反而清冷了许多?"罗先侧目看向窗外,几竿竹子在风里瑟瑟抖动,孤独得快要死掉似的。

"前些时候我散了所有家丁与仆从,只留下老樊与一两个帮厨打杂的。"段将军如实道,一抹忧思愁绪本不该挂在他这样的人脸上,但此刻就是挥之不去,他沉默片刻，说，"我怕他们再有事，索性让他们远离此地。"

桃夭脑子转得飞快，听他这么一说，立刻联想到院子里要命的陷阱，又忘了自己是透明人，脱口而出："将军府里可是藏了什么奇怪又凶悍的玩意儿，才需得段将军在自己家里挖那么大陷阱来捕捉？"

段将军面色微变，半晌才恢复如常，对罗先道："有些东西，只怕还是要劳烦擎羊大人亲见，方好说话。"

"可是将军在信中所说的魔物？"罗先从窗外移回目光，直视段将军的眼睛。

段将军攥紧了拳头，点头："就在密室之中。"

"走吧。"罗先果断起身。

桃夭也赶紧站起来，段将军却向她投来疑惑的一瞥，又对罗先道："桃姑娘也去？我担心吓着她。"

"我不怕！"桃夭赶紧向他保证，"只要它们不跳起来打我，我什么魔物都不怕的。"她生怕段将军拒绝，忙扯住罗先的袖子："是吧擎羊大人，你最了解我的，虽然我没有你本事大，但咱们说好了寸！步！不！离！的！"

"事关猰狁司公务，本属机密……"

"当然是机密！"桃夭听他语气不对，有甩掉自己的可能，不得不暗自踩他一脚不许他说下文，自己接上去道，"所以现场除了你我二人，再不能有别人在场！"

罗先皱眉："这可不是街头的热闹，万一吓死你，岂不给段将军添麻烦！"

桃夭踮起脚，在他耳畔小声道："你把死人头砸我脑袋上我不都好好的，咱们说好的，除了上茅厕，你别想撇开我！大男人说话不算话，比狗都不如！"

"你……"罗先大概觉得眼前这个女子才是真正的魔物吧，得是造了什么孽才让他这么一个循规蹈矩从不胡来的人被她给缠上了，他深吸了口气，"行，你随我同去，但自己的本分万不能忘。"

"收到！"桃夭喜笑颜开。

段将军看着这对男女，颇有些不解，猰狁司中人的作风他不是没有领教过，这丫头横竖都不像他们一路的。

但小小的疑惑很快被抛之脑后，他走出来，朝书房北面的墙壁指了指："二位随我来。"

然后他按动机关，墙壁斜开，在背后露出一条光线暗淡的通道来。大概人类的密室都是同一个师傅修的，桃夭觉得一点惊喜都没有。

进去，段将军熟练地从一侧的墙上取下一支火把点燃，叮嘱他们此地狭窄走路小心。在这片并不充裕的光明中，他们稳步向下，迎接他们的除了狭窄陡峭不知长度的石阶，还有一股混杂着药草味道的潮冷之气。

桃夭嗅了嗅，嘀咕："秋星草的味道……"

走在她前头的罗先不知她在嘀咕什么，只头也不回地说："走路看路，莫分心。"

"哦——"桃夭故意拖长了声音回应。

又走了一小会儿，脚下的石阶终是尽了，迎面又是一道灰白的石门，两只兽首门环在火光里闪着久违的光。

段将军分别将两只门环往不同的方向扭动了几圈，"喀喀"两声弹响后，他把手放在门上正欲推开，又回头对他们道："二位心里最好有个数，里头的东西很不好看。"

罗先道："开门便是。"

跟着罗先这一路都是乏味乏味乏味，可算有一件能让人兴奋的事了，桃夭猛点头："不怕不怕，再丑的玩意儿我都见过。"

段将军咬咬牙，用力推开了石门。

门后只是个四四方方的大房间，宽敞、空洞，没有任何日常的摆设，只在屋中间有一座巨大的铁笼，高度直抵屋顶，光线太暗，只见铁笼之内也是一团漆黑，铁笼外四角摆放着四个半人高的香炉，青烟袅袅中，秋星草的味道更浓了。

段将军走到墙边，将嵌在砖中的油灯逐一点起。

室内渐渐明亮，遮蔽于黑暗中的一切无所遁形，包括桃夭惊讶的脸。

面对笼子里的东西，连罗先都露出了复杂的眼神，惊讶，好奇，厌弃，些许的恐惧，他努力维持比平时更沉着的样子，方能不让这些情绪露于脸面。

笼子里堆叠着几十具尸体，应该是尸体吧，有头有身子有手脚，就是浑身漆黑，跟烧焦了没两样，横七竖八支棱着的手脚上生着比普通人手脚长不少也尖锐许多的爪子，脸上却是没有五官的，只得一双双死不瞑目的眼睛，睁得还特别大，眼眶里血红的一片似要爆出来。每具尸体都布满了大小与距离都非常均匀的洞，伤口不见血，却见一片磷光似的玩意儿在破损的身体里游动晃荡，每一处都在提醒他们，这些人类模样的玩意儿肯定不是人类。

离得近了，才从秋星草的味道里分辨出一股令人不适的腐臭味，四炉秋星草都不能彻底掩盖这个味道，不敢想象这间"囚室"中本来的气味该有多可怕。

"就是它们了？"罗先走上前，打量那一笼子的"惨不忍睹"，"都是你杀的？"

段将军点点头："这两年间，我生怕它们冲破宅院杀入市井，时刻如坐针毡不敢松懈，不但挖下陷阱，还以咒术封住整座龙城院，虽起了作用，未曾让一只魔物脱逃，"他停住，目光落在自己伤痕累累的手上，"但我心知再如此硬拼下去，我支撑不了多久。若我有不测，府中便无人可辖制它们，后果不敢想象，故而才向猚犴司求助。"

"明白了。"罗先镇定道，"将军不必忧心，我既奉命而来，不使府上重归安宁，便是渎职。"

"有大人这句话，我当可放心。此物甚凶猛，幸而智慧不足，有勇无谋，才能为陷阱所杀。"段将军略略放松了些，厌恶地看着那些家伙，"只可惜此物生来古怪，火烧无痕，土埋奇臭，只得将之密藏于此，再寻来大量秋星草辟除其腐臭味。长此以往，只怕我这小小囚室也是不够用了。"

听罢，罗先又道："将军在信中说，府中出此魔物，乃因你一念之差惹来一只妖怪而起？"

段将军沉默良久，这问题似是触到了他心中最不想面对的东西。

"正是。"他缓缓抬头，疲惫的眼里有悔意，"怪我一时愚善，以为是救了一条性命，却不料反被其所害。"

"您信中所言笼统，不如先出去，您将前因后果详细托出，不可有半分隐藏遗漏。"罗先环顾四周，以一贯笃定的态度道，"我自有法子替您斩草除根，让您这间密室再无尸积成山之虑。"

段将军正欲道谢，却被桃夭的声音打断——

"你们觉得这些黑炭是尸体？"

那两人一愣，下意识回头却不见桃夭，再看，她不知几时窜到铁笼另一面，在离笼子不到一步的地方，歪着脑袋，像看猴子一样蹲在那儿看得正来劲。

段将军与罗先面面相觑，反问："难道桃姑娘以为这些状如烂泥全无呼吸的腐坏之物是活的？"

"这玩意儿不好用活跟死来形容，你可以说它们从没活过，亦能说它们从没死过。"桃夭笑道。

罗先看她一眼，对段将军说："先出去吧，此地并非说话的好场所。"说罢快步走到桃夭身边，拽住她的胳膊："又在胡言乱语什么？将军府中岂是你胡闹的地方！走！"

"别拽别拽，我演示给你们看看嘛。"桃夭不但不肯起来，干脆一屁股坐在地上，双手合十放在脸侧，做出个睡觉的样子。

"你到底要做什么？"罗先咬牙道。

"别吵！看着就是了。"桃夭冲他眨眨眼，马上又闭上，然后夸张地发出一串响亮的呼噜声。

段将军走过去，不解地看着罗先，眼神里表达的大概是你带来的人十分奇怪该不是吃错药了吧之意。

罗先有些尴尬，想干脆把她拖起来扛走，又见她煞有介事的模样，一时间竟也不敢动她了。

桃夭的呼噜声一阵大过一阵，回荡在整个密室中仿佛打雷一样。

段将军与罗先大眼瞪小眼，实在猜不透她的意图，罗先甚至打定了主意，再数十下，如果无事发生，他立刻把这个只会制造麻烦的家伙扛出去。

然而他还没有数到十声，段将军便暗叫了一声："不好！"紧跟着他的脸色也变了。

呼噜声下，在笼中堆积已久却从无动静的"尸体"们……动了。

先是手指，从僵化中缓慢地弯曲又伸直，然后是腿脚与身躯，每个关节都发出细微但悚人的嘎嘎声。

罗先的手已经伸到背后，下一秒便要取出佛眼的架势。

关键时刻，桃夭睁开眼，闭上了嘴，呼噜声一停，笼子里蠢蠢欲动的家伙们便又跟死了般一动不动。

"这……"段将军看向她的眼神有了彻底的改观，"你对它们做了什么？"

桃夭起身，笑道："多亏将军您将它们囚于远离活人之地，您当初若不嫌它们臭将其掩埋在院中土下，难保它们不会听到你府中之人深夜酣睡时的呼噜声。"

罗先仍是不太相信："你意思是，这些魔物会被人们的打呼声复活？"

"也算不得复活，人家本来就没死啊。"桃夭耸耸肩，又想了想，说，"既然都跟你们演示了它们没死，那不妨好人做到底，再给你演示一下它们是怎么死的。"

说罢，她从布囊里取出一个明透如水晶的小瓶子，又从里头倒出好几粒无色透明的小丸，再覆掌碾压片刻，随即双手一开，无数光点随之洒出，纷纷扬扬穿过铁笼，如一场小雪似的均匀落在所有的"尸体"上。

旁边两人为此番景象诧异之余，还听到一阵清脆的铃声，细辨方向，却是由桃夭腕上金铃发出。

丁零零，丁零零——铃声在空荡荡的房间里尤为响亮，但一点都不吵，从耳朵到心里，只觉得异常宁静，以及冰冷，仿佛一场雪下在了心尖儿上。

一场"小雪"后，但见所有"尸体"都起了变化，身上原本漆黑的皮肤融化般迅速退去，露出下头那一团冷蓝色的游光。笼子里不再是层叠堆积的黑炭，而是一团团人形蓝光，彼此一番挤压与碰撞后，便如破掉的气泡一样，在笼中炸裂开来，无数蓝色的光点冲出铁笼飞扬到半空，又从室内各个方向缓缓落下，沾地即灭。

如果不是那群容貌可怖的东西，相信任何见到这一幕的人都会觉得特别美，蓝光莹莹，袅袅娜娜，委实比真正的落雪还美。

桃夭站在这片落光之中，微微仰头，面无表情，金铃之声也渐渐止住。

一瞬间，罗先以为自己看见了另一个人。

豆大的汗珠从段将军额头渗出来，若非罗先反应快一把扶住他，眼见着堂堂的将军就要软了腿脚跌坐在地。

落光散尽，桃夭嘘了口气，又回到那嬉皮笑脸的旧模样，拍拍手道："看到了？这样才算杀掉它们了。"

罗先不说话，在确认那一大堆尸体真的在眼前消失不见后，才缓缓道："你方才用了什么？"

"药啊。"桃夭爽快承认，又朝空空的笼子努努嘴，"这种玩意儿啊，唯有眼泪可置其死地。"

"眼泪？"罗先不太相信，看似如此凶恶的东西，克星怎能如此寻常。

"不然呢，你以为要用多厉害的东西才能收拾它们？"桃夭笑出来，视线落在面色惨白的段将军身上，"这些远算不得魔物。不过是稍微烦人些的小妖罢了。"

段将军抬起头，费力地挤出话来："小妖？"

"百……不是，古籍有云，"桃夭略一停顿，说，"有妖曰玄狍，容貌不定，然大致如人状，皮肉之下皆磷光，伤之可见。性蠢笨而凶悍，刀剑穿其身可令假死，并生腐臭，闻人之鼾声即复，唯眼泪可诛之。"说到这儿，她又停下，像是故意要卖个关子，在收获了观众足够的期待的眼神后才肯继续，而罗先跟段将军也没有让她失望，异口同声问道："此妖因何而来？"

桃夭满意地笑道："自噩梦出。"

另两人俱是一惊。

她笑看着段将军，又问："府上定是有人做了不得了的梦。"

段将军额头的汗出得更密了。

密室之中，气氛骤然一变，暗藏已久的秘密眼见再无藏身之处。

楔子

有的真相一旦揭开，那是要流血的。

◦ 1 ◦

即便书房里点起了好几盏油灯，坐在里头仍不觉得光亮，窗外已暮色沉沉，天际最后一丝光线眼见着就要被越发狂放的北风吹散了。

段将军额头的汗总算被风吹干了，他起身关上窗户，又替桃夭与罗先添了些热茶，至于他的脸色，从密室出来就没好过，甚至倒茶时手都微微发抖。

桃夭才不管他现在怎样，只顾着跟眼前那两盘味道还不错的茶点拼命，饿了那么久，吃什么都香！

罗先碰了碰桃夭。

"干啥？"把自己的嘴塞得跟松鼠似的桃夭，费力地问。

"你……喝点水。"罗先无奈道，好歹是顶着狴犴司的名头，刚刚的表现也算得上抢眼，可一出来就这副模样，委实丢人。

桃夭摇头，费劲地把糕点咽下去："肚子先留给吃的。"

段将军端起热茶喝了好几口，才稍微稳住了心神，再看看对面大快朵颐的桃夭，活脱脱一个街市上随处可见的馋嘴小姑娘，实在难以将她与方才在密室中大展身手之人联系起来。

"狴犴司中，果真人才济济。"段将军看了她许久，总算是开口了，自密室出来后，他一直身陷欲言又止的沉默。

罗先有些尴尬，敷衍地点点头，马上转了话题，认真道："将军，此事始末，还要等您细细道来。为求在最短时间'药到病除'，万不可漏掉一处细节。"

桃夭将最后一块糕点扫到嘴里，也用力点头，含糊不清地说："能不能说，好不好说，您都得说，治病之根本，须得知病因。有半分隐瞒或是谎话，到头来不过害人害己。"

段将军放下茶杯，微微皱眉，喉咙里似被什么堵住，好一阵子才道："此事只怕我也记不周全了。"

桃夭咽下最后一口食物，将他从头到脚打量一遍，说："我看将军您正值壮年，就算睡眠差了些，也不至于连这么'奇特'的经历都记不周全吧？"

"桃姑娘，你也知擎羊大人是来替我送药的。你若是狴犴司新丁，不知我病情，亦不知这药的效用，也在情理之中。"说到这儿，他将视线转向罗先，似在同他求证。

"不可对将军无礼！"罗先先是瞥了桃夭一眼，又对段将军道，"这丫头素日只做些不要紧的工夫，此番也是头回随我出来，并不知这里头的缘故，说话冒失，还请将军多担待。"

"不妨事。"段将军大度地摆摆手，看着摆放在茶案上的药盒，眼神渐渐沉重，重得像要陷进这小小一方木盒里似的，"我曾是一个迫不及待要踢开过去的人。"

桃夭歪起脑袋，故作天真地眨眨眼："不懂，您说详细些。"

他抬头，环顾四周："这座龙城院是我一生无上的荣光，亦引无数人心中羡慕，身为一名算不得优秀的武将，却有此恩赐，我一直心有不安。"他略见浑浊的眼中突然冒出一丝自嘲的笑意，"故而为了住得安心，我向先皇请愿，求他除了这座宅邸之外，再赐我一物。"

桃夭赶紧往前坐了坐，不敢错过接下来的半个字。

"我求先皇命朝中能人，为我制一剂能抹去三十年记忆的奇药。如此，年过而立，一片空白，我方能安享这皇恩浩荡，荣华富贵。"在心中蒙尘太久的秘密，一朝说出口来，每个字连他自己都觉得匪夷所思，"于是先皇命狴犴司接下差事。药成后，初服甚有效，除了依稀记得自己曾为一武将，我是连自家姓名都记不得了，亏得老樊一直随侍左右，该我记得的皆由他提点告之。然而此药终药性有限，起初需每三年补服一次，后来缩短至每两年补服一次，此药珍贵，每次都由狴犴司遣人亲自送来。近年来都是擎羊大人接手。"

桃夭听罢，又将他打量一番，笑："想来将军不要的那三十年，甚是不美。"罗先又瞪她，她瞪回去，一脸我没说错的理直气壮。

"不要紧，小丫头嘴快，倒也不是胡说。若是美好，何需忘掉。"段将军朝罗先摆摆手。

当事人都不介意，桃夭就更直接了："那既得了如此好药，将军本该抛却烦忧，心安理得享受这一身富贵才是，怎的堂堂一座将军府却破败成这样，连将军您本人也一脸病容。"

段将军苦笑："约莫两年前，这药便似失去了药性，纵使我按时补服，那不要的三十年，也如细水浸砖石一般，有重归我记忆之势，我甚至记起当年我向先皇求药时的场景，再之前的种种，虽是零星片段，却也扰我心神，乱我方寸。"他停住，扭头看向紧闭的窗户，稍微好转了些的脸色突然又难看起来，"不然，那日我也不至于去了那地方，将那魔物惹了回来。"

窗外已是漆黑，北风一阵紧似一阵，凶悍势头似要将窗户都撞破一样，小小一间书房恰似一方孤岛，虚弱地守护着摇晃的灯火与不堪回首的往事……

○ 2 ○

老樊说，明天是中秋了。

难怪园子里的桂树香得更浓郁了。

他起得很早，准确说是根本没怎么睡着。胃口也不太好，下人们送来的清粥小菜现在还原封不动地摆在桌上。倒是那浓到发黑的茶水喝了一壶又一壶，这是他唯一能想到的，为他驱赶睡眠又保持清醒的法子。

他不是不想睡，是不敢。

最近不知怎的，那些渐渐出现在梦里的场面，每一个都吓人，此起彼伏的尖叫与火光充斥在梦境的全过程，他一次比一次更清晰地看到一座固若金汤的城楼，还有不顾一切要从城楼上跳下来的人。明明隔着那么高那么厚的城墙，他却能看见城楼之后所有在烈火中挣扎逃跑的人，甚至连他们被烈火焚到变形的脸都看得一清二楚。

这些人他是没有见过的，一点印象都没有，但为何他会一下子就喊出他们的名字呢？霍青青是谁？宝儿又是谁？

场面太凄惨了，就算是场梦，心头也难以承受。

每被吓醒，他总是浑身僵硬，心如擂鼓，冷汗能把被子都湿透。

说与老樊听，他也很是担忧，又没有很好的办法，只得去外头抓了宁神助眠的草药，仔细熬了给他服下。可收效甚微。

昨夜他在书房待了一整晚，喝茶看书，心里的蠢念头是，不睡就不会做梦了。

他起身推门出去，正在园子里清扫的婢女见他出来，忙停下扫把跟他请安，几个家丁扛着梯子从园门外嘻嘻哈哈地走过去。今夏特别热，纵是清晨也难逃暑热。对面桂树下，老樊的小孙女糖儿拿着风车坐在树下，小脸挂着甜甜的笑，天真烂漫地哼着儿歌，怕是今早他看见的最好的景色了。

"段伯伯好。"糖儿嘴甜，远远见了他便蹦跳着过来。

他微笑着蹲下来抱起糖儿，问："好好吃早饭了没有？"

"吃啦。"她可爱地拍拍自己的小肚子，"不好好吃饭，爷爷要骂的。"

"那就好。"他摸摸她的脑袋。

"段伯伯，这里好香好香啊！"她指着那桂树，"还开了好多花花，好好看呀！"

他抬眼看那一树赤红的花朵，自打这桂树开出了这种颜色的花后，府中人无不议论纷纷，说此象有异，非比寻常，甚至连老樊都建议把这棵树砍掉。

他舍不得。

在他有限的回忆里，自己的人生是从迁入这座龙城院开始的，而进来之后不久，他便亲手在园子里种下这棵桂树，记得那时大家都交口称赞，说桂通"贵"，新宅入住种桂树是再好不过，荣华富贵春常在嘛。也才十来年光景，树还在原地，人却变得厉害，当年的"荣华富贵"只因为颜色不对了，便要遭灭顶之灾，呵呵，太可笑了。若要砍掉这棵树，除非他死了，当初他的原话就是这样，于是无人再敢多言。

他舍不得的不止一棵树，还有重新开始的人生。

"嗯，桂花很好看，也很香，摘下花来还能做成桂花糕。"他笑着点了点糖儿的鼻子，"回头让厨房给你做来吃吃看。"

"好吃吗？花花可以吃？"糖儿好奇地睁大眼睛，"糖儿从来没有吃过。爷爷只让我多吃青菜，可是青菜一点都不好吃。"

"哈哈，你爷爷是对的。多吃青菜，糖儿才能快快长大。"他抱着她走到树下，摘了一小枝桂花别在她发间，红花黑发最是相衬，"桂花糕虽好吃，吃多了会坏牙。但戴桂花就无所谓，回头啊，段伯伯给糖儿编一顶好看的桂花花环如何？"

捌·婴源

"好啊好啊！糖儿要花环！"小丫头高兴得直拍手。

晨风轻拂，桂花树下一大一小的笑脸暂时打败了昨夜噩梦留下的阴郁。

他大概是除了老樊之外，最疼爱糖儿的人了。偶尔他也会想，若自己肯循常理，如今也该有妻有子了，这些年来说媒提亲的不在少数，可他就是动不了那个心思，连老樊都替他物色过好些个女子，他却连她们的画像都懒得多看一眼，只说现在这样就好，清静。至于那些有幸见过他的女子，无不芳心暗许，不说他样貌英伟，单是这份地位身家，也足够吸引人，能进龙城院当女主人，也算是一朝富贵，余生无忧了。可他偏不遂任何人的愿，毫不介意这人过不惑还孑然一身的生活。好在还有个糖儿，让他心头慈爱得了个安放之处。

"你这丫头，吃了饭不好好歇着，又跑来打扰段伯伯！"

老樊端了一碗热乎乎的药汤进了院子，还没走到他们跟前便嗔怪起来。

"你就不要如此严厉了，暑热难耐，我这园子里倒比别处凉快些，她想来玩就由她。"他放下噘着嘴的糖儿，拍拍她的脑袋，"玩儿去吧。"

糖儿点点头，拿起她的风车跑开了，从老樊身边经过时还不忘扮个鬼脸。

"这孩子！你慢些跑！别摔了！"老樊大声警告，又无奈地摇摇头，"才丁点儿大，就不好管了。"

"小孩子天性如此，你也别太约束她了。"他看着老樊手里的药汤，皱眉，"还喝？"

"大夫说的，一日三碗，一碗都不能缺的，不然就白喝了。"老樊把托盘举到他面前，"此方子是民间秘方，对定心宁神镇惊安眠有奇效，将军莫嫌我人老话多，睡不好虽非大病，但若不理会，倒是比大病还伤身，如今您尚在壮年，身子骨体会不到太多，上了年岁可就亏待不起了。"

"好了好了，我喝便是。"他端起药碗一口饮光，擦擦嘴，"我若不喝，你能唠叨我一天。"

老樊满意地笑笑："在喝药这件事上，您跟糖儿的反应与说辞都一模一样，难怪你们投缘。"说罢，老樊又看看天，说："明日中秋，您有什么想吃想喝的没有，我好吩咐下去。"

"又要到中秋了啊……一年好快。"他打了个嗝，喉咙间一股药味直冲脑门，说不上的恶心，他突然一阵眩晕，身子虚晃了几下，赶紧伸手撑住树干才没有倒下去。

"将军！"老樊见状不对，赶紧放下托盘过来扶住他，焦急道，"可是哪里不适？"

他深吸几口气，摆摆手："没事。兴许是没用早饭便喝了药，胃里翻腾了一阵子。"

"唉，您又不吃饭。"老樊一脸焦虑，"好歹喝两口粥，空腹喝药不可取。"

"你真拿我当小孩子了。不用早饭罢了，被你说得跟要命的事一般。"他擦了擦额头上冒出的一层细汗，赶在老樊唠叨之前保证，"但你放心，明天我会按时用早饭。"

"您记得才好。"老樊叹气，忍不住还是嘀咕，"常年不用早饭，也跟要命差不多了。"

"好了好了，你去忙吧。给我拿把椅子放到树下，我休息一会儿。"他吩咐道，巴不得快些打发了老樊。

"是。"

很快，一把竹躺椅与一方小几被送过来，刻意冲泡得很淡的花茶与一本他常读的闲书一并放在了小几上。

老樊任何时候都是如此周到细致。

他喝了一口茶，拿起书躺了下去。下人们做完杂事都退下了，园子里就他一人，桂香阵阵浮动，微风撩起发丝，气候温热又不是太热，所谓惬意当是如此了。

书页缓缓翻动，刚刚还颇有精神的他渐渐眼皮沉重，试着支撑了一会儿，终究抵不过倦意，最后连拿书的力气都没有了，抱着书睡了过去。

白天的梦跟夜里很不同，他骑了马，飞快地在野地里奔驰，没有一处是恶景，山水清明，花香扑鼻。一座城池转眼到了面前，城门口人来人往络绎不绝，守城士兵恪尽职守检查出入者，也时不时与相熟的人打个招呼问声好，喧闹繁华中没有任何不和谐的声音。

他抬头看城门顶端，太阳好大，直射下来的光线刚刚隐去了城门上的大字，他看得眼睛疼，低下头去揉。

"段大人回来啦？您上回要的香粉我给您置办回来了，京城里的姑娘们顶喜欢的款，回头您来取还是我给您送去？"

有人从他马下经过，男的，阳光依然刺眼，他看不清这人的面容，只闻到他身上胭脂水粉的气味。

那是谁？他们认识？

"你……"他刚开口，那人却已走远，只抛下话来："算啦，还是我给您送吧！"

他牵动缰绳，只要往城门里走，又有人在马下跟他说话。

是守城的兵士，低头拱手道："大人，张新等聚众赌博之人，已杖责二十，罚俸一月，并按您的命令，去城南替许大娘修葺屋顶。"

他愣在那儿，不知说什么好，这是他的命令吗？不记得，一点都不记得。

"段哥哥段哥哥！你回来啦！你说帮我买的会动的小木牛呢？买回来了吗？"

捌·婴源

城门里又是谁欣喜若狂地跑出来，小小胖胖的一个，用力冲他挥舞着手臂。

"宝……宝儿……"他下意识地叫出了一个名字。

虽然嘴能喊出来，可他的脑子里却没有与这个名字有关的任何内容。

光线越来刺眼，刺到他头痛欲裂，心间生出难忍的撕裂感，仿佛有什么重如铁石的东西硬要钻出来。

他究竟是跑到了哪里，这座城池又是哪里，怎么总是看不清城门上的字？

越想越急，越看越慌，他身子一歪，整个人自马背上坠下。

"哗啦"一声，心口上的书从他猛坐起来的身体上滑到地下。

他呆坐在椅子上，一旁的茶水尚有余温。

不过片刻时间，他还是逃不过梦境的纠缠。虽然没有烈火与惨叫，但方才一梦中的任何场景都透着说不出的诡异。梦里的他不顾一切往一个方向飞奔，目的地就是那座城池，纵是醒了，他还能闻到沿途传来的青草与花朵的味道，亦能感受到头顶上洒下的阳光的热度，一切真实到不似一场梦。

他又愣了好一会儿，正要伸手去端茶碗，却又改了主意，连茶都顾不得喝，掉在地上的书也不捡，飞快地冲出门去。

在这个梦的真实感消失前，他觉得自己必须去一个地方。

○ 3 ○

他选了府中最快的马，出城门后直奔南方。

都不用稍微想一想，哪里直行，哪里向右，他要去的方向就在他的意识里。

一路上的景致居然与梦中相差无几，青草与花朵的香气，连沿途山坡的轮廓都无比相似……还是说，本就是同一座山，同一条河呢？

他扬鞭拍马，这突然降临的迫不及待的心情，让他不肯减缓一丝速度，恨不得长一对翅膀飞起来。

身后，远远有人骑马追赶上来，马背上的老樊神色凝重。

他不知，也顾不得身后情形，只管往前跑，心下觉得只要再跑上一阵子，梦中那座城池就会出现在眼前。

解释不了为何突然要去找一个梦中的地方，就是要去。

顶上的太阳缓慢移动着，强烈的阳光肆无忌惮地照射着下面疯狂奔跑的人马，直到挪到了西面，才听得一声长嘶，他勒住了缰绳。

是这里了，一定是这里。

可是，城呢？

他呆立于马上，眼前只有一片浩大荒地，乱石碎瓦间生出高高低低的野草，在偶尔经过的风里卑躬屈膝地摇摆。

没有高耸的城门，没有来往的人群，只有隐没在杂草中的残缺土垣勉强证明此地曾经也是住过人的，如果再仔细搜寻一番，还能找到断开的车轮与四分五裂的瓷碗。

这肯定不是他梦里的地方，但为何又是此番莫名远行的目的地……惊讶、遗憾、迷惑，在他心口堵成一团乱麻。

他下了马，茫然四顾，原来在抵达目的地后才会失去方向。

理智的判断已经不起作用了，他此刻抬脚走出的每一步都是本能。

前面本该有一棵树的吧，他走着走着，视线中的某个方向冒出了虚幻的树影，但转眼即逝，他脑袋嗡一声响，根本辨别不了那是幻想还是记忆，但那个方向一直有如磁石，牢牢控制了他前进的脚步。

可脚下太不平整，好几次都差点崴了他的脚，他却不想停下来，一定要走。

夕阳下，一只饿着肚子的乌鸦呱呱叫着飞过去，连它都嫌弃这块地方，看都不想多看一眼。

他终究运气不好，一脚踩进一个被乱草掩住的坑里，幸好不深，刚及他的腰，坑底也只有一层软泥，跌坐上去也不疼，不过是脏了衣裳。

"可恶……"他还是生气的，气自己不仔细看路，更气眼前这一片找不到任何答案的荒芜。

起身爬出来，他拍拍身上的泥，视线却被不远处的半截石像吸引了过去。

本该是一座宝相庄严的佛像，如今只剩下半截身子歪在废墟之中，看着也是苍凉又心疼。

他叹了口气，心头说了声罪过罪过。

呜呜呜！

忽然，一阵委屈的哭声传来，声音不大，哭得很小心。

他心下一惊，该不会自己不光眼睛出了问题，连耳朵都有毛病了……又细听片刻，方确认那声音是从那半截佛像后传来，佛像颇大，刚好挡住了他的视线。

他下意识地往腰间摸去，却发现自己出来时并未佩剑。

哭声断断续续，没有停止的迹象。

捌·婴源

他攥了攥拳头，终是放轻了脚步朝佛像走去。

哭声越来越近，他从佛像一侧小心探出身子去，旋即松了口气。

一个四五岁的垂髫小儿，一身浅黄色的小衫倒还干干净净的，本是白嫩乖巧的小脸被他的眼泪跟脏手糊成了小花猫脸。

他移动的左脚踩到一根枯枝，听到动静的小儿转过头，睁大眼睛看了他片刻，便哭得更厉害更委屈了，那表情委实招人疼爱。

他走到小儿面前，蹲下来，尽量和颜悦色地问："你是谁家小孩？怎的独自在这片荒地？"

小儿抽抽噎噎地，只顾哭跟摇头。

"莫要害怕。"他轻轻摸小儿的脑袋，"你有名字吗？是找不到回家的路了？"

小儿又哭了好一阵，方才口齿不清道："傲……傲……"

见其傲了半天都傲不出下文，他只得打断道："是叫小傲吧？"

小儿不摇头不点头，眼泪还是吧嗒吧嗒往下掉。

"那么小傲，你跟伯伯说，你家是否在附近？"他耐心问，"可还记得方向，指给伯伯看，伯伯好送你回去。"

小傲又摇头，仍是哭。

之后便任他问什么，小傲都不再开口。

他无计可施，起身道："你若什么都不讲，伯伯也没法子了。"他作势要走，却被小傲拽住了衣摆，继而哭得更大声了，仿佛是这个人将他扔在这里又不管似的。

关他何事呢，他都不认得这孩子，失职的是孩子的父母。可是只要一看到这小子可爱又无赖的模样，心头又免不得柔软起来，再说天色已沉，把这么小个孩子独自放在这里，怎么也是说不过去的。

他思索片刻，在地上寻了一块石子儿，往地上写了一句"小儿身在龙城院，父母者见之速来"，随后便俯身将小傲抱起来，无奈道："要不你先随伯伯回家？"

小傲抽了抽鼻子，点头。

他笑着摇摇头，抱着小傲往回走，又道："那么可说好了，到了伯伯家可不能再哭了。"

小傲只瘪着嘴，将他抱得更紧了些。

不远处，传来迫不及待的马蹄声，一匹胖马驮着老樊，终于是气喘吁吁地追上了他。

"老爷……你……你……怎的突然跑到这里来？"老樊到底是上了岁数的人，

不利索地下了马，慌慌张张地朝他迎来。

"没事，不过是心念突起，想出来散散心。"他冲老樊笑笑，"回吧，天不早了。"说罢，他走到自己的马前，先将小傲放上去，自己再翻身上马，又对老樊道："这孩子怕是迷了路，我先将他带回府中安置，明日再做打算。回去后让厨房做些清淡软和的食物给他吃。"

"啊？"老樊一愣。

"别啊了，赶紧回吧。你跑得又慢。"他一拉缰绳，马儿嘶鸣一声，往来时路飞奔而去。

直到他的身影快看不见了，老樊才回过神来，赶紧上马，调转马头时，他忽然往身后的荒地上看了一眼，本在冒汗的老脸上竟无端端浮出一丝悲悯。

往来无人随，月色照路归，两匹马一前一后地在通往龙城院的路上奔驰，夜风中终于有了些许凉气。

回到府中时，已是半夜，怀中的小傲居然还无睡意，睁大了眼睛打量眼前这座巨大的宅院。

他将小傲抱下马，牵了他的手往里走，边走边问："看你精神好得很，不困？"

小傲左右环顾，眼里却没有太多好奇，虽不再哭泣，也不见笑容。

"饿不饿？"他摸摸小傲的脑袋，"这么晚了，怕是只能吃些点心充饥了。"

小傲还是不答话，所有注意力只在这个对他而言既庞大又陌生的地方，那认真的神情竟不像个只会哭的小孩子了。

一直走到园子里，他早想好了，今夜暂且将孩子安置在书房，明天再想法子替他寻找父母。只可惜这孩子看似聪慧，却不大爱说话，若是问不出有用的线索，如何送他回家倒是件伤脑筋的事了。

正想着明日要如何着手，小傲却突然不肯再走了，站在园子里，眼睛直勾勾地望着那棵桂树，即便在夜里，树间赤红的花朵也分外醒目。

这回轮到他好奇了，一个小孩子，对睡觉没有兴趣，对食物也没兴趣，偏对一棵树分外垂青，莫不是那桂树的香气惹他喜爱？

"你在看什么？"他问。

小傲不答，反挣开他的手，往树下又走近一步，看得更仔细。

莫不是这孩子家中也有差不多的桂树，看到相似的东西忍不住多看几眼？他又想出另一种可能。

"老爷……"

身后传来急促的脚步与老樊上气不接下气的声音。

他转回身,无奈地看着这个忠心耿耿跟了自己多年的仆从,笑道:"平日里也提醒过你要适当练练身子,也不算多大的年纪,骑个马也累成这样。"

"也是六十的人了,大半截身子都入了土啦。"老樊无奈地摇摇头,抚着心口道,"老爷,以后你莫要如此突然,说跑便跑,就算给我这条老命留活路了。你骑马骑这么快,又去那么荒僻之地,万一有个闪失,可让这龙城院上下如何是好!"

"你是多虑了。"他不以为然,"我出不了事。"说着他又想起了什么,对老樊道:"今日是太晚了,明天你一定吩咐厨房准备些可口的食物,就按糖儿的口味来,都是小孩子,兴许爱吃的都差不多。然后么,再多调些人手往今天那地方去,去附近的各处人家里打听打听,看谁家不见了孩子。唉,也只能这样了,但愿能寻到他父母。"

老樊听罢,却是一脸为难,半晌都说不出话来。

他自然是觉察到老樊神色有异,奇怪道:"怎的?我说的话可有不妥?"

老樊犹豫了一阵,话到嘴边又看看他,想说又碍着什么不敢说出口。

"你这是做什么?怎的还扭捏起来?"他更奇怪了,"有话快说,说完了早些去睡。"

"老爷……您让我准备孩子爱吃的食物?"老樊终于开口。

"不然呢?这么大的孩子爱吃什么,你不比谁都清楚?"他不解地反问,这么简单的吩咐也要一问再问,着实不似老樊平时的作风。

"不是……"老樊不安地搓着手,又朝他周围看了两眼,终是横下心来,"我就没见着您带了孩子回来啊。"

他先是一愣,旋即大笑:"老樊啊老樊,你非要这样来证明你老了吗?也才六十罢了,哪里就老眼昏花成这样?"

老樊竟有些急了,上前一步道:"老爷,真没有孩子啊!从头到尾我都只瞧见您一人哪!"他就差伸出手去摸对方额头看看有没有发烧了。

"说什么笑话,方才在野地中,你不是见着我抱了孩子上马的!"他也急躁起来,回头朝桂树下一指,"孩子不就在……"

一阵风吹过去,他眯了眯眼,剩下的话是再难说出口。

身后,除了那棵树,哪里有小孩子的身影。

他心下一慌,快步往树下绕了两圈不止,又往树上看,再将园子里所有能看见的地方都看一遍,确实没有小傲的身影。一个好好的孩子,居然在他面前凭空消失了?

他掌中还留着对那只软乎乎的小手的触感，不可能的，绝对不可能的……他最近是偶尔会出现一些幻觉，但小傲绝对不是，他有重量，有温度，活生生地在他怀里待了那么久！

他不信邪，又在园子里寻了半晌，仍是找不到半分能支持他的证据。

小傲仿佛从未出现过，他们的相遇，跟白日里的梦境一样逼真，却又从未存在过？

他微微喘着气，不知所措地站在园子里。

老樊小心翼翼地走上来，关切道："老爷，今日太奔波了，我这就去把药热了，您服下后好好歇着，明日一切自会好起来。"他的眼神完全就是在照应一个神志不正常的病人。

他又愣了许久，说："今夜不喝药了，你下去吧。"

老樊本想再劝几句，但听他语气坚决，也就不敢再多言，担忧地退了下去。

他独自在园中站了片刻，又朝那桂树上看了几眼，皱起眉头，沉默地回了书房。

园子里又恢复了彻底的寂静，只有桂树的枝叶偶尔在夜风里摇摆几下，发出窸窸窣窣的声音。

他躺在床上，脑中反复回想着白天的每个场面，心头一再确认自己并不是幻觉也没有做梦，信不信若明天再去那野地，还能找到他留在地上的话，他是真真切切跟小傲在一起消磨了大半天的时光！

可是，为何小傲不见了？

头痛又一次袭来，他咬紧牙关，好一会儿才将这疼痛忍耐过去。

若小傲真如空气般消失了，那他好心带回来的……是什么？！

○ 4 ○

"原来魔物还有个名字呢？！"桃夭"扑哧"一笑，不庄重的样子又惹来罗先的一声咳嗽，也不知这段听上去处处诡异的故事有哪里好笑。

"可笑是吧。"段将军始终对他们很宽容，自嘲地笑笑，"想不到我的一时善念，却为龙城院带来一场劫数。"

"那夜之后，您可曾再见过小傲？"罗先问道。

段将军坚决地摇头："再不曾见过。"

罗先直言："那么您为何这般肯定府中的'魔物'就是这孩子？"

段将军的视线移到光影晃动的窗户上，说出的每个字都斩钉截铁："他一直在宅子里，一直在。只是无人能看见他。"他深吸了口气，"他可能就在树下，也可能在园子的角落……甚至就在我们的窗外。"

桃夭觉得如果自己还不肯做出几分担忧害怕的样子，就配不上此刻的气氛了，她清清嗓子，一本正经道："段将军您这么说就有点吓人了呢。话说您既然都瞧不见他，又如何这般笃定？既说是魔物进了宅子，那总得有些魔物来了的迹象吧？"说着她又扭头对罗先道："是吧，擎羊大人。"

罗先只看着段将军，并不作声。

段将军沉默良久，说："这两年来的经历，委实匪夷所思。"

"愿闻其详。"罗先的视线紧紧锁定他。

"起初几个月倒也没有什么特别的事。就是偶尔有下人抱怨之前腌制的各种小菜不过三两天就坏掉，往日间在罐子里存上几个月都一点问题都没有。但谁也没太当一回事，只当是食材本身的问题。之后，宅子里又渐渐出现了更多问题，比如好好的墙面上一夜之间出现了诸多裂纹，屋顶上铺得整整齐齐的瓦片也经常掉下来，有几回差点砸到人。各处庭院里本开得好好的花，一株接一株的枯死，怎么浇水施肥都没有用，再种新的下去，种子就跟死了一样，无论如何都不肯冒芽，连我房间里的书本纸册也忽然生了霉，那些常年照不到阳光的角落还时不时发出阵阵恶臭，下人们清洗了无数遍又熏了好久的香，才勉强压制下去。那段时间里，死老鼠都比往日里多了许多，还有从府上飞过的雀鸟也会莫名其妙坠地而亡。"他一口气说到这里，看着他们，"当类似的事发生得多了，我才意识到不对劲。有一股我看不见的力量，在破坏这座宅子。"

桃夭想了想，笑道："也许只是宅子风水不好呢？"

"我不信风水。"他断然道，又看向窗外，无法化解的恐惧终是冲破了眼神里的纠结，"我听到了哭声。"

"哭声？"罗先皱眉。

他点头："孩子的哭声。就是那孩子的哭声！我绝不会听错！"

"噫！越说越吓人了！"桃夭故意哆嗦了一下，赶紧喝一口热茶压压惊，"随时都能听到吗？"

"白天没有，夜深只我一人时，子时一过，便听得尤其清楚。"他按了按发疼的太阳穴，"每日如此，只是有时要哭到天明，有时只哭一两个时辰，许是这魔物也有哭累的时候。"

"难怪您看起来如此疲倦。"桃夭啧啧道,"如此糟糕的环境还能撑到现在,得亏您身板好,换了别人,应该不是疯就是死了。"

罗先在桌下踩了她一脚,说好的透明,她从头到尾却比谁都突出。

"您在给狴犴司书信中的原话是'魔物入宅,不治必有灭顶之灾',可光就您方才所言,那些事虽诡异,却不至于到灭顶之灾的地步。"罗先将身子坐得更直了些,等那个最关键的答案。

段将军却将目光投到桃夭身上:"方才你在密室讲,府中一定又有人做了不得了的梦。实不相瞒,这两年间我的精神越来越差,常常夜不能眠,即便运气好能睡上几个时辰,也难在噩梦中得安稳。我总是做一个相同的噩梦,并且这场噩梦随着时间的推移,一次比一次清晰,紧闭的城门,高而坚固的城墙,陷于火海与惨叫的城池,梦里的我骑在马上……"他停住,眉头因为锁得太紧而微微颤抖,似是说到了最不想说的部分,"我拿起长矛,投向试图翻过城墙之人。围绕在我身边的士兵们都很恐慌,可能他们比困在城中的人更害怕,把我当作他们唯一的支柱。我也真的像一根柱子般立在原地,无论城里是何境况,我终是一动不动。直到火灭城毁,我方入了城,只见尸横遍野,无人生还……"他越说声音越低,"我呆立于废墟之上,刹那间却有无数漆黑的人形怪物,血红着一双眼睛,朝我逼过来……"

桃夭笑笑,没有接话。罗先倒是比她体贴,给段将军茶杯里添了些热茶:"不急,您慢慢讲。"

他喝了口茶,将心神稳了稳后方继续道:"初时也顶多是被这噩梦惊醒,可后来却出了事。"他放下茶杯,眼神前所未有的严峻起来:"梦里那些怪物,竟在我醒来后出现在府中!起初只有一只,后来数量越来越多,最多时一次跑出来七八只。它们不光来找我,还想杀我,甚至对府中所有人都不留余地,我费了颇大力气才勉强护住府中人的周全,可他们之中依然有人重伤不治,连糖儿都为它们所伤!"他突然咬紧了牙,露了克制不住的怒意:"连糖儿这样的孩子都不放过,不是魔物是什么?桃姑娘你不也说了,密室中的东西是妖怪吗,我好端端一座龙城院,十来年风平浪静,若非那魔物作祟,焉能有妖怪出现!"

"连孩子都不放过,确实可恨呢。"桃夭挠了挠额头,又道,"如果不是糖儿受了伤,您或许还会忍耐下来不向任何人求援,只靠自己跟它们斗到底?!"

他缓缓点头。

"您每次做噩梦时,都有怪物……跑出来?"罗先自己都觉得"跑出来"三个字很别扭。

"若每次都有怪物出来,只怕今日已无缘与二位相见了。噩梦可怕,而不知哪次噩梦又会跑出鬼东西来,才最是可怕。它们的出现,我并未找到规律。"他苦笑,"能对付得了这几十只,已近我极限。若非如此,我也不敢叨扰狴犴司。如你们所见,我已遣散大部分家丁仆从,府中凶险,再留下来难保枉送性命。本来连老樊跟糖儿都要送走,但老樊誓死不肯离开,糖儿又只得老樊一个亲人,不肯去府外生活,只得作罢,我日日担忧他们的安危,却已是有心无力,强撑不了多久了。"

"段将军已经很不得了了。"桃夭朝窗外努努嘴,"不但费劲挖了那么大的陷阱,连寻常人听都没听过的血缚咒都用上了,您是要瓮中捉鳖,死也不能让它们跑出龙城院害了别人,是吧?"

"血……血缚咒?"他有片刻迷茫,"不瞒姑娘,我倒不知那是什么咒,只是在一本讲术法的残书上见了这驱怪困邪的法子,依书所言,在院墙上写满咒文之后,这些怪物果真一接近龙城院的边缘就会被弹回来,无论如何都去不到外头。你说得对,我的确担心它们跑出去再害无辜。至于陷阱,起初那一两只,凭我刀剑之力即可勉强对付,可数量一多,不靠外力便很危险了。好在那些怪物虽凶猛,却不见得聪明,稍用些计策便能引它们上当。"他叹口气,朝他们二人拱手,恳切道,"事态紧急,还请二位鼎力相助,解我府中劫难!"

"我看段将军平日里也是个有傲气的人,若非真的没有法子解困,是不会如此恳求的。"桃夭笑着拍拍罗先的肩膀,"您放心,有咱们擎羊大人在,保您'药到病除'!"

罗先一扭肩膀甩开她的手,只问他:"您确定一切灾祸皆由那看不见的小傲而起?"

"确定!"段将军咬牙,"自领他回府那天起,再无宁日。我虽不是个信鬼神的人,但也听说过荒郊野地精怪甚多,常有对路人起恶意者。许是我运道不好,偏就遇上了。如今觉得冤枉也是无用,既然此物不让我好过,我只能与之拼死一战。"

"我既奉命而来,自是不用将军拼死一战了。"罗先闭目,心头默默掐了掐时间,"您说,通常都是在子时之后听到那孩子的哭声?"

"正是!"他肯定道。

"那时间也差不多该到了。"桃夭眼神骤然冰冷,隐隐的杀气让其他两个人大感意外,"而我居然到这个点了还没吃上饭!"

紧张的气氛突然被破坏了,罗先扶额不语,段将军莞尔之余抱歉道:"竟怠慢了,是我疏忽大意,只顾着自己的事,我这就吩咐……"

话音未落,有人轻扣房门。

"老爷,我备了些饭菜,您与二位大人要不要吃一些?"老樊的声音传进来。

"要!!"桃夭双眼放光。

房门打开,老樊端着放满饭菜的托盘,挟裹着一身寒气进来,头顶上还挂着几片雪花。

"知道你们在商量大事,不敢打扰,但寻思你们大半天没吃东西,故自作主张备了些吃食。"老樊小心地把托盘里的饭菜摆到茶几上,"入夜后越发冷了,方才还零星落了些雪花,后半夜怕是要更厉害啦,饭菜普通,你们莫嫌弃。"

他话没说完,一只鸡腿早落进桃夭嘴里,边啃边冲他竖大拇指:"还是您老体贴,你再不来我就活活饿死了。"

罗先跟段将军却都不动筷子,一个是不饿,另一个大概是心情复杂吃不下饭,一堆热气腾腾的食物白白便宜了桃夭。

老樊看着桃夭大快朵颐的样子,不禁笑道:"桃大人吃饭的模样,跟糖儿饿极时一模一样。"说罢,他从托盘中端出个冒着热气的白瓷碗,双手奉到段将军面前:"老爷,趁热喝吧。"

桃夭放下鸡腿,用力嗅了嗅,眼睛更亮了:"那是什么汤?好香!"话音未落居然起身把那碗汤硬接到自己手里,张嘴就喝了一口。行动突然,谁都没料到她居然会饿成这样,连基本的礼数都不要了,段将军一脸诧异,老樊举着碗的双手都还顾不上放下去。

"胡闹!"罗先大吼一声,他都记不得一天之内自己说过多少次胡闹了。

许是声音太大,桃夭被吓了一跳,"噗"一下喷出一口汤来,然后咂巴着嘴道:"不是汤啊……闻起来比吃起来香多了。"

"哎哟我的桃大人啊,那是药啊!"老樊头痛地把汤碗接回来,"老爷每晚都要喝的安神药。"

面对所有人尴尬的视线,尤其罗先想杀人的目光,她不好意思地擦擦嘴,坐回去老老实实捧起鸡腿:"不好意思,太饿了!"

"算了算了,不妨事。"段将军赶在罗先出言斥责前冲他摆摆手,又难得地露出个笑脸,"还好,没给我喝光了。把药汤当作佳肴的人,委实不多,可见是饿坏了,就别为难桃姑娘了。"说着便要低头喝药。

"您还喝呀?我方才落了不少口水在里头,怪恶心的。"她又起身抢过他的碗,还给老樊,笑,"我瞧这药汤也是费了不少力气熬的,要不您再去熬一碗来?今夜来不及的话，就明天再喝吧。反正这些药少吃一碗多吃一碗也没区别。"

"这……"老樊很为难。

"那今天就不喝了，听桃姑娘的。"段将军对老樊道，"已是深夜，你快些回去歇着，仔细冻出病来。这里不用你伺候了。"

老樊犹豫片刻，点头："是。那我就先下去了。"

出门前，老樊又朝他们这边望了一眼，脸上说不出的落寞与失望。

○ 5 ○

子时的更声模模糊糊地传来，外头的雪也确实越来越大了。

罗先熄了所有灯火，书房里暗黑一片。

段将军手握宝剑，略紧张地注视着被桃夭故意打开了一小半的窗户，仿佛有什么不得了的东西会随着呼呼的北风冲进来。

"多此一举。"罗先说的是窗户。

桃夭小声道："不开窗怎么听得清楚！"

"不开窗我也听得见。"罗先闭目养神，静坐于窗前，脱去布套的青铜棍紧握于手，有没有光线都不影响这神器的气势。

桃夭也懒得看他，自顾自蹲到窗前，托着腮看着窗外渐密的飞雪。

这种时刻，有无限放大任何声音的奇效，除了三个人速度不同的呼吸声与簌簌的落雪声，本该空无一人的园子里，应该又来了个看热闹的，偷偷摸摸的脚步声在她这儿是藏不住的。

桃夭眉毛微微一扬，心头暗自打起了小算盘。

但是，哭声还没有。

越是这样，段将军越紧张，在黑暗中自言自语起来："怎的还不来……该不是察觉到什么不敢来了……"

"将军不必焦虑，只要那魔物确实存在，必会露出行踪。且耐心。"罗先沉声道。

"该来的，总会来。"桃夭回头一笑，不管段将军看不看得清。

"二位说得极是，是我急躁了。"段将军深呼吸几下，强迫自己镇定下来。

夜越深，风雪越重，呼啸的风声扫荡着府中所有角落。

不多时，桃夭耳朵一动："咦，来了！"

罗先睁开了眼。

风声之中，确有细细的哭声，虽不是号啕大哭，却是任何声音都无法掩盖的。

段将军面色一变，腾一下站起来："是它了！"

罗先连门都懒得去，推开窗户飞身而出。

鹅毛大雪之下，他立于园子正中，眉眼如冰，握住青铜棍的右手稍一用力，轻斥了一声："出来！"

得了主人命令，佛眼即现，莹白光芒瞬间亮起，中间那只赤金眼睛缓缓睁开，照出满园异光，又适得雪花纷飞其中，旖旎梦幻之下又有佛光普照之势，顿成一道人间罕见的奇景。

匆匆跟出来的段将军看得呆了，桃夭倒是见惯不怪，只缩着脖子缩着手，一脸对天气不满的样子。

突然，所有人的视线都投向了同一个地方——

桂树之下，不知几时冒出了一个四五岁的小男娃，黄衣垂髫，样子乖巧，只是身上的衣服却破破烂烂，露出的皮肤上布满伤痕，连脸上都不幸挂了彩，小小的一个，背靠着桂树，抱着腿缩坐成一团，哭泣不止。

段将军脸色大变，指着那小儿道："是他！就是他！我就说这魔物一直在府中！"他如释重负的指认中冒出了压抑已久的愤怒，握剑的双手剧烈颤抖起来，杀心已起。

桃夭身子一挪，及时挡在他面前，笑："您少安毋躁，一切交给我们处理便是。"

罗先看着那小儿，厉声道："何方妖孽盘踞于此，报上名来！"

小儿跟听不懂一样，只哭。

罗先皱眉："龙城院中的妖怪，可是你引来的？"

后面，桃夭偷偷打了个呵欠。

小儿哭得更厉害，看向众人的目光里尽是仇恨，还是一个字都不说。

罗先摇摇头："也罢，你既害人性命，今日我便领了狴犴司的命令，为龙城院除害！"

话音未落，青铜棍已离地而起，眼见着便要将树下小儿打到四分五裂，然棍子尚未落下，一道细影自罗先身后而出，瞬间击中那小儿眉心，只听"砰"一声轻响，仿佛水中气泡破裂般，那小儿在没有任何防备的情形下化成了一摊四溅的清水，落地无踪。

罗先猛一下收住青铜棍，回头，桃夭的手还保持着弹出东西的姿势。

段将军更是诧异，说话都不利索了："桃……桃姑娘，你这是……做了什么？"

"还能做什么，不就是帮您收拾魔物吗？"桃夭嘻嘻一笑，放下手走到罗先面前，

捌·婴源

大功告成地看着他手里的武器,"您的公务完成了,咱们说好的事可别食言哟!"

罗先看看她,又往那树下看,佛眼未灭,所照之处确实再无那小儿半点踪迹。

"你……"

桃夭赶紧打断他:"别问,我都说!你的武器一出手,那玩意儿不得血肉横飞死无全尸么,场面太难看了!把人家好好的园子砸坏了也不好嘛。"她又踮起脚压低声音道:"只要佛眼照出那玩意儿,我拿一颗化妖丹便能解决的事,何苦劳您动手。"

"化……妖丹?"在罗先眼里,此刻的她倒像个妖怪了,"你在大人府中确实是喂马的?"

"偶尔也喂猫喂狗。"桃夭只顾盯着佛眼,"你倒是让它给我吐出来啊!"

罗先沉思片刻,说:"你如何证明魔物已死?兴许它只是逃了。"

"化妖丹……你光听这名字也该知道是什么后果了。"桃夭无奈道,"若非想替你节省时间,我是舍不得用这个的,炼成一颗得花好多心思!你好歹也是修习术法之人,都碎成那样了还有活路?"说罢,她又收起所有不正经的表情,坦然道:"事关人命,我不至于撒这样的谎。"

她的模样好像从没这么认真过,在相信与不信之间,罗先到底还是说服自己选了前者。

佛眼渐灭,园子中一切恢复正常。

段将军从震惊中缓过神来,走到那小儿消失的地方,讷讷道:"就……就结束了?"

"您以为必有一场事关生死的大战?"桃夭笑笑,话里有话,"事关生死的时候呢,确实有,但不是刚才,而是在一个时辰前,我喝了您的药汤那会儿。"

罗先一愣,不知她葫芦里又卖什么药。

段将军更是迷惑:"桃姑娘这是何意?"

"您那药汤太香了,回魂芦加太多的话就是这样,特别香。"她咂咂嘴,似在回味,"本是提神固忆的药草,一次吃太多的话……比如今天这个量,只怕不出半月,必头痛如裂,七窍爆血而死。药理之事,重乎剂量,适量方为药,过量便是毒。"她看向段将军,"您说您为了抛开过去而服药多年,狌犴司可非无能之辈,他们制的药虽不至于媲美仙草神丹,也不会太差,却偏在两三年前失了药性。依我的经验,这回魂芦常用于失忆之人身上,与一切压制回忆的药物成敌对之势,这两年你神志不稳,能忆起往昔片段又始终不得全貌,便是这两种药物打架的后果。"

罗先再死脑筋，也听出其中蹊跷，疑惑道："你是说，自两三年前起，便有人将你说的那味回魂芦给段将军服下，才令狌犴司的药失了药效，段将军噩梦不止，也因此而起？"

"不光好吃的躲不过，我这鼻子啊，对世间药草也熟得很，断难出错。"桃夭自信地指了指自己的鼻子。

"这……这怎么会……"段将军呆在原地，有些语无伦次，"我几时吃过这药……是谁？"

桃夭只往暗处看了一眼，冷冷一笑。

风声渐弱，落雪把他们三人的头顶染白一片，看起来有些滑稽。

突来的寂静中，有脚步声响起。

○ 6 ○

老樊揣着手，不慌不忙地从暗处走了出来。

他停在桃夭对面，恭恭敬敬地朝她拱手施礼："桃大人果真见多识广，年少有为，我心服口服。"

"老樊……"段将军似乎已经猜到了什么，却突然对自己的猜测惧怕起来，说不出下话来。

"回魂芦是我放的，就是那一天三碗的'民间秘方'。"老樊神色轻松，"每一碗，都是我亲手熬制，亲眼看你服下去的。"

段将军此时的面色，大概是真正意义上的惨白。老樊一句话，比梦里跑出来几十只"玄狌"更可怕，那是内心最深处的摧毁与撕扯。不是张三不是李四，是老樊啊，跟了他那么多年，不离不弃的人，在他残缺不全的人生里，老樊就是他那根忠心耿耿的拐杖，如果这根拐杖断了，他岂止是摔到头破血流……

他走到老樊面前，几十岁的人了突然委屈成一个孩子，几乎要哭出来，抖着嗓子道："为什么呀！！"

老樊平静地从袖口里取出一张纸来，手一松，纸掉在地上，上面"霍青青"三个字正是他的笔迹，雪落其上，一笔一画很快被洇湿，融成了凌乱的墨团。

无人理解老樊的用意。

老樊怔怔地看着那个名字，缓缓道："青青是我的侄女，我姐姐姐夫去得早，青青是我一手养大，情同亲生。我们的家乡是一座寻常小城，民风淳朴，景色秀丽，

捌·婴源

许是依了好风水，纵是战乱之年也未受大损。新朝初立时，朝廷新派了一支军队来，行守城安民之责，此军军纪严明不说，不当差时还常帮城中百姓料理各种杂务，多是怜老惜弱的好孩子，尤其是军中头把手的统兵大人，不但为人刚直不阿，疾恶如仇，凡城中有谁家出了难事，找他帮忙，他也从无半分推脱，爱民如子是当得起的。"大约是越遥远的记忆才越美好，老樊说着说着竟不自觉地微笑起来，"后来我们才知，原来大人也是出生于此城之中，幼时方随父母迁居他处。如今兜兜转转又回到家乡，连他自己都说是缘分。大人生得好看，城中的大小姑娘们无不倾心。而大人与我家青青最谈得来，青青对养花种树最是在行，大人虽不善此事，却颇爱向青青请教，他说自己历来养什么死什么，可怜了那些花草，青青虽笑话他是个粗人，却有十二万分耐心教授他各种养花草的技巧，我那时常见二人蹲在树苗或者野花前有说有笑，那水到渠成的亲昵实在让我安心，心想若青青能与大人共结连理，不光我高兴，就是我姐姐姐夫也能含笑九泉了。"

雪花落到老樊的眉毛跟胡子上，甚至掉在眼睫毛上模糊了视线，他也全无察觉，连擦都不去擦一下。

段将军一直看着地上那张纸，直到上头的笔迹已经完全成了污迹，老樊说的每个字他都很认真地听，但再认真好像也没什么用，他听不懂，只意识到原来世上真有霍青青这个人。

"看样子，是没结成连理呢。"桃夭面露遗憾，煞风景地插了一句。

老樊像从一场好梦里被惊醒过来，老脸上的皱纹仿佛一瞬间加深了许多："那年，我去了南方贩货，赶回来时，迎接我的不是守城兵士们热情的招呼，也不是老乡们的嘘寒问暖，更不是青青的笑脸……"他顿了顿，似要把一口气提起来才能继续，"我面前，只有冲天的火光与紧闭的城门，城门里的惨叫，我到现在都忘不掉。"他哀恸又不解的视线移到段将军脸上，"我哭着抓住你的袍子，问你发生了什么事，你不说。我跪在地上求你开门，我说青青也在里头啊，我的头都磕出血了，你跟听不见一样，还让人把我押下去锁起来。"他说着说着却笑了出来，"锁着我有什么用呢，那么大的火，锁着我我也看得见啊。"

罗先皱了皱眉头，没有说话。

段将军面色更难看了，冲上去一把抓住老樊的肩膀："你在说什么？什么火光什么惨叫！你说的到底是哪里！"

老樊任凭他把自己的肩膀掐到发疼，没知觉似的冷看着他："说的就是你啊，曾经的段大人，如今的段将军。你以为那些场面只是你的一场梦吗？"他笑出来，"那就是你拼命想抛开的过去啊！"

段将军愣住，抓住他的手也越来越没有力气。

"你们只说城中突现妖孽，祸害苍生，必不可令妖孽踏出城门一步。"老樊的眼睛红起来，"你到底还是那个忠于职守的段大人，到最后都没有打开城门。"

段将军双手抱住自己脑袋，咬牙道："我不知道你在讲什么！"

老樊冷笑："若非我眼见你在这场灾祸之后平步青云，我虽难过，但还是不会怪你的，身为军士，你有你的天职与迫不得已。可是……"他环顾四周，像个疯子一样原地转了好几圈，"你看这宅院，多大多好！你被封将军，心头也还是高兴的，对吧？我一直跟着你，眼见你迁居洛阳，眼见你一身风光，眼见你昂首挺胸入了这座龙城院……我找到你府上那天，身上本是藏了刀的，我想你死。"他突然揪住段将军的前襟："我真的是抱着与你同归于尽的心去找你！你见了我，将我视若上宾，你说自从那件事后你一直在寻我的下落，希望我不要怪你，还说知道我已无依无靠，要我留在府上。你可知我将袖中短刀摸了一次又一次，却终是没有下手，然后装作无事人一般，同意留在你身边。知道为何吗？"他眼中的愤怒终是超越了一切，"因为我不甘心！我连那座城池出了什么妖孽都不知道！所有知情人都随着那场大火灰飞烟灭！跟从你的士兵们在那之后也都难寻踪迹。我能寻到的，唯一知晓内情的，只有你！所以在知道真相前我不能杀你。留在你身边，我才有机会找到真相！但是……但是……"

本以为他要跳起来一拳打到段将军身上，谁知他却突然没了力气，一屁股坐到了已有积雪的地上，绝望地敲着自己的脑袋。

桃夭叹了口气，同情地看着他："但是你没想到你家将军居然在得到封赏的同时，还得到了抛开过去的机会。"

老樊闭上眼，满心愤恨无从发泄："委实是没有想到这一出。眼见他服了药，连自己姓什么都不知道了。我用了各种法子试探，方才确定他的确把过去抛开了。我无计可施，要么以他亲信的身份找机会杀掉他，要么继续留在他身边，希望有一天他吃的药没了作用，能让我寻出真相。"

"十几年的朝夕相处，纵是只猫儿狗儿也有感情。"桃夭蹲到老樊面前，"你也越来越犹豫了吧，一个只有恨意的人很难滴水不漏地让他憎恨的对象将他视为亲信般的存在，那不是一两天的假装，十几年呢，你待他当是尽心尽意，连我这初来乍到的人都看得出来。"

罗先看她一眼，也知道这样的话自己是说不出来的，分析人的情绪从不是他所擅长。"

老樊被戳中了内心最大的矛盾，沮丧地揪着自己的头发："我没用罢了。无数次提醒自己不可心软，他是害死青青的人。可是，每一看到那棵桂树，我对他的切齿恨意总会消减两分。"

"为何？"桃夭问。

"他服药后，如愿抛弃了过往，纵然我将往事说与他听，也是今天说罢明天忘，狴犴司的药厉害得很。在龙城院中住了没多久，有一天他忽然说园子里光有几竿竹子太冷清，再有一棵树更好，于是便拉着我去买了一棵桂树回来。明明有许多选择，但他偏要桂树。"老樊叹气，拼命忍住要掉出来的眼泪，"桂树是青青最喜欢的，当年他俩常在我家院中的桂树下谈天说地……那时我便想，他明明都不要过去了，可魂灵深处还是有扔不掉的挂念，再厉害的药都无用。"他苦笑，"他或许也有不得已的苦衷……不，他始终是眼看着一城性命葬身火海的凶手！我便陷在这样的矛盾里，在府中度过十来年。若切掉那段过去，他是个很好的人，宽厚，善良，体恤他人。时间越长，我越觉得知道真相是件渺茫的事，也想过干脆取了他性命为青青报仇，管他什么真相，反正他是罪人，可终是没有下去手。当年我自龙城院外捡到尚在襁褓的糖儿时，平素便对老幼病弱十分照顾的他，对这孩子也是无比喜爱，不待我开口便要我将她留下，说既被我有缘捡到，权当是我的孙女儿，还说这是上天怜恤，不忍我这样厚道忠诚的人孤独终老。"他揉了揉眼睛，又道，"糖儿的到来，化解了我心头不少戾气，我甚至都想好了，若他一世如此，不记前尘，我也只当当年那个混蛋已经死了吧。"

罗先不解，问："既然你已有心放下旧恨，为何又拿药草害他？"

"老天不让我放下吧。"老樊笑笑，"两年多前，我收拾房间时，发现一个置于书架上的匣子，隐隐有异香传出。我以为是谁遗落下了香料，打开一看，里头却是一把用丝线拴好的药草，色泽幽蓝，不似寻常物，匣底还有薄薄一本册子，里头写明了此为何物，以及使用方法。当时我便动了心念，本已放下的东西又蠢蠢欲动。于是，我照册中所说，先试着往他的饭菜中加了一丁点，没想到当夜他便做了噩梦，听他描述梦境，分明就是当年情景。我持在他饭菜中做手脚，他的睡眠也越来越差，噩梦虽多，却依然只是噩梦，他并没有真正想起什么。所以我索性直接以回魂芦熬药，骗他是外头安神定心的秘方，一日三碗。本以为不用多久就能见效，可他的状况却远不是我想的那样，虽然回魂芦有用，但他体内狴犴司的药也不弱，两相对抗的结果就是他隐隐记起一些过往，但始终只是模糊的碎片。"老樊攥紧了拳头，眉眼间似有悔意,"但若能重来,我宁可从未找到这回魂芦。不然他也不至于突然跑到那已成废墟的城池上,带回一只要害人性命的妖怪。若非糖儿命大,早就死在那些从他梦中跑出来的怪物爪下了。谁丢了性命我都不怕,包括我自己,但糖儿不行,她还那么小,如果连她都失去,我的人生就真的糟糕透顶了。而他跟我一样,为了让留在府中的人尽可能安全地活下去,想尽办法,甚至花了几个晚上,把整个院墙上都写满符文,他说那些带着血气的符文能阻止府中的魔物逃出去,之后他便再未踏出龙城院半步,只以飞鸽传书,将求救信送往狴犴司。然后,便是你们终于到了。"

说到这儿,老樊费力地爬起来,毫无惧色地站在桃夭与罗先面前:"从你们一进府中,我便知龙城院有救了,也知道我做的一切逃不过你们的眼睛。"

"所以你干脆赌一把,赶在我们把你揪出来之前,下个猛药毒死他?"桃夭喷喷道,"老樊啊,你这又何必呢。"

"我既逃不过你们的法眼,今后自然是不能留在府中了,更不可能再有机会寻得真相,既如此,再考虑到万一连你们都不能铲除那些妖物,不如就由我来结果了他的性命,既然那些杀人的东西都由他梦中而来,不论它们是什么,不论它们是不是受那小儿的影响才得了由梦而出的本事,只要他死了,活着的人便彻底安全了。"老樊坦白道,苍老的眼眸流露出人到末路的无力与无畏,"如此,我与他多年恩怨,也算一了百了。"

"逻辑是没有错,但做法是错的。"罗先冷冷道,"若段将军有罪,自有朝廷处置,你身为家仆却毒害主人,重罪。"

"两位大人……"老樊郑重地问他们,"如今,一切可算彻底安定了?"

"魔物已除,天下太平。"桃夭又抢在罗先前面下了保证。

"那我便放心了。狴犴司名不虚传。"老樊笑笑,竟老老实实跪下来,"大限已到,任由你们处置。只是稚子无辜,糖儿还请你们善加照顾。"

段将军缓缓走到他面前,竟也"咚"一声跪下来,悲伤地看着这个即将从自己生命中被剔除的老人,张了张嘴,却什么都说不出来。

知道这样的曲折之后,还能说什么呢?说什么都多余。

雪越下越大,慢慢将两个人盖成了一对还勉强在呼吸的雕像。

○ 7 ○

天微明。

捌·婴源

　　罗先站在一辆马车前，车上，是被他锁了双手的老樊。

　　"可以不用锁住的，他还能在你手里跑了不成。"桃夭笑他多此一举，又打量着马车，"啧啧，不是说到哪儿都用跑的吗？我还以为你要背着老樊回你们獀犴司呢。"

　　"人犯必上锁铐，规矩便是规矩。雇马车也是规矩，没有背着人犯跑的道理。"他面无表情道，"此番公务，有你的功劳，回去当如实禀告。"

　　"别！说好了我是透明人！"桃夭赶紧制止，"你若真感谢我，就把对我的记忆调回到我从屋顶上掉下来之前，那便是给我最大的谢礼了！"

　　"我又没吃药，与你相遇这两日，任何细节我都不会忘记。"他看着又想给自己一拳头的桃夭。

　　"求你行不行！我只想安心当个喂马的！"桃夭跺脚道，"你若真把我今天的事说出去，没准哪天就传到那活阎王耳朵里，他又要怪我不干正事罚我工钱！你说，我帮了你，你却害我，这怎么讲！"

　　罗先沉思片刻，道："你本就与獀犴司无关，你本人又坚决不想在此事中露面，那我自会酌情处理。如无必要，不向他人透露半分。"

　　"说到做到！"

　　"那是自然。"

　　"那你还不让佛眼把我要的吐出来！都等多久了！"

　　"稍等。"

　　无人经过的街道上，亮起一团柔柔的白光。

　　隐约一声"啊——呸——"，青铜棍顶上白光金眼中，端地吐出一坨毛茸茸的小玩意儿。

　　桃夭赶紧双手接住，又仔细查看一番，昏迷在掌中的咸鼠还活着，就是瘦了一圈。她松了口气。

　　罗先跳上马车，临走前又探出身子道："你本事不在我之下。既选择做个喂马杂役，那便在大人府中用心工作，莫给他添乱。"

　　"哈，我以为你好不容易夸我一句，没想到还是不中听的话。"桃夭撇嘴，"我的事就不劳您操心了，管好自己。"

　　"后会有期。"罗先坐直身子，但旋即又转过头来，"你也给大人带句话，冲宵塔一事，司府坏了规矩，獀犴司里自有评断，请他好自为之。"

　　雪渐渐小了，地面屋顶一片银白，尚无一人经过的街道上，马车车轮滚动的声音特别响亮。

桃夭看着渐远的马车，嘀咕道："不是口口声声说敬重他吗，现在怎的又威胁起来了。哼。"

此时，掌中有了动静。咸鼠打了个呵欠，睁开眼睛。

"咦，怎的还是你？"它爬起来，看着桃夭的脸，"我们不是在城门口就分开了吗？"

看来是完全不记得自己被当成食物吞掉的悲惨事实。

桃夭耷拉下眼皮："你记错了吧。"

咸鼠左看右看："不会啊！我们明明是在傍晚时分在城门口话别的嘛！怎到了这里？"它又低头看看自己扁扁的肚子，奇怪道，"而且我怎的还瘦了这么多！"

"知足吧你。"桃夭将它弹到空中，心想也不必跟这个没用的妖怪讨个额外的感谢了，若让其他妖怪知道自己为了救一只咸鼠甘愿当别人的小跟班，委实有损颜面。

咸鼠晃晃悠悠地飞在半空，一脸茫然。

"赶紧滚回你家曲复来身边儿去！今后没事莫出来闲逛，下次怕你没这么好的运气！"她转身离开，背对着咸鼠挥挥手，算是真正的道别了。

永远不知真相，或许也是一种福气。

毕竟有的真相一旦揭开，那是要流血的。

她抬头看看天，一片雪花正好落在她的鼻尖上，她摸摸鼻子，笑笑，行进的方向却不是城门，而是刚刚才走出来的……龙城院。

尾

少了一个人的龙城院，更是死一般的寂静。

她轻车熟路走进园子里，书房里的灯火还亮着，今夜就算没有噩梦，有人也不可能睡得着。

她拐到桂树下，站在那小儿消失的地方，取了一粒药丸在手，放在唇边一吹，那药丸便如粉尘一般散开，悉数铺洒下去。

被众人以为四分五裂的小儿竟又渐渐显出身形来，无力地蜷缩在地上，全身呈半透明状，如萤火虫一般闪着微微的白光。

"你能替他杀得了多少玄狐……"桃夭冷冷地看着他，"连一颗遁形丸的药力都撑不住，你可知你才是大限已到？"

小儿的身体不断哆嗦，双目微闭，眼角隐隐还有泪痕，根本没有回答她的意识与力气。

"你这样的,都是绝症,我医治不了。"桃夭叹气,"既生而为婴源,这便是你的命数。"

书房那边突然有了动静,有人提着剑紧张兮兮地冲出来。

见树下是她,段将军才松了一口大气,旋即又疑惑道:"桃姑娘,你怎的又回来了?擎羊大人呢?莫非府中还有余孽未清?"

话音未落,他突见树下那小儿,脸色骤变,举剑道:"那妖孽果然还在!"

"它快死了。不然你也瞧不见它。"桃夭背对着他,勾勾手指,"你过来。"

段将军迟疑地走过去,在离他们两步之外的地方停下,仍是紧握着手中宝剑。

"这……"他的呼吸越发急促,眼前的小儿竟越发透明起来。最后,小儿睁开眼睛,看了他一眼,这才安心闭上,小小身躯也在此时彻底化为虚无,雪地之上,只留一柄色泽老旧的小木剑。

他惊讶地倒退两步:"此为何物?"

桃夭拾起那木剑,轻飘飘的重量,她将木剑反过来,一行歪歪扭扭刻在上头的小字露出来,她念:"傲骨平心护苍生。"

念罢,她起身,举着木剑问他:"你刻的?"

他茫然,摇头,重复:"此为何物?"

"人之初心所寄,若埋血土下,得天时地利,日月光阴,可成妖,名婴源。多化身为小儿,不善言。本尊大难时方自土下出,天生知应对之法,以护本尊周全为己任,不死不休。"桃夭说罢,忽然举起木剑指向他,"傲骨平心护苍生……这是段将军你的初心哪。"

他愣在那里,一柄木剑而已,有何可畏惧之处,但为何手中那真正的宝剑却不断下滑,最终"当啷"一声落在地上。

举剑的桃夭跟几个时辰前判若两人,要吃要喝的天真鲁莽之态哪里还有半分,眼前的她,眉眼之间找不到半分温和与慈悲,那手中拿的也不是木剑,而是他的催命符。

他有些惊慌失措,不知自己究竟哪里得罪了这位"狴犴司"来的桃姑娘。

桃夭突然又笑了笑,放下剑,道:"木剑而已,段将军怕个什么。"说罢,又摸了一粒黄豆大小的药丸出来,伸手到他面前:"吃了吧。"

"啊?"他本能地后退,"我为何要吃?"

话没说完,嘴没闭上,那药丸却已准准落进了口中,对面,桃夭收回手,笑:"大夫说的话，得听。"

"你……"段将军捂住自己的喉咙，想把药丸吐出来，可那小东西早就在沾到他舌头之际化成水滑下肚，休想吐出来。

桃夭握着木剑，耐心等待。

段将军面色骤变，脖颈间的血脉随之暴突涌动，巨大的疼痛包裹住他全身每一寸皮肉与骨骼，他大叫一声，整个人倒在地上难过地打起了滚。

桃夭除了及时给他让出滚来滚去地路来，没有任何别的行动。

片刻之后，疼痛渐轻，他满头冷汗，蜷在地上不停颤抖。

眼睛根本看不清东西，只有一片朦胧的光，像被薄纱罩住的灯火，摇摇曳曳，灯光里一个小小的男孩渐渐清晰，四五岁的模样，垂髫黄衫，坐在小木凳上，拿着一把小刀认真地在一柄木剑上刻字，边刻边用稚嫩的声音说："傲骨平心护苍生……青竹要做这样的人。"

他的脑袋像要被撕开了，无数被压制已久的东西争先恐后地往外跑。

那灯光里的孩子转过脸，举着刻好的剑，一脸喜悦。

青竹要做这样的人……

青竹……

他被吓到了，那不是小傲，不是野地里惹回来的魔物，不是任何人，青竹……段青竹……那明明就是他自己啊！

园子里，爆出一声凄厉的嘶吼。

楔子

这座城,似是铁了心要将她留在这里。

◦ 1 ◦

"阿爹啊,傲骨平心护苍生是什么意思呀,你为何总要我抄写这句话?苍生又是谁呀?"

"就是说做人哪,要心有正气,不为富贵权势低头,遇到旁人有难,要尽力帮助,不让他们被坏蛋欺负。"

"哦……就是如果有人欺负隔壁的小胖跟娟儿,我就要保护他们是吧。"

"嗯,是这个意思。你长大以后,会遇到更多的小胖跟娟儿,所以为了保护他们,你得好好吃饭睡觉,把身体养壮实,努力练出一身好功夫。以后不光可以保护你的小伙伴,如果有人侵犯我们的国家,你还可以披甲上阵,杀敌卫国。就像阿爹跟你讲的那些英雄一样,如果你能做到这句话,你也是英雄。"

"哦,是阿爹跟我讲过的那些厉害的将军吗?"

"哈哈,是的,青竹长大后,说不定也会成为很厉害的大将军!"

"青竹一定要当大将军!阿爹,我把这句话刻在木剑上,好不好?"

"嗯,小心拿刻刀,莫伤了手。"

"知道啦!"

一笔一画,在刻刀下笨拙而坚定地出现,每刻一笔,他都在心里念一遍,与其说刻在了剑上,倒不如说是刻在了一颗年幼又干净的心上,从此成为一个孩子在他刚刚开始的人生里,第一件想努力做到的事。

再小心,手指还是受伤了,他吮了吮伤口,忍住没哭,也没有跟任何人说,小姑娘才哭鼻子呢,他可是要做一个傲骨平心护苍生的大将军的人呢!

傲骨平心护苍生……

傲骨平心……

护苍生??

此刻,他仍躺在冰冷的雪地上,呆呆地望着零星落雪的天空,慢慢抬起左手,刻剑时留在指头上的伤口,早就没有了。

"有些东西,不是你说不要就能不要的。"桃夭的声音比天气还冷,"连这把剑都忘记的话,你如何当得了护苍生的大将军。"

他垂下手,没有动弹的力气,蒙在眼睛上的一层灰翳让他像个死不瞑目的人。

"要得到一件东西,就得拿另一件去换。"他缓缓道,"我以为这是很公平的事,也以为完全可以拿这个道理说服自己。"

"拿霍青青,可能还有什么宝儿花儿,一整座城的性命,去换一座连将军府的牌匾都不敢挂的将军府?"桃夭看看四周,遗憾道,"怎么算都是段将军亏了本啊。"

他沉默,闭上眼:"也有我的命。我若不死守城门,纵是不被城中妖邪杀死,也会被治个欺君渎职之罪,死无全尸。"

"为何锁城放火?"桃夭还是好奇。

"起初只是一些孩子身上冒出黑斑,不肯吃饭,天天号哭。没几天,大人们也不对劲了,好好的人渐渐变了模样,浑身黑斑溃烂,形如恶鬼,最可怕的是他们神志不清,有的拿了剪刀就往自己身上插,有的疯跑到高楼上一跃而下,还有的直接把自己闷死在水缸里。若有人去救,一旦触碰到他们,救人者也是同样下场,变成另一个一心寻死的怪物。当下便有人说城中出了妖孽,毁人身躯乱人心智,要拿无数性命供其修炼。"他努力地回忆,每追回一个场面,他的心都往下坠一点,"就在我们无计可施时,狴犴司来了人,是谁呢……"他卡在那里,敲着脑袋想了很久都想不起,"为何我还是想不起那是谁的脸……但我确定是狴犴司的人,当即便命我撤出所有兵士,关闭城门,那个人说……说'不可令一人越界',还说'守得住城,便守得住段家血脉，守得住余生荣华'……是的，是这样说的。"他的眼神散乱起来，两手无意识地在雪地里乱抓了几下，"我知道青青还在城中，好多我熟悉的人都还在城中……我想过不顾一切打开城门，就算里头有妖孽横行，那没有被祸害到的人要怎么办，我不放他们出来，他们要怎么办！！我心如乱麻，手下兵士们也手足无措，我知道只要我一声令下，他们就会冲出去推开那沉重的城门……但我终是没有这么做，尤其在看到城中燃起大火时，我彻底放弃了开门救人的念头……"他怪异地笑出来，"我被打败了。傲骨平心护苍生……啊，我想起来了，在我随爹娘迁居之前，去隔壁跟小胖他们道别，大家都舍不得我走，娟儿还哭着问我以后回不回来，我说我也想回来，但不知能不能回。于是小胖出了主意，说城中佛寺祈愿特别灵验，要我带上一件最喜欢的东西，说是将这心爱之物埋在庙里，就算是给菩萨爷爷送了礼，许的愿望就一定会实现。所以那天，我把这把木剑埋在了佛寺的庭院之中，也许下了将来必要回来的愿望。可笑的是，等我回到这里时，小胖已经病故，娟儿也嫁去了外地。那把埋在庙里的木剑，我更是忘得一干二净。"

桃夭笑笑："你回来，菩萨便是显灵了。也难怪你的木剑能在短短时间里修成婴源，先受香火气，后有血土盖。"

他慢慢坐起来，怔怔看着桃夭："你说的婴源，究竟是什么？"

"刚不是告诉你了吗。每个人都有过'初心'，我们说的是一把木剑，可事实上却是你在心思最纯净无瑕时许下的要做个护卫苍生的英雄的愿望，这样的愿望对一个人类来说，尤为贵重。"她将他从头到脚打量一番，"可人类最容易忘记的，便是它。没办法，一个人在尘世的时间越长，落到身上的灰尘就越多，灰尘太多就容易盖住记性。但，它不会忘记你。"桃夭把木剑放到他面前，"成为婴源的必要条件，是要埋在'血土'之下，你万没想到曾发愿守护的城池，最后会因你，生灵涂炭，血肉满地。"

他看着木剑，不敢去碰，讷讷道："若是这样……它不是该恨我吗……"

"你会在废墟上遇到它，是因为你已到性命堪忧最危险的时候，婴源出土现身的唯一原因，就是它觉察到你要不行了，得赶紧出来保住你。即便那天你不去废墟，它很快也会寻到你身边。你说起初府中出现的种种怪事，确实是婴源所为，因为它讨厌这座宅子。"桃夭环顾四周，"你摈弃了它而得到的东西，它自是天生反感，怒气与妖气混在一起，扩散在宅子中，便引发了种种怪事。虽然它是个思维简单的妖怪，但也是有脾气的，你得让人撒撒气。"

他朝木剑缓缓伸出手，碰了一下又缩回来，一时间不知说什么才好。

"你以为光凭你一人之力就把玄狍杀光了吗？"桃夭又道，"从你身上跑出来的家伙可远不止你密室里那点数量。"她的目光落在木剑上，"婴源知你为玄狍所害，所以才总是哭啊哭啊，因为它知道只有眼泪能对付这些怪物。你也说过你找不到玄狍出现的规律，它们有时候会从你的噩梦里跑出来，有时候不会。其实它们差不多每次都会跑出来，只是不少都在刚一现身时就被婴源杀掉了，所以这小东西才把自己搞得精疲力竭，满身是伤。如今它去了，对它而言反是好事，再不必为你操心搏命了。"

"你……你说它拼命哭泣，只是因为它知道眼泪才能保我周全？"他的手指终是放到木剑上，拿起来时，犹有千钧之重，"它……它为何要保我周全？"

"因为这就是婴源存在的全部意义。"桃夭叹了口气，"我也不明白为何这种妖怪要拿自己的一生去保护一个抛弃它的人，大概是它们自己也不甘心，总想着若你不死，那它就还有被记起的机会吧。谁知道呢，毕竟这些蠢笨的妖怪常干些我觉得多余的事。"她的嘴角浮出一丝讥笑，"从你拒开城门那天起，从你抛开过去只为心安理得享受余生荣华那天起，无论你生还是死，都注定不可能再想起它了。为老樊养老送终又如何呢，他还是恨你；种下桂树又如何呢，那树下曾与你相视而笑的姑娘不会回来的。"

他呆呆地捧着木剑，一滴眼泪从眼角滑出来。

"为何不当着罗先的面揭穿真相？"他看着桃夭，"是要把功劳都归于自己吗？"

"实不相瞒，狴犴司可养不起我这么能吃的下属。"桃夭笑出来，"罗先办的是分内公务，我折回来办的，是我分内公务。我跟他最好互不打扰。"

"你……你不是狴犴司的人？"他一惊，"那你是谁？"

"我的家乡，专管天下妖怪的破事。名字就不提了，提了你也不知道。"桃夭走到他身后，出其不意地抓住他的衣领，用力往下一扒，露出他大半背脊。

一条透着黑气的线埋在他的皮肉之下，沿着脊柱往上，还差几分便到颈椎处。

他本能地朝前一倾身，拉上衣服大怒道："你这是做什么！"

"我得看看是现在就杀你，还是等几天再杀呗。"她笑得特别坦荡。

此刻，天边已露晨曦，积雪莹白，每道光线落下时都格外温和。

清脆的铃声适时响起来。

丁零零，丁零零，白雪金铃，红衣翩翩，一时间分外相衬。

好歹是带过兵的人，即便才想起过去，身体的本能还在，面前这总是笑嘻嘻的小姑娘，竟然那么完美地撑起了如此深重的杀机。

她不是在玩笑。

木剑又被扔在地上,他抓紧的,是光亮犀利、吃过人血的宝剑。可是,宝剑能对付得了一个对妖怪之事无比熟知,仅凭一粒药丸就能扭转乾坤的……根本就不知道来历的人?

还是她根本不是人?

他咬牙道:"你可知我始终是归德将军,你若对我下手,朝廷与狴犴司都不会放过你!杀人已是重罪,杀我更是罪上加罪!"

"我不杀人类。"她认真道。

他一愣。

"但我杀妖。"她一笑,一颗药丸已然在指间。她略一松手,药丸落地,绵软的雪地骤然发出"咔咔"的声音,一群树枝形状的褐色玩意儿自雪下而起,飞速窜到他脚下,转眼便将他缠绕包裹起来,只留个脑袋在外头。

他大惊失色,无论如何挣扎皆逃脱不得。

"你……你为何对我动了杀机!我纵是多年前犯下大错,真要杀我为凤槐城中的老少报仇,也该是老樊来取我性命!"他大吼道,旋即愣了愣,"凤槐城……"那一直想不起来的名字,终于出现了。可这对于解除他现在的困境没有半分帮助。

"原来那座城叫凤槐城啊。"桃夭点点头,"名字好听。但你还是要死。"

"你说你不杀人的!"他怒道。

桃夭"扑哧"一声笑出来,指了指四周的院墙,问道:"你想想看,自打你往墙上写满血缚咒之后,这么长时间你可还迈出过家门半步?"

他怔住,旋即分辩道:"我不出门,是不想出门罢了!"

"为何不想?"

"我……就是不想……"

"是不是一靠近院墙就浑身刺痛,根本不敢再往前一步?"

他微张着嘴,竟一句话都说不出来。

桃夭看着那些院墙道:"血缚咒在我们老家属于禁术,太恶毒,但不得不说这种咒法对于圈禁一些不成气候的妖怪是非常有用的,一旦写成,咒文之中的所有妖怪都跑不出来。"

"原本便是如此!不这样,谁能阻止玄狙们冲出去!"他大声道。

"人渠玄狙,二妖生为因果,形同狼狈,皆为恶妖。"桃夭遗憾地冲他笑了笑,"简单说吧,没有人渠这种妖怪,就不会有玄狙这种妖怪。"

他的呼吸停了片刻，怀疑自己的耳朵出了问题。

她说他是……妖怪？

笑话，好大的笑话！他活生生地站在这儿，有血有肉有体温，说他是妖怪？

桃夭耸耸肩："我在密室中只讲了玄狙来历，忘了把人渠也说一说了。给您补上。"她清清嗓子，"人中有忘初心而存不堪者，魂不宁神不稳，若置邪地又辅邪术，可炼为人渠。初时以梦通异界，引玄狙至，害人害己，若得不死，脊见黑线，已非人，线过颈。人渠可成，得之者，可达不可达之处，召不可召之物，大祸害也，见之则杀！"

每个字他都听得一清二楚，但还是不明白，或者说他根本不想去明白。什么妖怪，什么人渠，他是段青竹，先皇敕封的归德将军，有血有肉的大活人！

"妖言惑众！"他涨红了一双眼睛，拼命吼出来，"原以为你是来解我困局，想不到竟引来一个害人的妖女！擎羊大人呢！他在哪里！"

"莫说你家擎羊大人已在回帝都复命的路上了，就算他在，你还是要死。"桃夭不慌不忙地走到他面前，踮起脚在他耳边道，"段将军，从你背脊上生出那条黑线开始，你便再不是人类了。虽然你还是血肉之躯，可是……"她笑着指了指他心脏的位置，"你信不信，现在把你心剖开的话，里头只得一团黑雾罢了。"

"妖女……"他咬牙切齿，"我一个字都不信！"

"一般被称为妖女的，肯定都长得好看，这赞美我收下了。"桃夭眯眼一笑，低头慢条斯理地在布囊里翻来翻去，嘀咕，"死最快那种在哪儿呢……记得上回制了好几颗……啊，这儿！"

他面如铁灰，眼睁睁见她欢天喜地从布囊里取出一个小拇指大小的瓶子，还故意摇了摇，确保他听到瓶子里有响动后，才拔开瓶塞说："比起被烧死的那些，你会舒服得多，都不知发生了什么，就过去了。"

"你……你要……"他话没说完，突想到方才被迫吞下的药丸，立刻紧闭嘴巴。

"我的公务，就是不能让你这样的妖怪活着。"桃夭抬起一只手捏住他的下巴，腕间金铃随之摆动，声音比之前任何时候都清脆。

○ 2 ○

他以为自己死定了，这颗药下了肚，肠穿肚烂算是轻的吧，说不定就跟那些玄狙一样，连个尸体都没有。甚至比那还可怕……

短短一瞬，他失去控制的大脑给自己幻想了无数种死法，但最终等来的……竟

玖·人渠

不是索命的药，而是一条巨大的尾巴，覆满赤蓝两色鳞片，醒目得像在毒汁中泡过成百上千年，随之飞起的，还有无数褐色的碎片，困住他的奇怪玩意儿不过被这条尾巴不痛不痒地扫过，便成了一堆废物。

卷起的阴风腥咸不堪，彻底破坏了白雪晨曦的干净清新。

桃夭闪身避开，眼见着段青竹被那条尾巴整个卷起，往回一抛，准确地落到一个巨大的脊背上———只身型巨大，全身覆甲，貌似麒麟却生蛇尾的怪兽，圆睁着一双小灯笼似的眼睛，眸中紫光如焰，敌意深重地瞪着对它而言只是个小不点的桃夭。

面对这半路杀出的庞然大物，桃夭却笑嘻嘻道："啧啧，是令蛊啊……你还真不浪费地方，有多大的地方就给弄个多大的妖怪。生怕吃不下我吗？"

柔柔细细的笑声自园子一侧的围墙上传来，桃夭扭头看去，灰白的墙上不知几时冒出个小脑袋，笑声里，那娇小的身影敏捷地越过围墙，脚下稍一用力便腾空而起，利索地落在怪兽的大脑袋上，那怪兽此刻竟乖驯如猫狗，微低了头，用最好的角度稳稳地托住来者———身碎花小袄的糖儿，眨了眨水灵灵的大眼睛，一脸无辜地看着桃夭："您这样的贵客，可不能轻慢。"

桃夭横抱双臂，笑道："到底还是年轻气盛，一看我要杀你的人渠，便再也坐不住了吧。"

"之前我就在猜你会不会回来，依你的性子，应该不会走得如此干脆。"此刻的糖儿，神情与她的年龄大大不符，老气横秋里还带着几分知己知彼的自信，"杀不杀段青竹不要紧，要紧的是得让我听到桃都鬼医的金铃响了，对吧？"

桃夭笑着点头："回来就是要见你嘛，我一瞧段青竹背上黑线将及颈，便知道你舍不得了。要是我早来几年，你大不了舍了他另寻猎物，也不至于冒险出来与我硬战一场了。"

"是啊，花了好几年心血，眼见着就要成了，你却非要来捣乱。"糖儿故作失望之态，又问，"不过我自认为一切都掩饰得很好，从前因后果到凶手老樊，都安排得那么好，怎的还是被你看穿了？"

桃夭指着自己："还记得咱们在大门口初见时，我做的第一个动作吗？"

糖儿皱眉想了半天："这还真不记得了。"

桃夭用力揉了揉鼻子："一见面就闻到你身上回魂芦的香气。"

"香气？"糖儿不解，"即便我身上有那药草的味道，也很可能是从我'爷爷'那儿沾染到的呀，毕竟他可拿这药草熬了好久的药呢。"

"这就是真正的大夫跟你这种半桶水的区别了。"桃夭嘲讽道,"老樊身上可没有那味道。回魂芦虽不是多了不得的药草,但毕竟也不是生在人界的东西,你只知其药性却不知其脾气。这种异界药草一旦被折断,便会非常非常生气,而它们生气的方式,就是在被折断的瞬间往动手之人的身上吐口水,但凡沾上一丁点,那独特的味道十年不散,跟你们熬制出来的药汤本身的味道完全不同,是一种……仿佛烤肉的香气!可偏偏采摘之人自己是不大能察觉的,唯有我这种成天在药草堆里打滚的家伙才对这味道特别敏感。想来,这有脾气的药草就是用这种方式向他人控诉你就是取它们性命的元凶吧,哈哈。"

"原来如此。"糖儿恍然大悟,"难怪我采摘之时,那药草的断裂之处喷出了几滴汁液,我随便擦了擦手便没再理会,想不到竟给自己留了麻烦。今天又长了见识,以后一定努力不再犯同样错误。不过呀,就凭药草的香味就断定老樊不是真正的幕后之人,桃夭始终还是桃夭啊,看起来只会吃吃吃,动嘴的时候脑子也没停呢。"

"不止。"桃夭补充,"段青竹连血缚咒的名字都没听过,他的原话大约是'我倒不知那是什么咒,只是看了一本讲术法的残书',试问一个连血缚咒的名字都没听过的人,怎的偏就那么巧看到如此对症的法子?怎的就跟老樊'无意'发现回魂芦的经历这般相似?"

糖儿轻轻打了打自己脑袋,神态调皮:"咳,怪我处理不当。当初只考虑到我若强行出手,备齐炼制人渠的条件,段青竹他们必生反抗之心。你也知道,若非顺其自然的话,人渠可能会炼制失败。能得失初心又背杀孽之人,还能得一块风水宝地,我万不能浪费这难得一见的好机会,所以我只能是糖儿,只能耐心些,用足够多的时间去引导。"她遗憾地扳了扳手指,"六年多了啊,我甘愿从一个褓褓小儿老老实实长到现在,还得陪那两个人演好父慈子孝的戏码,眼见着就要成事了,连那半道杀出的婴源也影响不了大局,可你却来了,啊呀,好气!"她噘嘴跺脚,把个小姑娘的嗔态演得活灵活现。

"别这样,我可没糖来哄你。"桃夭冲她摇摇头,"你说你拿个人渠来做什么?那妖怪又丑又不能吃。"

"要你管!"糖儿回头看看昏死过去的段青竹,嘀咕,"就差一点也不知影响不影响效用。"

桃夭朝她走过去,笑:"人渠可达不可达之地,召不可召之物,你想去哪儿,找什么东西?"

怪兽警觉地盯着逼近的她,鼻孔里喷着又热又腥的气。

"秘密！"她扬起下巴，倔强得很。

"调皮！"桃夭的眼睛弯成两只月牙，抓着辫子的一只手却突然将绑在辫梢的红色发绳抹了下来，手指稍一用力，那发绳便化了一道红影，直冲糖儿面门而去。

糖儿只觉好笑，这就算是暗器了？

她眼疾手快，在发绳飞到面前时，挥苍蝇似的直接一手拂开，那发绳便打着滚儿原路返回，又落到桃夭手里。

"啊……"那头的糖儿却突然一声惊叫，一缕淡淡的青烟从她拂开发绳的手掌上飘出来，她用力揉了揉手，青烟已失，手掌上除了些微的麻痛之外，并没有伤口，所有装扮出来的可爱表情都没有了，她横眉怒道，"你拿何物打我！"

桃夭一边把发绳绑回去，一边笑道："放心，伤不到你。这发绳不小心掉进过桃都八冥洞中的一只铁盒里，可能沾到了些许铁粉，虽微不足道，但依然是曾在盒子里住过的贵宾最讨厌的东西呢。"她抬头，一双眼睛在亮起的天色下越发明亮无比："我以为你逃出桃都无非就是为了吃喝玩乐,想不到也要干一番事业啊！"她顿了顿，"那么，我是继续叫你糖儿，还是叫你——百妖谱？"

何谓踏破铁鞋无觅处……这就是了。

桃夭得不动声色到极点，才能让自己看起来别那么兴奋。

糖儿叹了口气，继续揉着手掌："在那里头躺了那么多年，委实是厌恶了。其实你不拿这玩意儿试我，我也没打算瞒你。能在偌大人界与旧相识狭路相逢，谁能有你我这般缘分？按说咱们应该找个好地方，坐下来喝酒吃饭叙叙旧才对呢，可你看现在这情景，不好办呐。"

"回桃都才好叙旧吧。"桃夭笑，"你不打算瞒我，是吃定了我带不走你？"

糖儿盘腿坐下来，双手撑起小脸，同情道："桃夭大人在药理上天资过人，救妖妙手回春，杀妖毫不留情，可你打架太差啦。没有那条大蛇在你身边，你觉得你是能立刻拿药丸毒死这只令器，还是毒死我呢……哦不，你还不能毒死我，你得将我妥妥当当带回桃都，才能免你失职大罪。"她朝桃夭腰间的布囊里努努嘴，"我知道那里头装的是你桃都鬼医的本事，但咱们一样，都没想到这么快就遇上，所以我有理由相信你即便有本事制出降伏我的药，但也不是现在，你还需要时间。毕竟，我跟你所有的病人与犯人，都不一样。而且……"她狡黠地笑："你一定不敢声张弄丢我的事吧。连求援都不敢，只靠自己单打独斗，未免天真了。"

桃夭沮丧地低下头："全中……那你说这可怎么办呢，好没有面子啊……"

"就当没见过我吧，唯一的好法子了。"糖儿耸耸肩。

"那不行,除非我死在这儿。"桃夭抬头,眼神骤然一冷,突然一跃而起,踩着令罝的大脑袋落到它背上,一簇药粉纷扬而下,尽数落进它的双眼与口鼻,这怪兽一个喷嚏,竟"呼啦"一下缩得与一只猫差不多大,背上的三人瞬间跌落下来,桃夭瞅准机会,一颗黑色药丸闪飞而出,直奔段青竹而去。

糖儿见势不妙,侧身扑到段青竹身前,一脚挑开,改了方向的药丸弹落在前方的竹丛之中,落地瞬间便见好好的竹子倒落下去,连带着一大块泥地都化作了绿黑相间的浑水,冒着气泡。

这边的糖儿看着自己的右脚尖,不过是触碰了一丁点,鞋尖竟破了一个洞,差点就伤到脚趾,她挡在段青竹面前,怒道:"你竟想化了他!"

"这味药吧,万物通用,触之成水。我没别的本事,也就只能多制一些带在身上备用。"说话间,她指间又夹住三颗药,"你不跟我回去,我也气得很,自然也不能让他跟你回去,你再替他挡着,缺胳膊少腿儿可难说,我虽想你完好无缺,但我这性子吧,实在保不住周全的话,就算让你少几页,也好过再让你在外流离浪荡。"

"你……"糖儿面色骤变,心知桃夭性情跳脱古怪,既说得出,那就不管做不做得到,都要做。

药丸飞出之际,但见糖儿一合掌,做了个古怪的手势,一群三足碧蟾竟自虚空而出,个个长大了嘴巴,硬生生将那要命的丸子整个吞入腹中,都来不及落地,便一个接一个化作一包绿汪汪的脓水,在半空中炸裂开来,散发出一阵难闻的焦臭之气。

亏得桃夭避闪及时,不然这身衣裳只怕是要洗上三十遍了。

不等她转身,她与糖儿之间无端又横出六只金脚大蜈蚣,每只体长足有一丈,头生龙角,独眼碧绿。桃夭自认得此物乃妖中毒物"殡龙",莫说碰它一下,就是它朝你吐口气,也能要你半条命。六个毒物眼见着便将桃夭围在中间,而此刻,糖儿竟扯着段青竹,双双坐在一条通体黝黑的九眼怪鱼身上,那怪鱼似是听了糖儿的指挥,飞快游到园中桂树下,鱼尾用力一摆,竟将桂树连根掀起,树倒之时,只听得整个宅子都发出一阵古怪的炸裂声。

这头,桃夭忙着与那六只蜈蚣缠斗,分身乏术,眼见着那怪鱼毁树之后便带着糖儿与段青竹沉入地下,之后居然连一点痕迹都不见。

"桃夭,你我本无大仇怨,你偏要与我为难。我杀你易如反掌,念在故人情分,今日留你性命,亦送你一份大礼,且看你如何消受,嘻嘻。"

糖儿的笑声,在空荡荡的院中回旋。

但他们跑了，殨龙还剩了四只，杀手锏就剩下一颗，她不得不屏住呼吸，在它们车轮式攻击中腾跃闪避，同时得在最短时间里想出个万全之策，不然真是要阴沟里翻船，这些毫无灵性的低等妖物虽说最容易对付，但数量一多加上天生蛮力，以及它们对桃都鬼医这种名号根本没有任何意识与畏惧，反而是容易盲拳打死老师傅，再纠缠下去，不被毒气所伤，也会把自己憋死吧。可恨没有多备一些致命的药，带那么多治头疼脑热失眠多梦的药真是有病呐！

正胡思乱想之际，一只殨龙绕到她背后，瞅准一个破绽，弓身一纵，张开大嘴便要照桃夭的后脖子咬下去。

千钧一发之际，怪风骤起，一道巨大的青影从天而降，几个眼花缭乱的回旋之中，咔咔声不绝于耳，待到桃夭在怪风带起的气浪中稳住身子，回头一看，几只殨龙连个渣都没剩下，眼前只有一个拼命擦嘴的柳公子。

○ 3 ○

"又替你做了一件大好事！不……这得按两件算！"柳公子打了个饱嗝，气味大概不对，自己把自己熏呕了。

桃夭捏着鼻子，差点跟着他一道呕出来："你全吃啦？四只殨龙你全吃啦？这你都下得了口？？你有洁癖是假的吧！！"

柳公子深呼吸，抚了抚心口，待胃里那翻江倒海的感觉稍微下去点之后，才捶胸顿足地说："你当我愿意吃这些恶心的丑八怪吗？要不是看你头都要被咬掉了，我会做这么大牺牲？！我早饭都没吃就吃这些东西，不感恩戴德就算了，你还耻笑我？！"

"我的头几时要被咬掉了？我难道会不知道有一只溜到我背后偷袭吗！凭我的本事，我……"桃夭气急败坏地指着自己。

"你？你怎样？"柳公子打断她，仰起脸，直接拿鼻孔鄙视她。

"我……我……"桃夭涨红脸，用力一跺脚，气势急转直下，"我是有点措手不及……亏得你来了……"她短暂的丧气马上又被愤怒踢开，跳脚骂道，"老话说双拳难敌四手，殨龙这种死妖怪也太不要脸了，我就两手两脚，你看它们有多少！气死我了！咳，要不是我的药没带够，哪需要你出手！"

说话间，园子的拱门外鬼鬼祟祟探出一个光头，然后是狐狸头，确认现场绝对安全之后，磨牙方才领着滚滚小跑进来，人还没到跟前就开始念经式唠叨："桃夭你是要急死我们吗？招呼不打一声人就不见了！这么些天也不回家！你知不知道苗管家跟我们都担心极了！万一有个三长两短怎么办？三个人出的桃都难道你要我们两个人回去！阿弥陀佛，幸好滚滚有寻你的本事，要是我们晚来一步，今后你便只能过清明节了！"

"哎呀，好了好了。"桃夭看出磨牙是真着急了，心下倒有了几分被人牵挂在意的小温暖与辜负了这份小温暖的内疚，便把要骂他啰唆的话都放了回去，只大咧咧道，"我是来洛阳出个急诊，所以才走得急没跟你们讲嘛。不承想来了这儿又被别的事绊住了脚，这才耽搁到现在。"

磨牙半信半疑，又往园子里四下探看一番，只见到在搏斗中被搞得一片狼藉的地面，以及横倒在地的桂树，血红的桂花洒了一地。

"我们才进了城门，远远便瞧见这个方向妖气冲天。"磨牙疑惑道，"你不是来出诊的吗？怎会惹到殡龙这种妖怪，还好几只一起围攻你，咱们出桃都这么久了，你可从没这么狼狈过。"

"我哪里狼狈了？"桃夭不服，扯着自己的衣角道，"连衣服都干干净净的！"

磨牙摇摇头："我说的狼狈不是干净与否。你看这一路上，咱们遇到的妖怪也不是少数了，哪个不是对你恭恭敬敬，偶有几个脾气坏的，那多少也要顾忌着你的身份，就算恨死你真想要你性命，也不至于是这种疯狂之态。"

柳公子"咚"一声敲了敲磨牙的光头："殡龙这种看似凶猛的妖怪，说到底也是妖怪中最无灵性的低等族群，就跟人类中天生的大傻子一样，它们才不管面前站的是谁，一旦被驱遣利用，它们只会对目标无休止地进攻。虽然是只有蛮力的家伙，但蚂蚁数量够多的话，也能咬死大象。不过不对啊……"柳公子眨眨眼，看向桃夭，"我怎么记得殡龙通常只生活在南方阴湿潮热之地，畏冷又不喜光，所以平日里几乎都在地下，你怎么会在北方大冬天的早上遇到这么多殡龙？"

"不止殡龙呢。"桃夭活动了一下微微酸痛的肩膀，"你们再早来一步，还能看到令罿跟游土呢，都是些自带蛮力的蠢物。"

"跟麒麟是远亲，一旦咬住猎物死都不会松口的巨兽令罿？"

"游土又是个啥……哦，是不是那种能在土下来去自如，传说能游上几百年都不用休息的九眼大鱼？"

柳公子跟磨牙你一言我一语，最后异口同声道："怎的又被你遇上了？"

磨牙挠头："我看这洛阳城乃繁华之地，即便有妖，也不该是这些惯出没于荒僻之地、鲜少在人类聚集之处露面的妖怪呐。

"而且出现得还如此集中频繁，锁定的目标还都是你……"柳公子眉头一皱，"你究竟是招惹了什么人？若非有人刻意召唤，哪能冒出这些玩意儿！"

"我……"桃夭挠挠脸，又挠半天脖子，"这个……"

这要突然说出真相，首先被吓死的就是磨牙吧……

"你还有扭扭捏捏的时候？？"柳公子急了，"说你医术桃都第一，没人反对；说你的身手丢人现眼，更不会有人反对。方才是闹着玩的吗？你当天下所有妖怪都会乖乖当你的病人？我寻思你也不是那铜头铁身死不了的物种，你就真没想过万一我们来晚一步有什么后果？跟我们都不想说实话？小和尚说得没错，三个人出来就得三个人回去！"

唉，吵闹归吵闹，她真有三长两短，柳公子豁出性命也要吃光伤她的家伙吧……啧啧，那不得把他撑死吗？可若调转过来，柳公子或者磨牙出了事，她也会豁出性命吗？不知道呢……让她去吃蜈蚣那是万万不行的，大不了以后上坟时多给他们烧点纸吧……阿弥陀佛。但是，不出来这一趟，倒也不太瞧得出"一个人"跟三个人的区别……

"你生什么气嘛，反正你今天帮的忙我会给你记上的。"桃夭瞪他一眼，为难又稍许心虚地搓着手指，"妖怪开会，一团乱麻……你们也得容我想想从哪儿说起呀。"

他们三人叽叽喳喳之际，滚滚已在园子里好奇地走了好几圈，对所有感兴趣的东西嗅来嗅去，然而就在它接近原本栽种桂树的地方时，好好的一只狐狸突然跟受惊的猫一样全身炸了毛，"唧"一声叫出来，又迅速跳到磨牙的肩膀上，对着那边的大坑龇牙咧嘴。

"怎么啦？"磨牙不解，从未见过滚滚有这般反应。

滚滚只顾继续龇牙，仿佛遇到了特别讨厌且让它恐惧的东西。

柳公子奇怪地打量滚滚，又朝那边看了看，跟桃夭对视一眼，二人往那头走过去。

横倒的桂树看起来特别冤枉，好不容易长到这么大却遭了无妄之灾，散落一地树叶还十分鲜嫩翠绿，衬得其中红花更炫丽，踩在上头都不由自主地为它们可惜。

但他们很快停住了脚步，视线不约而同地聚集在树根处，心下顿时就不觉得可惜了，只想着立刻把这桂树付之一炬——那桂树的树根彻底离了土，才让人发现这些交错盘曲的根须竟与寻常不同，仔细看去，根须之中起码有一半已形似暗红色的触手，无力地散在地上，偶尔还要抽动一下。柳公子见了，顺手拾起脚下的一小块硬土，发了力朝其中一条触手弹去，土落触手断，一摊脓血竟从断裂处溢出，甚是恶心。

"是那个？"他不是百分百确定，看了看桃夭。

桃夭没说话，快步走到那树坑前，蹲下来朝坑里细看了片刻，脸色微变，冷笑出声："还真是送了份大礼……"

"你说什么？"柳公子跟过去，也往那坑里一瞧，顿时咬牙切齿恨不得要从空气里抓出个人来痛打一顿的愤怒样子，大吼，"哪个畜生把这地方打开了！！"

那约莫四五尺宽的坑里，看不见土，只是一团形似大张之口的灰黑气流，在坑里慢悠悠地转动。

柳公子抓住桃夭的手臂，无比希望自己的判断是错的："你说这是不是狭口？是不是？我看错了没有？"

"你冷静一下。"桃夭扒开他的手，盯着坑里那张"嘴"，"你再是愤怒，不开也开了。"说罢，她捡起脚边一朵赤红的桂花，嘀咕："难怪会开成这种颜色……原来你当了开锁的钥匙呐。"

"谁干的……你马上告诉我！"柳公子气得胃痛。

桃夭没吱声，只取出一瓶闪着微光的橘色药粉倒在树根上，转眼便燃起熊熊大火，触手般的根须在火中不断抽搐着，很快便不再动弹，渐渐化成黑灰。

"先把这坑暂时埋起来吧，省得吓着无关路人。"她冲树坑努努嘴。

柳公子一皱眉，双手一挥，散在坑边的泥土骤然聚拢，瞬间将地面填平，不让那大嘴再出来碍眼。

"到底是谁？"柳公子挡在她面前。

她又挠挠后脖子，抱歉地笑了笑："百妖谱。"

柳公子的表情被死死钉住了，除了眼珠子不自然地动了几下，全身没有一处还能动的地方。

磨牙跟滚滚站在远处，不知他们在忙什么，好好的怎么又把那树给烧了，他本想去看，奈何滚滚不准，他一动就使劲挠他的光头。

"出去找个地方填肚子。"桃夭若无其事地绕开柳公子，"说来话长的事，就别空着肚子说了。"

柳公子从石化中恢复过来，攥紧拳头，从牙缝里挤出话来："我是做了什么孽才会认识你……"

幸好雪霁天晴，难得的阳光起码能让人心情稍微好一点，不然今天未免也太糟糕了。

走出园子前，桃夭忽然又折回来，在一个角落里寻到那把已断成两截的木剑，摸了摸之后，烧了。

小小一团火光，不多时便燃尽了。

○ 4 ○

老天算给面子了，午后的阳光大方得让人不敢相信是真的。

饭馆角落的桌子前，磨牙一口热汤喷了出来，即便呛得眼泪直流，还是挣扎着爆出一句："你说百妖……"

桃夭及时拿筷子夹住他的嘴，嘘了一声："不是说了绝对不能激动不能大喊大叫吗！你再说，我缝了你的嘴！"

柳公子拍拍磨牙的后背："我完全了解你现在的心情，也相信你其实跟我一样，恨不得把这个疏忽大意的女人绑起来送去给雷神劈死，但现在你得平静，这事如果被'那个人'知道，以你我跟她的关系，你觉得'那个人'会放过我们吗？"

磨牙向来平和憨厚找不到半分脾气的脸在一瞬间经历了春夏秋冬，加上万般滋味狂涌又不得出的憋屈，竟让他吧嗒吧嗒地掉下眼泪来……

他拉下桃夭的筷子，第一句话便是："我可怎么活哟……"

"没事啊没事啊，谁弄丢的谁去找。"柳公子赶紧同情地把小和尚揽到怀里，一边摸着他的光头安慰，一边恶狠狠地瞪着桃夭，"你看你把我家小磨牙给委屈的！"

桃夭飞了个白眼，不以为然道："早知你这么没用，就不告诉你了。瞧你哭哭啼啼的鬼样子！"

磨牙从柳公子怀里挣出来，想大声又不敢大声，连拍桌子都只敢轻轻拍一下，抹着眼泪道："那又不是桃都里头随便的一个物件儿，那是……"他小心看看四周，声音压得更低，"那是百妖谱啊！关系着无数妖怪生死存亡的东西！关在桃都八冥洞里的东西！要你桃夭亲自看守的东西！你不知道那意味着什么吗？"

"我知道又怎样，它不跑也跑了。它要真是一本不能跑不能跳的书也还好办了。"桃夭还有心情吃菜，咂巴着嘴对柳公子道。"我之前是不是告诉过你？"她咽下食物，又看着磨牙，认真道，"百妖谱本身就是一只妖怪，在桃都之中它难有作为，一旦离开桃都疆界，它便是个千变万化还狡猾的玩意儿。今次是个小姑娘，下次又不知是什么了。但是呢，好在大方向没错，既然确定了它在人界，还炼起了人渠，而人渠只能用人类来炼，说明它短时间内不会离开人界，我还是有机会把抓住它的。"

"它自己就是个妖怪？？"磨牙又受一次重击。

"本事还难以估算的那种。"桃夭不怕再补一刀。

"这……这可怎么才好……"磨牙顾不得哭了,急出一脑门的汗,"你说还有机会抓到它?可之前若非柳公子及时赶到,你显然要被蜈蚣们吃掉了……"

"少胡说!我几时要被吃掉了!"桃夭作势要打他的光头,振振有词道,"我是想过各种跟它撞上的场面,可我没想过我们这么快就面对面啊!所以在应对上有一丁点失误,也是正常的。下次,它可没这机会了。"

"你就死鸭子嘴硬吧。"柳公子冷哼一声,"你倒是说说,若下次你又独自一人与它狭路相逢,你拿什么去应付它?"他虽是揶揄加斥责,但眼里的担忧是真的,"这家伙有召唤驱遣各种妖怪的能力?"

"倒说不上是召唤了。"桃夭摇摇头,"我今天遇到的各种妖怪,其实是它靠自己'现场制作'出来的,虽为赝品,却跟本尊相差无几,无论样貌还是特性。或者这么说,它自己的身体,本就是由无数对妖物的记载构成,这些长久以来的'记载',早已成为可以被它驱遣利用的力量。"她看着磨牙一脸糊涂的样子,只得夹起一只红烧鸡翅膀道,"再简单点说,它就好比一只天赋异禀的母鸡,别的母鸡只能下蛋孵小鸡,它却能凭一己之力生下各种东西,猪牛马羊甚至包子馒头,而这些猪牛羊包子馒头,与真的没啥区别,最大的区别就是它生下来的都听它的话。"

这么一说,磨牙就明白了,但是面对盘子里的馒头,却骤然没了胃口。

"若是这样,它岂不是想要多少帮凶就有多少?"柳公子皱眉道,"坦白说,若它今日弄上成千上万的令罿与殪龙,莫说你,连我都万难脱身。如此,我们哪里还有胜算?"

"它现在应该还没这本事。"桃夭一点不担心,"它不也才出了桃都没几年吗,寻常人蹲久了起身,那腿都还得麻一阵子,它在桃都被压制那么久,一出桃都就能恢复也是做梦。"她喝下一大口汤,打个饱嗝,"何况它实力究竟到个什么地步,我暂不清楚。也许它今天弄出来的妖怪已是极限也难说。毕竟它的岁数比我大多了,我对它的了解,也就比你们稍微多一点点罢了。"

"你说的也有几分道理。"柳公子略一回想,道,"第一,它若真有驱遣千军万马的本事,也不必化作小丫头躲在宅子里鬼鬼祟祟炼人渠了,它既需人渠,说明它有想去而去不到之地,或者想得而得不到之物。第二,若它真有徒手制造妖物的能力,那人渠也在它记载之中,为何它不直接'生'一个,非要如此大费周章去炼制?"

"所以我才让你们莫要担心,照如今所有迹象来看,它此时羽翼未丰,难成大患。"桃夭把最后一片卤肉塞进嘴里,"但它狡猾,洞悉人心对症下药的本事也不小。"

我们也不好太轻敌。"

磨牙仍旧焦虑，嘀咕着："它就现在这样，也够吓人了……"旋即又是叹气又是合十念阿弥陀佛。

"我本与你想的一样，以为这家伙跑出来，也就是关得久了烦了，来人界放风寻乐子。却没料到它一来便炼人渠……"柳公子实在想不通，"它究竟想拿人渠去得到什么呢？"

"这个只有鬼知道了。"桃夭又打个饱嗝，视线投到窗外，"如今最大的麻烦，是龙城院里的狭口。"

"你说什么？狭口？"磨牙觉得自己饱受打击的心脏可能撑不住了，"你是说那园子里被你们填上的坑，是狭间界的出口……狭口？？"

"不然你以为滚滚为啥会炸毛。"柳公子看了看蜷在桌子底下吃饱睡大觉的狐狸，"灰狐天生灵敏的嗅觉与对极度凶险之物的感应，始终都是本能。"

磨牙还是不相信，追问："你们确定那是狭口？"

桃夭点头："确定。"

宇宙之大，除开天地人间各种世界，亦有许多不为常人知不在常理中的异界，这些大大小小的世界之间，又有一个于诸界之夹缝中存在的狭间界，此界之中只得乱光浊气，一片混沌，乃各种活物平日间吐出的怨愤戾气之归处。此界独立密闭，只吸戾气不存它物，且只进不出，若有泄漏，必生祸端——磨牙拼命在脑子里寻找所有关于狭间界的记录，越想越不安，抓住桃夭的胳膊道："不是说狭间界几乎是没有出口的吗？"

"你也说是'几乎'没有了。"桃夭拉下他的手，"但狭间界的狭口确实非常非常少，而且之所以叫狭口而非直接称其为出口，就是因为即便有狭口，只要其上无树，狭口便成不了出口。要说这些狭口本就少，且不被触发时，会一直保持无形之态，很难为外人察觉，除非有谁不偏不倚地在狭口上种树，且种树之时便泄出一丝怨戾之气。否则不足为患，只要这棵树好好活着，它虽受狭口影响变成个开赤花散恶气的不伦不类的玩意儿，但也只相当于在狭口插了一把开锁的钥匙，不动也就暂时无事。除非有外力毁掉此树，才算是转了钥匙开了锁，之后接踵而来的，方为大麻烦。"

磨牙听罢，心都凉了："那现在不就是开了锁了……"他焦虑地看向窗外往来的人们，"开了锁会如何？百姓们可能安好？"

"我怎么知道会如何。"桃夭看着同一个方向，窗外的街景一如既往，路过的人们比平日里多了几分喜气与忙碌，毕竟要过年了。"活物们的怨愤之气千奇百怪，有人没吃上好吃的就生气了，有人被抢了心爱之物就愤怒了，有人想变好看些却失败了也发脾气了，这些都是愤怨戾气的范畴，封在狭间界里倒没什么，一朝泄露出来，连我都不知道会造成什么后果。可能会害无辜者发疯，杀人放火，也可能会出现不该出现在人类世界里的恶物，致死伤无数。各种可能……届时这座城池就会像生病了一样。"她叹口气，学着磨牙的样子双手合十喊了声阿弥陀佛，"所以我常劝诫你们少发脾气，你以为只是随便发泄的情绪，却会被另一个世界长久地保留下来，运气不好的话，就会跟这次一样……总之就是麻烦。"

柳公子锁紧眉头，咬牙切齿道："在完全不知情的情况下，不偏不倚地往一个狭口上种了一棵桂树，这是几百万年都未必能撞上的巧合。你说的那个段青竹，他真是个普通人类？"

"他曾经是。"桃夭回想着关于这个男人的点点滴滴，意味深长地笑笑，"若他没有在那什么凤槐城中做了那样的决定，他就不会高官厚禄并赐龙城院，也不会求药丢掉过去，以至于醒来后莫名其妙去买一棵桂树种在园子里。如果没有种树，令狭口的气息暴露，也就不会引起我们的'糖儿'姑娘的注意，当初只怕她自己都没料到一座龙城院里，不但有插了钥匙的狭口，使得炼什么妖怪都事半功倍，还有一个身负不堪过往的段青竹，我都能想象到当她发现自己不但得了'风水宝地'，还得了可用之'人'的时候，该有多兴奋多高兴。也难怪她对我的出现那么愤怒，从婴儿到姑娘，她隐匿在此处筹谋了六七年，眼见着人渠快成了，却被我打断了。"

"若没有你横插一手，那段青竹怕是到死都不知道自己已成了妖物。"柳公子冷笑，"我来时见龙城院墙上有血缚咒，也是咱们的'糖儿'安排的吧。"

"血缚咒是炼制人渠的最后一步了。想来咱家糖儿为了寻到回魂芦，也花了颇多时间，那药草虽不名贵，但要寻到也非一朝一夕之事，不然她也不必等到两年前才对段青竹真正下手了。花了这么多心思压过了狴犴司的药，两年时间终是炼出了段青竹的妖性，待到时机成熟，再出血缚咒，一来可限制段青竹的行动，让他在被彻底炼制成人渠的过程里无论变得如何癫狂都跑不出龙城院半步；二来，那桂树常年散出的恶气本不足为患，但血缚咒一出，令本该四散流动最后归于无形的恶气也聚集宅中，成为炼成人渠的最后一个条件。"桃夭撇撇嘴，"你们说得不错，我们的段将军到死都不知道，只要那段不堪往事回到他的记忆中，成为他永远过不去的心魔，他就是那个集齐了各种完美条件的可成人渠的'原料'。哎哟，这样天时地利人和的好运气，居然落在我们糖儿姑娘身上，不愧是我们桃都出来的。"

她说得轻松，甚至带着调侃，可是谁也笑不出来，饭桌上一阵沉默。

磨牙一脸难过道："只可惜了婴源施主，那么好一个孩子，拼尽性命还是难挽大局。"

"已经死了的，就不必再提了。"桃夭敲了敲他的脑袋，"跑了的也暂时不用管。"她朝窗外努努嘴，"那些活着的，才是现下最要紧的。"

"以我对你的了解，你不是应该先去管跑了的吗。"柳公子瞥了她一眼，总还有些不相信。

"本应如此。但它跟你一样了解我。"桃夭冲柳公子眨眨眼，"乍看之下，它毁树开狭口不过是泄愤之举，事实却是，若我无视此事只一心追它下落，洛阳城必出大乱，出人命也是早晚的，它知道'那个人'最忌讳我伤人命，即便伤人的那个不是我，但这件事我无论如何也脱不了干系，碍于这个，我怎么都不会袖手旁观。在洛阳城多留一日，它便多得一日远离我的机会。"

磨牙忙问："既然狭口已开，我们确实就不能走了。只是，要怎样才能将狭口重新锁上呢？"

"那些邪戾之气在狭口初开之时，不会出来太多，但数量会一日多于一日，也就是说洛阳城在这三四天大概还是安全的。"桃夭仔细盘算了一番，又道，"要锁上狭口只得一个法子。种下桂树时散出的第一道邪气，若能在这三四日内寻到它，将之引回狭口之中，则狭口可闭。"

柳公子瞪大了眼睛："三四天之内去找一道……邪气？你都说那是一道气了，怎么找？！"

"是啊，这无形无状的东西可如何寻找？"磨牙抱起滚滚，"难道要滚滚漫天遍野去闻出来？"滚滚打了个呵欠，不满地唧唧叫了两声。

"它？它也就找找我还行。"桃夭戳了戳滚滚软乎乎的肚子，被它踢了一脚。

"那要怎么找？用我们自己的灵力逐一搜寻？累个半死不说，时间上也来不及啊。"柳公子努力思考应对之策，本来快快乐乐地在司府里做着包子，却突然要面对一场近在眼前的灾祸，真愁人。

"用你的法子，那咱们都不用活了。"她白了柳公子一眼，伸出手指数给他看，"你想想，这棵树大概是十四五年前种下的，狭间界里的东西本就自有思维有情绪的活物而来，所以那第一道邪气一出来，自然也会找个它喜欢的活物附于其身，且这活物必满足两个条件，一是不能离狭口太远，只因邪气离狭口越远，力量便越弱；二是必为新生儿，因为唯有他们全无反抗之力，可完美相融。被邪气附体的新生儿，无论是人类还是别的物种，因为邪气缠绕先天不足，每日的午时都不得见光，见光必心如刀割痛不欲生。"桃夭一口气说到这儿，看定他们两个，压低声音，"所以我们现在只要找一个十四五岁的少年或者姑娘，或者别的活物，尤其是一到午时就闭门不出的，那便八九不离十了。"

磨牙想了半天，还是发愁："可万一这个活物已经不在洛阳城了呢？"

"笨！"柳公子敲了一下他的头，"不是说了离狭口越远它力量越弱吗，它不会离龙城院太远，应该还在洛阳城。"

"可是洛阳城也很大，人也很多啊！难道我们要在几天之内挨家挨户查看有哪些十四五岁的活物中午不出门的？"磨牙都要哭了，"万一它选的活物是个老鼠呢？"

"那就活该洛阳城倒霉了呗。"桃夭一摊手，"反正我尽力了。"

"只能赌一把运气了。"柳公子说着，又为难地看了桃夭一眼，"只是你这个逢赌必输的运道……"

桃夭狠狠地瞪回去："我可没赌！我从头到尾都在替你们分析最大的可能！分析懂吗！"

"可即便先按十四五岁的人类来下手，也很难找起啊。"磨牙双手挠头，"人太多了！几天时间不会够的！"

"我要是你，这脑袋干脆别要了。"桃夭朝他们勾勾手指，示意他们凑近些，说，"若先从人类查起，你们想想，一个孩子若不能午时见光，父母必以为是患了疾病，十之八九会找大夫的呀！就以龙城院为中心点往外扩散，大夫的数量总比平民少得多吧，若其中有人正好诊治过，这样的病症一定会令其印象深刻。"一口气说完，她满意地给自己竖了个大拇指，"聪明！"

柳公子跟磨牙面面相觑。

"虽然也不是多好的法子，但勉强能试试。"

"其实我方才也这么想过的，只是没有说出来。"

"你们两个嘀咕什么！以为我聋了吗？那么厉害你们上啊！"

"又不是我惹来的麻烦。"

"阿弥陀佛，桃夭你方才才说不要乱发脾气！"

"我几时说过了！"

说话间，柳公子似是想起了另一件事，一把揪住桃夭道："我怎么记得你头回跟我说百妖谱不见的时候，分明说的是'年前'不见的？但这糖儿在人界最少六七年了，你……"

"我可能记错时间了嘛。"桃夭嘿嘿一笑，"走啦走啦，咱们还得找客栈落脚呢！"

"你是不是之前早就出来找过？实在找不到才拖我们下水的！"

"怎么说话呢！我几时拖你们了？不是陪小和尚出来历练顺便找找的吗。"

"桃夭！我怎么就遇到你这个倒霉玩意儿了！"

"你才是玩意儿，你全家都是玩意儿！"

"阿弥陀佛，它丢了一年还是一百年都不重要了，重要的是你们不要再闹了，集中精神做该做的事才对啊！"

"闭嘴！真要是丢了一百年，你当我今天只是吃几只蜈蚣那么简单吗！"

"别说蜈蚣了……呕……"

尾

司府是暂时回不去了。

桃夭独自坐在客栈的房顶上，虽然冷，但今日的夜空澄明，深浅不一的幽蓝缓缓游动，几颗星子若隐若现。

脚下的洛阳城灯火旖旎，酒肆茶楼尚在营业，售卖各种年货的小贩也还在吆喝，并没有收摊回家的意思，生意也不赖，人来人往，喜笑颜开。各处仍有各处的热闹，不知从何而来的琴声与歌声，温婉撩拨着听者的心情，空气中飘浮着淡淡的酒香与梅花的冷甜之气，深吸一口，甚是妥帖舒适。

其中一条街最是显眼，从街头到街尾都布满各色彩灯，如今才只亮了一半，已是流光溢彩惹人遐想，待到全亮之时，不知该是何等璀璨耀眼，宛如仙境。

那条街她记得，昨天才经过。

来客栈投宿时，客栈老板见他们非本地人，便说他们这时来洛阳城真是赶巧了，明天便是城中一年一度的"神仙集"，整条街上不但花灯好看，还有诗画比赛与各种有意思的表演可看与游戏可参加，更有十分奇巧的玩意儿售卖，好吃的也多，会连开七日，每年城中百姓最盼望的便是这几天。见他说得口沫四溅，桃夭也是十分心动，若此番只是来游玩的该多好，可惜啊，只怕是没有时间去凑这份热闹了。

她静静俯瞰着洛阳城的夜景，在冷风中飞动的发丝，一如此刻的心境，起伏不定。

再一想到此刻在她目不能及的地方，轻松逃走的百妖谱很可能又换了别的模样，走到另一个对它毫无防备的人身边开始新的"人生"，她就更加要安抚自己万不能慌张更不能生气，想抓大鱼总是要费心思的，何况大鱼还是自己弄丢的，谁都不能怨。

总之，此番洛阳之行意外太多，一桩接一桩简直喘不过气来，这座城，似是铁了心要将她留在这里。

她的视线转向龙城院方向,满城繁华中,唯那宅子苟延残喘,黯无生机,只有常人难以觉察的气息于其间鬼鬼祟祟地流动。

三天,或者四天之后,这座城池是否依然能如今夜一般平安喜乐?

无人知。

百妖谱
拾·狭怪

楔子

可那壶酒本身又有什么错呢？

仅仅是他不喜欢罢了。

○ 1 ○

三人一狐，站在一扇虚掩的宅门前，今日仍是晴天，下午的阳光将四个摩拳擦掌又要强作镇定的影子拉得细细长长。

桃夭盯着柳公子："确定是这儿？"

"我看那大夫是没胆子乱讲的，他说魏永安就住这里。"柳公子脸上挂着两个明显的黑眼圈，"忙个通宵不眠还一无所获这种生意，我可是不做的。"

挂着同款黑眼圈的磨牙举手："我做证。我跟柳公子花了一整夜时间将龙城院附近所有药铺医馆拜访了一遍，按你所说的条件，还真在一间药铺里寻到个薛神医。他说早在十来年前便接诊过一个身染怪病的孩子，本来哪里都好，就是三岁一过，便见不得午时阳光，见光便哭闹不止，身上还会起奇怪的黑斑，但一入暗处又恢复正常，服了各种药剂也不见改善，他在孩子父母的请求下，又替这孩子诊治了两年有余，试过各种法子皆不奏效。然而撇开这个怪病，孩子身体与寻常小儿也无差别，行为正常,能吃能睡,时日一长,孩子父母也就绝了治病的心,说今后大不了中午不出门就是,之后还送了他一笔不菲的诊金,叮嘱他不要将孩子有这毛病的事讲出去。"他仿佛松了口大气,双手合十,"阿弥陀佛,想不到这么快便得了线索,我看那孩子十之八九便是我们要寻的目标了。"

桃夭站在他二人中间,并不太相信的样子:"都收了人家封口费了,这神医还把病人的底细一字不漏地讲给你们听?"

"这个……起初人家自然是不肯说的,还说身为大夫绝不能随意向无关之人透露病患的任何情况,然后指责我们大半夜私闯民宅乃贼盗之行,吵着要告官呢。"磨牙尴尬地挠挠头,无奈地指了指柳公子,"然后他便使了个吓人的障眼法,弄了一条脑袋比饭桌还大的畸形的蛇,把人家半边身子都吞了,吓得那薛神医不但将这孩子的所有事抖落个一清二楚,连他自己在外头还养了个小老婆的事都交代了……"

柳公子一巴掌拍在磨牙的脑袋上:"那明明是一条体形优美的三色蟒!脑袋虽然大,但比例绝佳,且我蛇族素来以灵动美貌著称,只有你这个光头才最畸形!"

"我的脑袋又没有饭桌那么大……"磨牙委委屈屈地闭了嘴。

桃夭懒得理会他们,只道:"但愿你们撞上好运气。不然今晚明晚后晚都别想睡觉。"

"光说我们,你自己呢?我们整夜奔波的时候你在做啥?"柳公子戳着她的脑袋,"明明说自己要在屋顶监视龙城院中狭口有无异动,可我怎么记得我们回来时你在床上睡成个猪!"

桃夭嘻嘻一笑,理直气壮道:"我行动速度没你快,再说龙城院附近的药铺医馆也没多少,你一个人足够应付。让磨牙跟着你,也是怕万一遇上你太凶了吓着别人问不出内情的时候,起码还有慈眉善目的他帮你圆场嘛!"

"放屁!"柳公子直接怒了,"你以为我们不知道你在我们走了之后就跑去把我们定的房间给退了,硬是让客栈老板还了你一半的房钱!"

"不是,你们反正也没时间回来住了,凭什么把房钱白白浪费了!省下来的钱不也是留给你们买新衣裳的嘛!"桃夭一边解释一边拉开跟他的距离,生怕他气急了上来咬自己一口。

"滚!你几时给我们买过新衣裳!"

"我一直在想给你们买新衣裳啊!"

"你……"

惯有的吵闹在头上飞来飞去,磨牙只是叹气,一脸"这就是人生啊"的淡定,在那两个家伙快要打起来时,他才慢吞吞道:"你们是不是忘记了现在是来做什么的?之前说得那么严重,现在是没事了?"

两人这才停止争执,互相甩了个不服气的白眼。

"当然没有!我不过跟这条蛇讲讲道理而已。"桃夭拨开磨牙,走上门前几级石阶,用力敲了敲门。

不多时,一个衣着朴素的中年妇人开了门,疑惑地打量他们:"你们是?"

桃夭立刻露出乖巧的笑容:"您是魏永安魏公子的母亲吧?我们是魏公子的朋友,今日正好路过,便想着来拜访拜访他。"

妇人的面容顿时缓和下来,微笑道:"你们也是来找永安求画的吧。"

桃夭一愣,脑子立刻转过来,赶紧点头:"没错没错。"

事实上,柳公子他们带回来的消息里不光有魏永安的住址,还有一条是他年纪轻轻便画得一手好画,在坊间颇有名气,更有天才之美誉。

妇人又将他们上下打量一番,温和地说:"瞧你们一脸倦容,怕是赶了不少的路,进来坐坐吧。"

"好的好的,多谢魏伯母!"

桃夭朝柳公子和磨牙使了个"小心行事"的眼色,便紧跟着妇人进了门。

妇人引他们在院落中的石桌前坐下,又进去备了一些茶水糕点出来,边放边说:"今天早上还来了几位公子,非要拜永安当师父,真真是折煞了他呢。话说几位又自哪里来?"

而此刻他们的注意力,都被院墙上满满的画作吸引,薛神医说得不错,这少年的确颇有天赋,墙上的画无论布局还是线条,都不像是一个寻常十几岁少年的手笔,连内容都不像,整片院墙上画的全是各种姿态的夜叉恶鬼之流,即便只是白描不上颜色,画面也透出一丝带了血气的压抑。

桃夭微微皱了皱眉。

见他们都盯着墙上的画,妇人不好意思地笑了笑:"这孩子打小就比同龄人老气,给玩具都不稀罕,只爱捉笔作画。倒不是我吹牛,别人家孩子连筷子都不会拿时,永安已经能画出一幅完整的画了。就是他总不爱画花草美景,只喜这些凶怪之物。起初我瞅着也害怕,久而久之也惯了,听说有些寺院还专门请画师往墙上绘制此类图像,以警醒世人。"

"不不,您误会了,令公子下笔如神,只有不懂欣赏的门外汉才会觉得吓人。"柳公子微笑,说话也斯文起来,怕是终于想起了自己的理想之一是当诗人,"我们自帝都而来，只为一睹魏公子风采，若能求得一幅大作，那自然是再好不过。"

"一看这位公子便是风雅之人，想不到永安的画在京城也有知音。"妇人十分欣慰的样子，旋即却又略遗憾道，"只是此时永安不在家中，你们怕是白跑一趟了。"

"啊？敢问魏公子人在何处？"桃夭立刻摆出捶胸顿足的样子，"可恨我们风雪兼程，还是错过了。"

磨牙立刻接话："确实可惜，为见魏施主一面，我们连饭都顾不上吃，没想到还是无缘呐。如您所言，我确实是受我们方丈所托，来找魏施主商量去我们寺中画壁画的事。"说完他立刻在心里狂念，求佛祖原谅他说谎话，要不是为了配合桃夭他绝对不干这事。

"这样啊……"妇人听罢，心中终是不忍心，笑道，"永安是往神仙集去了，每年开集之时，他都要去参加集上的比赛，年年都拔头筹，只怕今日想见他的人，都早已聚集在松鹤庭了。几位若不赶着回去，倒也可以往神仙集上去，只是那里人多，怕与永安说不上几句话。"

"神仙集？"桃夭眼睛一亮。

○ 2 ○

夜幕初临，整条街上的花灯已尽数亮起，此刻一眼望去，方知"神仙集"三字着实不假，满目的五彩缤纷与流转光华交织成一个没有尽头的美梦，连带着在里头行走的男男女女，即便穿着如常，托了这场景的福，竟也比平日里多了几分美貌与仙气。

只有柳公子跟磨牙仙不起来，像两个怨灵一样跟在桃夭身后，眼巴巴地看着她左手拿一条脆香煎鱼，右手抓一个甜梨水晶糕，左咬一口右咬一口，兴致勃勃地在集市上溜达。连滚滚都抛弃了磨牙，转跳到她肩膀上，晃着尾巴谄媚兮兮地讨水晶糕吃。

没记错的话，他们来神仙集是为了抓人的对吧？如果抓不到那个人，狭口关不上，后果很严重的对吧？反正无论从哪个角度看，都不是来逛集市的对吧？

可是从一进集市，桃夭就在吃吃吃！真是一点都没浪费讨回来的房钱！

桃夭当然感受到了身后那两团即将爆发的怒火，她把步子放得更慢，让自己回到他们俩中间，不慌不忙道："百妖谱云，狭间界中邪戾之气，不出则无害，若开狭口，首出又附活物三年以上者，为狭怪，不可见午时光，受惊怒则现魔相，可引同类，力未知。不可杀，引回来处方可闭狭口。"

磨牙一惊："你说那魏永安已成狭怪？"

"那是狭口跑出来的第一缕邪气，加上这么长时间，他已是妖怪。"桃夭叹口气，"所以我麻烦你们把我说的每个字都听清楚，狭怪不能杀，甚至不能激怒他，不然我们有大麻烦。最好是不动声色将他诱回狭口，然后呢，要么咱们一脚把他踢下去，要么他自己良心发现肯主动回家。但我觉得还是踢一脚比较省事。"

柳公子越想越不踏实，问："若激怒了他，到底有什么后果？连百妖谱都没记载？"

"不是说过了吗，这些邪戾之气的成因千奇百怪，我们谁都不知现在附在魏永安身上的那一缕气来自何方神圣，更不知这位是因了什么才生出这缕怨愤，若知道了，或许还能推测这只狭怪能闹出什么乱子，毕竟所谓魔相，也不过是这口气的根源的放大与魔化罢了。连病因都不明，病状自然难料。我只知若将他激出了'魔相'，不但自己要闯祸，所有跑出狭口的邪气也都会寻他而来，成其臂膀，那才是雪上加霜。"桃夭擦了擦嘴，"所以我不是为了吃，只是为了养精蓄锐，并且让自己的身心都处于非常轻松的状态，这样，一会儿与狭怪碰了头，才不至于引起他的怀疑。所以麻烦你们两个不要再摆出这种上坟的脸，跟我一样，假装开开心心逛集市就好。"说着她又朝滚滚嘴里塞了一块水晶糕，"连滚滚都比你们悟性高！"

柳公子跟磨牙面面相觑。

"她真的不是在给自己好玩贪吃的臭毛病找借口吗？"

"应该……不是吧……不能预知的危险最危险，这件事开不得玩笑。"

"那我们也去买烤鱼？啊……有烤田鼠就好啦！"

"呕……"

三个人总算短暂形成了默契，心头多少焦虑与不安都暂时抛开，就当是来逛集市的闲人。

向路人打听后，得知那举办书画大赛的松鹤庭就在前头不远。三人照例吃吃喝喝，说笑着往前方那隐隐可见的三层小楼而去。

突然，一群男女飞似的从他们前头横插过去，围拢到一个摊位前，但见一块粗布制成的招牌立在一侧，上书"月老灵签"四字，旁边还画了几支桃花，透过围观者，勉强看见那摊位上一左一右摆着两个形似满月的金色圆罐，一个拿朱砂写着"结缘"，一个写着"偕老"，长得跟个发面馒头一样白胖的老板笑眯眯坐在后头，热情地招揽着生意。

"哎呀，你说的就是这个呀？"

"是啊，去年没赶上，今年一定要来试试。"

"有那么灵验吗？"

"当然灵验啦！说这两个罐子是天上来的神物，男取'结缘'，女取'偕老'，若二人能从罐子里取出一模一样的签，便是天作佳偶，要白头偕老一辈子的！"

"那么神？骗人的吧。"

"你这人就是不懂风情，这是什么地方？神仙集啊！纵是骗人，也就一文钱罢了，图个开心嘛。"

"小红小红，那我们去试试？"

"想得美，我才不跟你去呢。"

一堆人叽叽喳喳地吵闹着，情侣们对这个摊子更是钟情，整条街上大约就属这一处的生意最好。

柳公子拿胳膊碰碰桃夭："走啊，瞪着那地方作甚？"

桃夭跟没听见一样，只顾死死盯着那人潮涌动后的"月老灵签"摊位。

磨牙摇摇头，叹息道："这是又动凡心了……"

闻言，柳公子立刻从她身边跳开："你莫想拉我去抽签，我跟你没希望的！"

若是往常，桃夭老早跳起八丈高，但这会儿她偏一点反应都没有，就死死往一个方向瞪，瞪着瞪着突然踮起脚，鬼鬼祟祟地绕到那摊子的后面，做贼似的从胖老板身后露出半个脑袋，直勾勾地盯着站在最前面的一对男女——事实上不光她在看，但凡从这对男女身边经过的，就没有不多看一眼的，因为他们完美诠释了何谓"一对璧人"。

有的女子，大概生来便是不需太多装饰，脂粉淡淡，衣裙淡淡，如云黑发只需一根简简单单的白玉簪子就足够，多了，反而坏了那一抹飘逸灵动，面容就更不需浓妆艳抹了，眼耳鼻口就没有一处不细致不美好的，加上吹弹可破白如细雪的好皮肤，真真让人怀疑上天在打造这个人的时候心情是不是特别好。这样一个可人儿，无论站在谁面前，都是一朵在春日细雨里初开的杏花，娇美剔透又不刺眼。

至于把她牢牢护在自己身边的男人，桃夭已经找不到形容词来形容了，毕竟当初无数次在妄园里爬墙偷窥时，已经把世上所有称赞男子好相貌的话都在心里说尽了——其实方才看到背影时她已有八分确认了，现在看到正脸，终于可以死心了……没错，跟那仙女儿似的姑娘恰成"一对璧人"的，不是司狂澜是谁！！

想不到啊想不到，她桃夭自来洛阳后一路磕磕碰碰灰头土脸，差点连小命都不

拾 · 狭怪

保了,现在还得为了整座城池的安危奔波,可这位司家二少爷居然在同一时间优哉游哉地陪姑娘逛集市??再说他不是不喜欢人多吗?那现在整条街上涌动的不是人是猪吗!

突然就生气了……

大概是觉察到身后突然多了一双喷火的眼睛,胖老板回头,被黑着一张脸蹲那儿的桃夭吓了一跳,旋即赔着笑脸道:"姑娘,抽签的话,麻烦在前头排队。"

桃夭腾一下站起来,气呼呼道:"我抽你个鬼的签!"

"啊?"胖老板一脸茫然,"我这是月老签,不是鬼的签!我哪里惹到姑娘了吗?"

司狂澜不经意的目光从她脸上扫过,轻笑:"老板你眼神颇差,来你这摊子的都是双双对对,她孤身一人,如何抽你这月老签。"

好了,更加确定是这个男人了,绝对不放过任何可以奚落她的机会。

"哦,对。"胖老板挠着头,不好意思地对桃夭道,"那就……麻烦姑娘让一让吧。"

桃夭哪里肯让,没跳到摊子上就算好的,她冲着司狂澜冷哼一声:"二少爷不是讨厌人多吗,莫非这满街跑的在您眼里都不是人?"

那仙女儿圆睁着一双水灵灵的美目,看看桃夭又看看司狂澜,轻声问他:"这位是?"连声音都柔弱甜美,能美好到这种程度,怕是天上的仙女儿都要逊色几分了。

桃夭噌噌噌地从摊子下钻了过去,拍拍手站到他们面前,笑眯眯地对仙女儿自我介绍道:"我是给二少爷喂马的,我姓桃。您贵姓?"

两人不站在一起还好,一旦对面而立,谁为瓷器谁为瓦缸,一目了然。

不等仙女儿答话,桃夭身后突然冒出司静渊的脑袋,这家伙手里抱着一堆刚买回来的各色小食,一脸惊喜地看着桃夭:"咦?桃丫头你怎会在此处!"

"有什么好问的,不就是偷懒跑出来玩吗?"司狂澜淡淡道,旋即转头对仙女儿笑笑,"不是要玩这个吗,我陪你。"

我陪你……啧啧啧,可真温柔啊!

桃夭死死瞪着他们,印象中这个男人莫说温柔了,连个正常的笑容都没给过她呢!啊,心里怎么跟水烧开了一样翻腾起来了呢!

司静渊自然察觉不到此刻桃夭如地震般的心情,只将手里的食物一股脑儿都塞给她:"偷懒就偷懒吧,年底了,出来玩玩没事的。不过苗管家知道吗?"

"当然知道。"柳公子暗暗地从司静渊背后冒出来,"我是那种招呼都不打就跑路的人吗!"

司静渊吓了一跳,回头见柳公子磨牙滚滚一个不少,顿时笑道:"都来了呀?

正好，我买了好多吃的，你们有口福了！"

"都买了啥？烤羊腿买了没？"

"大少爷你买了那个什锦果子吗？看起来好甜好吃的样子！"

"买了买了！都买了！你们肯定爱吃！"

有司静渊在，从来不用担心冷场，他就是有本事把一场出乎意料的偶遇立刻变成理所当然的美食分享会。

可现在就算把龙肉摆在桃夭面前，她也没胃口，从头到尾，她的注意力只在那"一对璧人"身上。

有司狂澜的温柔陪伴，仙女儿更如依人小鸟，颇娇羞地往"偕老"罐里伸出一只玉手，在里头摸索片刻后，取出一块竹子雕成的、正面画了一朵牡丹的小方牌，然后攥在手心里，扭头对司狂澜笑道："该你了。"

司狂澜笑笑，伸手自"结缘"罐里摸出一块方牌。

牌子上画了一只飞鸟。

仙女儿的眼神瞬间从满怀期待变成淡淡失望，但又像是早就知道这个结果一样，笑吟吟地将两块牌子分别放回原处，对老板说了声谢谢。

其实所有围观者都有点小失望，虽然所有人都知道这只是个游戏罢了，但世间既有如此般配的男女，也不怪所有人都暗自期待这"月老灵签"确实能显灵一回了。

啪！

一文钱突然被拍在了老板面前。

桃夭抓着自己的辫子，仰着脑袋对司狂澜嘻嘻一笑："二少爷，我也想玩儿这个，可临时也凑不到人，要不你陪我呗？"

司狂澜微微一愣，那仙女儿也好奇地看着桃夭。

桃夭赌气般的挑衅，令三人之间的气氛骤然微妙。

其实她早预想了结果，无非就是司狂澜一如既往地冲她冷冷一笑，说一声恕不奉陪，然后带着他的仙女儿扬长而去，但明知如此，她今日偏就要花这一文钱，不花不开心！

"小姑娘，要不我陪你玩儿吧！"一个不知道从哪里钻出来的轻狂小子，笑眯眯地挤到桃夭身边，"敝姓黄，年二十有三，略有薄产，尚未娶亲。"

难怪这里的人，尤其是年轻男女特别喜欢这个神仙集，不止好吃好玩的多，最重要的是人多，没准儿就碰上个心仪的对象，喜结良缘也说不定呢。

但显然这位黄公子是找错了对象……

拾·狭怪

桃夭的"滚"字还没来得及出口,一只修长的手已经伸到她面前,指尖捏着一块方牌,上头画了一枝桃花,桃花之后,是司狂澜露在明媚光线里的脸,他朝那罐子瞟了瞟,拿眼神示意该她了。

转折来得太快,准备好了看桃夭丢脸顺便补一刀的柳公子被呛得咳嗽连连,磨牙嘴里的果子都差点掉出来,连做好了准备要在司狂澜拒绝她之后赶紧出去救场的司静渊都吃了一惊。

桃夭盯着眼前那枝桃花,愣了片刻,但很快恢复常态,嘻嘻笑道:"好呀,难得二少爷给面子,我得仔细去罐子里摸一摸!"

仙女儿虽也有些意外,但全程都未有太明显的情绪起伏,只保持着和煦如春风的微笑,由着司狂澜去做任何他想做的事。

桃夭的手在那个大罐子里搅来搅去,半天不肯拿出来。

"再不拿出来就炒熟了。"司狂澜斜睨了她一眼。

"我不!我要挑个手感最好的!"桃夭哼了一声,又搅和一阵,终于拿出了一块牌子。

她把牌子笼在手里,背过司狂澜偷偷瞄了一眼,旋即脸色一变,又哈哈一笑道:"哎呀,是个鸡腿啊!好没意思!"话音未落便飞快地将牌子往"偕老"里头一扔。

"哎哎别扔啊!我们还没看呐!"司静渊喊出来。

好在同一时间,一个毛茸茸的身影及时跃起,在那方牌落回罐子前的瞬间,一口将之叼住,又闪电般跳回磨牙脑袋上,口一松,牌子落到磨牙手上。

几个脑袋凑上去一看,牌子上哪是什么鸡腿,那一枝桃花分明跟司狂澜手上的一模一样。

"滚滚!!"桃夭气得跳脚,"回去我就拔了你的毛!"

滚滚冲她翻了个白眼。

司静渊啧啧将牌子递到司狂澜面前,一脸坏笑道:"一对儿啊!"

司狂澜看了一眼,笑笑不说话。

围观者们也是面面相觑,虽只是个游戏,但多少也藏着些说不清的缘分吧,可是眼前这小丫头,虽也说不上难看,还有几分古灵精怪的调皮可爱,但跟这位公子……恐怕还是那位仙女儿更般配吧?

"哎呀哎呀,我在神仙集摆摊这么多年,您二位是唯一一对抽中了桃花对签的呀!"胖老板自己都激动得不得了,"这可是月老灵签里最灵的一对儿签啦!您二位必然结缘偕老,佳偶天成啊!"

"承您贵言了。"司狂澜将牌子扔回给胖老板，像是什么都没发生过一样，对仙女儿道，"走吧，我看时间也差不多了。"

"好。"仙女儿笑着点点头，随他走出了人群，离开前还不忘回头看看桃夭，并微微颔首以示道别，教养极好的样子。

桃夭摸摸自己微微发烫的脸，一把从司静渊手里抢过牌子，挤出个笑脸："凑巧而已。"说罢，故意大摇大摆地走了出去。

"哎哎，姑娘姑娘！我的签我的签！"胖老板急得直招手。

司静渊忙上前对胖老板道："既然这桃花签如此难得，不如你就送了他们做留念吧。"

"啊？！"胖老板瞪眼，"那可是我吃饭的家伙！"

"哎呀，你再画一对儿有多难！"司静渊塞了一块银子到胖老板手里，"这些钱就当补你的损失。把你手里那个桃花牌也给我吧。"

见了银子，胖老板顿时转忧为喜，毫不犹豫地把司狂澜扔回来的桃花牌交给司静渊，还一脸做了大好事的样子："那你可得让那二位好好收着了，这一对结缘偕老桃花牌真的很灵验的！"

"一定一定！"司静渊将牌子收好，赶紧朝他们离开的方向追去。

磨牙还是不相信，自言自语道："未免也太巧了……"

"咳，就是个骗钱的玩意儿。"柳公子不以为然，但又隐隐有些怀疑，"不过桃夭的反应倒是怪了，照她的性子，此事本因司狂澜的嘲讽而起，如今与他拿了对签，那不该是拿着自己的桃花牌在那一对儿面前跑三圈炫耀吗……"

磨牙点点头："可她居然说抽到的是鸡腿……要不是滚滚及时抢救，我们定以为真是鸡腿了！奇怪，为何否认呢？"

柳公子摸着下巴想了想，半眯起眼睛："我看咱家桃夭是对那小子上了心了……先吃醋，再故意拉开距离……啧啧啧，我看呐，他俩去沐州时一定发生了特别的事情！"

"啊？"磨牙惊诧地张大嘴，"你是说桃夭喜欢……"

"嘘！"柳公子赶紧捂上他的嘴，"你敢让她听见，立刻毒死你！"

"不是……她不一直哭着喊着要嫁雷神吗？！"磨牙小声道，男女情缘这种问题实在不在他能理解的范畴。

"嘿嘿，小和尚你是不会明白的。"柳公子敲了敲他的脑袋，一副过来人的样子，"她但凡见个好看的就哭着喊着要嫁，雷神之前的风仙啊河君啊什么的，你都忘了？

她喊得是大声,可你见她为谁吃过醋?"

磨牙挠头:"吃……醋?有吗?"

柳公子耷拉下眼皮:"算了,我为啥要跟个和尚讨论这些。"说着,他又意味深长地笑笑:"反正啊,以后的戏码怕是更多了。"

冬夜的寒冷被这条街的光彩与热闹彻底击退,加入这片欢声笑语中的人越来越多,无人注意到那几个在人堆中各怀心事的家伙,所有人都只尽心尽力享受这份难得的喜庆与欢乐。

3

司狂澜与仙女儿仍走得悠闲,二人时不时轻声谈笑几句,天晓得他们有没有留意到身后那个表情丰富内心复杂的穿着一身红衣裳的小尾巴……

"你们怎会闲逛到洛阳来了?"司静渊递给桃夭一块糖糕,他非常自觉地把自己放到桃夭的队伍里,完全不去打扰前面那两位。

"谁说我来闲逛!你现在还当我是你家的喂马杂役吗?"桃夭接过糖糕气哼哼塞进嘴里,眼睛一刻都不肯离开前头的"璧人"。

"她来出诊的。"磨牙嚼着糖糕说。

"哦……明白了。"司静渊小声问桃夭,"那就是说洛阳有妖怪了?"

"废话。哪儿都有妖怪。"你面前的不就是吗,柳公子白他一眼,又朝那仙女儿的背影努努嘴,"那美人是何来历,能让你家澜澜如此无微不至?"

这似乎让司静渊有些为难,他左看右看,不好说的样子。

"还有比我的身份更让人惊奇的?"桃夭收回目光,锁定司静渊的脸,哼了一声,"原来认我当妹子是假的,连这点小事都不能讲。"

"不是不能讲。"司静渊继续为难,"只是她身份高贵特殊,我一时也不知该如何讲起。"

"身份高贵特殊?"桃夭继续哼他,"皇后还是公主呐?"

司静渊犹豫片刻,压低声音道:"还真是公主。"

此话一出,另外三个脑袋全都聚过来:"公主??"

司静渊想了想,又道:"怎么说呢,也不完全算是公主。"

"你介绍她的时候能不能像你给你家澜澜找媳妇那么果断!"桃夭忍不住掐了他一把。

"哎哟，疼！"司静渊揉着胳膊，心一横，道，"她姓宋，名年笙，先皇收的义女，虽无公主封号，但以公主之礼相待，赐住于洛阳明月台，也就差不多是名义上的公主府了。先皇驾崩后，新帝亦对其厚爱有加。"他顿了顿，笑笑，"若年笙能长命百岁，后头的所有皇上肯定都会厚待于她。"

"为何？长得好看？"桃夭脱口而出。

"比她好看的姑娘何止千百。"司静渊白她一眼，把声音压得更低，"因为当年有高人对先皇说年笙命数奇异，与大宋国运相系，若她有损，大宋则损；若她亡命，大宋则亡。所以，说是公主，其实就是被当作'国运'的象征，无论大宋江山传到第几位皇帝手里，都得拿她当神佛一样供着。"

桃夭听罢，嗤之以鼻："这种鬼话都有人信？那她一介凡人，活个一百岁顶天了，这不是咒你们大宋只有一百年嘛！"

"呸呸呸，你这丫头就是嘴巴坏！"司静渊作势要打她的嘴，"这种话你可不要乱讲。她虽然只能活一百年，可她会成婚生子啊，国运不就延续了吗？"

"那她要是成不了婚呢，成了婚也可能没孩子呢。"桃夭依依不饶，"你们的国运不还是断了吗！"

"那……那我怎么知道！我又不是能看穿别人命数的高人！"司静渊撇撇嘴，"反正这些事就留给高人们去操心吧。我只知道她比当朝任何一位公主都尊贵，是个时刻被保护的、惹不得的人。"他又戳了桃夭的脑袋一下，"也亏得年笙天性温和识大体，但凡稍微刁蛮些，方才就你那些小动作，老早拖出去砍头了。"

磨牙跟柳公子对视一眼，彼此心里都只得一个念头——不但外貌般配，连家世身份都配得天衣无缝，高贵貌美的公主跟闻名江湖的英俊小阎王……再想想桃夭撒泼打滚大吃大喝的鬼样子……他们突然觉得桃夭肯定没戏了。

桃夭沉默片刻，冷笑出来："皇帝拿她当宝一样捧着，你们司家两位少爷也捧着？可真是忠君爱国呢，生怕国运有闪失。"

"我寻思我给你吃的是糖糕也不是炸药啊，你看你这要吃了我的样子！"司静渊眨眨眼，突然明白了什么，笑看她，"哦，错了，不是吃炸药，是吃醋了？"

"我什么都吃，就是不吃醋。"桃夭断然否认。

"没吃醋？"司静渊坏笑着碰碰她，"若你真能同澜澜百年好合，我倒是求之不得呢。"

"你们家澜澜不是出了名的克妻命吗？我如此惜命，吃谁的醋也不能吃他的啊！"桃夭不屑道，"我就是看不惯你们那个谄媚的样子而已！"

"谄媚？"司静渊哈哈一笑，"那你是不知道我们与年笙相识于儿时，那时爹娘常带我们往明月台来，还叮嘱我们要与年笙姐姐好好相处，绝不能欺负她，若有人敢欺负她，我们还要保护她。"他盯着桃夭吃惊的眼睛，又笑，"你真吃醋还是假吃醋都没必要，我们与年笙不过是朋友之情，长大后虽各有各的生活，不常见面了，但我与澜澜还是会在每年年关前来洛阳陪年笙过生辰，她性子虽斯文，毕竟还是姑娘家，对神仙集这样热闹的地方很是喜欢，所以今天我们才会在这里啊。"

桃夭一直绷在脑子里的一根弦突然松了下来，但她很快又想到了什么，问："你爹娘为何带你们常去她那里玩耍？帝都里都找不到你们的玩伴吗？"

司静渊的笑容有刹那凝重，又转瞬即逝，只道："这说起来话便长了，也不是多么要紧的事。你也知司府非寻常人家，父辈们跟各种人物有来往也不是稀奇事。"他顿了顿，又坏笑，"反正澜澜跟年笙抽签都没抽到一对儿，你还恼个什么！"

"我哪里恼了？"桃夭夸张地笑给他看，眼睛却看着在前方人群中的司狂澜，这个人啊，无论穿多素净的衣服，无论多沉默，都不妨碍别人从人群中一眼看到他。

"阿弥陀佛，原来是青梅竹马的玩伴啊，还以为那是二少爷的心上人呢。"磨牙也稍微松了口气，小声对柳公子道，"既然二少爷跟她只是朋友，那是不是表示桃夭还是有一丢丢希望的？"

柳公子一挑眉，微笑："怕就怕襄王无梦，可别的神女有心呐。"

"啥？啥梦？"磨牙又遇到了知识盲点。

"跟你没关系，反正是你一辈子都不会做的梦啦。"柳公子同情地拍拍他的光头。

桃夭猛一回头，虎视眈眈道："你们两个又在我背后嘀咕什么！"

"我们只是在说今天的鸡腿鸭腿鹅腿味道都还不错，回去可能做梦都要梦见呢。"柳公子笑眯眯。

"是的是的！"磨牙自己点头不说，还摁着滚滚的脑袋一起点。

"鬼才信你们！肯定在说我坏话！"

桃夭愤愤转回头，却听司静渊说了一声："咦，澜澜他们这是被谁缠住了？"

往前一看，司狂澜跟宋年笙果然被几个人围住了。

○ 4 ○

"公子啊，就当是老朽求您了，实在是没别的法子，救场如救火，您当做个好事吧！"

"是啊是啊，若公子肯答应，往后一年里，您来咱们松鹤庭，喝茶吃饭都不要钱！"

一白发老者与一中年男子，穿着讲究，皆是读书人打扮，一脸焦急地围住司狂澜，他们身后那典雅古朴的小楼上，"松鹤庭"三个金色大字在夜色里分外显眼。

"这是做什么？"司静渊站到他们面前，疑惑地打量那二人。

那中年人见了司静渊，焦灼的目光里似又迸出了新的希望，正要开口，却被老者制止了，摇摇头，又朝司狂澜看去："唯这位公子乃最佳人选。"

所有人都一头雾水，只有桃夭根本不关注这些，只顾将宋年笙从上到下反复打量，非要从这个找不到缺点的女子身上找出缺点似的。

"是这样，这两位自称是松鹤庭的管事人，今日松鹤庭按惯例举办一年一次的书画比赛，每年都会请洛阳城中最受推崇的八位才子参加，岂料今年的选手中有一位突染疾病无法前来，八席之中便缺了一位，两位着急，万分要寻人替补，正巧我们经过，便一眼相中了狂澜。"宋年笙微笑着解释，语气轻缓，闻之如清风拂过。

别的桃夭都不管，就是那声"狂澜"听起来怎么那么不顺耳，听惯了大家叫二少爷活阎王，就算叫名字也是连名带姓一起叫，偏这不带姓氏的名字从她嘴里出来，无端端便多了几分旁人追不上的亲昵。

中年男子忙道："正是正是，谁也没料到临时会出这样的岔子。每年都是八席，不可缺一位，不然万万不敢叨扰这位公子。"

"诸位都是一道的？"白发老者又朝桃夭他们拱手道，"还请大家帮忙劝说一番，其实也无须公子做些什么，只往那席位上一坐，随意画上两笔，走个过场便是。"

听了这话，桃夭好奇道："你们既只是寻个替补填位子，这满大街都是人，偏就要他？"她指指司静渊，又指指柳公子，"这两个不是人？"

"不不不，姑娘误会了，这两位公子怎么不是人了？"中年人赶紧摆手，又看看司静渊跟柳公子，"主要是……这个……"

"是相比之下，这位公子姿容秀逸，看起来更像能诗善画，读书破万卷的样子。"老者接过话头，坦白得很，又朝骤然黑了脸的司静渊跟柳公子抱歉道，"老朽也并非说二位就不好，只是相比之下……相比之下。"

司静渊哼了一声："你这老头，怕是没见过我奋笔疾书下笔如有神的样子。"

"得了吧，你罚抄姑娘八字的事儿还是不要到处宣扬了。"柳公子白他一眼，自己却也很有几分不服气，"人老眼花看错人也是常有的事，不过算了，这些小场面哪需要我这样的人物出场。"

"去去去，我又不是只会抄八字！"

"知道。你还会绣花嘛。"

"你……你是不是忘了我是你大少爷了？做饭做得比猪食还难吃，还好意思说我！"

"你吃过猪食？不然怎知道比猪食还难吃？"

"你想打架是不是？"

"怕你不成！"

"阿弥陀佛，柳公子、大少爷，这好端端的怎的吵起来，大街上很难看的！"

几个人吵得正欢，桃夭却突然想到一件极重要的事，问那老者："方才你们说这比赛邀请的都是洛阳城中有名的才子，那么里头可有一个叫魏永安的？"

"魏公子？"老者立刻露出赞赏的神情，捋着胡子道，"他自然是不能缺席的，他自十岁起便年年出赛，次次鳌头，年纪最小，才华最高。也不怕直说，此刻松鹤庭中坐满的观众，一大半怕都是冲着魏公子来的。"

"这么厉害！"桃夭也是一脸崇拜，眼珠一转，又问老者，"那若是我说动我家少爷帮你的忙，今天我们这一群人在你松鹤庭中的吃喝……"

那中年人赶紧保证："若能成事，今日几位便是松鹤庭的上宾，不但安排好位子，茶水食物随意，回头还有额外的礼物送给公子。就当我们的谢礼了！"

"那就说定了。"桃夭一拍手，旋即转身对司狂澜笑道，"反正时间还早，助人为快乐之本，二少爷您觉得呢？"

司狂澜只似笑非笑地看着她，并不作答。

桃夭耸耸肩："不过您不去我也理解，瞧您平时除了当镇宅兽之外，连个毛毛虫都没画过，今夜列席松鹤庭的都是当世才子，您纵然当个替补，若是相差太远，也确实丢了司府的脸。"她说着说着，自然而然便去拉他的袖子，"算了，走吧走吧，前头还有好多好玩的地方呢。"

宋年笙始终保持着秀雅矜贵的样子，只在桃夭去拉司狂澜时，眉目间稍微有些不自然。

"连我家杂役都明白助人为快乐之本，我焉能不明白。"司狂澜笑着扯回自己的袖子，对老者道，"那么，今后一年松鹤庭的免费招待，在下就先谢过了。"

老者与中年人顿时大喜过望，猛点头："定不食言！公子往后若能常来松鹤庭，我等求之不得。"

说罢，二人忙让出路来，请他们赶紧入内。

"还是桃夭有法子。"磨牙在后头小声对柳公子道,"如此咱们便能自然而然去会一会那魏公子了。"

"司狂澜那种人,哪会吃激将法这套。"柳公子撇撇嘴,"我看他自己分明是愿意去的。"

"是吗?可二少爷不是那种爱出风头的人呐。"磨牙不解。

柳公子又一想,笑:"也可能他不想去,但觉得桃夭无比希望他去。"

"你们两个又在说什么鬼话,我可告诉你们,松鹤庭是洛阳城中数一数二的雅地,文人墨客们最爱去的地方,茶水糕点都是一等一的精致美味。"司静渊挤过来说道。

"那又如何?"

"就……提醒你们一会儿多吃一点,反正免费。"

"……"

入了松鹤庭,出得前厅,眼前又是另一番热闹天地,只见三层环楼将一座圆形水池围在中间,池中假山层叠,有亭台楼阁于其中,水中彩鲤游弋,光照之下绚丽多彩,不似人间物。而此时三层楼坐得满满当当,人声鼎沸,大约那些才子们的拥趸们都到齐了。

八张备好了文房四宝的台案围绕水池摆开,形如八卦,其中七席已有主人,老少皆有,然而最显眼的还是朝北而坐的那位少年,十四五岁的年纪,一身白衣,黑发整整齐齐在头顶束成髻,面容清秀,微见苍白,他此刻正一副两耳不闻窗外事的模样,专心研墨。

与旁边众人相比,倒也没有多么出挑的地方,不过一个寻常小书生。很难相信这样一个家伙,会成为他们顶麻烦的"麻烦"。

按司狂澜的要求,宋年笙被安排在一楼离他最近的地方,桃夭他们则被安排在二楼最好的位置。中年人亲自端上茶水糕点,不断道谢。

"怕我吃了她吗……"桃夭嘀咕着,探头探脑往一楼看,角度有限,看不到宋年笙。

司静渊喝了一口茶,看着下头说:"桌子摆得跟八卦图似的,难怪非得凑八个人,这要是少一个还真是不好看。"说着他又煞有介事道,"一会儿澜澜入座后,你们可得使劲鼓掌!咱们司府的才子可不能落于人后!听到没有!"

没人理他,此刻桃夭他们每个人的视线都死死锁定魏永安。

不多时,老者走到大厅中间,抬手示意围观者们安静。

"诸位,唐公子突染疾病不能出赛,甚是遗憾,故空缺之席位,由司公子替代。至于赛事,所有规矩不变,八位才子仍须限定时间内作画一幅,题材不限,在场观众仍以绢花为票,一人一票,得绢花最多者胜出。"老者大声道,此刻有小厮托了一个锦盒上来,老者接过盒子,举起朝所有人展示一番,"今年胜出者的奖励,乃沁石斋镇店之宝琉璃龙墨一锭,价值不菲,存世不多。"

人群中顿时爆出一阵羡慕之声。

"墨?"桃夭盯着老者手里的奖品,"值钱吗?"

"听说那是一间很出名的专制笔墨的店铺,里头的文房四宝都贵得要死。所以应该是很值钱吧。"司静渊也不是很懂的样子,嗑了一粒瓜子儿,"但这种东西吧……送我我都不要,那些人却当宝贝似的。"

"那是,抄八字哪用得上什么龙墨。"桃夭眼都不眨地说。

"我还画过姑娘们的小像呐!"司静渊相当不服气。

"可你家澜澜一个没瞧上,敢说不是你画得太难看?"柳公子也嗑瓜子,半分面子都不肯给他。

"我画出来起码还是个人,你画出来都不知道是什么玩意儿!"司静渊狠狠瞪回去。

"好啦好啦,大少爷,他们开玩笑呐,您喝茶,消消气。"磨牙生怕他们真打起来,赶紧把茶水递到司静渊手里,旋即瞪大眼睛指着下头,"呀,二少爷登场啦!"

顿时,所有人的目光都聚焦在步入场中的司狂澜身上,人群中又是一阵沸腾。

"这便是那顶替唐公子的人?"

"完全没听说过的人物,都不知从哪里冒出来的。"

"唐公子书画双绝,这位怕是比不过的。"

"别,有魏公子在,来多少个唐公子都赢不了。"

"今年魏公子仍是大热,在座一大半都是买他赢的人呢。"

"会不会爆冷呢?"

"做梦去吧,放眼洛阳,如今还有谁的画技能胜过他?"

一半的讨论是这样的,至于另一半,几乎全是"这位公子风姿出众,气韵卓然,实属少见啊"!再剩下的,便是盯着他红了脸蛋的大小姑娘们。

说是画画的比赛,可司狂澜这样的人物往那儿一坐,再有身后的假山池水衬着,他自己便是全场最好看的一幅画了。

桃夭看得嘴角微扬,心想这家伙不说话时真真美如画,一开口就……算了,能让他活下来已经是她的底线了。

司狂澜礼貌地朝众人微微颔首,又在老者的带领下落座,旁边正好是那魏永安。

那少年对身边来了什么人一点兴趣都没有，仍目不斜视地研着墨。

桃夭的邻桌传来不屑的声音——

"你看那姓魏的小子，还是一脸不可一世的样子，谁都不放在眼里似的。"

"不过就是个喜欢画恶鬼的家伙，想不通怎么那么多人推崇他。"

"我看是瞧他长得清秀，像个小姑娘吧，哈哈哈。"

"哈哈哈。不过可惜了，沁石斋的龙墨万金难求，今年又便宜那小子了。"

桃夭扭头看了看，三个衣着富贵，模样却平庸，甚至有点猥琐的年轻公子，一脸坏笑地将脑袋聚在一起。

"无聊。"桃夭转过头，却见那老者已经在一个青铜香炉里点起了一根略长的香，说："香尽停笔，八位才子可以开始了。"

此刻，松鹤庭的气氛是极好的，当八位选手动笔之后，所有围观者也仿佛进入了状态，不再喧哗，连嗑瓜子儿都嗑得小心翼翼，每个人都一门心思地关心那八个人笔下会出现怎样的惊喜，市井之中的粗鄙俗气在这里全无踪迹，是真文人雅士也好，是装出来的也罢，总之，当空气里只有沙沙的运笔声与清淡的墨香时，再浮躁的人心也都能得到片刻宁静，如此场面，说是比赛，不如说是一场充满雅趣的享受。

桃夭眼中只得两人，胜负不要紧，如何让不该出现在这里的人回到应该回的地方去，才是目的。

洛阳城今夜的比赛，她也有份，谁胜谁负，拭目以待。

○ 5 ○

一炷香终是燃尽了，老者拍了拍手："时间到。"

八个人先后停了笔。

此时，八个小厮出来，小心从他们的案台上取走画作，从一楼开始绕场，再上楼，确保在场每个人都能清楚看到八幅大作。

今年的惊叹声之多大约是历年之最。

魏永安画了一只身披烈火的恶鬼，运笔之熟练，线条之流畅，令观者在画纸经过自己的瞬间，担心那张纸会真的烧起来，恶鬼随之跳出来。这天才少年让人惊讶的，永远都是他画作之中极大的侵略感。

这样的一幅作品，本该是没有对手的，就如往年一样。

但今年却有了意外。

观众们更大的惊叹，给了一幅"神女图"。

画中一女子，头枕明月脚踏飞花，云鬓高耸，面如芙蓉，眼波流转之间，虽笑亦嗔，高贵婉约中又带几分娇俏，一身红衣灿如云霞，衣袂飘飘之间似有春风拂过，轻易便吹到了所有围观者的心里头。

真真是一幅会让人心生欢喜的画，是司狂澜的手笔。

当这幅画经过桃夭面前时，她惊得瓜子儿都掉下来了。

她是不懂画的，但她就是觉得画中人真美，那衣带生动得都仿佛要飘到她脸上来了。但最令她吃惊的，却是画中人手腕上戴了一个金铃铛，跟她手上的一模一样……

"他……连这个也会啊？"她在这幅画离开后还舍不得收回目光。

柳公子与磨牙也是差不多的表情，连滚滚见到这幅画时都唧唧叫着往上扑，拼命要去一亲芳泽的样子。

"他也没说过他不会啊。"司静渊倒是见惯不怪的样子，边吃边说，"我家澜澜也是随了我，爱好广泛。"

回应他的只有三人鄙视的目光。

八幅画作展示完毕，在场众人惊叹之余，更是议论纷纷，毕竟选票只得一张，总要投给最心仪的那一幅。

神女之于恶鬼，两个极端，各有千秋，但今年的观众们许是看久了恶鬼有些发腻，竟让这横空出世的"神女"拔得头筹——司狂澜得到了全场一大半的绢花，往年常胜将军魏永安屈居第二，意料之外，意料之中。

最激动的怕是那老者跟中年人了，万没想到抓来凑数的人物，居然是一匹深藏不露的黑马……松鹤庭书画比赛的排场不但保住了，今年的水准还高于往年，此后松鹤庭在洛阳文人心中的地位怕是更稳固了。

其余几位选手没有不服气的，纷纷前来恭喜司狂澜，顺便自报家门套个近乎，司狂澜只淡淡回应，连基本的寒暄都无一句。

这头正热闹时，独有那魏永安并不参与，只管捧着司狂澜的画看得入神，素无表情的人竟激动起来，明明输给了这张画，眼中却全是惊喜。

老者将锦盒拿来，郑重交给了司狂澜："司公子才情惊人，独占鳌头实至名归！这龙墨便归公子所有了！"

四周顿时一阵艳羡之声。

司狂澜接过锦盒，笑笑，正要开口，袖子却冷不丁被人拽住。转头一看，魏永安激动得连嘴唇都在发抖,双手死死拽着他的袖子,眼里甚至有泪光,看他的神情绝不是在看敌人,而是一个久别重逢的故人。

已在附近的桃夭见状,差点就冲出去把魏永安打开,幸好被柳公子跟磨牙双双拉住。柳公子低声道:"你不是说不能惊吓不能触怒,要自然地把人带走吗?"

桃夭咬咬牙,收回迈出去的脚。

司狂澜看着一反常态的魏永安,笑笑:"魏公子有事?"

魏永安还是死死盯着他,却始终张不开嘴,拉住他袖子的手抖得越发厉害。

司狂澜想了想,将手中锦盒递到魏永安面前,他一惊,本能地松手接住。

"这龙墨我拿来亦无用处,就转赠公子吧。"他朝魏永安一拱手,笑,"本无意夺公子风头,勿要介意,告辞。"说罢,也不理还有多少人想与他拉近关系,亦不理会老者与中年人的挽留,携了宋年笙往门外走去。

司静渊也赶忙招呼桃夭他们一同出去。

但桃夭却只让他先走,说他们仨要把楼上没吃完的糕点打包带走,惹来司静渊一个白眼,说在外头等他们。

然后桃夭与柳公子、磨牙真就跑回楼上,一边打包食物一边盯着那始终愣在原地的魏永安。

"现在咱们连话都没跟他说上,要怎么带他去龙城院?"磨牙担忧道,"我看他不是很正常的样子。"

"他本来就不正常。"桃夭皱眉,"看到司狂澜之后就更不正常了。"

柳公子挠挠鼻子,说:"也可以冒一回险。我现在就可以风卷残云般将他带到龙城院,时间这么短,也许不会有什么异变?"

桃夭正要开口,却见那魏永安居然抱着司狂澜的画跑了出去,任人在后头怎么叫他都不回应。

众人大约是早知这少年的性情异于常人,天才嘛,多少都与众不同,所以也不太当一回事,只有老者有些担忧,但只是担忧那幅神女图有去无回。按理说每年参赛才子们的作品都会留在松鹤庭作为收藏,但拿走画的又是魏永安,他也不好找人强制追回,正发愁时,方才在桃夭邻桌叽叽喳喳的三个公子哥倒站了出来,说他们去追,纵然是往年的头名,可别人的画也不能让他说拿走就拿走,旋即三个人便追出了门去。

"这三个傻子怕要坏事。"桃夭飞快追出去。

柳公子跟磨牙刚出松鹤庭大门,磨牙又折回来对着那老者道:"施主,往后一年都能免费用膳是吧？"

老者一愣，立刻点头："一言九鼎！"

"多谢施主，阿弥陀佛！"磨牙一溜烟地没了踪影。

松鹤庭前头，司静渊果然还在等他们，见桃夭出来，不禁奇怪道："我怎的瞧着那魏公子抱着一幅画往澜澜离开的方向去了，然后咱们邻桌的几个人又往魏公子那边追去了。"

桃夭只道："那咱们就跟上那三个人。"

"为何要跟上他们？澜澜说夜已深，他先与年笙回明月台去了，还说你们这群野人想继续逛集市的话，随便。"司静渊如实道。

桃夭冷哼一声："野人们今天也不想逛了。"

说罢，脚下加快了速度。

6

一旦离开了神仙集，洛阳的冬夜便立刻摘下了温暖热闹的面具。寒气在深重的夜色中游走肆虐，街头几乎无人行走，路旁店铺里的灯火也灭了大半。

走过拱桥，一道人工开凿的细窄河渠笔直向前，两侧房舍清幽，垂柳微摇，沿渠直走，最末便是宋年笙住处，不显眼，不铺张，一座精巧风雅的朱门小院，若夜色明朗，月色倒映河渠之中时，自拱桥看去，她的家仿如建于月光之上，难怪这宅子叫作明月台。放眼洛阳，怕也只有这般大隐于市，静中自带仙气的居处才匹配得上她这样的人物。

下得拱桥，走出几步，宋年笙终是忍不住停下，对司狂澜道："后面的人一直跟着，你不理会？"

说的自然是魏永安，这家伙一路从神仙集跟到了这里，却始终不说话，就么不远不近地跟着，既不想打扰他们又不想放过他们的样子。

他不说话，司狂澜也当作没看见，只管护送宋年笙往明月台去，一路上连头都没有回一次。

"随他好了。我与他素不相识，没有理会的必要。夜深了，快回去歇息了。"司狂澜若无其事道。

"好歹当了一场对手，怎算素不相识呢，你这脾气呀……"宋年笙摇摇头，转身朝立在拱桥上的人道，"是魏公子吧？"

见她突然招呼自己,魏永安愣了愣,踌躇片刻后,慢吞吞地走下了桥,站在离宋年笙几步远的地方,视线却始终越过她,只关注她身后的司狂澜。

宋年笙笑了笑:"魏公子一路相随,可有什么事要交代?"

"我……我……"他都不敢与她对视,嚅嗫了半天,才鼓起勇气说,"我……我想与先生共饮一场。"

"先生?"宋年笙不知他为何突然这样称呼司狂澜,这"共饮一场"更是来得突兀。

司狂澜转回来,先将宋年笙轻拉到自己身后,方才看着魏永安道:"魏公子,我素来不喜与陌生人共饮,盛情心领,你还是早些回去吧。"说着他又看见他怀中抱着的画,笑笑:"公子既不嫌弃,这画便送了你,就当我对阁下的谢意。"说罢,便要携宋年笙离开。

"不不……别走!"魏永安着急了,一把抖落开卷起的画纸,指着画中神女道,"这真是先生的手笔?"

司狂澜与宋年笙面面相觑,觉得这位魏公子越发不像正常人了。

"松鹤庭中,魏公子不是与我邻座?此画自然是我亲手所作,何故有此疑问?"司狂澜心生戒备,但仍耐着性子。

魏永安听罢,竟突然喜极而泣,紧紧抱着那幅画,红着眼睛哽咽道:"我就知道是伍先生你来了,我等了那么多年,终于等到你了!"

伍先生又是谁?司狂澜完全不知道他激动的原因,也不想知道,只当世间所谓的天才们,大约都有些异于常人的怪性情吧。

"魏公子,我姓司,你该叫我司公子。"司狂澜冷冷道,"告辞。"

说罢,他再不管魏永安有什么反应,快速带宋年笙离开。

"魏公子该不是喝醉了酒吧?"

"并无酒气,怕是走了神突然不清醒了。不必理会,莫要与他接近便是。"

"可他还站在那儿……"

"由他。"

魏永安特别失望地看着司狂澜果断离开的背影,一滴眼泪掉出来,落在画纸上,喃喃道:"那壶酒一直没有喝呢……"

此时,他那双原本正常的眼睛里,突然浮现出一层暗蓝光华,但很快又消失不见。

他犹豫了许久,想追上去,怕是又怯于司狂澜毫无温度的拒绝,始终没有迈出那步,像个找不到方向的孤魂一样茫然站在原地。

突然,一阵刺耳的笑声打破了四周的寂静,松鹤庭那三个无聊的公子哥如苍蝇一般冒出来，将魏永安围在中间，其中一人指着他怀中的画，阴阳怪气道："我说魏公子啊，输了就输了吧，哪至于把人家的画都卷走，还一路跟踪纠缠不休的。"

"可我们远远瞧着，人家司公子像是根本不搭理你呀，哈哈哈。"

"行了行了，别的不说，咱们今天来就是照着规矩，来帮松鹤庭的老板取回神女图的，把画给我们！"

明眼人一看便知，帮忙取画是假，借机欺负这个无论他们如何羡慕嫉妒恨也永远都成为不了的天才，才是此行最大的目的。

魏永安本就瘦弱，被这三人一围攻，更是缩成了小小一团。他不说话，只紧紧抱着画，恨不得把它揉到自己的皮肉里似的，无论他们说什么，也不肯交出去。

"你这小子，老实交出来便罢，别惹我们动手！"

"呵呵，你这身板挨得住几拳？万一不小心伤了手，你往后还拿什么去当天才？"

"赶紧交出来，别磨蹭了！"

面对越发明显的恶意，魏永安干脆蹲了下去，把画紧紧护在心口，一副哪怕立刻被打死也不肯交出去的决然模样。

那几个人大概是没料到威胁竟然毫无用处，这单薄得风都能吹走的少年竟跟一块无从下手的石头一样，一动不动地蹲在那里。

对此，三个人反而没了辙，真下狠手，打坏了人还得吃官司，不划算。正无计可施时，其中的矮个子忽然从腰间取出一把银光闪闪的匕首来，坏笑着对同伴使了个得意的眼色，旋即俯身一把揪住魏永安，刀尖对着他，大声道："拳头不怕，刀子也不怕？"

另两人简直想给他鼓掌助威，有匕首在，寻常人尚且忌惮几分，这手无缚鸡之力的小子想必更是招架不住的。

魏永安缓缓抬头，视线与明晃晃的刀尖撞个正着，他怔住，整个人真如石头一般僵住，连呼吸都停了。

持刀者以为自己的恐吓终于起了作用，朝同伴挤眉弄眼，心想一会儿就算拿到画了，也要再好好嘲弄他一番，谁让这小子总是占尽风头。

"交出来！"他晃了晃匕首，"再不从，仔细你那标致的小脸挂个彩！也别指望这时候有人来救你！也不看看周围，连个鬼影都没有，今儿就算杀了你，也没人知道是谁干的！"

话音未落，他整个人连带他手里的匕首一起飞了出去，人在地上摔了个眼冒金星。另外两个还没回过神来，便觉一阵冷风扫到脸上，等到清醒过来时，三个人已经歪歪斜斜在地上叠成了三只有气无力的"癞蛤蟆"。

桃夭收回脚，冷冷瞪着他们："这儿是没有鬼，可是有你姑奶奶我呀！"

柳公子从她身后走出来，横抱着手臂道："都说了你脚力不够，踹得太轻，还是得我来。"

司静渊又从柳公子身后冒出来："不不，这种事还是我最擅长呢！"

"你们……你们是哪里来的匪类！"持刀之人摔得最重，推开两个压住自己的同伴，龇牙咧嘴坐起来。

"哎哟，看着面熟……"

"不就是松鹤庭里，坐我们隔壁桌的吗！"

"原来姓魏的还有帮手！给我上！跟他们拼了！"

狠话归狠话，到底是一帮庸才，桃夭那一脚虽比不得柳公子跟司静渊的力道，却也能让他们好一阵子站不起来。三人跟看傻子一样看着地上的蝺踽之辈，桃夭甚至打了个呵欠。

磨牙跑到魏永安面前，着急地问："魏施主，你怎样了？"

魏永安仍旧抱着画，却像听不见似的，也不看他，一双眼睛只死死盯着那把掉在他面前的匕首。

"魏施主？"磨牙伸出手在他眼前晃了晃，"可是伤到哪里了？"

魏永安还是没有反应。

滚滚好奇地在魏永安身上嗅来嗅去，片刻间竟又炸了毛，嗖一下跳到磨牙身后，一口叼住他的衣裳使劲往后拖。

与此同时，方才消失的暗蓝光华又从魏永安的眼眸里散出来，瞬间淹没了他的一双眼睛，此刻在他脸上的，只是两个异光涌动的蓝色窟窿，不光是眼睛，魏永安整个人都冒出了阴森冰凉的蓝光。

磨牙吓得连退几步，差点摔倒，大叫："桃夭！魏施主变色了！！"

桃夭猛回头，见此情景，不禁暗叫一声："坏了……"

不待他们有所行动，只见那魏永安突然仰起头，发出了犀利的啸声，其声威之强，竟仿佛连周遭的空气都被挤压变形了，再看，无数蓝黑之气如毒蛇般自四面八方涌来，竟一鼓作气悉数钻进魏永安口中，而他的身体也在此刻迅速膨胀起来，从衣裳到皮肉都似被那层鬼火似的蓝光融尽了，顷刻之间出现在众人面前的，是一个身材巨大，浑身上下只有一层半透明蓝光的人形怪物。

司静渊大惊："这是何物？"

拾·狭怪

"妖怪。总之不可再触怒它。"桃夭咬牙警告。

"狭怪……原来这么大一只啊!"磨牙紧紧抱着滚滚,躲在桃夭身后不敢乱动。

柳公子皱眉:"怎会这样,说变就变了。"

"那几个傻子,他们方才一定触到了狭怪的逆鳞。"桃夭愤愤朝那三个傻子那儿一看,几个人早已口鼻流血昏死过去,必是狭怪那一声吼叫震伤了这几个凡夫俗子,也好,换了她也会将他们打个人事不省。

"这么大一只,我怕我一口吃不下去……"柳公子为难道。

"谁让你吃它了!"桃夭瞪他,"不是早说过了,狭怪归根到底都是一口怨戾之气罢了,得沟通,得顺了它那口气,才有机会引它到狭口!"

"可它并不想搭理我们的样子……"磨牙拽了拽桃夭的袖子,害怕地朝那庞然大物努努嘴。

但见这狭怪根本不将他们几人放在眼里,径直往明月台方向缓缓走去,幸而它的身躯不是实体,不然所经之地,只怕树倒墙垮,房舍人命皆难保。

"这妖怪……"司静渊眉头一皱,"我看它身子虽大,似乎并无大作为。"

也是活该他乌鸦嘴,这话音未落,众人眼前突然一亮,头顶明明还是黢黑的夜空,眨眼间有光耀眼,与白天无异,再看四周,虽然景致未变,却无端出现了好些个男女,面目虽正常,通身也呈半透明状,他们仿佛看不见周遭真实的情况,只是自顾自地说话聊天,甚至还摆出买卖东西的模样,尽管面前什么都没有。

而此刻,包括桃夭在内的所有人都像被施了定身术一般突然停止了所有动作,莫名的压迫感自四面八方而来,将他们紧紧裹住,刹那间,五脏六腑被挤压得难受,连气都要喘不上来了。

好在这种"静止"只在他们身上停留了一瞬,桃夭喘出一大口气,用力扭了扭身子,这才完全摆脱那股试图压制她的力量,其他人情况也差不多,一头冷汗后恢复了正常,彼此的眼神交流中似乎都还不确定方才的体验是错觉还是当真被什么东西冒犯了。

磨牙有些恍惚地问柳公子:"刚刚……是有什么东西摁住我们了吗?我好像根本动不了。"

"你们也有这感觉?"司静渊大力甩了甩手臂,心有余悸道,"像把我塞进了一个比自己还小的瓶子里似的。太吓人了……"

"这些……是什么玩意儿?"柳公子都顾不上跟他们交流,眼见着几个"小孩子"举着拨浪鼓从自己身体里穿过去,一溜烟跑到河渠上,如履平地。

磨牙哆嗦着打量他们："他们的装扮像是……几百年前的唐时衣装？"

"你看那边！"柳公子指着拱桥，原本好好的桥上，竟突然冒出一棵参天大树，也是半透明状，而他们脚下的石板路也有一小部分变成了带暗纹的方砖，连河渠两旁的房舍也有部分变成了另一种模样，变化的部分虽透明，也还能看见本貌，但越是如此，这种仿佛两个世界被胡乱叠在一起的情景便越是诡异。

"怎么会这样？"司静渊用力揉揉眼睛，再看，还是诡异之景。

"难怪连我们都差点被压住了……"桃夭看向四周，冷冷道，"此为双世之象，原来这狭怪的本事是这个。"

其余几人俱是一惊。

桃夭望着那缓缓移动的狭怪，说："现在出现的另一个世界，应是狭怪心头所念之地。不加阻止的话，一旦狭口中出来的怨气被它全部吸到体内，它的力量便告完整了。在它的身躯由虚变实之际，也意味着被它想出来的世界会变成真实的存在，而原本真实的洛阳城反而会由实变虚，连同生活在这座城池里的所有活物也会是同样遭遇。"她略略盘算一下，又道："若它想出来的只是一条街一间房子还好，照此时所见，我看它心中牵念的只怕是一整座城池，运气再坏点，说不定是整个天下……"

虽然不能完全明白，但看桃夭说的每个字都十分严重的样子，司静渊小心问道："那……那意味着什么？"

"意味着狭怪想象出来的世界有多大，现实中就有多大的地盘会被覆盖，按最坏结果来看，所有被重叠的现实世界都会被狭怪带来的世界'吃掉'，包括里头的所有活物。等到这个世界完全被这片本为虚像的世界吃光取代之后，这个看似真实的'新世界'也摆脱不了终是虚幻的本质，最后也只能在这混乱的时空中化为混沌。这双世之象，说白了就是个两败俱伤谁都落不下好的倒霉又罕有的现象。"桃夭说着，走到那三个傻子身边，踢了他们一脚，那三个家伙却丝毫没有动弹，仿佛长在了地上，连表情都凝固不变，"此象一出，两个本不该重叠的世界硬碰之下产生的巨大的扭曲之力，会压制住其中所有活物，令其不可离开原地，我看此时，洛阳城乃至更远的地方，所有寻常人都跟他们三个一样了。"

磨牙听了，看看自己又看看大家："可是，为何我们只被困刹那？"

桃夭笑笑："在场各位有哪个是寻常的普通人？不过也莫要高兴，如今双世之象初现而已，等到它越来越真实，力量越来越壮大，就轮到我们变木头人等死了。"她看看四周，忽然认真起来："所以你们现在走还来得及，趁狭怪还在积蓄力量，跑到它影响之外的地方，你们就安全了。此事因我而起，我会处理。"

柳公子顿时冷笑出声:"我走倒是无妨。只是你那脚力,哪能把那么大个妖怪一脚踢回狭口,不还得指望我。"

"我也不走,我又跑不快。"磨牙抱紧滚滚,坚决地跟柳公子站在一起,"莫赶我!"

桃夭一愣,摇头一笑:"反正实话我告诉你们了,走不走随意。"

司静渊压根儿没去想跑路的事,只一脸焦躁地问:"所以你意思是,这只怪物光靠想出一个世界,就能靠这个世界吃掉我们的世界,包括我们?吃完了之后它自己也会消失,只剩下一只什么都没有得到的大妖怪跟一片空白之地?并且这个被带来的世界已经开始乱来了,比如此刻已有许多普通人被怪力压制到不能动弹,无法逃命,只能接受一起消失的结果?"

"差不多。"桃夭点点头,"好在现在才刚刚开始,我们还有时间,起码我们还能跑能跳。不论受狭怪影响的范围有多大,它力量的来源只有一个。只要在狭怪变虚为实之前将它带回龙城院的狭口之中,由它而来的世界自会灰飞烟灭,洛阳城当可逢凶化吉。"说着,桃夭一拳击在自己手心,"可恨不知这狭怪最初的来历,照现在看来,只知它的主人应是几百年前的人物,或是别的玩意儿。"

司静渊听得着急,跺脚道:"不管怎样,我瞧它分明还是放不下澜澜,你看它一直往明月台去了!不成,我得赶紧去找澜澜!哎哟,澜澜可千万不能变成木头人呐!"

司狂澜?

桃夭心下一惊,忙跟着司静渊追过去。

可是,狭怪还没走到明月台,便停下了脚步。

一众人朝前一看,那河渠尽头,明月台门口,不知几时多了个人,手握长剑,姿态从容——司狂澜无丝毫畏惧,仍是清清冷冷的神情,看狭怪的眼神跟看街头随便一个不讨人喜欢的人类一样。

众人松了一口气,之前的担心也是多余,连司静渊都好好的,比他还不正常的司狂澜又怎会变成木头人。

司静渊小心翼翼绕开狭怪,飞快跑到司狂澜身旁,急急道:"这妖怪是魏永安变的!它还要吃了洛阳城!桃丫头说什么要把它送回龙城院的什么口里头才能解这场危机!不然连我们都会消失的!"

司狂澜淡淡道:"我已知魏永安并非人类,方才与他拱桥说话时,便见他眼中有阴蓝之光一闪而过,怕吓着年笙,我方不动声色,将她安顿好之后才得了空闲出来会一会他,倒不承想片刻之间他已成这般模样了。"

桃夭听了，也顾不得计较他对宋年笙的处处照顾了，只慎重说："提醒一下你，不能对它下狠手，不然它体内的邪气一旦全部爆出，狭口关不关，离它最近的洛阳城都得完蛋。"她又压低声音道："如今我们唯一的机会，是它对你似乎特别上心，这妖怪来自活物在世时的一口怨戾之气，你多半就是平息那口气的关键。你试着多跟它聊聊，它说什么你都答应，只要能将它引到龙城院的狭口，什么都好说！"

司狂澜看她一眼，普天之下怕也只有他能在最短时间内从她匆忙的讲述里理出事件的大概脉络。

他略一思忖，将长剑放到地上，竟赤手空拳朝狭怪走去。

见司狂澜走过来，狭怪的面容竟有了变化，只有一对窟窿一张勉强叫嘴的裂口的脸上，居然露出一丝憨笑，喉咙里也发出含糊低沉的声音："伍先生……"

"抱歉，我说过了，我姓司，不是你要找的伍先生。"司狂澜镇定道，"若你信得过我，我倒可以带你去找伍先生。"

在场众人包括滚滚都想给他鼓掌了，脑子转得真快！

但狭怪似乎根本不听他的，还是自顾自地喊着："伍先生……"

司狂澜耐着性子道："我认识一位伍先生，就住在离此地不远处，要不你随我去看看？"

它却还是定定地看着司狂澜，继续叫他伍先生。

再这么耗下去情况可不妙，司狂澜想了想，也不管它意见如何，干脆径直往前走去，既然魏永安都能不屈不挠跟他一路，那么这个怪物应该也会，既然如此，他便做一回诱饵，引狭怪至龙城院再说。

在场所有人都是这个思路，此刻哪里去找比司狂澜更有效的诱饵！众人无不捏了一把冷汗，司狂澜若能成功，后头的事就太简单了，就是比脚力罢了。

这个狭怪，看起来高大凶猛，但并不太聪明的样子……

可是，所有的期望都在一瞬间被击得粉碎。

司狂澜才走出几步，那狭怪便出人意料地一吸气，司狂澜整个人顿时离了地，被一股怪力朝狭怪心口吸去，转眼便紧紧贴在它心口处，它还伸出双手狠狠抱住司狂澜，在它用力的按压下，司狂澜如沉流沙，大半个身子迅速陷入从它心口震荡出来的一股漩涡般的光流之中。饶是如此，他依然面不改色，只大吼一声："你们不要过来！"

没用，桃夭老早高高跃起，唰一下贴到狭怪心口，一把抓住司狂澜的手腕，咬牙道："凭什么听你的，我偏要过来！"

"你……"只剩肩膀以上还在外头的司狂澜想甩开她，奈何已动弹不得，陷入狭怪的身体骤然重若千钧，身不由己地下沉。

同时，桃夭的手也抽不出来了，大半个胳膊已随着司狂澜一同陷进那漩涡之中。

柳公子正要冲上来，却被桃夭厉声喝止："不许过来！三个时辰后我们没有出来，你们有多远跑多远，以后逢年过节多给我烧点好吃的。"

话音未落，桃夭只觉眼前一黑，身体如落叶般滑到一处无边无际之地，使不出半分气力，看不见听不到，无法确定是否还有呼吸，唯一真实而确切的感觉，是她一直抓着另一个人的手……

○ 7 ○

纸钱的灰烬，在初夏的风里打着旋儿。

不到二十岁的年轻男子，跪在矮矮的坟头前，一边烧纸，一边高兴地说："娘，明日我就动身去洛阳了，甘霖寺里的壁画，一半都交给我了。能得到这份差事很是不易，洛阳城中高人辈出，甚至连长安的大师都毛遂自荐，我以为我这样籍籍无名的小子绝无希望呢。"

他的喜悦是从心里冒出来的，在母亲面前，更无须掩饰。

烧完纸钱，他也不管会不会弄脏自己白色的衣衫，干脆在坟前坐下来，放眼看这漫山遍野的青翠葱茏，又说道："方丈是个特别慈祥的人，待我很是和善周到，此番不但给我安排了居处，还说要将我引荐给洛阳城中的诸位名家。我此去洛阳，只怕有很长一段时间不能回来看您老人家了。甘霖寺的壁画乃是皇上御命，不敢有半分马虎懈怠。若能顺利完成，龙颜大悦，说不定我就能在洛阳乃至长安闯出一番名堂。"他回头望着母亲的坟，眼里满是希望，"您是知道的，功名利禄我倒是不热衷，我就是喜欢画画，此番若能获得赏金，我想把您的坟重新修一修，不然呐，再过些日子，只怕这小小的一座坟都要看不见了。"

微风吹过，他撩开额前的一缕碎发，从身上摸出一个散发着药草芬芳的香包，一看便是哪个姑娘送的。

"阿敏又送了我一个香包，我前些时候不是睡不太好吗，她就做了这个给我，让我夜里放在枕边，似乎有效。"他摩挲着香包，"我知道阿敏是不舍得我走的，昨天她替我收拾行李时，眼睛都红了。我自己也有点难过。"他叹气，"我跟阿敏保证，最多半年吧，等我完成了壁画，身上有些积蓄之后，一定回来娶她。"说着说着，他短暂的低落消失在对未来的憧憬里，不好意思地朝坟头笑了笑，"娘，我觉得阿敏是天底下最好看的姑娘，跟画里的仙女似的。她当您的儿媳妇，您一定会高兴的。再过两三年，说不定来看您的就是三个人，也可能是四个人了！我不贪心，有一儿一女足够。我要教他们画画，画山水画市井，什么美好画什么。哈哈哈。"

他越说越开心，到了眉飞色舞的程度："娘，还有一件事，这回甘霖寺里的壁画，另一半你猜是交给谁了？"他兴奋地要跳起来，"是伍先生啊！当今最有名的画师！我对他简直崇拜到五体投地，你都不知道他画的人物有多神奇！面容生动不说，就连衣带仿佛都要飞起来一般！天下唯有他能画到如此境界！我的画技说不定这辈子都追不上他。所以这回能与伍先生各画一半，我简直要高兴死了！真是做梦都不敢想的事！"

青草野花在风里簌簌作响，用它们的方式祝贺这个单纯又快乐的年轻人。

这个初夏，简直是他生命里最光亮明丽的时刻。

夕阳送他欢欢喜喜地下了山。

阿敏老早就在家门口等他，又给他送来一件新衣两双新鞋，还有各种干粮，生怕他冻着饿着，恨不得将整个村子里的食物都塞进他的行囊里。

他握着阿敏略见粗糙的手，说："待我自洛阳回来，定为你买一个顶好看的镯子。"

一身朴素的姑娘害羞地摇摇头："买那作甚。再说我不习惯戴那些，干活不方便。你独在他乡，洛阳又不比咱们这小村落，少不得花钱的地方，你多留些银钱傍身才是。"

"要买的。"他突然执拗起来，认真看着她的脸，"等我回来，咱们成亲。"

她的脸红得像涂了最浓的胭脂，羞得不敢看他，却将他的手握得更紧，轻轻点了点头："我等你。"

两双手都舍不得放开，恨不得时间就停在此刻。

但，要走的人，还是要走。

阿敏追着载他的马车走了很远，他也回了许多次头，直到他们之间的距离远到完全看不见彼此。

难过是短暂的，又不是不回来，而且前面的路，是他此生即将走的，最期盼也最荣光的一段。

这是他第二次来到洛阳城，这满目繁华还是会惊到他，想不通世上怎会有跟画卷一样美好的地方，街市之中任何一个寻常的场面，在他看来都别有趣味，连孩童们的笑闹都比别处悦耳。

真想把眼前所见都画下来，带回去给阿敏看看，不……还是直接把她带到洛阳来看吧，连村子都没出过几回的她，一定会喜欢这里。

甘霖寺的方丈一如既往的慈祥，将他安排在寺中上好的厢房中，准备的斋菜也十分丰富美味，还让两个小沙弥给他做帮手，笔墨上有任何短缺都可以找他们置办。

皇帝的意思，是要在寺中南北两院的所有空白墙壁上画上一卷"炎狱图"，顾名思义，便是要让画师将传说中的地狱之景悉数展示于此，尤其要突出大奸大恶之人被地狱恶鬼鞭笞烹炸的场面，目的只为警醒世人——当摈弃邪念，心怀慈悲。

所有人都说，这桩差事若办得好，不但能令龙颜大悦，未来平步青云不过等闲事，这还是一件积大功德的事，无怪全天下的高手画师们趋之若鹜，恨不能将生平所学全施展出来，只求能在甘霖寺的墙上留下自己的大作。

最终结果还是令人有些许惊讶的，之所以是些许，是因为画师之一是伍先生，他能入甘霖寺，所有同行都是服气的，毕竟他不但年纪最长，画功炉火纯青，更是皇上最器重的画师，平日里想见他一面都难，能请动他这样的人物，怕也只有身负皇命的甘霖寺了。故而他们所有的惊讶，都来自他，一个叫皇甫勤，在坊间没有半分名气的新人画师。

原本这壁画是想交由伍先生一人完成的，但方丈考虑到伍先生年事已高，独自完成整座寺院的壁画恐见吃力，于是奏明皇帝，将壁画按南北院分开，再寻一画师，一人完成一半，既能替伍先生分担，又能节省不少时间，这才有了一堆画师为了入住甘霖寺而费尽心思。至于这皇甫勤，听说是方丈无意中见了他的作品大为欣赏，甚至给出了"虽不及伍先生，亦不远矣"的甚高评价。

而他自然也像珍惜自己的性命一般珍惜这从天而降的好机会。入住甘霖寺的当天，他便一夜未眠，坐在北院的空墙前沉思到天明。第二天，墙上便出现了第一只恶鬼，刚刚画完，路过的小沙弥便被吓了一大跳，直说从未见过如此可怕的画面，那墙上的恶鬼活灵活现，仿佛马上就要扑出来一般。

一时间，寺中所有对他的功底有所怀疑的人，都觉得方丈的眼光果然不得了，没有选错人。甚至连寺外的人也闻声而来，对着他的画作啧啧称赞。

第一天，第二天，第三天，每天往甘霖寺来围观的人越来越多，其中不乏心生仰慕的大小姑娘们，她们对他画得好不好并不在意，一个面容俊秀，年轻又有朝气的白衣公子，身姿挺拔地立于墙前，手执画笔信手拈来的洒脱模样，才是她们不肯挪开目光的原因。再说，他画得也是真好，不懂画的人都觉得好。甚至在他得闲之时，不止一个人来求他给画上几笔，画什么都好，一朵花一只鸟哪怕一片叶子都行，只是一定要落下他皇甫勤的大名。

越来越多的人坚信皇甫勤是画坛冉冉升起的新星，扬名天下是早晚的事，趁早求一幅真迹是正经。而他素来好脾气，来者不拒，传扬出去，喜欢他的人就更多了，连甘霖寺的香火都因他而变得更加旺盛。

一直画了大半个月，北院的墙差不多完成了一半，竟比预期更顺利。

这天傍晚，他搁下画笔，又习惯性地朝南院那边望去，心头竟又紧张起来。

说来好笑，他来甘霖寺这么多天了，至今都没有胆量走到南院去。

在他入寺后的第三天，听小沙弥说，伍先生也到了，就住在南院。当时他激动得都要跳起来，崇拜了那么多年的偶像近在咫尺，他恨不得马上冲过去亲眼一见。但他瞬间又冷静下来，早就听闻伍先生性情古怪孤僻，尤在作画之时最不喜外人打扰，如今自己去了，岂非坏了人家的清静？这可是大大的不该……思来想去，他只得暂且收了那份迫不及待想要见对方的心，想着不如等他们都完成壁画之后，再去拜见不迟。

但此时，他站在通往南院的走廊前，那份渴望见到偶像的心情跟今天突然变热的天气一样，实在摁不下去，他左思右想，迈了腿又收回来，如此反复几次，终是说服了自己，就去偷偷看一眼，绝不打扰伍先生！

在去往南院之前，他甚至做好了要在最快时间内把伍先生的作品都记下来的准备，连一根线条都不能错过！如此方能比照出自己的不足，及时改进，毕竟是两人合作之作，他不能容忍自己拖伍先生的后腿。

可是，他的计划完全落空了。

不是伍先生的壁画将他震惊到脑子一片空白记不住任何东西，而是……南院的墙上，空空如也，莫说地狱恶鬼，连只蚊子都没有……

他愣在南院的门口，揉揉眼睛，却并非眼花。

一阵鼾声传来，那躺在竹椅中睡得正酣的白发老者，一身大袖宽袍歪歪斜斜地拖到地上，两个空酒壶躺在一旁，压住了连墨都没蘸的画笔。

这便是伍先生的真容了吗？

虽然跟想象中颇有出入，但他还是激动得很，再看那满墙空白，他心想定是前辈还在酝酿之中，以他的画功，说不定几天就能完成他一个月才能完成的工作。

一定是这样，他朝睡梦中的伍先生行了个礼，蹑手蹑脚地退回了北院。

又是十天过去，可南院的墙上还是一片空白。

连方丈都有些着急了。

他自知人微，不敢多问，只从庙里其他和尚的口中隐隐听到"江郎才尽""上了年岁果然就比不得后生啦""我看他根本画不出来了"这样的窃窃议论。

今天是他休息的日子，他专程去集市上买了一壶好酒，偷偷带回了寺庙藏在房间里，又从下午犹豫到傍晚，终于在夜色初临时，带着酒悄悄走到了南院。

墙壁确实还空着，伍先生也没有睡觉，只面对墙壁坐在竹椅上，没有蘸墨的画笔在他手中转来转去。

他鼓足了勇气，轻轻咳嗽了一声以示提醒，然后走到伍先生背后，深深鞠了一躬："晚辈皇甫勤，拜见伍先生！"

画笔停止了转动，伍先生连头都没有回，只闲闲一句："是隔壁的皇甫公子啊。"

对方听不出到底欢不欢迎，他只得硬着头皮将那壶酒拿出来："晚辈得了一壶酒，自己又不胜酒力，听说伍先生海量，特拿来赠予先生。若叨扰了先生，还望先生不要怪罪，我这便回去了。"

一听到有酒，伍先生态度顿变，急急从椅子上站起来，不客气地从他手中接过酒壶，开了盖子仔细一闻，笑出来："果真好酒！"

他顿时松了一口气，送酒是送对了。

"你来得及时，我正愁没人给我打酒去。"伍先生朝他招招手，"来来来，你别回去了，头回碰面，又是同僚，今夜月色又好，不如共饮一杯吧。"

他喜形于色，哪有不同意的。

伍先生让他从屋里再搬一把椅子出来，自己又去取了两个酒杯放在木几上，一老一少分坐两旁，头顶明月，眼观空墙。

得了这样的机会，他哪能不把对伍先生的崇拜一股脑儿都说出来，端着酒杯根本顾不上喝，从自己儿时第一回见了先生的画便惊为天人开始，将他从头到脚狠狠称赞了一番。

伍先生却似闻未闻的样子，连喝了好几杯酒，只偶尔对他点头敷衍一下。

习惯了被称赞的人，大概就是这么平静吧。

他也不觉得受了冷落，能将心头的仰慕面对面讲给偶像听，已是莫大的幸福。

看着雪白的墙壁，加上一两杯酒下肚，他终是忍不住问道："先生可是在酝酿一部大作？所以才如此谨慎，至今不下笔？"

"可能是吧……"伍先生咂咂嘴，笑得有些不自然，旋即转了话题，"皇甫公子并非洛阳人士？"

一听偶像主动问自己问题，他立刻把自己家在何处父母已去世家中只有自己一人刚学画时连纸笔都买不起只能拿树枝在沙地上练习等等全说完了,恨不得把自己二十年的人生都交代了。

伍先生笑笑:"我年少时,倒与皇甫公子经历相似,我还捡过别人用过的画纸来用。"他又饮一杯,"眨眼间几十年就没了。"

"原来先生也是……"他本想说出身寒微,但又觉得冒犯,就咽了下去,心里却是受宠若惊的,原来传闻中孤高冷傲的伍先生,也不是那么难相处,对后辈竟也没什么架子。他立刻又道:"无论过去如何艰难,先生如今的成就,足以令天下人刮目相看。晚辈着实佩服!"

也许是他虽然激动但字字真诚,也许是他送来了一壶正合他口味的好酒,伍先生似乎不反感他这个后辈,反给他倒了一杯酒,笑道:"来甘霖寺多日,我也没去探望一下皇甫公子,也是失礼了。"

他赶紧双手捧住酒杯,连声道:"先生言重了!是晚辈该来拜谒您才是。实不相瞒,知道您来甘霖寺的第一天,我便想过来一睹风采,但又怕叨扰到您。"

"哈哈,皇甫公子得空的话,常来也不妨事。"伍先生敲了敲酒壶,"带着酒来就更好了。只是莫要被和尚们发现,不然又要唠叨我们坏了佛门规矩。"

他也笑出来:"一定一定!"

夜风微凉,薄云遮月,院中树影婆娑,空气里浮着淡淡的檀香味,洛阳城中最温柔的夜色落在这一老一少身上,倒也分外和谐。

往后几日,他都偷偷在外买了酒回来,再趁着夜色欢天喜地往南院去。

他与伍先生之间,也在美酒的加持下变得熟稔起来,他心中崇拜仍在,只是渐渐没有了之前说一句话都要考虑半天的拘束。

喝酒时的闲聊,也从各自对绘画的看法心得,说到他对未来的展望,连要给阿敏买个好看的镯子这种事都说了出来,还说有机会一定要游历天下名城,将大唐山河收入卷中留与后人。

半醉的伍先生静静听他说完,看向他的目光里竟有几分羡慕。

他并没有留意到,只是兴致勃勃地把心头所有愿望都说给自己的偶像听,言谈之间更有了几分坚信自己会实现所有愿望的自信。

事实上,他也坚信自己同伍先生的月下酒话会一直延续下去,并无数次向神佛感谢,谢他们赐给自己这般大的运气。

但世事有时候并不合人意,也不见得要往希望的方向去。

那是他即将完工的前一天,北院的墙壁已成"炎狱",观者无不惊心动魄,被画中内容震撼不说，更诧异于这位年轻画师显而易见的天赋。

伍先生也在观者之中，他今天不知动了什么心思，许是白吃了他这些日子的好酒，再傲慢孤僻的人，也该有个回应了。

于是，他第一次站在北院的门前，还带着一壶酒，一包小点心。

无人留意围观者中几时多了一个白发老头子，他们的焦点只有壁画与它们的作者，甚至已经有些书画生意人急急来拉关系求合作，生怕别家抢先挖到财路。

他被围在中间，友善而笨拙地回应这些汹涌而来的喜爱。

好一会儿他才从人缝中见到独自站在壁画前发呆的伍先生，赶紧挤出来跑到他面前，惊喜道："先生您怎的过来了？"目光又落到他手里的酒壶上，顿时高兴得不得了："您来寻我喝酒的？"

伍先生好不容易把视线从壁画上收回来，笑笑："快完工了？"

"嗯嗯，明日差不多了。"他用力点头，心想从不往这里走半步的伍先生居然大驾光临，若能得他一番指点品评，岂不圆满了自己多年夙愿。

伍先生又往壁画上扫了一眼，笑着把手里的酒食放到他手里："也不好白吃你的酒，听小和尚说你这边快完工，故而带些回礼过来，权当是庆祝你妙笔生花，大功告成。"

妙笔生花……用这个词来称赞他的人太多，可一旦从伍先生口中说出来，那便是他迄今为止听到的最高褒奖，甚至比皇帝的称赞还要受用。

他抱着所谓的贺礼，激动得不知说什么才好。

"好……好！"伍先生自顾自地说了好几个"好"，然后拍拍他的肩膀，"那我就告辞了，那边还有不少人在等着你。"

他愣了愣，接下来不该是他们又一次把酒畅谈吗？不过是把地点从南院换到了北院……怎的就走了呢？

"伍先生……"他犹豫地喊了一声，却又怕自己的邀请会耽搁了伍先生的时间，他走得这么快，一定是有重要的事要做吧。

算了，他有些失落地看着伍先生匆匆而去的背影，又对着酒壶笑笑："我可舍不得喝你。"

他说的是真话，莫说他并不好酒，纵是个酒鬼，他也断然不能将这壶酒喝了。对他而言，这壶里装的不是酒，是他期待了多年，只在梦里出现过的满足与欢乐。

翌日，他如期完成了全部壁画。

方丈大喜之余，提前将酬金给了他，并且在原来的数目上又增加了不少，说这是他应得的报偿。

此生吃过的所有苦头都值得了，他人发自内心的欣赏，抱在怀中的实实在在的银两，他都拿到了。这天，他抱着得来的银两，躲在厢房中痛快地哭了一场，恨不得这就生了翅膀出来，飞到阿敏身边告诉她，一切都好起来了，以后还会更好的！

然后，他出去买了酒铺里最贵的一壶酒，在夜色初临时去了南院。

院中空无一人，厢房也大门紧闭。

他往门缝里瞧，不确定里头有没有人。

他轻轻敲门，无人回应。

伍先生不在?

他有些失望地离开，临出门前又回头看了看那片墙壁，月色下还是白得发亮。

接下来的好几天，他都寻不到伍先生的踪迹，有那么一两回，他仿佛听见房门紧闭的屋子里有几声轻微的咳嗽，可敲门却始终无人应答。

他百思不得其解，又不敢胡乱拍门，只得失望而归。

又过了几日，方丈来找他，说已在洛阳为他专门备下了居所，以后无须寄宿寺庙，接亲朋过来居住也方便些。

他自是感恩不已。

回去收拾行李时，他又看见了那壶没机会送出去的好酒。

左思右想，他又带着酒去了南院。

伍先生终于出现了，还是躺在竹椅上，悠悠闲闲地扇着蒲扇，听到他的声音也没有起身的意思。

"先生您可算出现了！"他欣喜道，"这几日您是不在寺中吗？"

"皇甫公子有事？"伍先生只淡淡问道。

他赶紧把酒递上去："老板说这是顶好的酒，我买来请先生尝尝！"

伍先生放下蒲扇，慢吞吞地起身，接过酒壶，照例是拔开盖子闻了闻。

"老板说这是好几十年的佳酿，里头还加了好些珍贵的……"

他话没说完，伍先生便摇摇头："酒中有人参。"

"啊？"他一时间没明白，"人参？老板好像说过这酒里的确有……"

话没说完，一壶好酒便被伍先生全倒在了地上，浓郁的酒香从微烫的地面上迅速飘荡开来。

"先生这是……"他诧异得很，倒不是心疼买酒的银两。

"酒这个东西，我讲究一个纯字。"伍先生笑笑，"五谷之外的东西，乱七八糟往里加，再取个花哨的名字，便成了稀罕物一般，着实讨厌。我不喜，也不喝。"

原来竟是人参惹的祸？他还以为只有好酒才能加这些珍贵的材料，原来竟是弄巧成拙了。

"实在抱歉，晚辈不知先生的讲究，还请先生莫要介怀！"他赶紧道歉，"以后晚辈绝对不再犯同样的错误。"

伍先生摆摆手："也不是什么错。不合我口味罢了。不过也多谢你一番心意。"说罢，他扔掉酒壶，摇着蒲扇往厢房而去，"乏了，就不陪皇甫公子赏月了。"

"先生好好歇息！"他忙拱手相送。

房门"砰"一声关上，他深吸了口气，将酒壶拾起带出了南院，生怕壶里的余味再惹伍先生不悦。

他回到房中，将酒壶放到桌上，自己也趴在桌上，同情地看着它，自言自语道："不喜欢就倒掉，真是可惜呢。"

今夜没有月色，连风也没有，甘霖寺里只得几处稀疏沉闷的灯火。

第二天，庙里的人说伍先生走了，大约也只有他这般的人物才有如此自由与特权，连皇上派下的差事也能任意拖延，且还无人敢去追究。

他得知之后，只觉分外遗憾，竟连伍先生一幅真迹都还来不及求得。

罢了，或许今后还有相见的机会吧。

他搬出了甘霖寺，在洛阳城西的一处宅子里安顿下来。

接下来的一个月都过得异常充实，三天两头便有人邀约，他又不好拒绝，只得在大大小小的聚会里来去。其实他搬家的第二天就想回去见阿敏了，只是方丈对他说，这几个月内先不要忙着离开，待另一半壁画完成后，皇上会派人来查看壁画，若有何不满之处，他好立刻过来修改。只是方丈说着说着就叹起气来，皇上给了半年时间，眼看着时间一天天过去，却不知伍先生几时能完成，现如今连人都不见了，愁死人呐。他听了，还安慰了方丈几句，说伍先生这样的高人本就神龙见首不见尾，不必太过担心，反正还有时间，他一定能如期完成的。

他一直对自己的偶像有十分的信心。

之后，他越发习惯在洛阳的生活，除了画画与聚会之外，他跑遍了洛阳大大小小的首饰铺，只为寻一只心仪的镯子。

他承诺给自己和阿敏的生活，是一定要实现的。

一天下午，一位相熟的画师给他送来一份请帖，说七日之后，全国各地书画界的名人齐聚洛阳行一场千花夜宴，这盛宴三年一回，可说是书画界中的顶级盛事，要他一定准时赴约。

他自是答应，顺口问伍先生是否出席，那人笑言伍先生每次都会出席，伍先生若不在，这夜宴便失一半颜色了。

闻言，他很是高兴，心想伍先生当初赠的那瓶酒，终于有机会喝掉了。

夜宴当日，他顺道先去首饰铺落了定，看了许多款式他都不满意，最后干脆自己画了个样式，让他们照着打一只金镯子，首饰铺老板说十日后可取。从铺子里出来，他已经在想这只独一无二的镯子戴在阿敏手上的样子了，好看，真好看！

他带着那壶酒，兴高采烈地穿梭在还不是特别熟悉的大街小巷里，有些兴奋，又有点紧张，好像自己还从未参加过如此盛会，等会儿一定不能失礼。

不过，他好像走错了路，眼前这条狭窄弯曲空无一人的巷子似乎并不通往目的地。

他走了一半，觉得不对，摇摇头，转身往回走。

夕阳已沉，热气未散的暮色渐渐包裹了洛阳城中每个角落，也融化着他的身影……

翌日清晨，路过的人在巷子里发现了一具尸体，年轻清秀的男子，微微睁着眼睛，自心口冒出来的鲜血，在他的白衣上开成一朵朵暗红的花……

空气里除了血的味道，还飘荡着淡淡的酒香，在他身旁，一只酒壶摔得四分五裂。

8

纸钱的灰烬，在初夏的风里打着旋儿。

不到二十岁的年轻男子，跪在矮矮的坟头前，一边烧纸，一边高兴地说："娘，明日我就动身去洛阳了，甘霖寺里的壁画，一半都交给我了。能得到这份差事很是不易，洛阳城中高人辈出，甚至连长安的大师都毛遂自荐，我以为我这样籍籍无名的小子绝无希望呢。"

桃夭伸出手在他面前晃了又晃，又对着他的耳朵使劲喊："皇甫勤！"

他没有任何反应，仿佛眼前根本没有她的存在，依然高高兴兴地对着坟墓自言自语。

桃夭叹了口气，一屁股坐下来，扳着指头数了数，抬头道："已经第六遍了吧？"

司狂澜点点头："六遍。"

恐怕他二人一生之中罕有如此崩溃的时刻——自陷入狭怪身躯之后，他们已将

拾·狭怪

皇甫勤出山村入洛阳，从崭露头角到胜名远扬，最后横死小巷的场面反复观赏了六遍！！每当皇甫勤一死，他们又会回到他母亲的坟前，又看他喜气洋洋地自言自语，如此往复循环，根本无法切断，仿佛被拴在皇甫勤身边。他这段时间中的全部经历他俩都在场，甚至能感受到他所有的想法与情绪，可他俩却跟空气一样，被皇甫勤以及眼前的整个世界视而不见。那是一种诡异的，身在此地却不属于此地的无力感。以及她跟司狂澜的身体可以穿过此地任何东西，大树、墙壁、活人，只是始终脚不能着地，只能飘浮着。好在他们从头到尾都不觉饥渴疲累，虽然跟着皇甫勤有数月之久，可投射在他们身上，却又像只有短短片刻，时间在这个地方十分诡异。

"我已经吼不动了！"桃夭捏着嗓子，有气无力，"你来吧……只有让皇甫勤'看见'我们，这个无限的死循环才可能被停止！"

"我早让你不必徒劳，他不是聋，我们现在也没有真正跟他在一个世界。"司狂澜低头看着絮絮叨叨的皇甫勤，"你说狭怪的根源也不过是活物生前的一口气，如此看来，现下能肯定的是，附于魏永安身上将之变为狭怪的那口气，便是来自这位生于唐时的皇甫勤。"

"不错。"桃夭环顾四周，初夏时节，青山野地，没有一处不真实，"而且我们如今所见，当为这口怨戾之气的来源。说是一口气，大约也是一个人连死亡都不能消减的执念。"

司狂澜走过去，站在离皇甫勤最近的地方，仔细看着这个算是熟悉的陌生人，说："他连给阿敏定的镯子都没有机会去取了。"

桃夭沉默片刻，说："一连六遍，我们都没有看到他在巷子中回头后的场面，总是一到那里就天地全黑，再亮起来时，他已经是尸体了。"

"是他自己不想看吧。"司狂澜淡淡道，"跑了六遍，你心里也该有数了吧？"

桃夭清了清嗓子，说："死因。"

"确定了他的死因，或许才能让他'看见'我们。"司狂澜想了想，"谁都可能是凶手，送请帖的人，见到他从首饰铺里出来的任何一个可能见财起意的人，他曾无意间得罪过的人……甚至那位伍先生。"

桃夭皱眉："都有可能。可是完全没有头绪，再跑几遍会不会有改观？"她此刻最恨的，是自己真的成了透明人，不然一颗药下去，管他皇甫勤愿意不愿意，小时候尿过几次床都能让他吐露得一清二楚。

"几乎不可能。"司狂澜抬头，蓝天白云甚是美好，"此困局看似寻常，却甚为凶险，若不得破解，循环千万次后，你我还能不饥不渴不倦？"他笑笑，"活活饿死渴死可不是个松快的死法。"他盯着飘过的云朵,"你大可不必随我一道进来。"

桃夭一怔,本想说的是锦鳞河上你也不必大冬天下河的,可千言万语还是化成一记白眼:"你有个三长两短,我找谁要枕头那么大的红包去!"

司狂澜轻笑:"我从未给过枕头那么大的红包。"

"我不管,我就要枕头那么大的红包!"她跳起来跺脚,又愤愤嘀咕,"舍得给别人买这买那还全程陪逛集市,她也没帮你喂过马,也没救过你家静静,没替苗管家料理过他的初恋……哼。"

后面的嘀咕声音虽小,司狂澜还是听清了大半,笑道:"她又不是我司府的杂役,为何要处理司府的事?你愤怒的原因很站不住脚。"

"我几时愤怒了?"

"你一直都在愤怒。"

"你……"

陷入绝境的人,也不该那么绝望,该吵的架还是要吵的。

所以现在的场景看起来好像也不是那么糟糕,皇甫勤坐在坟前憧憬未来,旁边飘着唇枪舌剑互不相让的桃夭与司狂澜,四周青草野花摇曳,雀鸟鸣唱,哪有半点危险的样子。

二人一直吵到皇甫勤又进了甘霖寺,若非司狂澜突然朝她做了个噤声的动作,她能跟他吵到皇甫勤再次横死街头为止。

"怎么?"她不解道。

"我好像听见司静渊的声音。"他皱起眉,四下查看。

桃夭竖起耳朵仔细听了半天:"没有啊。"

"不……是他。"司狂澜笃定。

桃夭见他如此肯定,遂闭眼定心,仔仔细细捕捉空气里任何一个异常的动静。

"澜澜!桃夭!澜澜!桃夭!你们在不在呀?在的话应我一声啊!"远方传来断断续续的呼喊,还真是他的声音……

他怎会在这里?

桃夭猛一睁眼,深吸一口气,大吼:"司静渊!我们在这儿!"

司狂澜没作声,脸色很难看。

片刻之后,一个比蚊子大不了多少的玩意儿从院墙外飞了进来,喜极而泣地停在他二人面前:"可找到你们了!我真怕你们都不在了!呜呜呜!"

桃夭张大了嘴巴,指着这只"蚊子":"你怎的变成这副模样了?"

是司静渊没错了，可他的身躯小到让人真以为他是一只蚊子，并且还是半透明状的蚊子。

"我怎么知道，我刚往这里头一来，就缩成这样了。可能是这个什么狭怪的身体跟别人不一样吧。"司静渊焦急地围着他们飞来飞去，"你们如何了？三个时辰都过去了你们还没出来！我怎么也要进来看看的！"

司狂澜咬牙道："你又嫌自己命长了？你可知这样跑进来，死得可能比我们还快！"

桃夭也替他捏了一把汗："你当这狭怪的身体是隔壁卖菜的老李吗，你都没想过你的魂魄会变这么小是一个危险的信号？赶紧的，怎么进来怎么出去！"

"我没有任何不适感。"司静渊完全不在意，只顾盯着他们，"你们出不来？怎会出不来呢？"

司狂澜压下心头怒火，最后一次警告："你赶紧出去！多留一刻，你便多一分危险，此地连我们都疲于应付。"

"没错！你倒是快……"桃夭一急，脑子里却突然冒出个念头，突然道，"别别，先别走！"

"你……"司狂澜的目光想杀人。

桃夭顾不得他，只立刻凑近司静渊，严肃道："你记住我接下来说的每个字，出去后，马上让柳公子去替我查一个人的死因，此人名叫皇甫勤，生卒年不详，只知是唐时人士，在世时为一画师，曾为甘霖寺作壁画，死时不过二十岁上下。若能查到，你们将结果写在纸上烧给我！磨牙身上肯定有纸！你绝对不要再进来了！明白了？记住了？"

"啊？好！"司静渊见她丝毫没有玩笑的样子，自己也不敢懈怠，只问，"就是这些吗？这样你们就能出来了？"

"或有胜算。"桃夭皱眉，"快走！"

司静渊再不敢啰唆，眨眼间飞得没了踪影。

"你……"司狂澜盯着她，"柳公子有这等本事？"

"我还以为你刚才要吃了我呢。"桃夭撇撇嘴，"柳公子做饭虽然难吃，但他别的本事还是可以的。接下来就等吧。"

司狂澜半眯起眼睛，对她似乎又有了新的看法。

她盘腿而坐，支着下巴，望着前头正在墙壁上认真作画的皇甫勤，嘴角慢慢扬起来："不怪有那么多人喜欢他，真是个脾性又好又有天分的年轻人，长得还好看。"

"脸皮不厚的人，是真难以在这般情形下还可对男子动邪念的。"司狂澜笑笑，也坐下来。

"人家长得好看是事实，你如何阴阳怪气都改变不了的，有这么好的人在面前，我心情也好了，现在你说什么我都不会生你的气的。"桃夭扭过脸来，对他咧嘴一笑，"得不到我的赞美，你心里也不舒服吧！"

司狂澜却淡淡道："再好，他也不在了。"

此言一出，两个人好像都突然失去了斗嘴的兴趣。

是啊，皇甫勤再好，也在数百年前的一个夜里，永远离开了这个世界。

若没有那个夜晚，他应该可以青史留名的吧，就算不留名，至少可以在十天后去把镯子取回来，然后开开心心回老家见阿敏，相见，成亲，说不定他真的能实现贤妻佳儿、悠然生活的愿望吧。

他们都不再说话，只拿出欣赏的姿态，在温柔月色之下，默默看他运笔如飞的样子。

○ 9 ○

他停在狭窄而阴暗的巷子里，挠挠头，自言自语："好像是走错了？"

正欲回头，他却定住了身子，眼神奇异。

"皇甫勤，金州人士，父母早亡，擅画，入洛阳甘霖寺绘壁画，为同行伍似道不喜，雇凶杀之，卒，年二十一。"

陌生女子的声音自虚空而来，似远又近，音量不大，但每个字都清清楚楚。

他左右环顾，夜色如墨，窄巷空空，哪有说话的人。

谁在说话……他心头喃喃，明明听见了自己的名字，奈何后面的话一个字都不懂，只觉得听在耳里甚是难过，落到心中有如针刺。

"皇甫勤，金州人士，父母早亡，擅画，入洛阳甘霖寺绘壁画，为同行伍似道不喜，雇凶杀之，卒，年二十一。"

声音又来了，这回是男子在说，语调冰凉如雪，越听心越冷。

"皇甫勤，金州人士，父母早亡，擅画，入洛阳甘霖寺绘壁画，为同行伍似道不喜，雇凶杀之，卒，年二十一。"

"皇甫勤，金州人士，父母早亡，擅画，入洛阳甘霖寺绘壁画，为同行伍似道不喜，雇凶杀之，卒，年二十一。"

一男一女两个声音交替而现，反反复复只说同一句话，越到后头声音越响亮，到达的已经不是他的耳朵，而是心与脑子，甚至身体里的每条血脉。

他满头冷汗，捂住狂跳不止的心口，脑子里嗡嗡作响，除了这句话他再听不到任何声音，身体十分难受，每块血肉都要分裂开似的。

"谁？！"他咬牙回头。

巷子另一端，不知几时多了一个人，黑衣黑鞋，像夜色里一个虚幻的影子，跟他保持着不远不近的距离。

他来不及看清对方的面容，那人忽然加快了速度朝他跑来，他躲闪不及，觉得自己仿佛撞上了一堵墙，倒在地上的时候，身子倒不怎么疼，就是心口有些发凉，眼睛也不太看得清楚，片刻恍惚之后，他才被一阵剧痛惊醒，低头看自己心口，温热的血正从那深深的刀口里汩汩而出。

城中所有的灯火好像都在此刻熄灭了，他唯一能看见的光，只有那个人手中握着的匕首，应该是一把特别趁手又锋利的武器，沾了血都丝毫不影响它的光芒。

他呆呆望着那刚刚离开自己心口的凶器，脑中并不空白，只是不解，无数个不解。

"你为何如此？"他苍白着嘴唇问。

"受人之托，皇甫公子莫怪。"那人倒也爽快。

皇甫公子……那便是没有杀错人了。

"我并未得罪谁……"他想站起来，身子却软软不听使唤。

那人走近一步："雇主让我带句话。"他蹲下来，毫无表情地看着这奄奄一息的人，"他说，他很不喜欢你。"

他怔住。

匕首再一次高高举起……

他不再觉得疼痛，也不觉得冷，四周也不是漆黑的夜。初夏的风吹得正舒适，车水马龙的洛阳城里，处处是他喜欢的样子，他抱着新买的画具走在街头，怀里揣着刚刚从首饰铺里取出来的镯子，一对年轻父母抱着两个孩子笑闹着走过，他觉得以后他跟阿敏也会如此的，想想就很开心。

可是……他没有以后了吧。

眼前一切被这个突然出现的念头撕得粉碎。

他静静躺在冰冷的地上，微微睁着眼，胸口最后一次起伏的时候，长长地吐出了一口气……

没有愤怒，连恨意都没有，只是不明白，永远不明白。

桃夭跟司狂澜终于松了一口气。

再没有第八遍了。

无限的循环终于在此刻被击碎，夜空，巷子，皇甫勤的尸体，包括整个洛阳城，都像点着的纸一样化作四散的灰烬，留在眼前的只是一片没有边际的空白，像甘霖寺南院上一直空着的白墙一样。

他们面前，蹲着一个白衣飘飘的纤瘦男子，把头深深埋在膝盖上。

桃夭与司狂澜对视一眼。

"呃……皇甫公子？"桃夭俯下身，试着喊了他一声。

男子缓缓抬起头，轻声道："你知道我不是他。"

桃夭脸色一变，本能地朝后头退了一步。

那抬起的脸上，没有五官，只得一片空白，这让他整个人看上去仿佛一张忘记被填上脸孔的人物画像。

司狂澜却下意识地往前一步，挡在桃夭面前，冷冷道："那你是谁？"

"我是他临死前吐出的最后一口气。"他很清醒的样子，也没有要攻击谁的意思，"你们管我这样的，叫什么？"

桃夭从司狂澜身后探出脑袋来："狭怪。因为你们本该留在狭间界中。"

"狭间界……"他想了想，"哦，想起来了，我离开他之后不久，就被一阵风吹到了奇怪的地方，那里头什么都没有，就跟现在差不多，只有无数幽蓝的气息在里头飞来飞去，我也差不多。原来那里叫狭间界啊。"

桃夭站出来，警惕地看着他："你都记起来了？"

他站起身，点头："原本在那个地方飘着，安安静静的，也没什么不好，只是心头总有一处憋屈与不解无法释然。有一天，我突然在面前看见一点光，白色的，越靠近它越亮，眼中便什么都看不见了，只想不断往前走，也不知过了多久，当我能重新看见时已身在市井，身旁人来人往。这跟我最后看见的那个世界很不一样，我有些不习惯，还觉得很累，一股莫名的本能催促我就近落在一个襁褓之中的婴儿身上，有了这个身躯作为依靠，我才稍微好一些。在他的身体里越久，他的意识就越听从于我，我什么都不喜欢，就喜欢画画，一提笔就画地狱恶鬼，如此却让这孩子成了小有名气的天才，可越到后头，我就越浑浑噩噩，常常都不知自己为何要做这样的事，但就是想做。"

"你离开狭间界就会生病，这就是你的'病症'。"桃夭说道，"你虽由人而生，但人界却不是你的归处。"她想了想，又道："也不能完全怪你，狭口一开，总有一个家伙会先跑出来,不是你,也会是另一个。"

他看着桃夭,问:"我离开狭间界就病了?"

"你留在人界越久,作为那一口怨戾之气的本质就会越来越明显,"她指了指司狂澜,"不然也不至于糊涂到把这个家伙当作伍先生了。"

"我……"他仔细看着司狂澜,摇摇头,"长得倒是一点都不像。可是……"他回想着当时的情景,"可是画得太像!在我眼中,几乎是同一人之手笔!衣带当风,其形若脱,这是我当年最崇拜伍先生的地方。在松鹤庭见了那幅画,我脑中一片混乱,哪管他们像不像,认画不认人,着魔似的以为那就是伍先生回来了,那冥冥中让我等了那么久的人,终于回来了。"他有些落寞地垂下头,"我很激动,追上去却只是想找他喝一杯酒……我不知道为何就是想找他喝酒,不知道……"

"因为那个夜晚,你本就想找他喝酒的。"司狂澜淡淡道,"那壶酒你不是一直都舍不得喝吗?"

他可能是笑了一下,虽然在他的脸上并不太看得出来。

"始终是没有喝成。"他有些遗憾。

桃夭很难把眼前的他跟外头那只疯狂的妖怪划为一体,尽管他们确实是,此刻唯一庆幸的,是里头这个"他"起码还有人的样子,能说上话。

"还是叫你皇甫公子吧。"她笑了笑,"虽是他一口气,你却能把自己活成他的样子,连画画的天分都继承了下来。"她顿了顿,笑容淡下去,"你甚至没有忘记要替他找伍先生喝酒,也始终记着他临终前最大的疑问。"

他沉默了片刻,说:"其实我……"

"其实,'你们'都知道那雇主是谁。"司狂澜直言,"但'你们'宁可以为自己不知道。正如你不清醒时,我们一遍又一遍地看着你的过往,却没有一次看清你在巷子里究竟经历了什么。"

他叹了口气:"当那个人说出'他很不喜欢你'时,我,或者说我们,就已经知道是谁了。"此时,就算没有五官也能看到他的沮丧,"可我们不信,更不明白。也许在人界的这十来年,我只是想弄明白这一点。"

在一片空白的世界里,气氛更容易沉重。

三个人都沉默了许久,最终还是司狂澜开了口:"他不喜欢加了人参的酒,所以毫不犹豫倒掉它。"

他抬头望着司狂澜,真切地等待一个答案。

"可那壶酒本身又有什么错呢?"司狂澜仍是那淡淡的表情,"仅仅是他不喜欢罢了。"

他愣了愣，似懂非懂。

"一个风烛残年，江郎才尽；一个朝气蓬勃，锋芒初露。"桃夭笑了笑，"你所有的出色与善良，最终都是他眼中的罪过。有些人吧，总是习惯拿厌恶来掩盖恐惧，他对你全部的不喜欢，不过是他对自己的绝望与害怕罢了。"

他很久都没说话，像个石头一样戳在那里。

良久，他缓缓开口："我……从未想过取而代之，从未！"

对，你从未想过，这件事你知道，皇甫勤自己知道，桃夭与司狂澜都知道——可是伍先生不知道，一个能画出天地山河的画师，却始终未能在自己心里画下同样宽广美好的景致，那狭窄阴暗的巷子，才是他心中真正的模样吧。

"回去吧。"桃夭终于说出来，"皇甫勤已经不在了，伍先生也不在了。几百年前的是非纠葛，委实不该让几百年后的世界倒霉。你觉得呢？"

他想了许久，长长叹了一口气，走到二人面前，躬身拱手向他们行了个大礼，随后突然两掌齐出，狠狠将他们朝外一推……

10

天亮了，还有阳光，但依然冷得要命。

桃夭躺在那儿，愣愣地眨了眨眼睛，视线还不是很清楚，只看到身旁围着好几个焦急的人影，聒噪的声音此起彼伏。

"出来了出来了！可算出来了！"

"桃夭桃夭！你快说话呀！"

"澜澜！澜澜，你没事吧？"

"唧唧唧唧！"

好像还有毛茸茸的东西在她脸上跳来跳去。

她猛吸一口气，总算是神魂归位。

柳公子的脸，磨牙的脸，司静渊的脸，滚滚的尾巴，在眼前清晰地晃来晃去。

虽然是躺着，可躺得还比较舒服，身子下头软乎乎的。

一只手嫌弃地戳了戳她的脑袋："你还要躺多久？"

她扭头一看，被她当垫子压住的司狂澜，脸比此刻的天气还要冷。

"躺多久我说了算吗？"她眨眨眼。

"想得美！"司狂澜没作声，倒是司静渊看不过眼了，一把将她拎起来，又逼着她原地转了几个圈，边看有没有伤边焦急道，"都好好的吧？手脚都在吧？没毁容吧？"

她不耐烦地拨开他的手："你平静一下！我们没事！"

司狂澜站起来，拍拍身上的灰土，朝四周一看，不禁皱了皱眉。

他们仍在明月台外头，眼前所见之地仍与昨夜相同，狭怪带来的另一个世界依旧重叠于现实之上，那三个惹事的傻子也还保持着同样的姿势躺在地上，区别是来来往往的半透明的唐时人士更多了。

巨大的妖怪已经不见了，只有一个面色苍白的魏永安，抱着自己的膝盖，一言不发地坐在离他们不远的地方。

"这妖怪……惹了多大的乱子！"柳公子咬咬牙，正要朝他走去，却被桃夭一把拉住。

她摇摇头："你莫恼。倒也不能全怪它。剩下的事交给我就是。"

柳公子吸了口气，将那股子无名火强压下去："差点忘了，不能杀也不能打。"

桃夭点点头，径直朝魏永安走去。

"桃夭，你小心些！"磨牙还是很紧张，从司静渊带话出来，到柳公子速去速回找到桃夭需要的真相，再到他拿出藏在身上的纸，将一切写上去烧给桃夭，他的心就一直高悬着。柳公子回来时说，整个洛阳城包括其周边之地，都现了双世之象，故而他生怕哪个环节出个纰漏，不但害了桃夭他们的性命，更连累整个洛阳城无恢复之日。直到方才眼见着桃夭与司狂澜自怪物身子里掉落出来，他才稍微安下心来，而那怪物也在那时跟泄了气一般，"嗖"一下缩成了魏永安的模样，一切来得突然，他实在担心再有变故。

桃夭冲他摇摇手，示意他莫要担心。

"走吧？"她站在魏永安面前，完全是商量的语气。

魏永安抬头看了看她，没说话，老老实实地站了起来，默默往前走去。

一路上都无人开口，桃夭跟在他身侧，剩下的人略紧张地注视着他们的一举一动。

一切皆如桃夭所言，如今的洛阳城与几百年前的洛阳城重叠，河上有房舍，路上长大树，一条路上又叠出另一条路的怪模样随处可见，身着唐装的男女在那些一动不动的当朝人士之间自由穿梭。好在昨夜事发之时，大多数人都已入梦乡，被固定在床上起码比僵在大街上好些。

沿途看下来，此情此景竟恍如梦境，那些半透明的前朝男女看久了也就不觉得奇怪了，不过是几百年前再寻常不过的市井之象。

桃夭看了看默默行走的魏永安，心头莫名唏嘘。

狭怪带来的"恶景"原不过是他曾无比热爱过的世界，也是他寄予过无限憧憬，却永不可实现的未来。

若没有那个恶意满满的夜晚……不，若他从没有遇到伍先生，这热闹的街市上，本也该有他跟阿敏的身影，可能还会抱着他期待的一双儿女，高高兴兴地走在明丽的阳光里。初夏时，他们一家还会回到那个山水秀丽的山村，把又一年的好消息讲给母亲听。

可如今，连个算账的对象都没有了。

桃夭暗自叹了口气。

她所有表情，都被司狂澜收在眼底，他依然保持着冷冷淡淡的神情，默不作声地行走在两个世界里。

终于，顺利走到龙城院的狭口，可桃夭与司狂澜却都吃了一惊。

那狭口的位置上，居然重叠着一条极其眼熟的窄巷，二人对视一眼，心知那分明就是皇甫勤的丧生之地。

想来，这只狭怪的力量如此之大，又如此特殊，跟这个"巧合"怕是脱不了关系。

唉，此等缘分，还是不要的好。

魏永安站在被土填满的狭口前，忽然回过头对桃夭说："可否借纸笔一用？"

众人面面相觑，最后一步，万不能有失，柳公子更是怀疑他是否又要耍什么花招。

"去那里吧。那是个书房，里头什么都有。"桃夭倒是不担心，带着他往段青竹的书房走去。

"这……要去看看吗？"司静渊有些不放心。

司狂澜摇头："由他们去，不必打扰。"

约莫几盏茶的时间，焦躁的他们终于等到桃夭跟魏永安从书房走出来，只是桃夭手里多了一卷画纸。

魏永安走回狭口前，看了看脚下，又回头看着众人，露出一丝难得的笑容："我并不喜欢画地狱恶鬼，只是这些年总忍不住。那些恶鬼，你们抹掉吧。"说罢，他转回头，平静地望着即将回去的地方，笑笑："我没有做错过什么啊。"

一道浓郁的幽蓝之气突然自魏永安身上蹿出，在空中旋了几圈之后，俯冲入土，将好好一块泥地变成一个巨大的漩涡。同一时间，无数细如丝线的蓝光自四面八方而来，如星子坠地一般纷纷落入漩涡之中，强大的气流在园子里奔腾，桃夭他们费了好大力气才勉强站稳，坚持了好一阵子，但见四周再无蓝光飞来，那漩涡也越来越小，最终恢复成一块平整的泥地，旁边躺着昏迷不醒的魏永安。

众人松了口气，只听磨牙指着前头大叫："不见了！另一个世界不见了！"

柳公子跟司静渊飞快跑出龙城院，没一会儿又跑回来，兴奋地说："真的不见了！外头又是我们的世界了！"

桃夭闭上眼，如释重负。

头顶上，是真实的、清晨的阳光。

尾

街头又热闹起来。

洛阳城中的人们似乎根本不知道自己被"固定"了一整夜，起床吃饭上工闲逛，该做什么做什么，一切如常。

被带来的另一个洛阳，确实随着漩涡的消失而消失了。

魏永安由柳公子送回了家，并对他母亲撒了谎，说他昨夜在松鹤庭中喝多了酒，醉了一夜还未醒。离开魏家时，柳公子回头看了看那满院墙的画，心头也有一丝惋惜，今后的洛阳城，怕是再也没有一个用笔如神的魏永安了。不过，起码他以后不用再害怕中午的太阳了，做一个平凡的少年，也不算坏。

众人又在洛阳城中兜转了一圈，不知不觉间走到了离神仙集不远的那条街上。

桃夭望着那面她曾见过，还小小害怕过的墙壁，地狱恶鬼们仍在墙上张牙舞爪，可现在看上去，却再无任何不适。

就不要抹掉了吧，那是一个没有机会再出现的人，留给这个他曾爱过的世界最后的礼物。

她展开手里的画纸，那是魏永安，不，应该是"皇甫勤"留给她的临别留念，一幅生动的市井图，细致到连街边小贩们卖的什么东西都描绘得一清二楚，画中人物众多，其中一对夫妻抱着儿女行走其间，丈夫白衣飘飘，妻子容貌婉丽，女子手腕上的金镯子尤为精致，一笔一画之间，真真是伉俪情深，其乐融融。

磨牙跟司静渊异口同声道："画得太好了！这么大手笔，居然这么快就画好了！"

柳公子瞟了几眼，撇撇嘴："我多练几年，也能如此。"

"做梦。"司狂澜不客气道，"皇甫勤这般人物，天纵奇才，后世难有人及。"

"不对吧。"桃夭突然转过头,"你之所以被他认作伍先生,是因为你的大作啊!他将那姓伍的认作偶像,你的画居然能跟他偶像一般水准,这不是更让人惊讶吗?"

司狂澜淡淡道:"随手一画的东西,彼时那妖怪本就不清醒,看走眼也是有的。"说着,他又看着桃夭,嘴角微扬,"但若你是在夸赞我,也可。"

"呸!"桃夭暗地里做了个天大的鬼脸,转过头却冲他一笑,"夸我们二少爷有钱拿的话,我可以夸到明年年末!"

"呵呵,你能在司府顺利待到明年再说吧。"司狂澜转身离开。

桃夭一听不对头,赶紧追上去:"你几个意思?我招你惹你了?我好歹算救了你的命吧!你不要我啦?"

司狂澜停下,似笑非笑看了她好一阵子,直到她心里发毛脸发热之后,他才说:"你有太多事情没有同我交代清楚,司府不留底细不清白之人。"

她一愣,跳脚道:"我还有哪里不清楚?我连我老家都同你讲了!还不够清白?"

"自己仔细反省吧。"司狂澜才不管她,径直往外头走去。

这时,柳公子追过来,一把拉住她说:"差点忘了,我去查皇甫勤死因时,遇到你哭着喊着要嫁的那个人了!"

他嗓门儿大,被前头的司狂澜听个一清二楚,尤其听到那句"哭着喊着要嫁的人"时,他眉头微微一动,却依然不回头,也不停下脚步,只是略微放慢了速度。

"啊??"桃夭一惊,赶紧捂住他的嘴,"你小声点!他跟你说什么了。"

"他只说你越发乱来,要我警告你以后再不安分守己,莫怪他不给桃都面子。"

"呃,那他有说亲自来教训我吗?"

"那倒没有。"

"嘿嘿,那我就再乱来一些吧。"

"你脑子里到底在想什么?你的命不值钱我的命还值钱呐!你知道这回为了帮你,我又欠了多少人情!你都不感激我的吗?还天天想着连累我!"

"那些都是你相好的。"

"放屁!都说过不是了!欸,对了,你如何知道磨牙身上藏着那些纸?"

"我还不了解他那个臭德行?心软得跟棉花一样,不藏着纸,他沿途万一遇到哪个又生病又可怜又穷到买不起纸的妖怪,拿什么显示他的慈悲心?"

"阿弥陀佛,桃夭你是在怪我吗?"

"倒也不是怪你,我是怕你被有些装可怜的妖怪蒙蔽了!"

"可有的妖怪真的很穷啊,也很可怜。再说你的纸真的很贵!"

"……"

司狂澜正听得仔细,那司静渊却冷不丁跑上唠叨开了:"可不得了,那桃丫头当真不是寻常物,来一趟洛阳竟惹出一串奇事,我没听全都觉得匪夷所思,回头一定找个时间让她把此行的来龙去脉各种细节都给交代了!简直比外头说书的还精彩啊!"

司狂澜听罢,只对他笑笑:"若你今后再将自己变成个蚊子,我保证让你的余生比她还精彩!"

"嗯??"司静渊眨眨眼,对着他的背影道,"不是……我不变成蚊子,你们俩这回可连蚊子都做不成了!你慢点走……听我解释好不好?"

一众人走回大街上,此时已日上三竿,街头人流如织。

正想着找哪家店填肚子的桃夭被一阵喧闹吸引了注意力。

又有人打架。

桃夭说着无聊,却又将脑袋转回去。

那当街斗殴的两人甚是眼熟,不就是那天跟罗先往龙城院中去时见到的那对兄弟吗?

那弟弟又着了一身女装,哥哥气得要死,拳拳到肉,真恨不得要打死他。

"让你不要穿这个,你非要穿!我打死你个丢人现眼的东西!"

"我又没有害人,女儿可着男装,为何男儿不可着女装!"

"哪有那么多为何为何!老子就是不喜欢你不男不女的样子!"

哥哥又一次要落在弟弟身上的拳头被半路拦住。

桃夭也不知道自己哪里来了这么大力气,连饭都没吃,居然能将这个男人的手腕死死制在半空。

不等他反应过来,她又一巴掌扇到他脸上。

所有人都被半路杀出来的她惊到了,包括两个当事人。

"你……你是哪里来的野丫头!敢打我?"哥哥捂着脸,正要对她动手,却觉得脸上很不对劲,又痒又痛,这毛骨悚然的感觉瞬间传遍全身,难受到他飞快地将身上衣裳当街除尽,裸着身子使劲挠。

围观者一片哗然,姑娘们赶紧捂上了眼睛。

桃夭拍拍手,一丝药粉散在空气里。

"你听着,从今以后,你只要动怒,身上就会如此刻一般,刺痒难忍。"她冷笑着看着那狼狈不堪的男子,"不喜欢就要赶尽杀绝?好没道理。"

"你……"男子痛苦不堪,在地上打着滚儿地挠痒。

"记住我的话,别动怒。"桃夭正要离开,又折回来冲他吐了吐舌头,"话说回来,你不穿衣服的样子,不比穿女装更难看?"

众人顿时一阵哄笑,那男子臊红了脸,挣扎着扯过衣服将自己盖上,看桃夭的背影如看鬼怪。

见状,柳公子跟磨牙相视一笑,又齐齐叹气,桃夭还是那个桃夭啊。

司静渊吓了一跳,拍着心口道:"这丫头,好大的脾气,好狠的手段。"

只有司狂澜最镇定,也最明白桃夭愤怒的原因,而他眼里,也露出旁人不易察觉的欣赏,虽然只是短短一刹,吝啬得很。

他望着前面那个蹦蹦跳跳,在每个卖食物的摊子前都无比留恋的丫头,那一身红衣裳大约是街头最活泼显眼的存在,可是在她每一个没心没肺的笑容与所有无所谓的态度背后,到底藏了多少不愿为外人知晓的心思与秘密?

司静渊的手指在他面前晃了晃,奇怪道:"你居然走神了?"

"没有。"司狂澜立刻否认。

"没有吗?"司静渊撇撇嘴,"等下去哪里?哎呀坏了……"他似是想起了什么要紧的事,"折腾了大半天,咱们都还没回明月台去看看呢!"

"既然全洛阳都没事,那年笙也不会有事的。"司狂澜并不担心,"不过也该回去了。"

"回哪儿?"

"明月台,年笙的生辰还没过。"

"哦……啊!!你几时蹲在这儿的!吓死我了!"

司静渊鬼叫一声跳开了去,明明在前头的桃夭不知几时偷折回来,不声不响地蹲在他们身后,嘴里还叼了个馒头。

"你们还不回司府?"她站起身,很是不满的样子。

"你们先回去。"司狂澜道,"出来这么久,也该体谅一下苗管家。"

桃夭哼了一声,嘀咕:"回去就回去,你们就过生辰去吧!干脆给她从二十岁过到一百岁!住在她家别回来更好!"

"你又在嘀咕什么?"司狂澜微笑,"是在骂那个让你哭着喊着也要嫁的人吗?"

"你……"桃夭一愣,眉毛一拧,"你居然偷听我们说话!"

"你不是也在偷听?"他继续微笑。

"我……"桃夭无法反驳,狠狠咬一口馒头,"算啦算啦,你去你的明月台,我回我的清梦河。"

"哦,好。"司狂澜冲她摆摆手,"后会有期!"

桃夭都不想看他,走过去对柳公子跟磨牙大声说:"走了!洛阳也没什么好玩的。回去陪苗管家过年!"说罢便故意大摇大摆往城门而去,硬是一次回头都不给司狂澜。

柳公子吸了吸鼻子:"好像又有醋的味道。"

"是吗?"磨牙也吸鼻子,"没有啊,什么味道也没有呀!"

"只怕醋缸都碎了……"柳公子似笑非笑,"往后只怕更有意思了。"

"啊?啥意思啊?"

"走了走了,回去过年!"柳公子转身对司家兄弟眨眨眼睛,"大少爷二少爷,我们就先回去了,不耽搁你们陪美人过生辰了,告辞!"

"大少爷二少爷早点回来啊,等你们吃年饭呐!"磨牙举着滚滚的爪子跟他们告别。

司狂澜目送那一群吵吵嚷嚷的家伙离开,轻轻呼了口气。

一个帝都清梦河,一个洛阳明月台,桃夭与司狂澜往两个相反的方向越走越远。可是,桃都离帝都不是更远?要遇到的人,终究还是会遇到的吧。

司静渊偷偷看了看自己藏起来的那对桃花签,嘴角泛起老母亲般慈祥的笑容。

"你还在那儿磨蹭什么?"

"来啦来啦!"

洛阳城的午后,终是温和起来。

百妖谱·叁·全文完

Ps.本书纯属虚构,如有雷同,实属巧合。

后记

时隔两年,桃都讨饭三人组加司府小阎王组合终于又回来了。

连我自己都觉得亲切。

从全国各地到定居帝都,我家闲不住的桃夭始终是管不住自己野马般的心,看着她在洛阳大吃大喝,我自己敲着键盘竟然也饿起来。在吃这方面,桃夭很随我……

百妖三的一半内容都完成在疫情期间,我记得特别清楚的是,在武汉封城的前一天,恰好在"咸鼠"这章的末尾写下——

桃夭皱眉:"还要说多少次,我治妖不治人。还有,我迟早要回桃都,人界死活与我无关。"

"可我觉得你会保护这里。"咸鼠眼睛里有光彩,仿佛确定了什么不得了的事情。

那时心里在说,且当一个良好愿望吧,愿冥冥之中自有庇佑,山河无恙,众生平安。

今天,百妖三全部完成,这个愿望正在实现中。

只是保护我们这个现实世界的不是桃夭,而是那些真实存在的,勇敢善良又可爱的人们。

继续加油吧,我们大家。

另外一件比较意义的事,便是百妖谱的动画已经在 b 站上线了,看着自己笔下的故事与角色在许多小伙伴的努力下,终于以另一种方式出现在另一个鲜活立体的新世界,实在是一种很奇妙的感觉,作为我第一部被改编成动画的作品,我也希望这个新的表现方式会遇到更多喜欢它的人吧。

那么又回到原著这件事上,欲知后事如何,等百妖四吧……莫急,莫催。

裟椤双树

2020.5.10.成都

讲百种妖怪，
述世间沧桑。

图书在版编目（CIP）数据

百妖谱.3/裟椤双树 著.
—武汉：长江出版社，2020.6
ISBN 978-7-5492-6950-1

Ⅰ.①百… Ⅱ.①裟… Ⅲ.①长篇小说-中国-当代
Ⅳ.①I247.5

中国版本图书馆CIP数据核字（2020）第083406号

本书经裟椤双树委托天津漫娱图书有限公司正式授权长江出版社，在中国大陆地区独家出版中文简体版本。未经书面同意，不得以任何形式转载和使用。

百妖谱.3 / 裟椤双树 著

出　　版	长江出版社
	（武汉市解放大道1863号　邮政编码：430010）
选题策划	漫娱图书
市场发行	长江出版社发行部
网　　址	http://www.cjpress.com.cn
责任编辑	陈　辉
特约编辑	颜　燕
总 编 辑	熊　嵩
执行总编	罗晓琴
装帧设计	李　婕　邓　婕
封面插图	鹿　菏
印　　刷	中印南方印刷有限公司
版　　次	2020年6月第1版
印　　次	2020年7月第1次印刷
开　　本	710mm×1120mm　1/16
印　　张	18.5
字　　数	360千字
书　　号	ISBN 978-7-5492-6950-1
定　　价	45.00元

版权所有，翻版必究。如有质量问题，请联系本社退换。
电话：027-82926557（总编室）　027-82926806（市场营销部）